千秋

②

梦溪石

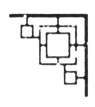

目次

Thousand Autumns 2
Contents

登場人物

沈嶠《シェン チアオ》

天下一の道門として名高い玄都山の掌教。誰もが目を見張るほどの美男子だが、内面もまた純真で一点の曇りもない真っ白な美しさを持っている。突厥最強と言われている昆邪との戦いに敗れ重傷を負い、武功と記憶、それから視力を失っていたところを、魔君と恐れられる浣月宗宗主・晏無師に助けられる。

晏無師《イエン ウースー》

魔門三宗のひとつ浣月宗の宗主。十年の閉関を経て江湖に再び姿を現した。その強さと美しく整った容貌からは想像もつかない非道ぶりから「魔君」と呼ばれる。一方で、朝廷で太子に仕える太子少師の肩書きも持っている。白紙のように純粋な沈嶠を徹底的に黒く染め上げたいと考えている。

登場人物

Thousand Autumns — The Characters

江湖の主な人物

玄《げん》都《と》山《ざん》

祁鳳閣《チー フォンゴー》
かつて天下一と言われた沈嶠の今は亡き師。玄都山前掌教。

郁藹《ユー アイ》
祁鳳閣の三番弟子。沈嶠より年上だが師弟に当たる。

臨《りん》川《せん》学《がっ》宮《きゅう》

汝鄢克恵《ルーイエン コーフイ》
儒門を代表する臨川学宮の宮主。天下の十大高手の上位三人のうちの一人。

碧《へき》霞《か》宗《しゅう》

趙持盈《ジャオ チーイン》
碧霞宗の女宗主。百年に一人の逸材と言われている。

岳昆池《ユエ クンチー》
趙持盈の師兄。長らく閉関している宗主に代わり、門派の事務を取り仕切る。

東《とう》州《しゅう》派《は》

阮海楼《ルワン ハイロウ》
元々碧霞宗にいたが、前宗主・惠楽山《フイローシャン》と袂を分かち、高句麗へ渡る。

六《ろく》合《ごう》幇《ほう》

竇燕山《ドウ イエンシャン》
六合幇の幇主。

その他

雪庭《シュエティン》
仏門を代表する禅師。かつての周国の国師。天下の十大高手の上位三人のうちの一人。

突《とっ》厥《けつ》

狐鹿估《フールーグー》
突厥最強であったが、二十年前、祁鳳閣に負け中原へ入ることを禁じられた。

昆邪《クンイエ》
狐鹿估の弟子。

魔門三宗の主な人物

浣月宗《かんげつしゅう》

辺沿梅《ビエンイエンメイ》
晏無師の一番弟子。

玉生煙《ユーションイエン》
晏無師の二番弟子。

法鏡宗《ほうきょうしゅう》

広陵散《グアンリンサン》
法鏡宗の宗主。

合歓宗《ごうかんしゅう》

元秀秀《ユエンシウシウ》
合歓宗の美貌の女宗主。

桑景行《サンジンシン》
合歓宗の長老。元秀秀の情夫。崔由妄《ツイヨウワン》の弟子。

白茸《バイロン》
合歓宗の妖女。桑景行の弟子。

その他の主な人物

陳恭《チェンゴン》
斉国・彭城県公。かつて、沈嶠に助けられた。

竺冷泉《ジューロンチュエン》
斉国・鄴城の道観「白龍観」の観主。

初一《チューイー》
白龍観で修行する、竺冷泉の一番弟子。

十五《スーウー》
白龍観で修行する、竺冷泉の二番弟子。

般娜《バンナー》
吐谷渾王城の西、査霊湖の近くの村に祖父とふたりで住む少女。

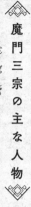

用語解説

Thousand Autumns —— Glossary

【江湖《こうこ》】
武侠小説では、武芸者や侠客たちがいる世界を指す。

【閉関《へいかん》】
外界との交流を断ち、一人閉じこもって修行をすること。

【中原《ちゅうげん》】
黄河中下流域。中国のこと。華夏ともいう。

【突厥《とっけつ》】
六世紀から二世紀もの間に亘ってモンゴル高原・中央アジアを支配したトルコ系遊牧部族。

【魔門三宗《まもんさんしゅう》】
日月宗を起源とする浣月宗、法鏡宗、合歓宗。

【三門《さんもん》】
道門（道教）・仏門（仏教）・儒門（儒教）。

【師尊《しそん》】
師を敬った呼び方。師父ともいう。兄弟弟子は師兄、師弟、師妹などと呼ぶ。

【内力《ないりょく》】
内息が生み出す力。

【武功《ぶこう》】
気や技を使う武術。武芸ともいう。

【真気《しんき》】
体内を巡る気。先天の気と後天の気からなり、生命活動を維持する基本的なもの。

【根《こん》基《き》】

人の体内にあって、武芸の土台であり、中心となる心のこと。幼少期から大人まで、年月を重ねる中で修行を積み重ねて築き上げるもので、武術を習う者が最も重視する。


【点《てん》穴《けつ》】

経穴を突く技。相手を殺すこともその体の機能を封じることもでき、機能を再び使えるようにするにはもう一度同じ場所を突く。


【朱《しゅ》陽《よう》策《さく》】

江湖の者にとって大変貴重な五巻からなる書。


【剣の境地】

低い順に剣気《けんき》、剣意《けんい》、剣心《けんしん》、剣神《けんじん》の四つ。

第一章　江南への馬車

周帝《しゅうてい》の召見を知らされた翌日、沈嶠《シェンチアオ》は晏 無師《イエンウースー》と共に朝早く宮殿に向かった。

目の不自由な沈嶠《シェンチアオ》を慮《おもんぱか》り、周帝はわざわざ馬車を迎えに寄越した。それに乗って宮中に入れば、正殿を飛ばして、門から直接周帝のいる乾安殿《けんあんでん》の前まで行けるのだ。

漢代の後、三国時代という乱世を経て、晋《しん》による統一も束の間、再び戦が起こった。晋は仕方なく都を東南に移して地方の一部を支配することになり、そこからまた百数十年に亘《わた》り五胡十六国の乱世が始まった。いつ自分の国が攻め込まれるか分からないので、統治者たちは人力や財力を大きな宮殿に振り向ける余裕がない。多少腕が立ち、成果を上げた君主は人力と財力を戦に投じ、さらに多くの土地と富を手に入れようとした。これまで周国の皇帝は、数代に亘ってこの方法をとってきた。ゆえに、周国の皇宮の規模はさほど大きくなく、漢代の未央宮《びおうきゅう》や長楽宮《ちょうらくきゅう》と比べると見劣りがする。

現周帝の宇文邕《ユーウェンヨン》の名声は両極端だ。生活は質素で、民のことも心に掛けている。しかし、同時に疑り深く、統治も厳しい。特に政権を手にしてからというもの、宇文邕《ユーウェンヨン》は仏門や道門を禁じ、儒門にすり寄ることすらしない。それどころか漢の武帝以降、徐々に衰えていた法家《ほうか》を支持し始め、同時に浣月《かんげつ》宗《しゅう》を頼りに勢力を固めた。だから、総じて宇文邕《ユーウェンヨン》を良く言う者は少ない。玄都山《げんとざん》を下りて、沈嶠《シェンチアオ》も道中様々なことを見聞きしてきた。宇文邕《ユーウェンヨン》を謗《そし》る者も、褒《ほ》める者もいたが、どちらかと言えば謗る声のほうが多かった。

そういうわけで、宇文邕《ユーウェンヨン》が礼儀正しく沈嶠《シェンチアオ》を召見し、

「近頃、先生は民の間を旅し、大変な思いをされたと聞いた。おそらく民の苦しんでいる姿も数多く見

掛けたことだろう。民の朕《ちん》への評価はいかなるものか、教えてくれぬか？」

と聞いてきた時、沈嶠《シエンチアオ》は少し躊躇《ためら》った。しかし、それでも事実の通りに答えた。

「敬う声もあれば、謗る声もあります」

宇文邕《ユーウェンヨン》は声を上げて笑う。

「それぞれどのようなものだ？」

「敬う者たちは、陛下が簡素な暮らしを心掛けて贅沢をせず、政治的な腐敗を一掃したことを。謗る者は陛下が仏門と道門を廃して他者に厳しく、兵事を盛んに行なっていることを、言っております」

「先生はかつて玄都山の掌教《しょうきょう》だった。仏と道を禁じたのだから、先生にとっても朕は敵であろう。先生は朕を恨まぬのか？」

次から次へと質問を投げかける宇文邕《ユーウェンヨン》は、沈嶠《シエンチアオ》に詰問している雰囲気すらある。晏無師《イエンウースー》は冷淡にその様子を眺めるだけで、沈嶠《シエンチアオ》に助け舟を出すつもりはさらさらないようだ。

沈嶠《シエンチアオ》が尋ねる。

「それではお伺いしますが、なぜ陛下は仏と道を禁じられたのでしょうか？」

「平民たちが仏門と道門を妄信していたからだ。家の財産を残らず献納して働きもせず、来世に望みを託してそこで全てを手に入れることを願っていた。そうして仏門と道門は思いのままに金や土地を手に入れた。農家を仏門や道門の下に引き込むことで上手く税を逃れ、田畑から収穫する食糧を己のものとしていたのだ。このままいけば、朝廷は何も手に入れられなくなり、一方で仏門と道門はますます力をつけて法規を無視するようになる。最終的には動乱の源となるだろう。六十年前、僧の法慶《ファーチン》が新仏を名乗って民衆を扇動し、反乱を起こしたのがまさにそうだ」

華夏《かか》では古くから、宗教が持つ権利である教権よりも王権のほうが強い。どの宗教でも、統治を脅かすほどに力を付けた時、為政者はそれらを破壊し、禁じ始める。ただ今回に関して、道門の場合は不幸にも仏門の巻き添えを食っただけである。宇文邕《ユーウェンヨン》は後顧の憂いを絶つため、仏門と一緒に禁じてしまったのだ。

儒門に関しては、話はまた別である。もともと宇《ユー》文邕《ウェンヨン》は三門の中でも、儒門を重んじようと決めていた。しかし、周帝自ら筆を執り、汝鄢克恵《ルーイエンコーフイ》に長安へ講学に来てほしいと招いたのに、断られてしまった。宇文邕《ユーウェンヨン》はカッとなって儒門も一緒に禁じ、こうして三門の恨みをまとめて買ったというわけだ。

宇文邕《ユーウェンヨン》は沈嶠《シェンチアオ》に視線を向ける。

「道門として、先生も朕が間違っているとお思いではないか？」

「道は水の如し。水は万物に利をもたらしますが、争うことはしません。また和光同塵《わこうどうじん》というように、才を隠して慎み深く世俗と交わり、自然に則って、天の理や人の情に順応します。それこそが、道なのです」

つまり、他人を顧みず自分の利益だけを図るような道士は、道から外れたならず者に過ぎず、道門を代表することはできない、ということだ。

少しの躊躇いもなく、沈嶠《シェンチアオ》は自分の立場を明確にした。禁じられた道門の利益になるように、これまで聞こえのいいことばかり言っていた道士たちとは全く違う。正しい道を説く沈嶠《シェンチアオ》の様子に、宇文邕《ユーウェンヨン》は思わず顔を綻《ほころ》ばせた。

「玄都山の名を知って長いが、お会いしてみて分かった。なるほど、評判通りのお方だ。朕は普段より仏門や道門のために陳情する者の話を聞いているが、奴らにも先生の言葉を聞いてもらいたいものだ！　朕が廃したのは、本物の道門ではない。神仙の名を騙《かた》り、ほらを吹き、人を騙すような者たちだ。あのような奴らは、国にも民にも害になるだけ。ならばさっさと滅ぼしたほうがよいではないか！」

容赦のない言葉に、帝の強い殺意が滲《にじ》む。沈嶠《シェンチアオ》は言葉を続けづらくなった。確かに彼自身、民の財や田畑を収奪して私腹を肥やすような道士ではないものの、道門の出身であることに変わりない。宇文邕《ユーウェンヨン》の、道を滅ぼすという言論をあからさまに支持するわけにはいかないのだ。

とはいえ、宇文邕《ユーウェンヨン》も沈嶠《シェンチアオ》から媚《こ》びへつらうような言葉を聞くつもりはなかった。左の下座にいる沈《シェン》嶠《チアオ》を見ながら、口調を和らげる。

「先生とは初めて会ったが、昔からの知り合いのように思える。先生の風格は全く尊敬に値するものだ。朕は、先生が道を立て直し、道門を改めて設立するのを手伝いたいと思っているのだが、どう思われる？」

「それはどういうことでしょうか？　それがしにはあまり理解できず、どうかはっきりおっしゃっていただければと」

宇文邕《ユーウェンヨン》は物事をてきぱきと行なう性格で、回りくどいことを嫌っている。

「晏少師《イエンしょうし》から聞いたぞ。半歩峰《はんぽほう》での戦いは、他人の奸計《かんけい》に陥ったから負けたのだろう？　それなら、玄都紫府《げんとしふ》には先生の掌教の座を罷免《ひめん》する権利などないはずだ。彼らが先生を引き留めないのなら、自ずとほかに受け入れるところが出てくる。玄都山にいられぬのなら、長安で改めて玄都山の流派を築いてみるのはどうだ。先生の才能をもってすれば、どこにいようと、きっと大いに精彩を放つであろう」

沈嶠《シェンチアオ》は驚きの色を露わにした。

宇文邕《ユーウェンヨン》は、沈嶠《シェンチアオ》に長安で門派を、すなわち玄都紫府をもう一つ立ち上げてはどうか、と言っているのだ。もとより沈嶠《シェンチアオ》は、祁鳳閣《チーフォンゴー》から直々に任命された正式な掌教であるので、そうしたところで誰も正統でないとは言えない。

けれども、そんなことをすれば、天下に玄都紫府が二つできてしまうことになる。沈嶠《シェンチアオ》が作った新しい門派は、玄都山と対立することになるだろう。

宇文邕《ユーウェンヨン》は言外に朝廷が沈嶠《シェンチアオ》の後ろ盾になると言っているが、おそらくタダではない。門派を立ち上げた当初は勢力が弱いので、朝廷の援助なしには立ちゆかないはずだ。つまり、宇文邕《ユーウェンヨン》は沈嶠《シェンチアオ》を使って、道門に自らの影響力を及ぼそうとしているのだ。

もちろん、沈嶠《シェンチアオ》にも全く利益がないわけではない。ここで頷《うなず》けば、掌教となってすぐにほかの宗門と対等な立場になれるうえ、晏無師《イエンウースー》もこれ以上、沈嶠《シェンチアオ》を弄《もてあそ》ぶことができなくなる。

沈嶠《シェンチアオ》は晏無師《イエンウースー》に目をやる。跪坐《きざ》した姿にもかかわらず、気だるさと無関心さを漂わせることができるのは、この浣月宗の宗主くらいだろう。彼の表情はその姿勢と同じく気ままで、笑っているのかいないのか、曖昧に口角を上げている。宇文邕《ユーウェンヨン》の言葉が自分にとって脅威だとは少しも思っておらず、どちらかと言えば沈嶠《シェンチアオ》の返答に興味を抱いているようだ。

沈嶠《シェンチアオ》はそれほど考えることなく返事をした。

「陛下のご厚意、痛み入ります。しかしそれがしの徳行はそれほどでもなく、ご期待に応えかねるかと」

宇文邕《ユーウェンヨン》は驚き、同時に不快感を覚えた。彼にしてみれば、この提案は確かに自分の統治をより強固にするという裏があるものの、沈嶠《シェンチアオ》にとっては良い話でしかない。

晏無師《イエンウースー》はプッと吹き出した。

「陛下にはとうに伝えておいただろう。阿嶠《アーチアオ》は死んでも屈服しない君子で、陛下の提案を受け入れることはないと。なのに陛下は信じぬどころか、賭けまで持ち出された。さて、陛下の負けだ。どのような褒美をくださるのか？」

晏無師《イエンウースー》に茶々を入れられ、宇文邕《ユーウェンヨン》は仕方なく口を開いた。

「分からぬ。先生はここまで落ちぶれて、もう一度立ち上がろうとは少しも思わぬのか？　このまま玄都山を他人に譲り、天下に役立たずと誤解されてもよいと？」

沈嶠《シェンチアオ》は何も言わずに微笑む。

宇文邕《ユーウェンヨン》は不愉快になったが、沈嶠《シェンチアオ》が断ったからといって、彼を捕まえるわけにもいかない。

「まあよい。改めてよく考えることだ。もし気が変わったら、いつでも朕に言ってくれればよい」

そうして、宇文邕《ユーウェンヨン》は晏無師《イエンウースー》に笑みを向ける。

「少師は、天下の珍しい宝を全て手に入れられる。この宮中で唯一貴重と言える『朱陽策《しゅようさく》』にも既に目を通しているのだ。ほかのものなど、どうせ目に入らぬだろう？　どうだ、朕を許してくれ。今日は朕がお二方を昼餉《ひるげ》に招待しよう」

宇文邕《ユーウェンヨン》は気が強いので、このようにざっくばらんに誰かと話すことは滅多にない。自分と同じ強者である晏無師《イエンウースー》を高く買っており、並の朝臣《ちょうしん》よりも尊敬しているのだ。

晏無師《イエンウースー》と沈嶠《シェンチアオ》は宮中で昼餉を済ませて皇宮を出ると、少師府から迎えに来た馬車に乗り込む。晏無《イエンウー》師《スー》は「どうだ？」と沈嶠《シェンチアオ》に尋ねた。

沈嶠《シェンチアオ》は眉を寄せる。

「あの声から判断するに、長いこと肝火《かんか》（中国医学の概念の一つ。頭痛、吐血などの症状が現れる）の盛んな状態が続いているのでしょう。それによってもたらされる乾燥が続けば、体調を崩しやすくなります。おそらくもう長くはないかと」

＊＊＊

黙って考え込む晏無師《イエンウースー》に、沈嶠《シェンチアオ》は続ける。

「私は未熟ですし、医者でもありませんから、明確に聞き取れなかったかもしれません。陛下に侍医を呼ぶよう進言し、診てもらったほうがよいかと思います」

もしかしたら、宇文邕《ユーウェンヨン》は重大な病気ではないかもしれない。しかし、従兄《いとこ》の宇文護《ユーウェンフー》から政権を奪ってからというもの、彼は戦々恐々として、日々政に精を出し、朝から晩まで休まず働き続けている。

突厥《とっけつ》を懐柔するため、その国の女性を皇后に迎えたうえ、突厥には誠意を見せるべく、皇后に優しく振る舞わなくてはならない——これは気が強い皇帝にしてみれば、屈辱的なことである。宇文邕《ユーウェンヨン》はもともと体が丈夫なので、異変には気づきにくいが、時が経てば鉄の如き頑強な体にも錆《さび》が生じる。営衛《えいえい》（養分に富む営気と体温などを調整する衛気）や気血が全面的に崩れれば、一気にもたなくなってしまうだろう。

ただ、明らかな症状が現れていなければ、侍医を呼んだところで、疲れて気が弱っているので休んで養生をするように、と言われるのが関の山だ。皇帝はそんな助言など聞き入れないに違いない。

晏無師《イエンウースー》はそこで話を変えた。

「なぜ宇文邕《ユーウェンヨン》の提案を断った？　お前の今の境遇なら、あの提案は利益にしかならぬはずだぞ」

「お言葉ですが、もし私が帝のご提案を受け入れて、新しい道門の門派を立ち上げたとします。朝廷から全面的な援助を受ければ、きっと周国における浣月宗の勢力に影響が及ぶでしょう。それなのになぜ、晏《イエン》宗主は平然と構えていられるのですか？」

「周国がいくら新しい門派を創ろうと、浣月宗の地位は揺るがぬ。浣月宗が宇文邕《ユーウェンヨン》のためにしていることは、ほかの門派にはできん。たとえできたとしても、奴らはやる価値はないと思うだろう。宇文《ユーウェン》邕《ヨン》が頼りにできるのは、この浣月宗しかないのだ。宇文邕《ユーウェンヨン》はまだ三十二。而立《じりつ》を過ぎたばかりだ。奴があと十年生きてくれれば、私も自分のやりたいことを成し遂げられる」

沈嶠《シェンチアオ》は軽く首をかしげる。

「魔門三宗を統一すること、ですか？」

晏無師《イエンウースー》は、問いに問いを返す。

「漢代の国土がどれほど広かったか、知っているか？」

「覚え違いでなければ、最大で東は衛氏朝鮮、南は交趾《こうし》郡、西は葱嶺《そうれい》、そして北は陰山《いんざん》まで至っていたかと」

「その後、司馬昭《スーマージャオ》が封国の晋を建てた時はどうだ？」

沈嶠《シェンチアオ》は眉を寄せた。

「高句麗《こうくり》や百済《ひゃくさい》、新羅《しんら》など、国土のいくつかの地域は三国乱世の時期に切り離され、晋が三国を統一した際には既に中原《ちゅうげん》のものではありませんでした。また、河西鮮卑《かせいせんぴ》、羌《きょう》・氐《てい》などそれぞれの民族が徐々に力をつけはじめ、晋朝は確かに中原を統一しましたが、前朝の勢力に及ばず、その後間もなく八王の乱も起きて……」

晏無師《イエンウースー》はあとを続けた。

「それから中原は四分五裂し、五胡の侵略や十六国の興亡を経て、混乱は今に至る。そのようにして二百五十九年も経ったのだ」

沈嶠《シェンチアオ》は感慨深そうにため息を吐く。

「二百五十九年間、異族は何度も侵入してきました。少しでも軍を動かす力がある者は、国を興して帝を名乗りますが、そのくせ政権を維持できません。だから頻繁に戦や混乱が起き、流民や死体が至るところに溢れ返っているのです！」

晏無師《イエンウースー》は笑みを浮かべた。

「まさしく。ここ二百五十数年で天下を統一できた者はおらぬ。臨川学宮《りんせんがっきゅう》は儒学の正統を名乗っているが、華夷《かい》（中華世界と異民族）の区別を厳しく守り、陳《ちん》国だけが天意に定められた国だとしている。仏門と道門は禁じられ、追われたことから、恨みを募らせ、宇文邕《ユーウェンヨン》のような暴君では統一の偉業を成し得ないと思っている。陰に陽に宇文邕《ユーウェンヨン》が策にはまり、奴が落ちぶれるのを今か今かと待っている人間は天下に多い。宇文邕《ユーウェンヨン》の命運が尽きれば、周国も巻き添えを食らうだろう。だが、私はあえて天下の流れに背き、誰も期待せぬ皇帝による統一を援助している。正統だと自ら謳《うた》っている儒門や仏門、道門すら成し遂げられぬようなことを魔門が成し遂げたら、面白いと思わぬか？」

するな、だめだと言われれば言われるほど、晏無《イエンウー》師《スー》は試してみたくなるし、衆人が口々に暴虐で明君ではないと言う人物の天下統一をあえて手伝おうとする。そうすることで、もともと期待も賛同もせず、それどころか全力で阻止してきた者たちをぎゃふんと言わせるつもりなのだ。このように気ままで気まぐれな性格ゆえ、多くの人々の恨みを買うが、誰も晏無師《イエンウースー》をどうにかすることはできない。宇文邕《ユーウェンヨン》に手を下したいと思っていても、目の前に晏無師《イエンウースー》が立ち塞《ふさ》がる。それこそ、乗り越えられない高い山のように、人々を落胆させるほどの強さを持って。

沈嶠《シェンチアオ》が尋ねる。

「確か、太子はまだ若いと聞きました。晏《イエン》宗主はなぜ太子の補佐と指導も併せてやらないのです。万が一周帝が亡くなれば、せっかくの苦心が台無しになってしまうでしょう?」

晏《イエン》無師《ウースー》は馬車の扉に垂れ下がっている飾り紐を弄《いじ》る。

「朽木《きゅうぼく》は雕《え》るべからず。だめな者には何をしても無駄だ。もし、太子が不才だったらどうする？　それでもぐっと堪えて、愚昧《ぐまい》な者を即位させ、そいつに服従しろと?」

その一言に沈嶠《シェンチアオ》は思わず驚いて、「まさか、皇位を簒奪《さんだつ》するつもりですか?」と問いかける。

晏《イエン》無師《ウースー》はプッと吹き出した。

「お前は何を考えているのだ？　皇帝になることになど興味はない。宇文邕《ユーウェンヨン》を見てみろ、楽しく過ごしているように見えるか？　毎日会いたくもない奴に会って、格式ばった無意味なことを言い、嫌いな女を娶《めと》って飾らねばならぬ。しかも、夜通しで奏疏《そうそ》（臣下が君主に意見する文書）に目を通し、寝ることもままならんのだぞ。鶏より早起きをし、犬より遅く寝るのに、広い国土を擁《よう》しているという虚栄でしか自分を満たせん。そんな人生を哀れだと思わぬか？　私が皇帝になどなれば、三年もせぬうちに国の全てを使い果たしてしまうだろう。だがそれなら、今のほうがまだ気ままでいいではないか」

沈《シェン》嶠《チアオ》は首を横に振る。

「ますます分からなくなってきました」

「お前の賢さなら、きっと分かるだろう。私が何を考えているか当ててみろ、当たれば褒美をやるぞ」

晏《イエン》無師《ウースー》は沈嶠《シェンチアオ》を誘惑するかのように言う。唐突に白茸《バイロン》の猫なで声を思い出し、沈嶠《シェンチアオ》は思わず顔が引きつった。もしかして、これは魔門の者たちの、何か特殊な癖なのだろうか?

確かに晏無師《イエンウースー》の性格はかなりねじ曲がっていて、言うことなすこと謎に包まれているし、油断すると弄ばれることもある。しかし、同時に晏無師《イエンウースー》は並みの江湖者にはない鋭さと見解をもって天下の趨勢《すうせい》を見通していると、沈嶠《シェンチアオ》は認めざるを得ない。晏無師《イエンウースー》と話をしていると、沈嶠《シェンチアオ》自身、ためになることも多くあるのだ。

宇文邕《ユーウェンヨン》は浣月宗を高く買っているが、後継者も同様とは限らない。仏門は宇文護《ユーウェンフー》のせいでずっと冷遇されており、きっと新帝に取り入る機会を見逃さないだろう。晏無師《イエンウースー》に皇位を簒奪するつもりがなく、今の太子も気に入っていないというのなら、仏門はこの隙を突いて太子と距離を縮めていこうとするはずだ。

「晏《イエン》宗主は……別に君主を立てるおつもりですか？」

晏無師《イエンウースー》はにこやかに答える。

「さすがうちの阿嶠《アーチアオ》だ。賢いな！」

（誰があなたの阿嶠《アーチアオ》ですか）

沈嶠《シェンチアオ》は表情を曇らせる。

しかし、晏無師《イエンウースー》はその顔色を見て見ぬふりをするどころか、手を伸ばして沈嶠《シェンチアオ》の頬をきゅっとつねった。

「その通りだ。斉《せい》王、宇文憲《ユーウェンシエン》は仏門と道門を排斥している。しかも、勇猛で戦いが上手く、兵士たちにも尊敬され、支持されているのだ。きっと宇文《ユーウェン》邕《ヨン》の志を受け継げる」

そう言って、晏無師《イエンウースー》は沈嶠《シェンチアオ》の耳元に顔を近づけ、囁《ささや》いた。

「これは私たちの秘密だぞ。誰にも言ったことがないのだ。阿嶠《アーチアオ》も、内緒にしておくれ」

「……」

聞かなかったことにしてもいいのだろうか？

＊＊＊

四月四日、よく晴れた日。

車輪がゴロゴロと音を立て、馬車は進んでいる。

馬車は振動を逃がすように作られているので、中はあまり揺れることはない。開かれた簾《すだれ》からふわりとした甘い香りが漂い、すぐにこの馬車に乗っているのは女性だと分かる。

出発してから半月近く経っているが、玉姿《ユーズー》は長旅で疲れるどころか、陳国の領地に入ってからますます気分を高揚させていた。江南《こうなん》の出身だが、幼い頃は建康《けんこう》で育ち、今や再び故郷に戻って来たので、抑えきれぬほどの喜びを感じているのだ。玉姿《ユーズー》はしきりに外へ視線をやる。透き通ったその両目は瞬きをする暇もないようだ。同乗している侍女が何度も声を掛け、彼女はやっと振り返った。

「奥様、魂が今にも飛んでいきそうですね」

侍女が冗談めかして言う。

「もう十年江南に戻ってないんだもの！」

玉姿《ユーズー》は堪《たま》らずもう一度外を見た。

「江南を離れた時は幼く、景色なんてどうでもよかったの。でも今もう一度見て、心の中は江南のことばかりだって気づいた。北の地も確かにいい場所だけれど、やっぱり故郷には代えられないわ！」

「旦那様は今回、陳の君主に国書を渡すという大任を仰せつかっていらっしゃるのに、奥様のことも忘れずにお連れになるんですから。本当に奥様は愛されていらっしゃいます。願ってもない幸せですよ！」

玉姿《ユーズー》は微《かす》かに頬を赤らめ、恥ずかしそうに黙り込んだ。

玉姿《ユーズー》は中大夫《ちゅうたいふ》、宇文慶《ユーウェンチン》の側室だ。嫁いで三年、深い寵愛《ちょうあい》を受けており、今では正室と同じように扱われている。今回宇文慶《ユーウェンチン》が陳国に向かうことになり、彼女を連れてきたことからも、その寵愛ぶりが分かる。

乱世では盗賊が跋扈《ばっこ》し、旅商人は出かける時はいつも官吏《かんり》の庇護《ひご》を求めるか、大量の用心棒を雇う。今回、周国の遣いが南下すると聞き、商人たちはそれに便乗しようと次々に金を払い、同行をしたいと申し出た。その中には周国の皇族と関係のある大商人も多くいたので、宇文慶《ユーウェンチン》は断れず、全員連れていくことにした。一行の人数も馬車の数もますます増えたが、幸いなことに人が増えれば勢いも増す。手練れが護衛してくれることもあり、一行はここまで誰にも邪魔されることなく順調に進んできた。

沅州《げんしゅう》を出た頃、やっとのことで宿駅に辿り着いた。次の州府《しゅうふ》まではかなり距離があるので、宇文慶《ユーウェンチン》はここで半時辰《じしん》休むよう命を出し、一行は足を止めた。宿駅に白湯《さゆ》をもらいに行く者もいれば、持ってきた食料を食べて休む者もいた。

侍女はまだ若く、賑やかなことが好きだ。玉姿《ユーズー》は自由に馬車から出ることはできないが、侍女は好きなように振る舞える。彼女は飛んだり跳ねたりして外を一周してから、戻ってきて玉姿《ユーズー》に言った。

「旦那様の馬車の後ろにいる馬車なんですが、中には人がいるはずなのに、ここまで一度も降りてこなくて。本当に不思議ですよ！」

玉姿《ユーズー》は気にしない様子で答えた。

「降りてもあなたが見逃しただけじゃないのかしら？」

侍女は首を大きく横に振る。

「いいえ、ほかの方もみんな不思議がっていましたよ。馬車に乗った人が降りてくるのを見ていないと。どんなすごいお方が乗っていらっしゃるんでしょうね。まさか、食事をするのも、用を足すのも馬車の中でされているんでしょうか？　ちょっと汚いですよね！」

「またそうやっていい加減なことを言って！」

玉姿《ユーズー》に窘《たしな》められ、侍女は軽く舌を出して見せた。

「旦那様でしたら、馬車に乗っているのがどんなお方か分かりますよね？　奥様、聞いてみてはいかがです？」

「聞くならあなたが聞いて。私は嫌よ！」

「商人たちが賭けをしているのも聞いたんです。なんでもあの馬車は大きくて綺麗だし、もしかしたら中に乗っていらっしゃるのは……」

「どなただっていうの？」

「だ、旦那様が心から愛されている方だって」

玉姿《ユーズー》の顔色が微かに変わる。それを見て、侍女が急いで言った。

「みんな、でたらめを言っているだけですよ。私もでたらめだって思ったんですが、叱れなくて……旦那様が本当に愛されているのは奥様だって、誰でも知っているのに」

玉姿《ユーズー》のような身分の者は、今でこそ目をかけられ、贅沢な生活を送っているが、現在持っている全ては、彼女自
宇文慶《ユーウェンチン》の寵愛があるゆえなのだ。それは、彼女自

身よく分かっている。一旦美貌が衰え、愛が薄れてしまったら、この侍女よりも惨《むご》たらしい未来が待っているかもしれない。

それもあって、玉姿《ユーズー》は宇文慶《ユーウェンチン》から向けられる気持ちを常に気に掛けていた。もしかしたら宇文慶《ユーウェンチン》に新しいお気に入りができたのかもしれないと思うと、焦りを禁じ得ない。侍女の言う通り、馬車の中に美人が隠れていて、自分には知らされていないとしたら、宇文慶《ユーウェンチン》がその人をかなり大事にしているということだ。自分が取って代わられてしまうのも、おそらく時間の問題である。

これまで玉姿《ユーズー》はずっと大人しく宇文慶《ユーウェンチン》の傍に身を置いてきた。彼に聞いてはいけないことや、彼が自分に言いたくないことについて尋ねたことは一度もない。その距離感も、彼女が寵愛を受けている理由の一つだ。しかし、さすがに今日は堪えきれなくなり、午後は落ち着かない気持ちで過ごした。夜、寝る頃合いになって宇文慶《ユーウェンチン》が馬車を訪れると、玉《ユー》姿《ズー》はまず優しく慎重に奉仕をした後、探りを入れた。

「あなた、後ろの馬車に乗っていらっしゃるのはどなたなの？　一日中引き籠もっていてはつまらないでしょうし、私のところに来させたらどう？　二人で話をすれば、気も晴れるわ！」

宇文慶《ユーウェンチン》はぽかんとした後、我に返り、声を上げて笑った。

「まあまあ、聞くべきではないことは聞くな。お前のためにならないぞ。あの馬車のことには首を突っ込まず、お前はここで大人しくしていればいいいんだ！」

馬車の外には人が行き来している。宇文慶《ユーウェンチン》がいくら好色とはいえ、さすがにここで彼女と睦み合うわけにはいかない。愛欲を満たすように玉姿《ユーズー》の全身を弄んでから、名残惜しそうに自らの馬車に戻っていった。

宇文慶《ユーウェンチン》が去り、侍女が馬車の中に顔を覗かせて笑う。

「安堵されました？」

玉姿《ユーズー》は頬を赤らめたまま、侍女を睨《にら》んだ。

「きっと旦那様は奥様をきちんと慰められたのですね。そういえば、あの馬車の美人はどんなお方ですか？」

玉姿《ユーズー》は首を横に振る。

「何もおっしゃっていなかったけれど、おそらく女性ではないと思うの。私は正室ではないのだし、もし旦那様に新しいお気に入りができたとしても、私に隠す必要なんてないでしょう？」

知らず知らずのうちに、玉姿《ユーズー》の言葉には嫉妬が滲み出ていた。

「ですが、侍女が一人、あの馬車から降りてきたのを見ましたよ！」

玉姿《ユーズー》は「えっ？」と驚く。

侍女は玉姿《ユーズー》が疑うのではないかと、付け加えた。

「本当です。さっき外で見たんですが、侍女が水袋を持って降りてきたんです。多分水を取りに行くんでしょうね。すごく綺麗な方で、一緒に来ている商人たちが瞬きもせずに見てましたよ！」

玉姿《ユーズー》は驚き、不安を感じた。

「もしかして、本当に女性があの中に？」

「何かお渡しいただければ、私、それを口実に声を掛けて、隙間から覗いてきますよ。どうでしょうか？」

「それはよくないんじゃ……旦那様に知られたら機嫌を損ねられるわ」

「こっそりやれば気づかれませんよ。相手の正体を知っておかないと、策を練ることもできませんし、将来寵愛を奪われても、敵が誰かすら分からないままになっちゃいますよ！」

玉姿《ユーズー》は少し躊躇い、頭から二又の玉の簪《かんざし》を外して差し出す。

「なら、慎重にやってちょうだい。旦那様に気づかれないようにね。だめならそれでも構わないから」

「ご安心ください！」

側室と侍女、主従の二人がこっそり話し合って何かを企てるのは、内室ではよくあることだ。翌日の夜、宇文慶《ユーウェンチン》は訪れず、二人はいつも通り同じ馬車で寝ていた。旅の途中で泊まれる宿屋はないが、外には周国の皇后や妃が住む六宮《りっきゅう》を守る手練れたちもいるので、玉姿《ユーズー》は安心していた。ここまでずっと平穏無事で、馬車の外に出られないこと以外、不都合は何もなかった。

夜中、寝ていた玉姿《ユーズー》はふと顔に何かひんやりとしたものが当たるのを感じ、ぼんやりと目を開けた。しかし、彼女が反応するよりも早く、その口は誰かに塞がれてしまう。

耳元に小さな笑い声が聞こえた。

「あんたは結構反応が早いんだね。でも、運がいいよ。今夜あたしは気分がいいから、殺さないでいてあげる。あの人は馬すら助けるんだもの。あたしがあんたを殺したって知られたら、もっと嫌われちゃう」

それが、玉姿《ユーズー》がこの夜耳にした、最後の言葉だった。すぐに彼女は意識を失った。

侍女は落ち着き払った様子で玉姿《ユーズー》に布団を被《かぶ》せてから、馬車を降りた。裙《くん》を引き上げ、慌ただしく宇《ユー》文慶《ウェンチン》のいる馬車に走っていく。

しかし、馬車の外で警護をしている手練れに遮られ、侍女は小声で「旦那様！　旦那様！」と呼ぶしかない。

宇文慶《ユーウェンチン》はまだ寝ていなかったようで、しばらくして馬車の簾を引き上げ、苛立った顔を覗かせた。

「何事だ！」

侍女はちらりと手練れたちを見てから、きまり悪そうに声を潜めた。

「奥様にもうすぐ月の物が来るようで、穏やかに眠れず、悪い夢を見て泣いております。様子を見にきていただけませんか？」

美人と一緒に旅をしているのに、一人寝をするのには堪えがたいものがある。その言葉を聞いて、宇《ユー》文慶《ウェンチン》の心も熱を帯びた。

「分かった」

宇文邕《ユーウェンヨン》が遣わした者たちがついて来ようとするので、宇文慶《ユーウェンチン》は軽く咳払いをして言う。

「妾《めかけ》のいる馬車に行くだけだ。ついて来る必要はない！」

ここにいる手練れたちは耳聡《みみざと》い。もし馬車で何かしようものなら、聞こうとしなくてもはっきりと聞かれてしまうので、どうしても気まずくなる。

手練れたちも不愉快になる。彼らは人に顎《あご》で使われるような単なる従者ではない。皇帝御用達と言われているが、実際のところ、彼らは浣月宗に属している。本来なら、晏無師《イエンウースー》と宇文邕《ユーウェンヨン》以外、彼らに指図できる者はいないのだ。普段は皇帝と行動を共にし、今回のように使臣を護送すること自体、不当な扱いである。しかし、手練れたちは宇文慶《ユーウェンチン》が数歩で着けるような、すぐ後ろの馬車に乗り込んだのを見て、それ以上気に掛けることはなかった。

宇文慶《ユーウェンチン》は侍女とともに馬車に乗り込み、その扉を閉じた途端、違和感を覚えた。

「玉姿《ユーズー》？　なぜ明かりを点けないんだ？」

そして振り向こうとした時には、既に手遅れだった。

骨まで滲《し》みるような冷たいものが背後から音もなく近づく。それは玉の簪を握った美しい手だった。あまりの速さに瞬きする間もなく、簪の鋭い先端は衣を引き裂いて、宇文慶《ユーウェンチン》の身体に半寸ほど食い込んだ。

宇文慶《ユーウェンチン》は口を大きく開き、驚きと恐れの表情を滲ませた。ここまで来れば、いくらなんでも罠《わな》には められたことに気づく。宇文慶《ユーウェンチン》は付き添いの手練れに来るなと命じた自分の愚かさを恨めしく思った。数歩しか離れていないとはいえ、彼らが助けに来るまでにこの簪は自分の心臓を貫いてしまうだろう。

宇文慶《ユーウェンチン》は、地獄から自分が手まねきされているような気がした。

ところが次の瞬間、簪はさらに深く食い込むどころか、宇文慶《ユーウェンチン》の体から引き抜かれた。宇文慶《ユーウェンチン》はそのまま昏睡している玉姿《ユーズー》の上に倒れ込む。

懐に美人がいてもさすがに宇文慶《ユーウェンチン》は興が湧かず、大声で助けを求め、慌てて振り返る。

攻撃してきた侍女は瞬く間に数丈後退する。しかし、彼女よりも速い者がいた。青い衣の人物は彼女に追いつくと、一手交えたようだ。侍女は痛みに小さく呻《うめ》いて、横に吹っ飛んだ。

「少師！　助けてください！」

宇文慶《ユーウェンチン》は大喜びし、晏無師《イエンウースー》の太ももに抱き着かんばかりの勢いで叫んだ。

その時である。四方八方から空気を切り裂くような音が響いた。闇夜の中から無数の黒い影が忽然と飛び出し、宇文慶《ユーウェンチン》のほうに向かってくるではないか。

宇文慶《ユーウェンチン》の喜びは驚きに変わった。背中から血が流れていたが、拭う余裕すらない。ついてきた手練れたちが襲撃者たちと戦い始める傍ら、馬車のさらに奥へ引っ込んでいった。

出発する前、宇文邕《ユーウェンヨン》から、斉国は今回、周陳両国が盟を結ぶのをなんとしても阻もうとするだろうと言われていた。そして晏無師《イエンウースー》は宇文慶《ユーウェンチン》と共に南下し、守ってくれる、と。その時、宇文慶《ユーウェンチン》はずいぶん大げさなことを言うと思っていた。とはいえ、この世で魔君に直々に護衛してもらえる者など滅多におらず、宇文慶《ユーウェンチン》の虚栄心は大いに満たされた。

彼は言われた通りに晏無師《イエンウースー》がいることを隠していたので、周りの者は馬車にいるのは玉姿《ユーズー》と同じような美人だとばかり思っていた。宇文慶《ユーウェンチン》は、まさか本当に自分が命の危険に晒《さら》されるなどとは、考えていなかったのだ。

もし最初から晏無師《イエンウースー》の存在を明らかにしていれば、敵もこれほど早く手を出さなかっただろう。もっと巧妙な手段で、不意を突かれていたかもしれない。それでも、今夜の襲撃をきっかけに敵の大半を片付ければいい。そうすれば陳国に辿り着くまでの道のりはより一層安全になる。宇文慶《ユーウェンチン》はこの理屈をしっかり分かっていた。

外から聞こえてくる刀剣のぶつかり合う音や、どことなく漂う血腥《ちなまぐさ》さに、宇文慶《ユーウェンチン》は窒息してしまいそうになる。晏無師《イエンウースー》がいても、安心することはできなかった。

その時、はたと大事なことを思い出し、宇文慶《ユーウェンチン》は飛び上がりそうになる。そして急いで手を伸ばし、玉姿《ユーズー》の鼻の下に当てた。しばらくしてからようやく緩く息を吐き、ぐったりと馬車の中で脱力した。

外の戦いは続いている。

宇文慶《ユーウェンチン》だけではなく、同行してきた商人たちもあまりの恐ろしさに皆、馬車の中に隠れていた。腕に自信のある侍従が数名加勢しようとしたが、腕前を披露するまでもなく、あっという間に命を落とした。相手の一撃を全く受け止められなかったのだ。襲撃者は残忍で、顔すら隠していない。逃げ遅れた者はあっさりと殺されてしまった。

一方、合歓宗《ごうかんしゅう》の長老が四人、晏無師《イエンウースー》を取り囲んで攻撃を仕掛けていた。多勢に無勢の状況にもかかわらず、長老たちは苦戦を強いられ、散々な体たらくである。瞬く間に、彼らが仕掛けた陣法は崩れ、負けが明らかになってきた。晏無師《イエンウースー》はといえば、一人囲まれてもなお、勝手気ままで余裕がある。その気迫は四人を圧倒するのに十分だった。

また別の場所では、合歓宗の門人である蕭瑟《シアオソー》が一手で一人を吹き飛ばしていた。しかし、彼は晏無師《イエンウースー》に近づこうとせず、逆に宇文慶《ユーウェンチン》が隠れている馬車へ向かいながら白茸《バイロン》を皮肉る。

「師妹《しまい》は本当に失敗ばかりだな。こんなことも上手くやれないとは。今後師尊《しそん》はお前に何も任せてくれなくなるぞ」

傍の木の上に座っている白茸《バイロン》は、腕を組んで笑う。

「蕭《シアオ》師兄《しけい》も晏《イエン》宗主がいるって教えてくれなかったじゃないですか。そんなに腕が立つなら、どうして晏《イエン》宗主と正面からやり合わないんです？」

蕭瑟《シアオソー》はフンッと冷たく鼻を鳴らしただけで何も言わず、馬車に掌風を打ち付けた。その途端、馬車はバラバラに壊れ、驚いた顔の宇文慶《ユーウェンチン》の姿が現れる。

「師尊は宇文慶《ユーウェンチン》を殺しにいけと命じられたんだぞ。どっちが凄腕かを競いに来たんじゃないんだ。長老たちが晏無師《イエンウースー》を引き留めているうちに、さっさと手伝え！」

すぐにまた誰かに動きを遮られ、蕭瑟《シアオソー》は白茸《バイロン》に怒鳴った。

宇文慶《ユーウェンチン》に付き添っていた手練れたちは蕭瑟《シアオソー》には

力が及ばないものの、人数だけは多いので、彼の足を止める程度のことはできる。双方の実力が伯仲《はくちゅう》している場合、その差は内力の高低や、技の精妙さには現れない。結局、敵と戦った経験や手腕が物を言うのだ。一人を倒しても、すぐにもう一人が飛び掛かってくるので、蕭瑟《シアオソー》が堪らず苛立ち始める。

けれども、白茸《バイロン》は動じない。

「今回、事前にちゃんと話し合ったじゃないですか。宗主は機を見て宇文慶《ユーウェンチン》に手を下せとしか私に言ってませんし、さっきは必死に晏《イエン》宗主から逃げたんですよ。まだ胸も痛むのに、蕭《シアオ》師兄の喧嘩を手伝うほど力は残ってませんもん」

蕭瑟《シアオソー》は怒りに歯嚙みをして、心の中で白茸《バイロン》の先祖十八代とその師である桑景行《サンジンシン》を罵る。しかし、数人に絡まれ、宇文慶《ユーウェンチン》を殺す隙を見つけられない。

そんな中、宇文慶《ユーウェンチン》がぐったりしている美人を引きずりながら、もう一台の馬車へ逃げ込もうとしているのが目に入り、蕭瑟《シアオソー》は怒りが込み上げてきた。全力を出して敵数人を手早く片付けると、宇文慶《ユーウェンチン》を追う。

宇文慶《ユーウェンチン》が馬車の中に隠れたのを見て、蕭瑟《シアオソー》は冷やかに笑った。なんという愚か者だ。この馬車が鉄か何かでできているとでもいうのか？　森の中に逃げたほうがまだマシだろうに。素早く考えを巡らせた後、蕭瑟《シアオソー》は再び馬車に攻撃を仕掛けようとする。

ところが、その動きは止められてしまった。

的確に言えば、向かい側から勢いよく襲ってくる真気に、蕭瑟《シアオソー》は引かざるを得なくなったのだ。

真気とともに、バッと馬車の扉が開く。蒼白《そうはく》だが、美しい顔が現れた。

＊＊＊

蕭瑟《シアオソー》がこのような美人を見た時は、手を付けてしばらく弄ぼうとするのが常だ。しかし、今の彼に相手の顔をじっくり眺める余裕はなかった。

今夜、絶対に宇文慶《ユーウェンチン》を殺さなくてはならない。白茸《バイロン》がしくじっても、自分まで失敗するわけにはいかないのだ。晏無師《イエンウースー》のせいで目的を成し遂げられる可能性は限りなく低いが、悪あがきでもせざるを得ない。

蕭瑟《シアオソー》が腰に差していた扇子を引き抜いて一振りすると、扇面の上からきらりと数本の鋭い刃が覗いた。蕭瑟《シアオソー》がそのまま投げると、扇子は空を切って敵、沈嶠《シェンチアオ》に向かって行く。そして蕭瑟《シアオソー》自身も、足の先でとんと地面を蹴り、猛烈な掌風を繰り出して沈《シェン》嶠《チアオ》に飛び掛かった。

沈嶠《シェンチアオ》はそもそも手を出すつもりはなかった。こうして戦うたび、回復に時間が掛かるだけでなく、根基に取り返しのつかない損傷を受けてしまう可能性があるからだ。今は晏無師《イエンウースー》もいるので、沈嶠《シェンチアオ》が戦う必要はない。しかし、玉姿《ユーズー》を抱えた宇文慶《ユーウェンチン》に助けを求められ、敵も殺気立ってすぐ近くまで迫っている。これでは手を貸さないわけにはいかない。

蕭瑟《シアオソー》は、晏無師《イエンウースー》なら助っ人など連れてこないと踏んでいた。まさか、侮れない強者がもう一人、馬車に隠れていたとは。蕭瑟《シアオソー》は近頃江湖で流れている噂を思い出し、目の前の人物の特徴に照らして、すぐに相手の正体を悟った。

「沈《シェン》掌教は立派な道門の宗師にもかかわらず、晏無《イエンウー》師《スー》の手下にまで身を落とすとは。沽券《こけん》にかかわるとは思わないのか？」

蕭瑟《シアオソー》は冷やかに笑い、矢継ぎ早に技を繰り出す。掌風が怒濤《どとう》のように押し寄せ、沈嶠《シェンチアオ》に息つく暇も与えない。扇子は蕭瑟《シアオソー》の気と引き合い、彼の攻撃を補って、まるで生きているかのように沈嶠《シェンチアオ》の弱点を的確に狙う。蕭瑟《シアオソー》と手を合わせる者にとって、蕭瑟《シアオソー》自身と扇子という挟み撃ちは敵をもう一人相手にしていることに等しい。

沈嶠《シェンチアオ》は長く戦うつもりはなかったので、竹杖を使わず、山河同悲剣《さんがどうひけん》を手に取った。

剣光は天を覆う幕のように幾重にも重なり、鋭い掌風を消し、刃のついた扇子も寄せ付けなかった。蕭瑟《シアオソー》はその幕を突破しようとするが、完全無欠な幕には僅《わず》かな隙間も見つけられない。

やがて蕭瑟《シアオソー》の掌風もはじき返され、それどころか剣光の幕が迫ってくるではないか。蕭瑟《シアオソー》は圧迫感に息が詰まりそうになり、一瞬気が逸れてしまった途端、胸に強烈な攻撃を受けて鮮血を吐き出した。

沈嶠《シェンチアオ》は重傷を負い、武功もすっかり失ったのではなかったのか！

蕭瑟《シアオソー》は大いに驚き、怒りに駆られる。しかし、このまま戦っていても戦況が好転することはなさそうだ。四人の長老もこれ以上晏無師《イエンウースー》を引き留められないだろう。晏無師《イエンウースー》が四人を片付けてこっちに来れば、いよいよ運の尽きだ。

蕭瑟《シアオソー》は振り向いて、木の上に視線をやる。そこに座っていた白茸《バイロン》は既にいなくなっていた。蕭瑟《シアオソー》は歯噛みをする。

「さすが沈《シェン》掌教、噂通りだな。また日を改めて、お手合わせを願おう！」

そう言うなり、蕭瑟《シアオソー》はなんとか見つけた隙間に向かって掌を打ち出した。沈嶠《シェンチアオ》が防御しようと剣を持ち上げている間に扇子を戻す。利己的で薄情な魔門の一面を示すかのように、四人の長老には声も掛けず、あっという間に姿を消してしまった。

沈嶠《シェンチアオ》の後ろにある馬車から、宇文慶《ユーウェンチン》がビクビクしながら這い出してきた。

「公子、助けてくれたことに感謝する。名を聞いても？」

沈嶠《シェンチアオ》は剣を鞘《さや》に戻した。

「沈嶠《シェンチアオ》と申します」

宇文慶《ユーウェンチン》はその瞳に力がないのを見て、ハッとした。

「あぁ、あなたがあの……ゲホンッ……あの沈《シェン》公子か！」

蘇《スー》家での出来事によって、沈嶠《シェンチアオ》の名はあっという間に世に広まった。人々がその名を口にすると、必ず晏無師《イエンウースー》のことも話題になり、最後にはいつも意味深な笑いで締めくくられる。

宇文慶《ユーウェンチン》は江湖者ではないが、話には聞いていた。今、本人を目の前にして、やはり美人だと内心呟《つぶや》いた。病弱そうだが、確かに魅力的だ。

先ほどこの美人が剣を引き抜いて敵と手を交えた

時、その剣法は柔弱な顔とは反対に奥深い勢いがあり、目が離せなかった。まさに眼福と言っても過言ではないものだったのだ。ただ、この美人は既に人のものである。宇文慶《ユーウェンチン》は残念で仕方がなかった。

宇文慶《ユーウェンチン》が自分のことを考えているとは露知らず、沈嶠《シェンチアオ》は穏やかな表情で彼に向かって会釈して微笑んだ。

「宇文《ユーウェン》大夫殿、まずは後ろにいらっしゃる方のご様子を確認されては？」

「あぁ……気を失ってしまったみたいだ」

宇文慶《ユーウェンチン》が玉姿《ユーズー》の腕を差し出し、沈嶠《シェンチアオ》は脈をとった。

「見てみますね」

「問題ありません。睡穴を突かれただけですから」

沈嶠《シェンチアオ》が玉姿《ユーズー》の穴道を解くと、彼女はゆっくりと目を覚ました。目の前にいる宇文慶《ユーウェンチン》と沈嶠《シェンチアオ》を見ても気が動転したままで、明らかにまだ恐怖から抜け出せていないようだ。

宇文慶《ユーウェンチン》は慌てて彼女を宥《なだ》めた。

「もう大丈夫だ。晏《イエン》少師と沈《シェン》公子が助けてくれたぞ！」

「小琳《シアオリン》は、あの子は……」

「合歓宗の者が小琳《シアオリン》に成りすまして、お前に近づいたんだ。お前を使って私を殺そうとしていた。小琳《シアオリン》はおそらくもう……」

その時、不意に沈嶠《シェンチアオ》が口を開いた。

「そうとも限らないかと。こちらの方が無事であれば、侍女も無事である可能性が高い。大夫殿、人を遣って辺りを探してください。もしかすると、何か見つかるかもしれません」

玉姿《ユーズー》は宇文慶《ユーウェンチン》の袖を引っ張り、目に涙を溜めて懇願する。

「小琳《シアオリン》は長い間、私に心から仕えてくれていたのです。どうか見つけてやってくれませんか！」

情に脆《もろ》い宇文慶《ユーウェンチン》は、「分かった、今捜索に人を遣るから！」と了承した。

合歓宗の四人の長老は結局晏無師《イエンウースー》に敵わなかった。一人はその場で命を落とし、もう一人は重傷を負った。去り際、急所に晏無師《イエンウースー》の一掌を受けてしまったので、戻ったところでよほどのことがない限り、長くは生きられないだろう。残った二人も怪我をして、命からがら逃げ帰った。

宇文慶《ユーウェンチン》は振り返り、座っている沈嶠《シェンチアオ》を見た。剣を抱えているものの両目に力がないその様子に、哀れみの気持ちが頭をもたげる。先ほど沈嶠《シェンチアオ》が見せた強さを彼はすっかり忘れていた。

「沈《シェン》公子、もしかして疲れているのか？　私の馬車で少し休んだらどうだ？　食べ物もあるぞ」

沈嶠《シェンチアオ》は首を横に振った。

「いいえ、ご面倒を掛けるわけには」

宇文慶《ユーウェンチン》は笑って続ける。

「面倒などとはとんでもない。命を助けてもらったんだ。感謝してもしきれない。公子は顔色も悪い。きっと気血が不足しているのだろう。阿膠糕《あきょうこう》（ロバニカワなどで作った食べ物）も持って来ているから、後で届けさせよう。毎日一枚食べて血を補うといい。あれは甘いから、食べやすいし……」

喋《しゃべ》り続ける宇文慶《ユーウェンチン》に、沈嶠《シェンチアオ》は呆れて静かに額に手を当てた。

宇文慶《ユーウェンチン》は沈嶠《シェンチアオ》がめまいを感じているのかと思い、手を伸ばして支えようとすると、晏無師《イエンウースー》ののんびりとした声が聞こえてきた。

「私が前線で血を浴びながら奮闘していたというのに、こうして目の前で、うちの阿嶠《アーチアオ》が誘惑され、連れて行かれそうになっているとは。本当に悲しいものだなぁ！」

「……」

沈嶠《シェンチアオ》は言葉を失う。晏無師《イエンウースー》を見なくても分かる。血を浴びながら奮闘どころか、きっと彼の衣服には血一滴、ついていないだろう。

晏無師《イエンウースー》の言葉にはなんの説得力もなかったが、宇文慶《ユーウェンチン》はばつが悪そうに急いで手を引いた。

「少師、ご冗談を。沈《シェン》公子が少し疲れているようなので、声を掛けたまでです。今夜は少師のお陰で助かりました。少師がいらっしゃらなければどうなっていたことやら！」

馬車の外はがやがやと賑やかだった。宇文慶《ユーウェンチン》が連れてきた者たちの多くが怪我をしただけではなく、同行していた旅商人にも巻き込まれた者がいた。敵の目的は宇文慶《ユーウェンチン》ただ一人だったが、魔門の者は物事の善悪よりも、好き嫌いで手を下す。彼らの行く手を妨げる者は、死を免れないのだ。商人たちは官吏と共に進めば安全だと考えていたが、思いもよらぬ災難に、泣くに泣けない気分である。同行していた使用人たちをどうにか落ち着かせようとして、騒ぎはますます大きくなるばかりだった。

宇文慶《ユーウェンチン》は沈嶠《シェンチアオ》の言う通り捜索に人を遣り、案の定、近くの川辺の岩陰で玉姿《ユーズー》の侍女を見つけた。おそらく侍女は用を足しに馬車を降りた後、誰かに見られないように少し遠くまで行ったのだろう。しかし、あろうことか魔門の者に気絶させられてしまったので、目を覚ましても何があったのか分からない様子だった。

晏無師《イエンウースー》がいるだけで、彼の周囲には緊張感が生まれる。一行はおちおち眠ることもできず、夜が更けても喧騒が続いていたが、晏無師《イエンウースー》と沈嶠《シェンチアオ》がいる馬車の周りだけは異様な静けさに包まれていた。宇文慶《ユーウェンチン》は玉姿《ユーズー》を連れて馬車を離れた後、礼代わりに、たくさんの食べ物を届けさせた。野外の炊事は不便だが、宇文慶《ユーウェンチン》は生活の楽しみを存分に味わいたい人間だ。今回煮込んで作った干し肉や蜜漬けに加えて、新鮮な果物まで持って来ていた。

沈嶠《シェンチアオ》は干し肉には興味がなかったが、蜜漬けをかなり食べた。甘いものに目がないのはどこに行っても変わらないようだ。

晏無師《イエンウースー》は柔らかい肘置きに寄り掛かり、干し肉を口に入れてゆっくりと味わう。傍には茹茹《ルールー》が淹《い》れたばかりの蜂蜜茶が置かれている。外の賑やかさに比べると、車内は一層静かに感じられた。

沈嶠《シェンチアオ》が口を開く。

「今回の計画が失敗したので、彼らはまた襲ってくるかもしれません。宇文《ユーウェン》大夫殿の周囲には隙が多いですし、防ぎきれないかと」

「問題ない。宇文慶《ユーウェンチン》の傍には毒見の者もいる。今回の件は奴の愚かさが招いたこと、自業自得だ。何がなんでも女を連れてこようとしたから、隙を突かれたのだ。今後はもっと慎重になるだろう。それに、奴が死んだとて構わん。私も別に一通国書を持っているから、副使に渡して陳の君主に届けさせればいいだけのことだ。今回宇文慶《ユーウェンチン》が遣わされたのも、奴が口達者で雄弁であるゆえだ。弁舌はほかの者では代わりがきかぬから、周帝は奴をこれほどまで重んじているのだ」

先ほど息もつかずに、あれこれ話をしていた宇《ユー》文《ウェン》慶《チン》を思い出し、沈嶠《シエンチアオ》はつい小さく笑った。

晏《イエンウースー》無師が感嘆する。

「それにしても、うちの阿嶠《アーチアオ》は誰にでも愛されるな。宇文慶《ユーウェンチン》のような遊び人はさておき、白茸《バイロン》のような妖婦までお前に夢中とは。しっかり見張っておかねば、いつの間にか誰かに攫《さら》われてしまうかもしれぬぞ！」

その言葉に沈嶠《シエンチアオ》は眉を寄せた。

「ご冗談はおやめください。私がいつ白茸《バイロン》と関わりを持ったというのです？」

「白茸《バイロン》は侍女のふりをして宇文慶《ユーウェンチン》を殺しに行ったが、昔なら侍女も宇文慶《ユーウェンチン》の妾も確実に死んでいただろう。だが今回、あの女はあえて情けを掛けた。お前のためでなく、宇文慶《ユーウェンチン》のためだとでも？　賢いあの女のことだ。とうにお前がいることを察していたのだろう。だからこれ以上反感を抱かれぬよう、殺さずにいたのではないか？」

そこまで言うと、晏無師《イエンウースー》はチッチッと軽く舌を鳴らした。

「うちの阿嶠《アーチアオ》も困ったものだ。生まれつき鈍感で身を修めることや修練のことしか頭になく、男女の情愛に関してはからっきしだめだ。本座《ほんざ》が指摘してやらねば、真に理解する日は到底来ないだろう！」

晏《イエンウースー》無師は口を開けば「うちの阿嶠《アーチアオ》」と、沈嶠《シエンチアオ》を自分の所有物のように扱う。沈嶠《シエンチアオ》は何度か反論したが、結局効果がなく、今ではすっかり慣れっこになってしまい、晏無師《イエンウースー》の好きなように言わせていた。

晏《イエンウースー》無師は続ける。

「気の毒に。あの女の愛情は報われることがないのだからな。もし桑景行《サンジンシン》が白茸《バイロン》のお前への気持ちを知ったら、奴をどういたぶるのやら」

沈嶠《シェンチアオ》は不思議そうに、「合歓宗は門下の弟子が他人を愛するのを許していないのですか？」と問いかけた。

晏無師《イエンウースー》は声を上げて笑う。

「まさか本当に知らぬのか？　合歓宗は採補術《さいほじゅつ》（他人の精気を吸い取る術）で有名だ。門下は男女かかわらず、皆、双修《そうしゅう》（体を交えて気を高め合うことで行なう修練）をする。白茸《バイロン》はもう処子《しょし》ではないように見受けられるから、おそらくその元陰《げんいん》（情事を経験していない女性）の身はとうに師父の桑景行《サンジンシン》に奪われているだろうよ！」

沈嶠《シェンチアオ》は驚きを隠せず、しばらくしてやっと答えた。

「ですが、あの二人は師父と弟子では……」

「だからなんだ？　桑景行《サンジンシン》は男女構わず手を出し、人の貞操を奪うことを好む男だ。そんな奴が、美しい弟子の元陰をやすやすとほかの男に譲るとでも？　白茸《バイロン》が何人の男と双修したのかは知らんが、間違いなく師父の桑景行《サンジンシン》もその一人だ」

眉を寄せて黙り込んだ沈嶠《シェンチアオ》に、晏無師《イエンウースー》は笑って言った。

「弱い者を哀れに思う阿嶠《アーチアオ》の悪い癖がまた出たな。桑景行《サンジンシン》はまだしも、合歓宗のほかの者との双修が嫌なら、あの女はなんとかして避けるはずだ。だが、あれほど短期間で腕を上げているのは、おそらく採捕術のおかげなのだろう。白茸《バイロン》自身がそれを甘んじて受け入れているというのに、お前は奴を気の毒に思うのか？　あんな女のどこに阿嶠《アーチアオ》が哀れむ価値などある？　それなら、私を哀れんだらどうだ？」

沈嶠《シェンチアオ》は呆れた。

「白茸《バイロン》は哀れむに値せず、晏《イエン》宗主はかえって哀れむに値すると？」

「今夜、私は一人で四人に立ち向かったのだ。哀れではないか！」

そう言って、晏無師《イエンウースー》は沈嶠《シェンチアオ》の手を引き、自分の胸に押し当てた。

「ほら聞いてみろ、私の可愛い心の臓は今でもひどくドキドキとしているのだぞ！」

ちょうどその時、外から宇文慶《ユーウェンチン》の声が聞こえてきた。

「少師、沈《シエン》公子、入ってもいいですか？」

沈嶠《シェンチアオ》は手を引こうとしたが、出し抜けに晏無師《イエンウースー》が力を入れたので、逆に晏無師《イエンウースー》のほうに倒れる羽目になった。

中から返事がなく、宇文慶《ユーウェンチン》は黙認されたのだろうと馬車の扉を押し開いて簾を持ち上げる。そして、目の前の光景に固まってしまった。

宇文慶《ユーウェンチン》の角度からは、晏無師《イエンウースー》がちょっかいを出しているというより、沈嶠《シェンチアオ》が自ら晏無師《イエンウースー》の懐に飛び込んでいるように見えたのだ。

すっかり呆気に取られている宇文慶《ユーウェンチン》を見て、晏《イエン》無師《ウースー》は微かに眉を跳ね上げる。その途端、心に悪意が芽生えたのか、いきなり沈嶠《シェンチアオ》の顎を摑み、深く口づけをした。

沈嶠《シェンチアオ》はぎょっとして、即座に掌を叩き付けようとする。しかし、晏無師《イエンウースー》は彼の動きを予想していたのか、沈嶠《シェンチアオ》の攻撃を受け流し、そのまま点穴を施した。抵抗できない姿勢の沈嶠《シェンチアオ》を懐に抱き込んで頭を下げ、舌で強引にその唇を割り、侵入していく。

「んぅっ……」

沈嶠《シェンチアオ》はきつく眉を寄せた。行為に夢中になっているわけではなく、点穴されたせいで抵抗できないのが苦しいのだ。穏やかな性格の沈嶠《シェンチアオ》も、さすがに怒り心頭に発していた。ただ、武芸の腕前は晏無師《イエンウースー》に敵わないので、されるがままになるしかない。沈《シエン》嶠《チアオ》は腰をしっかりと摑まれた状態で、すらりとした美しい首を晒すように強引に上を向かされた。顎は怠《だる》さで力が入らず、口を閉じることができない。銀色の糸がつぅ、と口角を伝った。しかし、彼を蹂躙《じゅうりん》する者はそれに構わず、口づけをさらに深める。

あまりに艶《なま》めかしい光景に、宇文慶《ユーウェンチン》は目を逸らせない。それどころか、口の渇きまで覚えた。

しばらくしてから晏無師《イエンウースー》はようやく懐に抱いてい

沈嶠《シェンチアオ》を放すと、宇文慶《ユーウェンチン》のほうを振り返って言った。

「気が済むまで見たか?」

宇文慶《ユーウェンチン》は風流で好色を自負しており、百戦錬磨と言ってもいい。なのに今や見てはいけないものを見てしまったからか、それとも晏無師《イエンウースー》に気圧されたのか、言葉に詰まる。

「み、見ました……」

「なら、さっさと失せろ」

宇文慶《ユーウェンチン》は何も言えずに踵を返し、魂が抜けたかのように慌てふためいてその場を後にした。

晏無師《イエンウースー》は沈嶠《シェンチアオ》に視線を戻した途端、言葉を失った。沈嶠《シェンチアオ》が気絶していたからだ。

実際は、口づけで気絶したというより、抵抗できず、息を詰まらせたのだろう。つまり、沈嶠《シェンチアオ》は怒りで気絶したのだ。

こんな光景を見たのは初めてで、晏無師《イエンウースー》は我慢できずに声を出して笑った。

「全く、可哀想に!」

自分がやりすぎたとは、微塵も思っていない。それどころか晏無師《イエンウースー》は、祁鳳閣《チーフォンゴー》が教えたこの弟子はうぶ過ぎる、と感じていた。

第二章　儒門の領袖

東呉《とうご》が建康の地に都を置いてから数百年が経った。東晋が南遷して以降、長江がちょうど天然の防壁となっていたので、建康は北の戦乱とは無縁だった。そのため、ここは中原どころか天下において最も栄えた都市になったのだ。方々から商人たちが集い、旅人もせわしなく行き交う。昼は人や馬が絶え間なく往来し、夜は闇を切り裂くように一晩中明かりが灯る。妓楼《ぎろう》の華やかな閨《ねや》はさらに夜通し賑やかである。

　長安や鄴城《ぎょうじょう》なども確かに都ではあるが、度重なる戦乱により建物には傷みが目立ち、全体的に廃れた印象がある。それゆえ、人々は戦火が及ばず、政情が比較的安定した江南を極楽と呼び、憧れた。徐々に、「天下の繁花は建康に聚《あつ》まる」という言葉が広まった。宇文慶《ユーウェンチン》のような周国の官員も口には出さないが、心の中では建康に憧れを抱いている。彼と一緒に来た侍従たちは、もはや羨望と賛嘆を隠そうともしなかった。迎えに来た陳国の官員は鼻高々で、あれやこれやと建康城内の風物を指さしては紹介に余念がない。

　町に入ってから、宇文慶《ユーウェンチン》たちは陳国が提供してくれた官員用の迎賓館に滞在することになった。晏《イエン》無師《ウースー》も一緒だ。宇文慶《ユーウェンチン》は地位があり、自分の命を救ってくれた恩もある晏無師《イエンウースー》には真ん中の屋敷を譲り、自身は傍の屋敷に落ち着くことにした。宇文《ユーウェン》慶《チン》の哀れな側室玉姿《ユーズー》は、あの夜の騒動で肝を潰して病に倒れてしまった。ずっと伏せっていたが、町に入って全てが落ち着いてから、ようやく体調も回復してきたようだ。

　宇文慶《ユーウェンチン》の刺殺に失敗してからというもの、合歓宗は姿を現していない。初めは不安に慄《おのの》いていた宇《ユー》文慶《ウェンチン》だが、自分には晏無師《イエンウースー》がいる、と思い直した。もし護衛している人物が刺客に殺されでもしたら、それこそ浣月宗宗主としての面目は丸潰れである。面子は江湖者にとっては命よりも重要なのだ。そう考えると宇文慶《ユーウェンチン》は徐々に安心して、愛しい側室を連れて思う存分建康城を見物し、陳の君主の召見を待った。

そんなある日のこと、沈嶠《シェンチアオ》が部屋で茹茹《ルールー》に本を読んでもらっていると、宇文慶《ユーウェンチン》が訪ねてきたという知らせを受けた。

沈嶠《シェンチアオ》が頷くのを待ってから、茹茹《ルールー》は本を置き、扉を開ける。

中に入った宇文慶《ユーウェンチン》はまず辺りを見回して、「おや、晏《イエン》少師はいらっしゃらないのか?」と問いかけた。

沈嶠《シェンチアオ》は笑う。

「もとから同じ部屋に泊まっていませんから。晏《イエン》宗主でしたら、ここにはいませんよ。今日は用事があり、朝早くから出かけたと聞いています」

宇文慶《ユーウェンチン》は作り笑いをした。

「それならちょうどいい。少師がいなくても問題はない。あんなお方だから、話すたび、陛下に謁見する時より緊張してしまうんだ!」

茹茹《ルールー》は我慢できず、吹き出す。

宇文慶《ユーウェンチン》は日頃から美人には寛大であり、茹茹《ルールー》の様子に怒るどころか、彼女に向かって微笑んだ。

茹茹《ルールー》は恥ずかしそうにする。

さらに宇文慶《ユーウェンチン》は笑みを沈嶠《シェンチアオ》に向けて言った。

「今日はかなり天気がいい。沈《シェン》公子、よかったら軽く散歩でもどうだ。建康には淮水《わいすい》(現在の秦淮河《しんわいが》)が流れていて、多くの渡し場があり、どこも市がある。散歩のついでだ。川で捕れた魚介を買って帰って料理をさせ、今夜は宴会でもしよう!」

そう言ってから、宇文慶《ユーウェンチン》はまた思い出したように尋ねた。

「沈《シェン》公子は道士だが、精進料理しか食べないわけではないだろう?」

「そういうわけではありませんが……ただ、私は目が不自由なので、皆さんの足手纏《まと》いになるかと」

宇文慶《ユーウェンチン》は笑う。

「沈《シェン》公子は私の命を救ってくれたんだし、あの時、足を引っ張ったのは私のほうだぞ。他人行儀にならずともよい」

そこまで言われては、沈嶠《シエンチアオ》も拒否できなくなり、「では、お言葉に甘えて」と答えた。

一行が滞在する迎賓館から渡し場までは歩いていける距離だ。宇文慶《ユーウェンチン》は馬車を使わず、玉姿《ユーズー》たちを連れて徒歩で出かけた。最初、徒歩は沈嶠《シエンチアオ》には負担ではないかと、宇文慶《ユーウェンチン》は心配していた。しかし、沈嶠《シエンチアオ》は竹杖を突いてはいるが、少しも後れを取らず、誰かの支えも必要としなかった。宇文慶《ユーウェンチン》と並んで歩く姿は普通の人と全く変わらない。

宇文慶《ユーウェンチン》は沈嶠《シエンチアオ》が剣を持たずに出かけたのに気づいて問う。

「沈《シエン》公子、剣はどこに?」

相手が何を案じているのかが分かり、沈嶠《シエンチアオ》は思わず笑った。

「ご心配なさらずに。もし敵が来たとしても、この竹杖で多少は防げます。それに、ここはなんといっても建康。臨川学宮が鎮座している場所ですから、合歓宗もさすがに手を出すほど無謀ではありませんよ！」

図星を突かれ、宇文慶《ユーウェンチン》は恥ずかしさに顔を赤くする。

「どうりで町に入ってからずいぶんと平穏になったと感じるわけだ。少師が安心して用を片付けに行ったのは、こういうことだったんだな」

「陳国と周国は盟を結ぶのです。もし建康城であなたが襲われた、となれば、周帝に申し開きできませんし、盟を結ぶどころの話ではなくなります。だから、陳国は必ず全力を尽くしてあなたを守ります。泊まっている場所の周りにもあなたが気づいていないだけで、常に護衛の手練れがいるのですよ」

宇文慶《ユーウェンチン》は沈嶠《シエンチアオ》に体を寄せて声を潜める。

「沈《シエン》公子、私はあなたが男寵《なんちょう》の類の者ではないと知っているし、一度もあなたを軽んじたことはない。今日は少師がいらっしゃらないから、こうして少し本音を言えるが、長安の者たちがあなたをどう見ているのか、知っているか?」

沈嶠《シェンチアオ》は笑顔のまま何も答えない。

その反応に宇文慶《ユーウェンチン》は、沈嶠《シェンチアオ》は知らないのだと思い込み、遠回しに言った。

「あなたは浅瀬に閉じ込められた龍の如く、今ではすっかり権勢を失い、少師に頼らざるを得ない。そして自分を守るためなら……コホンッ、気骨も節操もなくなったと奴らは言っている。共に旅をして、私は沈《シェン》公子に助けられた恩もあるから、断じてそのような者ではないことを知っている。だが、流言は恐ろしいものだぞ。積み重なれば真偽を混同させることだってできるんだ！　晏《イエン》少師からは、できる限り離れていたほうがいい。他人の好き勝手に悪口を言われ、いわれもないことで面目を失う必要などない。全く、奴らの戯言と言ったら、本当に腹立たしい！」

宇文慶《ユーウェンチン》がこんなことを言うのは、きっと先日馬車で見た光景のゆえだろう。しかし、すぐに多くを説明することはできないので、とりあえず沈嶠《シェンチアオ》はこう言うしかなかった。

「お気遣いいただきありがとうございます。誤解されているようですが、私と晏《イエン》宗主はそのような関係ではありません。晏《イエン》宗主は少し……気まぐれな方なので、よく人の意表を突くようなことをされるのです」

「あぁ、分かっているとも。沈《シェン》公子が、晏《イエン》少師の男寵なわけがないし、私とて、男色を好む者に偏見を抱いているわけではない。ただ沈《シェン》公子が今の立場で、もし晏《イエン》少師と、その……ゲホン、恋仲だったとしても、中傷されて傷つくのはあなたで、晏《イエン》少師ではないのだぞ！」

沈嶠《シェンチアオ》は呆れる。

「……私たちは恋仲ではありませんし、私も男色を好みませんから」

「分かっている、分かっている。これは口に出して言ってはいけないのだろう？　まあ、私たちの心の中にしまっておこう！」

「……」

宇文慶《ユーウェンチン》はさらに喋り続けていたが、沈嶠《シェンチアオ》はそれ以上何を言っても無駄だと思い、全て聞き流した。

渡し場は人で賑わっており、道端には雑貨が並べられている。宇文慶《ユーウェンチン》たちのように、徒歩で買い物に来た者が多かったが、馬車や馬に乗った者もいた。岸に着いた船を降りる者から、身内を見送りに来た者まで、大勢が押し合い、車馬も頻繁に行き交っている。一人でも転べば、連鎖的に転倒しそうな勢いだ。


その時、何かに驚いたのか、はたまた御者が上手く御せなかったからか、一行の後方にいた馬がこちらに向かって突っ込んできた。人々は散り散りになって逃げ惑い、沈嶠《シェンチアオ》はほかの者たちとはぐれてしまった。しかし、どうせ宇文慶《ユーウェンチン》には護衛がついているのだ。沈嶠《シェンチアオ》は心配しなかった。河辺の露店に沿って、ゆっくりと市街へ戻る。時折興味を引く売り声を聞くと足を止めたり、気になった品物に触れたりもした。物売りは沈嶠《シェンチアオ》の目が不自由だと気づいても、その身なりや振る舞いを見て軽んじることもせず、逆に熱心に売り物を紹介し始めた。


「お客さん、どうです。一番いい竹で編んだ物なんですよ。籠も椅子も、なんでもありますぜ。あとちょっとした細工物だってあります。お子さんの遊び道具として買って帰るのもいいかと！」

沈嶠《シェンチアオ》がしゃがんだのを見て、物売りは竹で編んだ毬《まり》を沈嶠《シェンチアオ》の手に押し付けた。

「ほら、触ってみてくださいよ。つるつるしているでしょう。棘《とげ》も全然ないんです！」

「確かにその通りですね」

沈嶠《シェンチアオ》は毬を摩《さす》りながら笑う。

「では、一ついただきましょうか」

その時、傍《かたわ》らから幼い女の子の声が聞こえてきた。

「おじちゃん、あのね、竹のひよこちゃん、弟に壊されちゃったの！　お父ちゃんが、もう一個買っておいでって！」

物売りは女の子の両親と知り合いのようだ。

「また弟がいたずらをしたのか。でもひよこはもう売り切れでな、この前編んだのが最後の一つなんだよ。あれはちょっと時間が掛かるし、おじちゃん今、忙しいんだ。もう二、三日したらまた編んでやるから！」

「じゃあ、ここでおじちゃんのお手伝いをする！　おじちゃんがしなものをぜーんぶ売っちゃえば、ひよこを早く作ってくれる？」

女の子の言葉に、物売りは思わず笑った。

「お前に手伝いなんてできないさ。早く帰りなさい。お前の姿が見えなかったら、お父ちゃんとお母ちゃんが心配するぞ」

女の子は「うん」と返事をしたが、がっかりした声で、今にも泣き出しそうである。

沈嶠《シェンチアオ》が口を開いた。

「まだ竹ひごはありますか？」

物売りは「ありますが、竹ひごを買うんですか？」と不思議がる。

沈嶠《シェンチアオ》は返事をして続けた。

「それを使ってちょっと編み物を……お金はあとで払いますので、いいですか？」

物売りは「そんなそんな、もちろんですとも」と笑って、竹ひごを一束手に取り、沈嶠《シェンチアオ》に差し出す。

「目が不自由なようですが、編めるんですかい？」

沈嶠《シェンチアオ》も笑って答えた。

「幼い頃に、弟や妹の暇つぶしに編んだことがあって。まだ少し覚えているのです」

少し覚えている、と沈嶠《シェンチアオ》は言ったが、手つきは流れるようだった。指先で器用に結び目を作ると、竹ひごを曲げて、あらかじめ作った穴に入れる。あっという間に、今にも動き出しそうなひよこが出来上がった。

女の子は「うわあ、ひよこちゃん！」と驚き、嬉しさを露わにする。

沈嶠《シェンチアオ》はそれを女の子に渡し、笑いながら言った。

「君が持っていたひよこがどんな形か分からないから、あまり可愛くないかもしれませんが。よかったら、どうぞ」

「かわいい、すごくかわいいよ！　お兄ちゃんありがとっ！　だいすき！」

物売りは横で少し妬《ねた》ましそうに呟く。

「このお客さんに比べたら確かに俺は年上だが、そこまでじゃないぞ。なのに、お客さんはお兄ちゃんで、俺はおじちゃんかよ！」

沈嶠《シェンチアオ》は声を上げて笑った。

女の子がぴょんぴょん飛び跳ねながら去って行くと、沈嶠《シェンチアオ》は立ち上がり、しゃがんでいたせいで痺《しび》れた足を伸ばした。そして、竹ひごと竹毬の代金をまとめて渡そうとする。物売りはいらない、と断ったが、沈嶠《シェンチアオ》はお金を押し付けた。

「どちらに行けば、外使《がいし》の迎賓館に戻れるか、教えていただけませんか？」

「お客さん、陳国に来た使臣《ししん》でしたか！」

物売りはハッとして言う。

「すぐそこですよ。でも人が多いですし、お客さん、目が不自由でしょうから見つけづらいかと。俺、案内しますよ！」

沈嶠《シェンチアオ》は礼を述べつつも、「ですが、お店のほうは……？」と問いかけた。

物売りは笑う。

「大丈夫ですよ！　毎日竹細工を売りに来てますが、大した金にはなりません。それに周りの物売りたちとは知り合いですし、ちょっと見てくれと頼めばいい話です。あなたは遠くから来た客人ですから、こんなところで迷わせるわけにはいきませんよ！」

物売りは沈嶠《シェンチアオ》を連れて、渡し場に沿って戻っていく。

「大通りは人が多くて迷いやすいんです。ここから小道に入ればもっと早く着けます！」

物売りは沈嶠《シェンチアオ》の腕を支えて進みながら笑った。

「もしここにもう何日か留まるのであれば、街中を歩いてみるのもいいかと。南の食べ物は、そりゃあもう心を込めて作っていますから、一度食べたらきっと……」

その時、空を切り裂く音が聞こえてきた。微かな音に気づく者はほとんどおらず、物売りも喋り続けていたが、沈嶠《シェンチアオ》は僅《わず》かに顔色を変えた。サッと竹杖を振ると、向かってきた針は向きを変えて傍の壁に深く突き刺さる。

同時に、物売りは唐突に喋るのをやめたかと思うと、その場に倒れた。

敵は沈嶠《シェンチアオ》と共に、物売りも狙ったようだ。沈嶠《シェンチアオ》は、かろうじて自分の身は守れたが、物売りまでは手が回らない。あと一歩遅かった。

「コソコソと隠れているのはどなたです？」

沈嶠《シェンチアオ》はそう言いながら、しゃがんで物売りの様子を確認する。気絶しているだけだと分かると、ホッと胸を撫で下ろした。

「沈《シェン》郎は竹細工売りには丁寧に接するのに、どうしてあたしにはそんなに厳しくあたるの？」

可愛らしい声とともに、馴染みのある香りが漂ってくる。

沈嶠《シェンチアオ》は微かに眉を寄せた。

「白茸《バイロン》さん？」

白茸《バイロン》は塀の上に座り、ニコニコしながら、交差させた両足をゆらゆら揺らしている。その手にはどこから摘んで来たのか、芍薬《しゃくやく》の花が一本あった。

「お久しぶりっ！」


明るく挨拶する白茸《バイロン》に、沈嶠《シェンチアオ》が言う。

「この間、夜中にあなたが宇文《ユーウェン》大夫殿を暗殺しようとした時に、会ったばかりですが」

「ほら、一日千秋の思いって言うでしょ？　もう何度秋が過ぎ去ったと思ってるの！」

晏無師《イエンウースー》にしても、白茸《バイロン》にしても、口説き文句のようなことを平気で口にする。沈嶠《シェンチアオ》は慣れていないので、どうかわしたらいいのか分からない。そのため、黙っていることしかできなかった。

白茸《バイロン》は、手に持った芍薬を「ほら、これあげる！」と沈嶠《シェンチアオ》に向かって投げた。

沈嶠《シェンチアオ》は、反射的にそれを受け取ったものの、隠し武器か何かだと思っていた。しかし、触れてみると本当の花だったので、呆気に取られる。

そんな沈嶠《シェンチアオ》を見て、白茸《バイロン》はますます楽しそうな様子だ。

「あたしが隠し武器を投げるとでも？　沈《シェン》郎の心の中じゃ、あたしはそんな悪人なの？」

「違いますよ」

沈　嶠《シェンチアオ》は首を横に振る。

「違うって何が？」

「あなたが宇文《ユーウェン》大夫殿を暗殺しようとした時、大夫殿の側室とその侍女を殺せたのに、そうはしなかった。だから、あなたは誰彼の見境もなく人を傷つけるような方ではないのは分かります。見逃してくれたこと、彼女たちに代わり礼を言います」

白茸《バイロン》は軽く瞬きをする。

「あたしは情けを掛けたんじゃなく、面倒だと思ったからだって思わないの？」

沈　嶠《シェンチアオ》は笑うだけで、言い返さなかった。

白茸《バイロン》は「わあっ」と感嘆する。

「笑った顔、ほんとに綺麗だね。もっと笑ったほうがいいよ。あたしをそんな風に優しい人間だと思ってくれるなんて、すっごく嬉しい。ねえ、口づけしてもいい？」

そう言うなり、白茸《バイロン》の体が動いた。

本当に口づけをされるのかと思い、沈嶠《シェンチアオ》は反射的に三歩ほど下がったが、白茸《バイロン》はまだ塀に座ったままだということに気づいた。単にからかわれているだけのようだ。

白茸《バイロン》は笑いが止まらなくなり、うっかり塀から落ちそうになる。

「沈郎《シェン》はどうしてそんなに可愛いの？　ますます好きになっちゃうよ！」

それに構わず、沈嶠《シェンチアオ》は「私に何か用ですか？」と尋ねた。

「用がなかったら会いに来ちゃいけないわけ？」

白茸《バイロン》はにこやかに答える。

「まあいいや、教えてあげる。遠くからずっと尾行して、隙あらば毒を盛ろうと思ってたんだよね。それで、気絶させて連れてっちゃおうって。でも残念なことに、沈郎《シェン》はずっと警戒してるし、近づく隙がなかったの。今やっと話せたんだから」

彼女の言葉が嘘か真か分からず、沈嶠《シェンチアオ》は密かに警戒を強めるしかない。

「あの女の子にあげたひよこ、すごく可愛かった。あたしにも一つ編んでくれない？」

沈《シェン》嶠《チアオ》はきょとんとしてから、首を横に振る。

「竹ひごがありませんので」

少し考えてから、沈嶠《シェンチアオ》は手に持っていた毬を差し出す。

「よければ代わりに竹毬をあげますよ」

白茸《バイロン》はプッと吹き出して「子どもをあやしてるんじゃないんだから！」と言いながらも、サッと毬を取り、掌で投げ上げて、遊び始める。

「白《バイ》さん、合歓宗から離れようと考えたことはありますか？」

唐突にそう問われて、白茸《バイロン》は怪訝な顔をする。

「どうしていきなり……」

そこまで言い掛けて、白茸《バイロン》の顔が曇る。しかし、口調は気に留めていない風を装っている。

「沈《シェン》掌教は晏《イエン》宗主から何か聞いたんでしょ。それで心底合歓宗が汚《けが》らわしいと思った。あたしのような人間は、あなたのような立派な玄都山掌教とは話をする資格もないってわけ？」

最後まで言った頃には、白茸《バイロン》からは殺気が滲み出ていた。沈嶠《シェンチアオ》の答えが気に食わなければ、手を出す勢いだ。

「いいえ」

白茸《バイロン》の顔色が素早く変わる。一瞬にして、彼女はまた花のような笑みを浮かべた。

「それとも、尊卑も、身分の上下も関係なく男女が双修する合歓宗が見るに堪えない。だから、あたしに足を洗えって言うの？」

沈《シェン》嶠《チアオ》は眉根を寄せる。

「私はただ、あなたがあそこにいるのが好きじゃないのでは、と思っただけです」

「あたしは合歓宗で育ったんだよ。あそこじゃなかったら、どこに行けって言うの？　浣月宗？　それとも法鏡宗《ほうきょうしゅう》？　あなたにとって、殺人のほうが双修することよりマシなわけ？　合歓宗は魔門って呼ばれてるけど、浣月宗も魔門でしょ？　忘れないで。晏《イエン》宗主が手を染めた血は、あたしより多いんだから！　あの取り澄まして、ご立派な門派の宗主たちや、あなたが玄都山の掌教だったとしても、あたしを受け入れてくれるの？　あなたが受け入れてくれたって、玄都山のほかの人たちは受け入れてくれるの？」

　立て続けに問われて、沈嶠《シェンチアオ》は呆気に取られてため息を吐く。

「そうですね、あなたの言う通りです。私の失言でした」

　合歓宗から離れようと考えたことはあるのかと尋ねた時、実を言えば沈嶠《シェンチアオ》は深く考えていなかった。ただ白茸《バイロン》と霍西京《フォシージン》はかなり違うので、白茸《バイロン》が合歓宗に残り続けるのはもったいない、と思っただけなのだ。

　白茸《バイロン》は甘ったるい声で言う。

「沈《シェン》郎はあたしが合歓宗で辛い思いをしてると思ってるんでしょ。馬ですら助けるんだもの、あの時に分かったの。沈《シェン》郎はすごく優しい人だって。あなたみたいにいい人なんて、滅多にいないよね。あなたの気配りは、大事にするから。でも、合歓宗に関しては自分の考えがあるの。だから気を遣ってもらう必要はないよ！　あぁ、そうだ。もう一つ、秘密を教えてあげる」

　そう言うや否や白茸《バイロン》は塀から飛び降りると、ふわりと沈嶠《シェンチアオ》に近づいてその袖を引っ張ろうと手を伸ばした。沈嶠《シェンチアオ》はすぐさま避けたが、白茸《バイロン》は気にせず狡猾な表情を覗かせる。

「晏無師《イエンウースー》について行ったっていいことないよ。あの人、もうすぐ大変な目に遭うんだから。とばっちりを受けないためにも、さっさと離れたほうが……」

　最後まで言う前に、白茸《バイロン》の顔色がサッと変わる。沈嶠《シェンチアオ》の背後、かなり離れたところにある姿が見えたからだ。そしていきなり、「大事なことを思い出したから、見送りはいらないよっ！」とだけ言い残して、姿を消してしまった。おそらく全力で軽功を使ったのだろう。

　沈嶠《シェンチアオ》は、白茸《バイロン》は晏無師《イエンウースー》を見て逃げたのだと思ったが、次の瞬間、違和感を覚えた。

　やって来たのは、晏無師《イエンウースー》ではなかった。

＊＊＊

通りを一本隔てて聞こえていた物売りの声は潮のように引き、ついに何も聞こえなくなった。

沈嶠《シェンチアオ》は目を開けなくても、自分がまだ同じ場所に立っていることを知っていた。一瞬のうちに別の場所に移動したわけではないことも分かっている。

周囲には形のない力が満ちており、沈嶠《シェンチアオ》に影響を与え続けていた。自分は既に違う場所にいるのだと、彼に誤った判断をさせようとしているのだ。

捉えどころのない感覚だった。内力がある程度まで強くなると、周囲の雰囲気を変えることができるようになる。そしてそれは、相手を混乱させ、感覚を惑わすのだ。

このような形で相手が姿を現すのは、沈嶠《シェンチアオ》に対して心理的な圧力をかけるために違いない。しかし、沈嶠《シェンチアオ》は動かなかった。相手に敵意が感じられなかったからだ。

玉がぶつかり合う音が近づいたり、遠のいたりしている。数歩先から聞こえてくるようでもあり、十里よりさらに離れた場所から聞こえてくるようでもある。自らに付き纏う影のように、また、骨に巣食う腫物のように、音は至るところから伝わってきた。

玉のぶつかる音は澄んでいて耳に心地よいが、長く聞いていると、不安や焦燥感に駆られる。沈嶠《シェンチアオ》は竹杖を握ったまま、頭を垂れて目を閉じ、眠るかのようにじっとしていた。

突如、沈嶠《シェンチアオ》が動いた。竹杖を稲妻の如く、前へ突き出す。

竹杖とともに、沈嶠《シェンチアオ》の体も弓から放たれた矢のように前へ飛んでいった。普段の病弱な様子から一変して、獲物に向かって飛び掛かる猟豹《りょうひょう》の如く、標的に真っ直ぐ迫る。

何もないように見えた場所を、内力を込められ、白い虹と化した竹杖が突く。その瞬間、沈嶠《シェンチアオ》を包んでいた形のない障壁が崩れて粉々になった。隔絶されていた物音も、途端に戻ってくる。

「ずいぶんなご手腕ですね。どなたです？　姿を現してはいかがですか」

沈嶠《シェンチアオ》は問いかけた。

「臨川学宮でずいぶんと待ったが、客人がいらっしゃらないものだから、自ら迎えに来たのだよ。失礼をどうかお許しいただきたい」

温厚な声が近づいてくる。

声の持ち主は足音を隠そうともせず、一歩一歩が鐘の音のように、沈嶠《シェンチアオ》の心に叩き付けられる。

沈嶠《シェンチアオ》は、この感覚が内力と幻術を合わせたものによって引き起こされたものだと分かっていた。先ほど声や音を〝隔絶〟した技と同じように、機先を制して相手を威圧できるのだ。

「汝鄢《ルーイエン》宮主でしたか。お名前はかねがね伺っております。お会いできるなんて、幸甚です」

儒門の領袖、そして天下で上位三名に入る高手の一人として、汝鄢克恵《ルーイエンコーフイ》は天下にその名を轟かせている。しかし、本人はいたって簡素な身なりで、布の靴を履き、頭に幞頭《ぼくとう》（布製の黒い被り物）を被っているだけだ。顔立ちも平凡で、群衆の中にいれば、少しも目立たない、普通の中年男性そのものである。

とはいえ、今この時、通りの反対側からゆっくりと庭を散歩するかのように歩いてきた汝鄢克恵《ルーイエンコーフイ》を見ても、誰も平民だとは思わないだろう。

この世で、これほどの風格を纏える人物など限られているのだから。

「以前祁道尊《チーどうそん》（道士への敬称）が亡くなったという知らせが届いた時、ちょうど閉関をしていて、私はすぐに弔問へ人を遣ることができなかった。閉関を終わらせてからやっとそれを知り、ひどく驚いたものだよ。祁《チー》道尊は天人が如き風采《ふうさい》で、武芸の腕前も世に抜きん出ていらした。万人に敬慕されたお方がこのように突然逝去されるなど、誰が予想できよう。私も心から悲しみ、祁《チー》道尊をこんなにも早く連れていってしまう天命を恨んだ。沈《シェン》道長、お悔やみを申し上げる」

汝鄢克恵《ルーイエンコーフイ》ほどの腕前ともなれば、祁鳳閣《チーフォンゴー》に対しては認め合い、尊重する気持ちが湧き上がるのだろう。これは本心からの言葉なのだ。

沈嶠《シェンチアオ》は礼儀正しく拱手をする。

「先師に代わり、汝鄢《ルーイエン》宮主のご厚情に感謝いたします。先師も言っておりました。この年で死ぬのは、先天高手にとって長寿とは言えないかもしれない。しかし、武道の極致を追究して命を落とすのは価値のあることだ、と。だから、汝鄢《ルーイエン》宮主も先師のためにどうか悲しまれぬよう。吾が道は孤ならず、天地と同《とも》に存する、ですからね」

汝鄢克恵《ルーイエンコーフイ》はつくづくと賛嘆する。

「それはよく言ったものだね。祁《チー》道尊は確かに、並外れたお方だ！」

そう言って、汝鄢克恵《ルーイエンコーフイ》は視線を沈嶠《シェンチアオ》へ向けた。

「私が出てきた時、茶室ではちょうど湯を沸かしていた。今頃きっと茶も出来上がっている。沈《シェン》道長、どうだろう。臨川学宮を一度訪れてみる気はおありかな？」

「私は北に長く住んできたので、おそらく南の茶は飲み慣れないかと」

この天下で汝鄢克恵《ルーイエンコーフイ》の招待を一言でも受けられる者はそう多くない。常人にとってはこの上ない光栄だが、沈嶠《シェンチアオ》はやんわりと断った。

汝鄢克恵《ルーイエンコーフイ》は怒ることなく微笑んだ。

「南の茶には南の茶の良さがある。様々なものを包容し、そこで初めて百川の流れを集め、果てなき海となるというもの」

沈嶠《シェンチアオ》も笑う。

「私はただ頂きものをすると頭が上がらなくなるのが怖いのです。汝鄢《ルーイエン》宮主のお茶を飲んでしまえば、あなたの要求を断りづらくなってしまいます。板挟みになっては、よくないでしょう？」

「北朝は広大な地を持ち、物産も豊かだ。ただ、南朝も引けを取らない。臨川学宮の茶を飲めば、主人が引き留めずとも、客人は立ち去りがたくなるかもしれない」

まさか臨川学宮へ行った者は皆、薬でも盛られて惑わされ、帰るのが惜しくなる、とでも言うのだろうか？

沈嶠《シェンチアオ》は我慢できず、声を出して笑った。

汝鄢克恵《ルーイエンコーフィ》は訝《いぶか》しがる。

「沈《シェン》道長はなぜ笑っている？　私は何かおかしなことを言ったかな？」

沈嶠《シェンチアオ》は軽く手を振る。

「失礼いたしました。宮主とは関係ありませんから、どうかお許しください」

晏無師《イエンウースー》がこの場にいれば、思い浮かべていたことをそのまま口にして相手を嘲笑っていただろう。しかし、それは明らかに沈嶠《シェンチアオ》の流儀ではない。

汝鄢克恵《ルーイエンコーフィ》は沈嶠《シェンチアオ》がこれほど頑固だとは思ってもみなかった。理屈からすれば、自分の将来を考慮しているにせよ、ほかに何か理由があるにせよ、既に離任したとはいえ、掌教は魔門の者と親しくはならないはずだ。世間の噂では、晏無師《イエンウースー》は沈嶠《シェンチアオ》の命を助け、その恩を盾に沈嶠《シェンチアオ》を傍に置き、離さないという。そして、沈嶠《シェンチアオ》も晏無師《イエンウースー》を頼り、自分を守ろうとしていると。汝鄢克恵《ルーイエンコーフィ》はこれらを根も葉もない噂だと、もともと信じてはいなかったが、今沈嶠《シェンチアオ》から向けられた言葉や態度からどうしてもその方向に考えてしまう。

汝鄢克恵《ルーイエンコーフィ》が問いかける。

「祁《チー》道尊が亡くなる前、一度縁があり、お会いしたことがあってね。数日話をしてかなり意気投合したものだよ。当時、私はあなたの師を招き、明君を共に扶助して、天下の万民の手に穏やかで繁栄した世の中を返さないかと持ち掛けた。祁《チー》道尊には、玄都山に世事と関わりを持たせるおつもりがなかったが、それでも正しい血統による王朝の継承には賛同されていたよ。だからこそ、後に狐鹿估《フールーグー》との二十年の約束というものが取り交わされたのだ。沈《シェン》道長はもはや玄都山掌教ではないが、祁《チー》道尊の弟子であることに変わりはない。まさか、自らの師の原則と立場を無視するおつもりではないだろう？」

「それは違います。言わずもがなですが、私と晏《イエン》宗主の関係は外の者の考えているようなものではありません。浣月宗が補佐する周国も今や日増しに発展し、民も安らかに過ごしています。宇文邕《ユーウェンヨン》が鮮卑人であるというだけで、彼は天下を取り、統一してはいけないというのですか？　先師が反対していたのは、中原の民の利益と引き換えに異族と結託することです。もし異族であっても我が中原に入り、漢《かん》家の文化を学び、どちらの民族も同一のものと見なすことができるのであれば、どうして明君と言えないのでしょう？」

汝鄢《ルーイエン》克恵《コーフイ》は首を横に振り、僅かに重々しさを感じさせる口調で返した。

「化外《けがい》の地（中華文明外の地）の野蛮人はどれだけ時が経っても化外の地の野蛮人にすぎない。中原の統治者となったところで、それは変わらないよ。斉国を見てみるがいい。高《ガオ》家の先祖は異族の出自でないにもかかわらず、長く胡の習俗に慣れ、残らず胡に同化してしまった。漢家の儀礼など欠片もないではないか。斉の君主は愚昧で、卑しき者や女が朝廷の紀律を乱すのを放置している。高《ガオ》家の政権はもう長くは続かないだろう。一方、周国は突厥により強くなっただけでなく、婚姻でも繋がり、あれやこれやと手を尽くして彼らの歓心を買おうとしている。だが、突厥は我が中原にとっては害でしかない。沈《シェン》道長はまさかそのことが分からないわけではあるまい？」

つまるところ、汝鄢《ルーイエン》克恵《コーフイ》は陳帝こそ将来天下を統一できる明君だと思っているので、沈嶠《シェンチアオ》に暗きを捨て明るきに投じろ、と説得しようとしているのだ。

汝鄢《ルーイエン》克恵《コーフイ》の身分と地位からして、自らこうして説得に来るのは彼の誠意にほかならない。厳密に言えば、沈嶠《シェンチアオ》は掌教の座を失い、武芸も以前の腕前からはほど遠い。その立場は汝鄢《ルーイエン》克恵《コーフイ》とは全く釣り合わず、彼が自ら赴くに値しないのだ。しかし、それでもなお汝鄢《ルーイエン》克恵《コーフイ》はこうして訪れている。

世に出たばかりで天下の情勢に暗い、数カ月前の沈嶠《シェンチアオ》であれば、汝鄢《ルーイエン》克恵《コーフイ》の話に心を動かされていただろう。しかし、今の沈嶠《シェンチアオ》には自分自身の考え方がある。相手の言葉には首を横に振って多くを語らず、こう答えた。

「私は今いかなる宗門も代表しておりません。一人江湖を彷徨う身で、乱世で生き長らえたいだけなのです。私が帰順するか否かなど、臨川学宮にとっても、陳国にとってもあまり意味はないでしょう。汝《ルー》鄢《イエン》宮主が先師の面子を立て、本日御自ら説得に訪れてくださっただけでも、私はとても感謝しております。宮主のそのお気持ちだけ、ありがたく受け取らせていただきます」

汝鄢克恵《ルーイエンコーフイ》は微かにため息を吐く。

「沈《シェン》道長が話される際、微かに声に滞りがあるように感じられる。おそらく内傷を負い、長らく完治していないのだろう。もし臨川学宮へ傷の治療に来てくれれば、陳帝の宮中で最も優れた侍医と共に、私が全力で傷を癒やして差し上げよう！」

沈嶠《シェンチアオ》は晏無師《イエンウースー》から、汝鄢克恵《ルーイエンコーフイ》と現在の陳国皇后、柳敬言《リウジンイエン》は同門の師兄妹だと聞いたことがある。それゆえ汝鄢克恵《ルーイエンコーフイ》と陳国皇室の関係は近しい、と。

こうして話してみると、確かにその通りであるようだ。そうでなければ、こうも簡単に宮中の侍医の名を出して約束を取り付けたりはしないだろう。

汝鄢克恵《ルーイエンコーフイ》から掛けられた言葉に、沈嶠《シェンチアオ》は僅かに感動した面持ちになったが、それまでだった。

「ありがとうございます。私など大した者ではありませんし、ご厚遇いただくわけには参りません。申し訳ありませんが、やはり仰せに従うことはできないのです」

実を言えば、汝鄢克恵《ルーイエンコーフイ》自身もまさか自分が無駄骨を折るとは思ってもいなかった。人情から言っても、道理から言っても、沈嶠《シェンチアオ》が断る理由などないはずなのだから。

汝鄢克恵《ルーイエンコーフイ》の脳裏には、晏無師《イエンウースー》と沈嶠《シェンチアオ》の馬鹿げた関係をまことしやかに語る例の流言が再び蘇った。

しかしすぐに、やはり荒唐無稽だ、と思い直した。

そんなことは、はなからあり得ない。

「まあよい。臨川学宮は決して人に無理強いをしないからね」

汝鄢克恵《ルーイエンコーフイ》の顔にはうっすらと残念な表情が浮かんだ。

沈嶠《シェンチアオ》も申し訳なさそうに言う。

「宮主にわざわざいらしていただいたにもかかわらず、私が頑固で無知なばかりに」

汝鄢克恵《ルーイエンコーフイ》は笑う。

「ここは沈《シェン》道長が泊まっていらっしゃる場所からそれほど離れていないけれど、現地の者でなければ分かりづらい。先ほどの物売りは気絶してしまったようだから、私が代わりに送って差し上げようか？」

「汝鄢《ルーイエン》宮主は本当に暇を持て余しているようだ。参内して皇后をやっている師妹と旧情を深めず、わざわざここまで阿嶠《アーチアオ》に寝返るよう説得しに来るとは。だが、阿嶠《アーチアオ》はもう私についてくると腹を決めているのだ。残念だったな！」

この言葉は当然、沈嶠《シェンチアオ》が放ったものではない。

通りの突き当たりの曲がり角から一人の男が現れ、ゆっくりとこちらへ近づいてくる。

先ほど汝鄢克恵《ルーイエンコーフイ》がわざと玉の音を立てながら近づいてきたのとは違い、その男、晏無師《イエンウースー》は少しも足音を立てなかった。袍《ほう》は翻《ひるがえ》り、その姿は瀟洒《しょうしゃ》で飄逸《ひょういつ》としている。足を止めて、一瞬でも目を向ける価値のある人間など、この世には存在しないと言わんばかりだ。

横柄さが体中から滲み出ている。

汝鄢克恵《ルーイエンコーフイ》は顔色を変えず、それどころか微かな笑みを見せた。

「晏《イエン》宗主が閉関してからというもの、一度もお会いしていなかったけれど、今日お会いして分かったよ。なるほど、確かに晏《イエン》宗主の功力は一日千里の勢いで進化されている」

晏無師《イエンウースー》は沈嶠《シェンチアオ》の後ろから半歩ほどのところで足を止めた。それ以上近づかず、僅かに目を細めて汝《ルー》鄢克恵《イエンコーフイ》をさっと観察した。

「だがお前はその場に立ち止まっている。十年前と比べても、あまり成長していないようだな」

晏無師《イエンウースー》がそう言うと、二人は黙り込んで見つめ合った。

内情を知らない者がこの光景を見れば、晏無師《イエンウースー》と汝鄢克恵《ルーイエンコーフイ》の間に何か言葉にできない事情があるのではないかと思うことだろう。

颪もないのに、晏無師《イエンウースー》の衣がはためく。対する汝鄢《ルーイエン》克恵《コーフィ》の衣は、裾さえ揺れていなかった。

不意に、沈嶠《シェンチアオ》が口を開いた。

「お二方、もし戦うのであれば、どこか別の場所でどうぞ。ここには武芸の心得のない人間もいるのです。無辜《むこ》の民を巻き込まないほうがよろしいかと」

沈《シェンチアオ》嶠が言い終わると、汝鄢《ルーイエン》克恵《コーフィ》が動いた。

しかし、汝鄢《ルーイエン》克恵《コーフィ》は晏無師《イエンウースー》のほうではなく城外へ向かって飛び出した。「城外に開けた場所がある！」という一言を響かせて。

この言葉には内力が込められていた。汝鄢《ルーイエン》克恵《コーフィ》の声はたちまち建康城の半分まで届き、それを聞いた者は皆ゾッとして表情を変えた。

晏《イエンウースー》無師は冷やかに鼻を鳴らし、大きな動きは見せなかった。だが、その姿は既に数丈離れた場所まで移動していた。

晏《イエンウースー》無師と汝鄢《ルーイエン》克恵《コーフィ》の一戦は、必ずや天下を驚かせるものになる。

そう思ったのか、晏無師《イエンウースー》の後ろに続くように、いくつかの影が飛んでいく。彼らは、騒ぎを聞きつけて観戦に向かう江湖者たちだった。

＊＊＊

汝鄢《ルーイエン》克恵《コーフィ》の一声に驚いたのは一人や二人ではない。建康城にいて、ちょうどその声を聞いた者は皆、奮い立って追い掛けた。汝鄢《ルーイエン》克恵《コーフィ》の相手が誰かは分からないものの、彼が自ら戦いに誘うのだから、きっとただ者ではないはずだ。

このような見事な戦いを見物できるなど、千載一遇の機会である。誰もそれを見逃したくはなかった。

しかし、観戦に行こうにも、そう簡単なことではない。汝鄢《ルーイエン》克恵《コーフィ》は城外に、という一言を言い終えるや否やサッと飛んでいき、晏無師《イエンウースー》はその後ろに続いた。彼らの姿は飛び立つ雁の如く軽やかで、視界に残ったのは残影のみ。もう一度瞬きをした時には微かに見えていた後ろ姿も見えなくなった。軽功が劣っている大多数の者はこの二人が離れていく方向を眺め、茫然として悔しがるしかない。

ただ、無事についていけた者も少なからずいた。例えば、六合幇《ろくごうほう》幇主の竇燕山《ドウイエンシャン》などは、ちょうどよく物音を聞きつけていた。竇燕山《ドウイエンシャン》は後ろに続きながら、晏無師《イエンウースー》に声まで掛けた。

「晏《イエン》宗主はまだ出雲寺《しゅつうんじ》の夜の件を覚えておいでですか！　我が六合幇にずいぶん面倒を掛けてくださいましたね。この竇《ドウ》もお手合わせを願いたいものです！」

そもそもこの天下で晏無師《イエンウースー》が気に留める者は少ないのだが、もちろんその中に竇燕山《ドウイエンシャン》は入っていない。

竇燕山《ドウイエンシャン》の言葉を聞くなり、晏無師《イエンウースー》は嘲笑った。

「この晏無師《イエンウースー》は無名な輩などとは手を交えん！」

この言葉にも内力が込められており、遠くまで伝わった。後ろにいる竇燕山《ドウイエンシャン》だけでなく、その場に留まっていた沈嶠《シエンチアオ》にも聞こえたので、ほかの人々に伝わったのは言うまでもない。

多くの人が心の中で密かに笑っていたが、ろくでもない者はその場で声を上げて笑った。

竇燕山《ドウイエンシャン》はサッと表情を曇らせる。

江湖で竇燕山《ドウイエンシャン》が手を出すのを見たことがある者はほとんどいない。何せ彼は天下で一番大きい幇会の幇主で、地位が高く権力もあるのだ。何事も幇主自らが手を出さなくてはならないのであれば、そのような幇会は惨めとしか言えない。とはいえ、竇《ドウ》燕山《イエンシャン》の武功は天下の十大に入らずとも、一流であることは確かである。

しかしそうであっても、相変わらず晏無師《イエンウースー》の目には留まらないようだ。

晏《イエン》無師《ウースー》の思い上がりや横暴な態度、そして傲慢なところはこのような振る舞いにも垣間見える。けれども、晏無師《イエンウースー》にはそうするだけの元手と実力があるのだ。そういうわけで、竇燕山《ドウイエンシャン》を除く誰もが、晏無師《イエンウースー》の言葉をそれもそうか、としか思わなかった。

竇燕山《ドウイエンシャン》は足を止めず、また声を張り上げる。

「晏《イエン》宗主、驕《おご》れる者は必ず大敗を喫する、という言葉を聞いたことは？」

今度の言葉に、竇燕山《ドウイエンシャン》は九割の内力を込めていた。近くにいた者はその声がもたらした振動に、たちどころに耳鳴りがして、めまいが起こり気分が悪くなる。

人々は肝を冷やして、竇燕山《ドウイエンシャン》を軽んじることができなくなるのだった。

沈嶠《シェンチアオ》は後を追わなかった。

晏無師《イエンウースー》と汝鄢克惠《ルーイエンコーフイ》の二人には実力の差こそあれど、それは本当に微々たるものだと知っていたからだ。彼らほどの境地に到達した手練れならば、内力や技などで勝負は決まらない。それよりも、好機を逃さずしっかり摑めるか、相手をどれくらい理解しているかが決め手である。ごく僅かな差で、勝敗がひっくり返ることもあるのだ。

二人もこのことは重々承知しているだろう。今回は全力で戦わずとも、きっと八割、九割の力をぶつけ合うはずだ。今の沈嶠《シェンチアオ》の功力では、追いつくためにに多少無理をしなくてはならず、追いついたところで真気を多く消耗してしまう。

とにかく、短時間で二人の戦いに決着がつくはずはない。人々が追い掛けていった方向に進んでいけば、いずれにせよ二人の姿を見つけられるだろう。

そう思い、沈嶠《シェンチアオ》は焦ることなく、まずは物売りを抱き起こした。そして、通りの入り口にいるもう一人の物売りに面倒を見てくれるよう頼んでから、城門のほうに向かって行く。

城門を出た途端、白茸《バイロン》の可愛らしい笑い声が聞こえてきた。

「そうやって一歩一歩歩いてて、いつになったら着くの？」

沈嶠《シェンチアオ》は眉を跳ね上げる。

「白《バイ》さんはどうしてまだここに？」

白茸《バイロン》は責めるように続けた。

「何度も会ってるのに、いっつもそうやって白《バイ》さん白《バイ》さんって、よそよそしいなぁ。茸《ロン》ちゃんって呼ばなくてもいいからさ、牡丹って呼んでくれたっていいじゃない！」

自分を無視して前を歩き続ける沈嶠《シェンチアオ》を見ると、白《バイ》茸《ロン》は地団駄を踏んだ。

「もうっ、そうやってのろのろして。あなたは焦ってなくても、代わりにあたしのほうが焦《じ》れったくなっちゃうよ！　今日みたいな戦いは滅多にないし、みんな必死にあっちに向かっているんだよ。これ以上もたもたしてたら、いい見物場所を取れなくなっちゃう！」

そう言うなり、彼女は手を伸ばして沈嶠《シェンチアオ》のことを摑もうとする。沈嶠《シェンチアオ》が避けようとしたところで、白《バイ》茸《ロン》は「もうっ！」と声を上げた。

「送ってってあげようとしてるんだから、逃げないでよ！　あたしが変なことをするのが怖いの？」

沈嶠《シェンチアオ》がその言葉に気を取られている隙に、白茸《バイロン》は沈嶠《シェンチアオ》の片腕をしっかりと摑んだ。

そして白茸《バイロン》は軽功を使い、難なく沈嶠《シェンチアオ》を連れて飛び上がる。その速さは、先ほどの竇燕山《ドウイエンシャン》の龍さながらの俊敏さに少しも引けを取らない。

何はともあれ、誰かに連れて行ってもらったほうが、自分で歩くよりも楽である。沈嶠《シェンチアオ》が白茸《バイロン》に礼を言うと、白茸《バイロン》はニコニコしながら答えた。

「お礼なんて他人行儀だね。もし本当にお礼をしてくれるなら、あたしと一晩寝るってのはどう？　晏《イエン》無師《ウースー》はまだあなたを抱いていないんでしょ？　沈《シェン》郎は元陽《げんよう》（情事を経験していない男性）の身なんだし、あたしにとっては最高の体だよ。確かに功力は損傷しているけど、そんなことで嫌ったりしないからね。双修のやり方を教えてあげる。そうすれば功力が回復するかもしれないし、面倒な『朱陽策』の修練とかもしなくて済むよ！」

「……」

沈嶠《シェンチアオ》は閉口した。

白茸《バイロン》はまだ粘り強く説得を続ける。

「どう？　あたしは得するし、あなたも損はしない。いいことずくめじゃない！　沈《シェン》郎もさ、真面目に検討してみたら？」

「……やめておきます。ご厚意、痛み入ります」

白茸《バイロン》は軽く唇を尖らせて、それ以上は続けなかった。

ややあって、彼女は「今日の一戦、どっちが勝つと思う？」と問いかけた。

いい質問である。

観戦に向かった人たちも、同じくこの問題について考えを巡らせていた。

情報に通じた賭場なら、今頃既に賭けが行われているかもしれない。

沈嶠《シェンチアオ》は真剣に考え、「もし予想外のことが起きなければ、晏無師《イエンウースー》が勝つでしょう」と答えた。

白茸《バイロン》はクスクスと笑う。

「ほんと想い人の肩を持つよね！　汝鄢克恵《ルーイエンコーフイ》だって名を揚げるためならなんでもするような、つまらない輩じゃないんだよ。前に翌日の講学をぶち壊してやろうと思って臨川学宮に忍び込んだんだけど、あの人にばれちゃって、建康城中を追い掛け回されたんだ。あたし重傷を負って、必死に逃げ回ってやっと逃げ出せたんだよ。だから安易にあいつを相手にしたくないの。立派な宗師なのに、あたしみたいな、か弱い女の子すら見逃さないなんてさ。ほんと、けちんぼでみっともない人！」

その言葉に、沈嶠《シェンチアオ》は内心思う。

（あなたはか弱い女の子でもないし、それは他人の縄張りに乗り込んでいたからでは……？　いつも誰彼構わず好き勝手に行き来させていたら、それこそ今後臨川学宮には、訪問の制限など必要なくなってしまう）

白茸《バイロン》は沈嶠《シェンチアオ》を連れて進み続けた。その羅襪《らべつ》（薄絹の靴下）を少しも汚さず、速度を保ったまま、息すら乱れていない。

「あたしから見たら、汝鄢克恵《ルーイエンコーフイ》の実力なら、祁鳳《チーフォン》閣《ゴー》、崔由妄《ツイヨウワン》が蘇ったって一手交えられるよ。それに今回はあいつの慣れ親しんだ建康の城外だし、地の利がある。沈《シエン》郎の想い人は勝てないかもね！」

最初の頃、沈嶠《シェンチアオ》と晏無師《イエンウースー》の関係を誤解する者がいれば、沈嶠《シェンチアオ》は説明する必要があると思っていたが、こうなってみると説明は全く無意味だということに気づく。人々は信じたいことしか信じない。説明したところで、思い込みによる誤解が解けるわけではないのだ。

それに、白茸《バイロン》のような人物は、知っているのにわざとからかっているだけなので、沈嶠《シェンチアオ》はなおさら説明するのが億劫になる。だから何を言われても、耳元を掠める風のように受け流していた。

沈嶠《シェンチアオ》が動じないのを見て、白茸《バイロン》も「ふんっ」と愛らしく鼻を鳴らし、それ以上何も言わなくなった。

二人は町を出てから三十里以上進んだ。平地から森の奥まで入り、さらに北へ向かう。渓流と峡谷がある場所まで辿り着いて、ようやく遠く離れた絶壁の上で戦う二つの人影が見えた。

彼らが足場にしているのは、切り立った崖に出っ張った岩だ。中には掌ほどの大きさしかない岩もあり、普通の人間は、その様子を仰ぎ見るだけで手に汗が滲み出す。この場所で手を交わそうものならば、戦いの間、正確に足場を捉えなければならず、ほんの僅かな不注意でも崖から真っ逆さまである。

しかし、汝鄢克恵《ルーイエンコーフィ》と晏無師《イエンウースー》は岩から岩への移動に少しも狼狽《うろた》えることなく、それどころか行雲流水の如く動いている。岩の上に片時も留まらず、ひらりと舞い上がる。真気が揺れ動き、岩が砕けて、飛び散る。二人が戦い、掌風が通り過ぎるところは、袖が雲のように空を舞い、真気の波も体を取り巻いていた。見ているだけで目が眩みそうだ。

南に向かって流れていた川は二人の内力により猛烈に波打ち、一瞬にして水を宙へ押し上げる。晏無《イエンウー》師《スー》は噴き上がった水を導き、春水指法《しゅんすいしほう》を組み合わせて、水を無数の鋭い刃へと変えた後、全てを汝鄢《ルーイエン》克恵《コーフィ》に向けて打ち出した。

内力で激しく巻き上げられた、天を満たす勢いの水飛沫。沈嶠《シェンチアオ》と白茸《バイロン》からは、汝鄢克恵《ルーイエンコーフィ》の姿がその中にほとんど隠れているように見えた。白茸《バイロン》の目の届く限りでは、ぼんやりとした虚影がいくつか見えるだけで、汝鄢克恵《ルーイエンコーフィ》が一体どこにいるのか、どこから反撃を繰り出そうとしているのか、全く分からない。

もとより山に吹き付ける風が強いのに加え、二人とも内力の大半を使っている。谷あいで合わさった二つの強力な真気は、まるで巨大な渦巻きが絡みあうかのようで、あろうことか川の水を強引に逆流させた。強大な気流に、見ている者たちの袍もバタバタと音を立てて大きくはためく。

白茸《バイロン》は内力を巡らせて防ごうとしなかった。もし自らの内力がその気流より弱かった場合、逆に害を被ることになるからだ。

白茸《バイロン》は水飛沫と木の枝が同時に襲い掛かるという苦痛に耐えるしかなかった。彼女が振り向くと、沈《シエン》嶠《チアオ》は腕を上げて袖で顔を隠し、顔面目掛けて飛んでくる水と埃《ほこり》を遮っている。

白茸《バイロン》はそれでどうやって観戦するのかとからかってやろうとしたが、ふと沈嶠《シエンチアオ》は目が見えないことを思い出し、訝しがった。

「音を聞いているの？　何が聞こえるわけ？」

「二人の真気の流れです。もし私が間違っていなければ、汝鄢《ルーイエン》宮主はそろそろ剣を抜くかと」

「どうしてそれを？」

聞き返す白茸《バイロン》に、沈嶠《シエンチアオ》は笑っただけで説明をしなかった。

しかし、沈嶠《シエンチアオ》がそう言ったのとほぼ同時に、白茸《バイロン》は、汝鄢克恵《ルーイエンコーフイ》が晏無師《イエンウースー》の作り出した水の幕の罠を剣で切り裂くのを見た。圧倒的な実力を前に、罠は用をなさないのだ。晏無師《イエンウースー》が真気で引き上げた巨大な水の幕は剣光で切り裂かれた途端、四分五裂して粉々になり、周囲に飛び散った。まるで天女が花を撒くか、大雨が降り注いだかのようだ。

その様子に、白茸《バイロン》は他人の不幸を喜びつつ、沈《シエン》嶠《チアオ》の機嫌を取るように声を掛ける。

「ほら、あたしが選んだ場所、すごくいいと思わない？　頭の上にはそこそこ遮るものもあるし。あっちで見てる人たちさ、観戦しやすい場所じゃないし、真気で遮る勇気もないから、ぐっしょり濡れちゃってるよ！」

晏《イエンウースー》無師と汝鄢克恵《ルーイエンコーフイ》はまだ戦い続けていた。一方は剣で、他方は素手だ。天地を覆うほどの、凄まじい勢いの剣光の中に身を置きながら、晏無師《イエンウースー》は巧みにその攻撃をあしらっていた。そうはいっても、その掌は特に技という技を繰り出しているようには見えない。摘まんだり、払ったり、寄せたり、弾いたり。たった四つの動きだけだが、瀟洒として自由自在であり、相手に対して少しも引けを取っていないのだ。

白茸《バイロン》は眉を寄せる。

「使ってるのは春水指法じゃないみたいだね？」

沈嶠《シェンチアオ》が答えた。

「春水指法ですよ。ただ形を変えているだけです。一指とはいえ、何通りにも変化し、それでいて本質は変わらない。汝鄢《ルーイエン》宮主の剣法も同じです。よく見れば、繰り出されているのは全て同じ技なのです。ただ、この一手だけで無数の技に対応でき、頑丈で揺るがず、千万の敵をも討てるのです」

白茸《バイロン》は集中してしばらく観察してみて、やっとその通りだと分かった。沈嶠《シェンチアオ》に対する考えもまた、自ずと変わったようだ。

人々は沈嶠《シェンチアオ》がどのような身分だったかを知っているものの、昆邪《クンイエ》に負けてしまったことで、彼の腕前に対しては疑問を抱いていた。沈嶠《シェンチアオ》は祁鳳閣《チーフォンゴー》に追いつくどころか、天下十大にも入らないのではないかと思っているのだ。白茸《バイロン》も、確かに沈嶠《シェンチアオ》に痛い目に遭わされたが、彼は体が弱く負傷している身であり、どうせ長くは持たない、いつ倒れてもおかしくないだろうと思っていた。しかし、沈嶠《シェンチアオ》の言葉を聞いて、彼が宗師の名に恥じず、その眼力だけでも常人の比ではない、と改めて知った。

「さっき晏無師《イエンウースー》が勝つって言ってたけど、理由は言ってなかったよね」

白茸《バイロン》は沈嶠《シェンチアオ》に近づく。谷間に咲く蘭のような芳しい吐息が、沈嶠《シェンチアオ》の耳に掛かる。

沈嶠《シェンチアオ》は岩壁を支えに、横へ一歩ずれた。

「……」

沈嶠《シェンチアオ》の行動に言葉を失った白茸《バイロン》に、彼は真顔で付け足す。

「そういうのは嫌いなのです。今後またこのようなことをしたら、もう口を利きませんからね」

白茸《バイロン》はわざとらしく笑ってからかう。

「このようなことって、どんなこと？　あたし、まだあなたに触ってすらいないのに。まさか、沈《シェン》郎は生娘よりも気高いっていうの？」

そう言うなり、彼女はまた沈嶠《シェンチアオ》に触れようとする。

これほど艶めかしく可愛らしい美人が誘惑し、近づいてくるのだ。宇文慶《ユーウェンチン》のように好色でなくとも、男性ならきっと魅了されてしまう。その気になるとまでは言わなくとも、夢見心地の感覚には陥るだろう。しかし、あいにく沈嶠《シェンチアオ》は例外だった。白茸《バイロン》は晏《イエン》無師《ウースー》や汝鄢克恵《ルーイエンコーフイ》のような手練れを誘惑する勇気がなく、沈嶠《シェンチアオ》ならと思っていたが、結局何度も躓《つまず》く羽目になったのだ。

伸ばした手は沈嶠《シェンチアオ》の竹杖にあえなく押し戻される。沈嶠《シェンチアオ》の表情も冷え切り、それ以上何も言わなくなった。

沈嶠《シェンチアオ》は言ったことを実行する性格だと白茸《バイロン》も知っている。腹が立ったものの、後悔も少しあり、喋りたい気持ちを堪えて同じように黙った。


あっという間に、晏無師《イエンウースー》と汝鄢克恵《ルーイエンコーフイ》は数千手を交わした。だが、どちらも疲れを見せず、谷のこちら側から向こう側に移動していった。日は徐々に西に傾く。手を交えている二人は時の流れに気がつかず、見ている者まですっかり我を忘れている。いつの間にか昼は過ぎ去り、二人はたっぷり二時辰ほど戦っているものの、いまだに決着がつかない。

白茸《バイロン》の腕前は今や江湖では一流と呼べる。とはいえ、やはり今回の激戦からは得るものが多かった。目の前で繰り広げられているのは今まで見たことのない境地である。白茸《バイロン》はまるで大きな門が目の前で微かに開き、その中の風景を覗いたような気持ちだった。

その門の隙間が一筋だったとはいえ、彼女の心を震撼させるには十分だった。

白茸《バイロン》はやっと、自分と宗師級の手練れの差はどこにあるのかを理解した。なぜあの壁を越えられないのか、思い知ったのだ。白茸《バイロン》の武功はただの武功でしかないが、晏無師《イエンウースー》と汝鄢克恵《ルーイエンコーフイ》の武功はその体のあらゆる部分に溶け込んでいる。息を吐く時、吸う時、力を収める時、そして放つ時。それぞれに気勢があるのだ。吐く時は方寸の世界を吐き出すが如く、吸う時は百川が心に帰するが如く。収める時は日月を手に収めるが如く、放つ時は浮世へ際限なく広げるが如く。

白茸《バイロン》は夢中になり、堪らず呟《つぶや》いた。

「いつかあたしもあんな境地に辿り着けるかな？」

なんと今度は、沈嶠《シェンチアオ》から返事があった。

「あなたには素質がありますから」

白茸《バイロン》は自分の修練方法を思い起こし、惨憺《さんたん》たる気分になった。そして、自嘲気味に言った。

「あの人たちの方法はあたしじゃ修練できないし、逆にあたしのなんて、あの人たちにとっては修練するに値しないと思うだろうね」

「方法は数え切れぬほどありますが、順序に違いはあれど、価値に上下はありませんよ」

沈嶠《シェンチアオ》の返答に、白茸《バイロン》は嫣然《えんぜん》と微笑む。

「さっきまであたしに怒って、もう口を利かないって言ってたのに、また話をしてくれるんだね？」

「あなたがちゃんと話をしてくれれば、私もちゃんと答えます」

白茸《バイロン》は細い髪を耳の後ろへ引っ掛ける。このちょっとした動きに、尽きせぬほどの妖艶さと風流が伴っていた。惜しいのは、隣にいるのが目の不自由な沈嶠《シェンチアオ》であり、それを楽しむ者がいないということだ。

「色々教えてくれたお礼に、あたしもお返ししてあげる。晏無師《イエンウースー》と距離を取ってって言ったけど、これは絶対に聞き流さないでね。でなければ、無意味な死に方をしてしまうわ。沈《シェン》郎のような人が、男女の情事の味も知らないまま早死にしてしまうなんて、もったいなさすぎるもの！」

沈嶠《シェンチアオ》は眉を寄せる。

「もっとはっきり教えてくれませんか？」

白茸《バイロン》はニコニコしながら答えた。

「だーめ。あたしはすっごい危険を冒して警告してあげてるんだから。どうでもいいって思うんならあたしにもどうしようもできないよ！」

　そうして白茸《バイロン》は「あれ！」と声を上げた。

「もう終わったのかな？」

　二人が話している間に、二つの影はサッと離れ、それぞれ断崖の突き出た場所に降りた。

　見ていても何がなんだか分からず、白茸《バイロン》は「これは勝負がつかなかったってこと？」と漏らす。

　彼女にすら分からないのであれば、その場にいて理解できた者は少ないだろう。周りで観戦していた者たちのヒソヒソ声の議論が広がっていく。皆、同じ問題について話していた。

　汝鄢克恵《ルーイエンコーフイ》が勝ったのか、それとも晏無師《イエンウースー》か？

　ただ、多くの人々は勝敗よりも、「汝鄢克恵《ルーイエンコーフイ》は本当に晏無師《イエンウースー》に太刀打ちできるのか？」という問題に関心があるようだった。

＊＊＊

　沈嶠《シェンチアオ》が黙り込んでいるので、白茸《バイロン》は思わず首をかしげて、そちらに顔を向けた。

「沈《シエン》郎にも分からないの？」

　沈嶠《シェンチアオ》は首を横に振り、質問には答えなかった。

　しばらくして、汝鄢克恵《ルーイエンコーフイ》の声が遠くから聞こえてきた。声は広範囲に亘って響き渡り、谷にこだましてそこにいる人たちの鼓膜を震わせる。

「これほど誰かと心行くまで手を交えたのは久しぶりだ。本日は晏《イエン》宗主と思う存分戦えて、大いに満足したよ。晏《イエン》宗主のご教授に感謝いたす！」

「天下の片隅に長く住んでいれば、世界の広さを忘れる。まさに井の中の蛙、竹筒から豹を覗くというもの。汝鄢《ルーイエン》宮主は陳国で権力をほしいままにし、それを振りかざすことに慣れている。いきなり互角の相手と出会っては、驚くのも無理はない。それは本座も理解できる。今後もう何度か本座から教えを授かれば、次第にそれも分かるだろう」

　晏無師《イエンウースー》が口を開いたかと思えば、またあの皮肉たっぷりの言葉が飛び出した。聞く者は癪《しゃく》に障り、歯ぎしりしたくなる。しかし、断崖で袖をはためかせ、手を後ろで組んで立っている姿を見ると、否応なく畏敬の念が生まれる。見物していた人々は分かっているのだ。晏無師《イエンウースー》が今まで成し遂げてきたことやその武功、そして横暴とも言えるほどの実力は、彼らが一生をかけても手に入れられないものなのだ、と。人は往々にして強き者に憧れを抱く。この思い上がり、また思い上がるだけの実力も備えている浣月宗宗主に対して、人々は自然に尊敬の気持ちを抱いてしまうのだ。

そんな言葉を向けられても汝鄢克恵《ルーイエンコーフイ》は怒らず、声を上げて笑っただけだった。

「分かった。それではまた機会があれば、日を改めて教えを乞いに参るとしよう！」

汝鄢克恵《ルーイエンコーフイ》の声におかしなところはなく、晏無師《イエンウースー》も戦う前と変わらない。見物人たちは、二人の声から負傷しているかどうかを判断できず、堪らず心の中で訝しがる。二人はこれほどまで長い間戦ったのに、まさかどちらも傷を負わず、勝敗もつかなかったのだろうか？

千載一遇の手練れの戦いは、よもや引き分けで終わるのか？

この場には、半歩峰で沈嶠《シェンチアオ》が昆邪《クンイエ》によって崖から落とされたのを目の当たりにした者もいる。当時は突厥人が勝ち残ったので、観戦していた人々は、明日は我が身かと考えて不快感を抑えることができなかった。とはいえ、あれほど激しい戦いだったのだから、相応の結末があって当然だ。なのに今、汝《ルー》鄢克恵《イエンコーフイ》と晏無師《イエンウースー》の武功の境地は沈嶠《シェンチアオ》や昆邪《クンイエ》よりも上に思えるのに、こんな形で終わってしまうとは、どうしても物足りなさを感じてしまう。

ただ、晏無師《イエンウースー》も汝鄢克恵《ルーイエンコーフイ》も、常に自由気ままで誰かに説明などしない。会話はたった数言で終わり、二人はふわりと崖から舞い降りた。一人は小川の横に、もう一人は沈嶠《シェンチアオ》たちからそれほど離れていない石の河原に着地した。

汝鄢克恵《ルーイエンコーフイ》は晏無師《イエンウースー》に軽く拱手をする。

「晏《イエン》宗主は遥々《はるばる》こちらに来られたのだから、私は地元の者としてもてなさなければならないところだ。

晏《イエン》宗主は建康城に何日留まるおつもりだろうか？　教えていただければ、臨川学宮から書状を出し、晏《イエン》宗主を客人としてぜひお招きしたい」

　晏無師《イエンウースー》は淡々と答えた。

「必要ない。臨川学宮の水は飲み慣れん。腹いっぱい仁義やら道徳やらを詰め込まれて帰ることにでもなったら、堪ったものではないからな。ああいうのは愚民どもを騙すためにとっておくがいい！」

　汝鄢克恵《ルーイエンコーフイ》は微笑んで、無理強いはしなかった。

「それでは、私はこれにて失礼いたそう！」

　サッと袖を振ると、汝鄢克恵《ルーイエンコーフイ》は身を翻して歩き出す。踏み出すその一歩は至って普通に見えるが、あっという間に七、八丈離れてしまった。予測すらできないこの身のこなしに、皆、目を瞠《みは》る。それは人々に汝鄢克恵《ルーイエンコーフイ》の実力が桁違いだと思わせるのに十分だった。

「長く太息《たいそく》して以《も》って涕《なみだ》を掩《ぬぐ》い　民生の多艱《たかん》なるを哀れむ　余、雖《たと》だ好く修姱《しゅうか》して以って鞿羈《きき》し　謇《ああ》、朝に誶《いさ》めて夕べに替えらる　既に余を替うるに蕙の纕を以ってし　又、之に申《かさ》ぬるに茝《し》を攬《と》るを以ってす　亦、余が心の善しとする所　九死すと雖《いえど》も其《そ》れ猶《なお》未だ悔いず」

　汝鄢克恵《ルーイエンコーフイ》が「離騒《りそう》」を吟じる声が遥か彼方から聞こえてくる。南方の調子で唱えられたその詩は、谷あいにこだました。今追い求めた大義を成し遂げられなかったとしても、力を尽くしたので悔いは残らない。そんな意味を持つ物悲しげな詩は打って変わって豪胆な雰囲気を纏ったものへとなり、聞いた者たちは皆、気持ちを奮い立たせた。

　どうやら晏無師《イエンウースー》と一戦を交えても、汝鄢克恵《ルーイエンコーフイ》はあまり消耗していないようだ。多くの人がそう考えた。

　皆の前で晏無師《イエンウースー》と戦うことを申し出た竇燕山《ドウイエンシャン》は、二人の戦いを見て何も言わずに踵《きびす》を返し、その場を離れようとした。

　その様子に、

「竇《ドウ》幇主は晏《イエン》宗主と戦うとおっしゃっていたじゃないですか。もう帰られるのですか？」

と、六合幇をいけすかなく思う物好きが、すかさず冷やかす。

竇燕山《ドウイエンシャン》は足を止め、振り返ってその声の主を見た。竇燕山《ドウイエンシャン》の視線を受け、声の主は内心ドキリとする。

「〝過江龍《かこうりゅう》〟李越《リーユエ》、確かに私は晏《イエン》宗主には敵わないかもしれん。だが、お前が相手なら勝つのは赤子の腕を捻《ひね》るよりも簡単だ。嘘だと思うか？」

竇燕山《ドウイエンシャン》は笑っているのか、そうでないのか分からない。

声の主、李越《リーユエ》はまさか自分の二つ名まで呼ばれるとは思わず、それ以上言う勇気もなく、すごすごとその場を立ち去った。

漂うように遠ざかっていく汝鄢克惠《ルーイエンコーフイ》の後ろ姿を眺めてから、晏無師《イエンウースー》は竹の梢に飛び上がる。細長い枝に着地した勢いを借りて、先ほどまで立っていた崖に移り、そのまま真っ直ぐ登っていく。その姿は鷹か隼《はやぶさ》のように飄逸《ひょういつ》としており、見る間にどこかへ消えてしまった。


主役が二人ともいなくなったので、残っていても仕方がない。見物していた者たちは名残惜しそうに、次々にその場を離れていった。今日の戦いが引き分けになったことを惜しんでいるのか、それともこれほどまでの戦いはもう二度と見られないことを惜しんでいるのか定かではない。

戦いが始まる前まで、いくら晏無師《イエンウースー》が強いといえども、汝鄢克惠《ルーイエンコーフイ》のほうが一段優れているだろうと多くの人は思っていた。何しろ一人は天下の十大だが、もう一人は天下の上位三名に名を連ねているのだ。しかし、今日からはもうそのようなことは言えない。晏無師《イエンウースー》の名声は一層勢いを増し、今日の一戦も語り継がれることだろう。ここ数年来、江湖において最も見事な戦いであったのだ。

沈嶠《シェンチアオ》の傍にいた白茸《バイロン》は、いつの間にかいなくなっていた。

来る兆しも、去った痕跡も残さない白茸《バイロン》は、別れに際しても無言で立ち去った。

沈嶠《シェンチアオ》は白茸《バイロン》を追い掛けることはせず、来た時の道を辿ってみることもしなかった。目を細めてしばし辺りを見回してから、別の小道に沿ってその場を離れる。

空は完全に暗くなっていた。

夜の帳が降りてから、山風はますます冷たさを増した。今は四月であり、まだ夏に入っていない。吹き付ける風は、崖の割れ目を通り抜け、この世ならざる者の泣き声に似た唸りを上げた。

この山は沈嶠《シエンチアオ》と昆邪《クンイエ》が戦った半歩峰に似ている。半歩峰ほど高くはないが、足場はほとんどなく、どれもかなり狭い。数本しかない木が、夜風に吹かれてザワザワと音を立てていた。おそらくここには、夜風を遮って暖を取るどころか、寄り掛かる場所すらないだろう。

それでも、崖から少し下った反対側に洞窟があった。三、四人が中に入れるほどの広さだ。岩の壁に囲まれ、崖が風を遮ってくれる。自然にできた風よけ場所である。

この洞窟の中に、胡坐《あぐら》をかいて座る者が一人。

李越《リーユエ》が中に入った時、その人物は死んだように、微動だにしなかった。

李越《リーユエ》が試しに声を掛ける。

「晏《イエン》宗主？」

この場に誰かほかの者がいれば、彼の言葉に大いに驚いたことだろう。

汝鄢克恵《ルーイエンコーフイ》と同じく早々に立ち去ったはずの晏無《イエンウー》師《スー》が、なぜまだこの洞窟にいるのだろうか？

何度か声を掛けてみても反応はなく、李越《リーユエ》も気配を消して、大胆に一歩一歩近づいていく。懐からほくちを取り出して火をつけると、晏無師《イエンウースー》のほうへ向け、じっくりとその様子を観察した。晏無師《イエンウースー》は、端座した状態で死んだ高僧のようにどっしりと座っていて、ピクリともしない。火影《ほかげ》を当てられても、その両目はきつく閉じられたままだった。

李越《リーユエ》は内心密かに喜び、興奮のあまり両手が震え始める。

李越《リーユエ》は武功こそ二流だが、眼力はなかなかのものである。家が代々罪人を捕まえる捕吏《ほり》をしていたので、幼い頃から父親や祖父の影響を受けて、物事を入念に観察する習慣を身に付けていた。

　観戦していた人たちは汝鄢克恵《ルーイエンコーフイ》と晏無師《イエンウースー》の実力は伯仲しており、引き分けになったのはもったいない、と思っていたが、李越《リーユエ》はそうは思わなかった。

　戦いは昼から夜までかかった。二人は力を使い果たしたとまでは言わずとも、八割、九割方を出したことは疑いようがない。最も激しく戦った場所に至っては石が粉々になり、人の半分ほどの高さがあった岩も真気によって瞬く間に砂利となった。しかも川の水は一時的に逆流し、四方の木々はもれなく折れていた。観戦者たちは内力を巡らせて防御することさえできないほどで、攻撃の威力の凄まじさは明らかだ。その中で戦っていた二人が完全に無傷だなんて、あり得るだろうか？

　祁鳳閣《チーフォンゴー》のように、あれほどの境地に至った絶世の高手でも、死期は必ず訪れるのだ。俗世から離れた仙人でない限り、怪我をしないことなど、あり得ない。

汝鄢克恵《ルーイエンコーフイ》と晏無師《イエンウースー》は何事もないように振る舞っていたが、李越《リーユエ》は直感的に、この戦いの結末はそう単純なものではない、と思っていた。

　李越《リーユエ》の腕前では当然二人には追いつけない。しかし、ほかの人たちがいなくなっても、彼は留まり、辺りを歩き回った。それだけでなく、崖の上を見てみようと絶壁をよじ登った。汝鄢克恵《ルーイエンコーフイ》と晏無師《イエンウースー》は戦いの際、山の峰に短い時間留まっていたが、誰も何が起きたのかを知らない。崖の上で何が起きていたのか気になった李越《リーユエ》はしばらく探してみたものの、特に有意義なものは見つけられなかった。これは自分の考えすぎかもしれないと、その場を離れようとしたまさにその時、この洞窟を見つけたのだ。

　そして、中にいる晏無師《イエンウースー》も。

　まさしく天から降ったような僥倖《ぎょうこう》である。李越《リーユエ》は自分に落ち着けと言い聞かせながらも、震える手を抑えられない。ほくちもつられて震え始めたので、洞窟の壁に映る火影までゆらゆらと揺れ、奇怪な雰囲気を醸し出した。

きっと晏無師《イエンウースー》は傷を負ったから、ここで傷を治しているのだ、と李越《リーユエ》は思った。しかも、おそらくかなりの重傷だろう。そうでなければ、自分が目の前にいるのを察知しないわけがないのだから。

もし……もし晏無師《イエンウースー》を殺して、その屍《しかばね》を世間に見せつけることができれば、自分は瞬く間に有名になるに違いない。

その時、天下の人々は皆まざまざと知るのだ。魔君を殺したのは、臨川学宮の宮主汝鄢克恵《ルーイエンコーフィ》ではなく、この過江龍李越《リーユエ》だと！

李越《リーユエ》は気持ちが高ぶり、晏無師《イエンウースー》殺しに成功した後に起こるであろう数々の厄介事など頭から飛んでいた。例えば、晏無師《イエンウースー》を本当に殺せたとして、どうやって仇討ちを果たそうとする浣月宗の門人たちをあしらうのか。また、武功は二流の彼が、汝鄢克恵《ルーイエンコーフィ》すら殺せなかった晏無師《イエンウースー》を殺したことを、どのように世人に信じさせるのか。

けれども、李越《リーユエ》はそこまで考えが回らなかった。功成り名遂げる誘惑が、一瞬にして李越《リーユエ》の脳内を満たす。彼は我慢できず、腰の剣を引き抜いた……。

剣先が少しずつ前へ進んでいく。昼間、あれほど意気揚々と戦っていた魔君は今、自分の目の前にいて、何も知らず、感じず、されるがままだ。

興奮ゆえか、李越《リーユエ》の顔は若干歪《ゆが》んでいる。

ところが、不意にその表情が固まった。

李越《リーユエ》は目を大きく見開き、剣先を遮るように突如現れた竹杖を見つめた。ぎこちなくゆっくりと顔を上げ、李越《リーユエ》はいつの間にか音もなく現れた竹杖の持ち主へ目を向ける。

「人の窮地に付け込むなど、君子のなすべきことではありません。そんなことでは、武芸は一生上達しませんよ」

沈嶠《シェンチアオ》は静かに窘《たしな》める。

「もう行きなさい」

李越《リーユエ》は憤然として叫んだ。

「お前に何が分かる！　俺は十五の時に江湖へ飛び込み、若い頃は素質があると言われていたんだぞ。

なのに二十五を過ぎたら、腕前は伸びなくなったんだ。もし晏無師《イエンウースー》の首を取れれば、俺は江湖に名を轟かすことができる！」

沈嶠《シェンチアオ》は首を横に振る。

「この人を殺して、武芸の腕が上がると？　そんなものは、弱者の強者に対する嫉妬にすぎません。偶然強者の命を左右できる機会を手に入れたものだから、その興奮に心を囚われてしまっているのです。自分の心に棲む魔物に惑わされないでください。でなければ、一生をかけても、武芸の腕をもう一度伸ばすことはできませんよ」

沈嶠《シェンチアオ》の言葉に李越《リーユエ》は激怒した。

「目も見えねぇくせに、首を突っ込むんじゃねぇ！　沈嶠《シェンチアオ》、お前のことを知らないとでも思ってんのか。江湖じゃみんな知ってるぜ、お前は晏無師《イエンウースー》と結託したと。しかも、俺が聞いた話、玄都山すらお前を破門したらしいじゃねぇか。祁鳳閣《チーフォンゴー》の面目はお前のせいで丸潰れだ。なーにが天下一の弟子だ、クソが！　容色《ようしょく》を売って魔君の歓心を買ってるだけの、男寵じゃねぇか！　下僕でいるのが楽しくなったのかよ？　晏無師《イエンウースー》を殺したら守ってくれる奴がいなくなると心配してんだろ？　男ならしっかりしろ、いつも誰かを頼りにしようと思ってんじゃねぇ！」

李越《リーユエ》の言葉に沈嶠《シェンチアオ》は怒ったりはしなかった。蘇家《スー》で段文鴦《ドワンウェンヤン》に身分を暴かれてからというもの、沈嶠《シェンチアオ》は多くの人の異様な視線を感じてきた。口では言わないが、彼らの心の内はおそらく李越《リーユエ》と同じだろう。それに、これより不愉快な言葉だって、沈嶠《シェンチアオ》は聞いたことがある。

しかし実際のところ、言葉は口先の刃でしかない。当人が気にしなければ、少しも傷を負わないのである。

沈嶠《シェンチアオ》が答えないと見るや、李越《リーユエ》は自分の罵りが堪《こた》えたのだと思い、冷笑した。

「沈《シェン》道長よ。もし邪魔しねぇんなら、晏無師《イエンウースー》を殺した後、こいつが持ってる良さそうなもんを俺たちで山分けすることだって……」

彼はそう言いながら、剣を突き出す。

剣光が一閃《いっせん》する。極めて素早く、李越《リーユエ》が得意とする技である。剣は深くまで的確に刺さり、真っ直ぐ相手の心の臓を貫くのだ。

ガチンッ！

洞窟内に音が反響する。剣先は晏無師《イエンウースー》の体に突き刺さることはなく、それどころか剣自体が吹き飛んだ。剣は宙に弧を描いて、地面に落ちる。

李越《リーユエ》は手首に痛みを感じ、「うっ！」と声を漏らしたが、腰を払おうとする竹杖に気づくと、間を置かずに下半身をグッと固定し、体を後ろへ反らして避けた。さらに勢いよく体を起こし、手で竹杖を掴もうとするのと同時に、沈嶠《シェンチアオ》の股下目掛けて蹴り上げる。

沈嶠《シェンチアオ》は蹴りを避けるため後ろにふわりと舞ったかと思えば、一瞬にして李越《リーユエ》の背後に回り込んだ。その動きは信じがたいほどの速さで、今度は李越《リーユエ》に反応する隙も与えなかった。李越《リーユエ》は背中に掌打を受け、傍の岩壁にぶつかって気を失った。

李越《リーユエ》が負けたのは、沈嶠《シェンチアオ》を見くびったからではない。負けは決まっていたのだ。

蘇《スー》家での沈嶠《シェンチアオ》と段文鴦《ドワンウェンヤン》の一戦は世間に広まっていない。そして沈嶠《シェンチアオ》に痛い目に遭わされた白茸《バイロン》や蕭《シアオ》瑟《ソー》たちも、当然のことながら自分が負けたことをふれ回ることはしない。そのため、多くの人たちの沈《シェン》嶠《チアオ》に対する印象は半歩峰での敗北から変わっていないのだ。さらに後から聞きかじった様々な噂も加わって、人々の沈嶠《シェンチアオ》の評価はまさに一落千丈《いちらくせんじょう》である。

掌教として尊敬を集めていた頃から一転、今ではすっかり軽蔑されている。沈嶠《シェンチアオ》は晏無師《イエンウースー》と共に語られるようになり、彼の名は飼い主のいない犬、後ろ盾がなく彷徨う者の代名詞となってしまった。

沈嶠《シェンチアオ》はそれ以上李越《リーユエ》に構わず、晏無師《イエンウースー》のところに向かって行く。晏無師《イエンウースー》に触れた途端、刺すような冷気を感じた。四肢《しし》百骸《ひゃくがい》を侵すかの如く広がるその冷たさに、沈嶠《シェンチアオ》はびっくりして即座に手を離す。

それでも、掌に残る冷え切った感覚が消えたのはしばらく経ってからだった。

晏無師《イエンウースー》を見ているうちに、沈嶠《シェンチアオ》は晏無師《イエンウースー》の体が氷のように硬くなっているだけでなく、全く生気がないことに気がついた。どうやら晏無師《イエンウースー》は五感も既に封じているようだ。だから李越《リーユエ》と沈嶠《シェンチアオ》が横で話をしたり、手を交えたりしても彼は何も感じなかったのだろう。

沈嶠《シェンチアオ》は少し考え、晏無師《イエンウースー》の手を袖から引き出すと、骨をも蝕《むしば》みそうな寒さに耐えながら脈をとった。

まだ脈はあり、鼻の下に指を添えると呼吸もある。しかし、脈は微かに乱れていて、まるでいくつかの異なる気流が晏無師《イエンウースー》の体内で入り交じり、互いが気に食わないとぶつかり合っているようだ。

晏無師《イエンウースー》の体内の気が暴走しつつあるのだ。

武芸に優れている者であればあるほど、武術の道には果てがない。より高い境地を求め、従来のしきたりに縛られない、様々な方法で自らを追い込む。それゆえ、気が暴走する可能性もますます高くなる。

祁鳳閣《チーフォンゴー》や崔由妄《ツイヨウワン》、狐鹿估《フールーグー》といった驚くべき才能を持つ宗師たちが、もし大人しく天寿を全うすることを選んでいたら、あと数十年は生きられただろう。しかし、彼らは武学を追究する道において立ち止まらなかった。彼らにとって、立ち止まることは殺されることよりも辛いのだ。そして、彼らほどの境地に至ると、さらにもう一歩登るのは、天に昇るのと同じくらい難しい。僅かな不注意が気の暴走を引き起こし、命すら危うくなる。

晏無師《イエンウースー》に関しては、実を言えば沈嶠《シェンチアオ》はとっくにその兆しを見つけていた。

魔心と道心は、異なる道を歩んでいる。天と地、黒と白のように、その道が交わることは永遠にない。長い歴史の中で、魔心と道心を結合させようとした者はおらず、魔宗の第一人者である崔由妄《ツイヨウワン》でもそうしなかった。しかし、晏無師《イエンウースー》の武術における追究は留まるところを知らない。人々が不可能だと思うことを、彼はあえてやろうとする。だから十年の閉関の間、晏無師《イエンウースー》は自らが読んだ『朱陽策』の武功を全て修練しただけでなく、『朱陽策』の真気で自らに新たな根基を築こうと試みた——その新たな根基こそ、道心だ。どれほどの凄腕の持ち主でも、体内にある根基は一つだけであるが、晏無師《イエンウースー》は自分の体が魔心と道心の両方を受け入れられるようにしようとした。つまり、道心が形作られても、魔心は消えることがない、二つの根基が同時に存在する状態を目指したのだ。

むろん、そんなことは不可能である。一人の人間の体内に、魔心と道心が同時に存在することなどあり得ない。この十年間、晏無師《イエンウースー》は結局成功しなかった。確かに武芸の腕前は大いに伸びて、祁鳳閣《チーフォンゴー》に比肩する手練れにはなった。しかし、難題は未だに克服できないままで、同時に災いの種も植え付けてしまった。汝鄢克恵《ルーイエンコーフイ》と手を交え、双方ともほぼ全力を出したため、普段は隠れているその種がたちどころに芽吹いてしまったのである。

沈嶠《シェンチアオ》は眉を顰《ひそ》め、真気を晏無師《イエンウースー》の体内に送り込もうとする。けれども、晏無師《イエンウースー》には何か他を排斥するような意識が残っているようで、沈嶠《シェンチアオ》の真気を受け入れようとしない。それどころか、逆に寒気を沈《シェン》嶠《チアオ》へ送り返してきた。寒気は沈嶠《シェンチアオ》の体内を我が物顔で動き回り、たちまち全身の経脈を駆け巡った。沈《シェン》嶠《チアオ》は体をビクリと震わせ、晏無師《イエンウースー》の手を離すほかない。そして、打坐をして気息を整え、どうにかその寒気を消そうと試みる。

月の光は冷やかで、山の奥はもの寂しい。梟《ふくろう》が一声また一声と鳴き、わびしさが骨の髄まで滲み渡る。洞窟には夏前のさわやかさや心地よさは微塵もなかった。

李越《リーユエ》のほくちは既に燃え尽きている。沈嶠《シェンチアオ》は立ち上がって李越《リーユエ》の側へ行き、いくつかほくちを取り上げて暖を取ろうとした。

「沈《シェン》郎、あたしずいぶん外で待ったのに、ちっとも中に招いてくれないなんて。本当に女を大事にしようっていう気持ちがないんだね！」

不満げな声が聞こえてきたかと思えば、怒ってもなお美しい顔が洞窟の外から覗いた。

沈嶠《シェンチアオ》は意外な顔もせず、返事もしようとしない。白茸《バイロン》は勝手に中に入り、ニコニコと笑って言う。

「晏《イエン》宗主がいつ目を覚ますか、ずっと外で待ってたんだよね。沈《シェン》郎、どうかな？　李越《リーユエ》は不細工だし、いい目を見せたくないっていうんなら、あたしに譲ってくれない？　いいでしょ？　それに……」

「だめです」

呆気に取られて、白茸《バイロン》は気まずそうに続ける。

「最後まで言ってないのに、なんでもう断っちゃうの？」

沈　嶠《シェンチアオ》は李越《リーユエ》の体をまさぐり、ほくちを二つ取り出した。そのうちの一つを点けると、火影がパッと洞窟の壁を照らし出す。

突然、白茸《バイロン》が動いたかと思うと、次の瞬間には晏《イエン》無師《ウースー》の側にいた。白茸《バイロン》は手を晏無師《イエンウースー》の頭頂に叩き付けようとするが、いつの間にか晏無師《イエンウースー》のところに戻った沈嶠《シェンチアオ》に止められてしまう。二人は狭い洞窟の中で瞬く間に数十手を交わした。合歓宗は魅惑術と双修で名高いが、彼らの武功は浣月宗、法鏡宗と比べても全く遜色ない。白茸《バイロン》は若くして早くもその精髄を摑んでいた。桑景行《サンジンシン》の〝天淵十六歩《てんえんじゅうろっぽ》〟は掌法と組み合わされ、千変万化して封じるのが難しい。

白茸《バイロン》は、沈嶠《シェンチアオ》が自分のなすがままになるような人物ではないと知っている。それゆえ、機先を制してさっさと決着をつけようとしたのだ。彼女は瞬時に十数掌を繰り出す。その軽妙で意表を突く身のこなしも合わさり、まるで沈嶠《シェンチアオ》の前後左右から同時に攻撃を仕掛けているようにも見える。掌を打ち出しながら、白茸《バイロン》は可愛く笑ってみせた。

「沈《シェン》郎はすごくずるいよね。この前あたしと戦った時、晏無師《イエンウースー》の春水指法をわざわざ真似たりなんてしてさ。ほんとあたし、びっくりしちゃった。でも、もうあたしの目は誤魔化せないよ！」

沈　嶠《シェンチアオ》は返事をしない。今の彼の功力は白茸《バイロン》とほぼ互角である。互いに相手を圧倒できないが、もしかすると白茸《バイロン》のほうが一段勝っているかもしれない。前回、白茸《バイロン》は沈嶠《シェンチアオ》の一指にひどく驚いて隙を見せてしまったが、同じことは繰り返さない。彼女は賢く、同じ手に乗ることはないのだ。

さっきまでにこやかに優しく沈嶠《シェンチアオ》に話し掛けていた白茸《バイロン》だが、実際に手を下すべき時となれば、手加滅はしない。

洞窟の外で様子を窺っていたのは、晏無師《イエンウースー》の気が本当に暴走したかどうか、確証が持てなかったからだ。しかし李越《リーユエ》が一悶着《ひともんちゃく》起こしてくれたおかげで、彼女に確信が持てた。

晏無師《イエンウースー》はもはや抵抗できる状態になく、目下、手を下すにあたっては、間違いなく沈嶠《シェンチアオ》が最大の障害である。

「沈《シェン》郎、あたしの合歓宗での立場を可哀想に思ってたんでしょ？　晏無師《イエンウースー》を殺しちゃえば、あたしは合歓宗の強敵を一人取り除いたことになる。合歓宗の人間はみんなあたしに頭が上がらなくなるわ。沈《シェン》郎に何かしてもらおうってわけじゃない、傍で見ててくれればいいんだよ。こんなちょっとしたことも手伝ってくれないの？」

白茸《バイロン》の目は美しく輝いて、甘えに懇願が滲んでいる。しかし、素早い手の動きは少しも落ちていない。

「沈《シェン》郎、晏無師《イエンウースー》は本当にあなたによくしてくれてたの？　助けたのだって、あなたを玩具にするためだよ。からかって、弄びたいだけ。沈《シェン》郎は優しいから、ちょっとよくされるだけで、うんとお返ししようとするよね。でも、本当に大切にするつもりなら、なんで何度も何度もあなたを危険な目に遭わせるの？　まさか……本当にこの魔君を好きになっちゃったわけ？　もし晏無師《イエンウースー》を殺させてくれるなら、沈《シェン》郎の武功の回復だって、玄都山掌教の地位に返り咲くことだって、あたし全力で手伝う。誰かに頼りきりになるよりも、大権を手中に収めるほうが何百倍も気分がいいでしょ？」

＊＊＊

沈嶠《シェンチアオ》はそれ以上白茸《バイロン》と話をするつもりはなかった。手に持った竹杖を電光石火の如く、烈風の勢いで振り下ろす。狭い洞窟の中で真気が激しく揺れ動いた。火は既に消えており、洞窟にはいつの間にか月光が差し込んでいる。月明かりは飛び交う掌風と交ざり合い、洞窟の中はまるで星々が浮かぶ銀河か、龍が飛び、鳳凰《ほうおう》が舞うかのように雄壮で鮮やかな光景だった。

　二人の内力はぶつかり合い、激しく振動して衝撃波が生み出される。それは鋭い刃と化して広がり、しばらくすると、李越《リーユエ》の顔や手には無数の切り傷ができた。ただ晏無師《イエンウースー》だけは、最初と少しも変わらず端座している。その体は強硬な金剛の如く、外から来るいかなる力や真気にも傷を残されることはなかった。

　白茸《バイロン》は長引くことで状況が変わるのを恐れて、さっさと戦いを終わらせようとしていた。袖を一度軽く揺らすと、掌風と共に大量の粉塵が舞い上がった。色も匂いもない。手練れであればすぐに避けられるが、いくら聴力が鋭くとも、視力が完全に回復していない沈嶠《シェンチアオ》は即座に気づけない。みるみるうちに、沈嶠《シェンチアオ》の全身は痺れていき、手足に力が入らなくなった。そこで沈嶠《シェンチアオ》は不意打ちを食らったことに気づいた。

「沈《シェン》郎ってば、ずいぶんと邪魔をしてくれたけど、それでも大目に見てあげる。この薬に毒はないよ。手足にしばらく力が入らなくなるだけだから。あたしの恩を覚えておいてね。それで、今は大人しく引っ込んでてくれない？」

　白茸《バイロン》の口調は穏やかで優しく、愛する人に甘えているかのようだ。けれども、その手は少しの遠慮もなく、真っ直ぐ沈嶠《シェンチアオ》に打ち出される。いかんせん薬だけでは、心もとない。沈嶠《シェンチアオ》がやり返せないくらいまで叩きのめしてしまったほうが、白茸《バイロン》も安心して晏無師《イエンウースー》を始末できるのだ。

　白茸《バイロン》の掌打を受けた沈嶠《シェンチアオ》は、尖っていてざらざらとした表面の岩壁に背中をぶつけた。激痛が走り、温かく湿ったものが服に染みていく。

　それでも白茸《バイロン》の声は相変わらず優しい。

「沈《シェン》郎、あたしが手酷いことをしたって思わないでね。どうしてもそいつを守ろうとするんだもん。あなたを先に片づけておくしかないでしょ。でも安心して。さっき考え直したの。死んだ晏無師《イエンウースー》より痴《し》れ者になった浣月宗宗主のほうが、合歓宗にとっては最高に価値があるってね。だから、こいつの命だけは、助けてあげるよ！」

そう言いながら、白茸《バイロン》はその白く美しい手を晏無《イエンウー》師《スー》の頭頂目掛けて振り下ろした。

上手く力を制御していると、白茸《バイロン》は思っていた。この一撃は晏無師《イエンウースー》の頭骨を全く傷つけず、脳みそだけに損傷を与える。

しかし掌が当たる直前に、白茸《バイロン》はサッと身をかわした。背後から忍び寄る影のように、竹杖が彼女の側を掠める。

「薬は効いてないの？」

白茸《バイロン》は信じられない様子で問いかけた。

「多少は。ただ、すぐに息を止められたので……」

沈嶠《シェンチアオ》は軽く咳をし、僅かに動きを止めた。

白茸《バイロン》はその隙を突いて、天淵十六歩を組み合わせた攻撃を繰り出す。鬼魅《きみ》のように沈嶠《シェンチアオ》の前に現れると、人差し指と中指を真っ直ぐ沈嶠《シェンチアオ》の胸元に向けて突き出した。防ぎようのない攻撃に、迫られた沈《シェン》嶠《チアオ》が手を引くよう仕向けたつもりだった。ところが、なんと沈嶠《シェンチアオ》は身を挺《てい》して前へ向かってきたので、白《バイ》茸《ロン》は攻撃を止めるしかない。

「そんなにこいつが好きなわけ？　命を惜しまず守るほどに⁉」

白茸《バイロン》は血相を変えて叫んだ。

沈嶠《シェンチアオ》は何も言わなかった。説明したくないのか、それとも、説明することが面倒だと思っているのかは、定かではない。

その時だった。きつく目を閉じていた晏無師《イエンウースー》が、突然両目を開いた！

沈嶠《シェンチアオ》は背中を向けているため、見えていなかったが、白茸《バイロン》はその様子をしっかりと視界に捉えた。

白茸《バイロン》はドキリとする。目を覚まし、真っ直ぐ自分を見すえる晏無師《イエンウースー》が一体どんな状態なのかも分からず、彼女はとりあえず沈嶠《シェンチアオ》に声を掛けることにした。

「沈《シェン》郎、あなたの愛しい人が目を覚ましたっていうのに、まだあたしとの戦いに勤しむつもり？」

どうせ適当にでたらめを言っているのだろうと、沈嶠《シェンチアオ》は答えなかった。しかし、頭の後ろをふわりと清風が掠めたので、たちまち警戒して身を翻し、防御に回る。

その間合いを見て、白茸《バイロン》はひらりと洞窟の出口へ飛んでいく。

「嘘を吐いてると思った？　まあ、お二人水入らずでどうぞ、お邪魔虫は退散するよ！」

そう言うなり、白茸《バイロン》は艶やかに一度笑って、姿を消した。

沈嶠《シェンチアオ》だけならまだしも、そこに晏無師《イエンウースー》、それも戦える状態の晏無師《イエンウースー》が加われば、白茸《バイロン》を待つのは疑いようもなく死である。それゆえ晏無師《イエンウースー》が目を覚ましたと分かるや否や、彼女はすぐさま逃げることにしたのだ。

洞窟内では、竹杖が正面から襲いかかってきた横暴とも言える力によって、吹き飛ばされていた。沈《シェン》嶠《チアオ》が何かを言う前に、喉をきつく絞めあげられる。

「沈嶠《シェンチアオ》」

底冷えするような声には、一切感情が含まれていない。

晏無師《イエンウースー》の力は相当に強く、今にも沈嶠《シェンチアオ》の首をへし折りそうである。

沈嶠《シェンチアオ》はぎょっとして、窒息しそうになりながら、掌打を繰り出した。

晏無師《イエンウースー》は掌打を避けずに、そのまま受け止めた。沈嶠《シェンチアオ》の首を絞めていた手は離したものの、後ろに数歩下がっただけで、吐血もしなかった。

片や沈嶠《シェンチアオ》は腰を曲げ、涙が溢れ出すほど咳き込んだ。そして完全に脱力すると、岩壁にもたれ掛かる。

晏無師《イエンウースー》が再び口を開いたのは、しばらく経ってからだった。

「なぜここにいる？」

先ほどよりは普通に戻ったように聞こえる口調だが、油断はできない。岩壁に背中を預けたまま、沈《シェン》嶠《チアオ》は「あなたは気が暴走した状態だったのです」と答えた。

晏無師《イエンウースー》は洞窟に横たわっている李越《リーユエ》を一目見やってから、視線を沈嶠《シェンチアオ》に戻してふと笑った。

「私の見間違いか？　このような絶好の機会に、お前は隙を突いて私を殺したりも、私が殺されるのを傍観したりもしない。それどころか無駄に手を出して阻止するとはな」

「なぜ私があなたを殺さなければならないのです？」

晏無師《イエンウースー》は声を上げて笑う。

「阿嶠《アーチアオ》、長く一緒にいたからと言って、まさか本当に愛が芽生えたとでもいうのか？」

「恩返しです」

沈嶠《シェンチアオ》はゼイゼイと息を荒らげながら、ゆっくりと答えた。

「恩返しだと？」

晏無師《イエンウースー》の笑みに驚きの色が混ざる。

「お前を助けたのは気まぐれでしかない。私と戦うに値する相手なのか確かめるためだった。そのついでに、半歩峰で敗北した後、孤立無援で可哀想なお前が度重なる打撃で再起不能となるか、それでも他人を恨まず、善意で人に報いようとし続けられるのかを見ていたのだ」

「あなたの動機がいかなるものにせよ、私を助けてくれた事実は変わりません。それが私を殺すためだったとしても、殺されるまでは、あなたに感謝の気持ちを抱くべきだと思ったのです」

晏無師《イエンウースー》はますます楽しげに笑う。

「阿嶠《アーチアオ》よ、お前は道よりも、仏を修めるべきではないか。それほどのお人好しなら、今頃とっくに高僧になっているぞ。それなら崖から落とされるなどという惨《むご》い目には遭わなかっただろうに」

沈嶠《シェンチアオ》は晏無師《イエンウースー》の皮肉に構わず、一息吐いてから続ける。

「周国は宇文邕《ユーウェンヨン》がいるのでまだ平和ですが、あなたがいなくなれば、浣月宗を導く者は辺沿梅《ビエンイエンメイ》と玉《ユー》生煙《ションイエン》だけになります。それでは四方八方から虎視眈々と狙ってくる勢力を防げるとは、必ずしも言えなくなるでしょう。もしそれらを防げずに宇文邕《ユーウェンヨン》の身に何かあったとしても、公卿や大臣なら生きてはゆけます。しかし、他国がその隙に兵を挙げれば、結局災いを被るのは民たちなのです」

晏無師《イエンウースー》は笑って答えた。

「ずいぶんと言うようになったな」

二人が話している間に、李越《リーユエ》は目を覚ました。

初めは狼狽えて茫然としていた李越《リーユエ》だが、晏無師《イエンウースー》が興味津々といった様子で自分を見ているのに気がつくと、たちまち戦慄《せんりつ》する。立ち上がると、こけつまろびつ洞窟の外へ駆け出した。

晏無師《イエンウースー》は何気ない様子で、持っていた石の欠片を指に挟んで弾いた。石片は李越《リーユエ》の耳を掠め、血の痕を一筋残す。

「うわああ！」と悲鳴を上げる李越《リーユエ》。彼はさらに足を速めて逃げていった。

もし晏無師《イエンウースー》が本気なら、李越《リーユエ》は今頃冷たくなっていただろう。

沈嶠《シェンチアオ》はなぜ晏無師《イエンウースー》が思いとどまったのか分からなかった。しかし、その理由を考える気力も残っていなかった。岩の壁にもたれ掛かった背中の傷は、血こそ止まったが、痛みはますます強くなるばかりだった。体内に巡っている真気のおかげで、沈嶠《シェンチアオ》は今、凍えずに済んでいた。

何も聞かない沈嶠《シェンチアオ》に、晏無師《イエンウースー》は振り向いて口を開く。

「あの男を殺さなかったのは、この世に生きているよりも、死んだほうがマシだと思わせるためだ。奴は私を殺そうとしたが、殺せなかった。今後、私に報復される恐怖の中で張り詰めた毎日を生きていくことになろう。私は時折、私の名を騙《かた》る誰かを嫌がらせに遣ればいい。それだけで奴はきっと肝を潰すぞ。殺して楽にさせるより、面白いとは思わぬか？」

沈嶠《シェンチアオ》はそれには答えなかった。彼の頭には、別の考えが浮かんでいた。

「実のところ、私が阻止せずとも、李越《リーユエ》と白茸《バイロン》はどちらもあなたを殺せなかった。そうでしょう？」

「その通り。あの時は体が動かなかったが、外界を感知する力はまだ残っていた。お前たちの会話も聞いていた。お前も私の体内に寒気があるのが分かっただろう。奴らが私を殺そうとしようものなら、あの寒気に反撃されただろうな」

沈嶠《シェンチアオ》はそっとため息を漏らした。そして、不意に「白茸《バイロン》がいなくなりました」と言った。

今まで、おそらく白茸《バイロン》は本当に晏無師《イエンウースー》が回復したのかどうかを確かめようと、洞窟の外に潜伏していたのだろう。李越《リーユエ》が逃げ出し、晏無師《イエンウースー》と沈嶠《シェンチアオ》の会話を聞いて、やっと諦《あきら》めてその場を離れたのだ。

晏無師《イエンウースー》は笑う。

「阿嶠《アーチアオ》、ため息を吐く必要がどこにある？　ここまで追いかけてきて、危険も顧みず側にいてくれたのだ。お前の顔を立てないわけにはいかぬだろう？　お前が、私が人を殺すのを見たくないと言うものだから、今回奴らを見逃してやったまでのこと。だが、白茸《バイロン》は殺すには惜しい存在だ。あの小娘のおかげで、今後ますます合歓宗は面白くなるのだからな！」

晏無師《イエンウースー》は腰を屈めて、沈嶠《シェンチアオ》を抱え上げようとした。その手が沈嶠《シェンチアオ》の背中に触れた途端、傷口に服が触れたのか、沈嶠《シェンチアオ》は僅かに震えた。

沈嶠《シェンチアオ》の怪我を察した晏無師《イエンウースー》は、横抱きではなく、沈嶠《シェンチアオ》を背負うことにした。

少し前まで気が暴走して極めて危険な状況だったにもかかわらず、晏無師《イエンウースー》は今や何事もなかったかのように洞窟を出た。平地を行くが如く崖を下り、二人はあっという間に麓まで戻った。

迎賓館に戻って薬を塗った後、沈嶠《シェンチアオ》は傷を治し気息を整えるため、三日ほど閉関をした。

三日後、沈嶠《シェンチアオ》が閉関を終えて出てくると、周国の使節団もちょうど任務を終え、国に戻る準備をしているところだった。

宇文慶《ユーウェンチン》は沈嶠《シェンチアオ》が傷を負ったと知り、わざわざ人を遣って、滋養のある食材をたくさん届けさせた。

宇文慶《ユーウェンチン》は晏無師《イエンウースー》と汝鄢克恵《ルーイエンコーフイ》の戦いの顛末に興味津々だった。引き分けと聞いたものの、詳細は知らず、直接晏無師《イエンウースー》に問う勇気もないので、沈嶠《シェンチアオ》に聞こうとしていた。あいにく沈嶠《シェンチアオ》は閉関をしていて会えず、三日間焦れったい思いの中で過ごして、ようやく沈嶠《シェンチアオ》が閉関を終えたというわけだ。

そのことを知るや否や、宇文慶《ユーウェンチン》は待ちきれずに沈嶠《シェンチアオ》を訪ねた。まず体の調子を尋ね、申し訳なさそうに聞く。

「あの日は人が多く、私もうっかり玉姿《ユーズー》とはぐれそうになったんだ。沈《シェン》公子は無事だったか？」

「ご心配いただきありがとうございます。少し怪我をしただけで、もうほとんど治りました」

「私たちはそろそろ国へ帰るが、実は予定通りであれば、臨川学宮も見送りに人を遣わすことになっている。あの日晏《イエン》少師と汝鄢《ルーイエン》宮主の戦いは一体どっちが勝ったんだ？　近くで見ていたんだから、詳しく知っているだろう？　少師は何も言わないし、私も聞く勇気がない。ただ、もし少師が勝ったなら、臨川学宮の者の前で皮肉を言えるというもの。我が大周の勇ましさを見せつけてやらないとな！」

宇文慶《ユーウェンチン》がやきもきしながら自分を訪ねてきたのは、まさかこのような取るに足らないことのためだったのかと、沈嶠《シェンチアオ》は少しおかしくなる。

「おそらく晏《イエン》宗主が一段勝っていたかと」

宇文慶《ユーウェンチン》は喜びの声を漏らして、嬉しさを露わにするも、にわかには信じがたい様子だ。

「それは真か？　汝鄢《ルーイエン》宮主は非常に腕が立ち、天下で上位三名に入る。天下一も狙えるのではないかと聞いたんだ」

武芸に関する話をしても、宇文慶《ユーウェンチン》は理解できないだろうと思い、沈嶠《シェンチアオ》は分かりやすいようにかいつまんで答えた。

「実は、お二人とも少し傷を負われたのです。晏《イエン》宗主は昔の病がぶり返し、汝鄢《ルーイエン》宮主のほうは……私の推測が間違っていなければ、経脈を損傷しているかと。ひと月は軽々しく真気を使えないでしょう」

「ひと月どころか、三カ月は誰とも戦えぬだろうな」

淡々とした声が聞こえてきたかと思えば、晏無師《イエンウースー》が部屋に入って来た。

「聞きたいことがあるのなら、なぜ直接私に聞かぬのだ？」

どういうわけか、宇文慶《ユーウェンチン》は晏無師《イエンウースー》を見るとどぎまぎしてしまう。晏無師《イエンウースー》にゾッとするほどの冷たい視線で一瞥《いちべつ》されると、宇文慶《ユーウェンチン》は尻に火がついたように今すぐこの場を離れようとした。

「少師は毎日忙しいでしょうし、時間を取らせるなんて、とても、とても。ああ、そうだ、私はきちんと荷物が片付けられているか見てくることにしましょう。出発する時になったらまた呼びに人を遣りますから」

ばつが悪そうに笑いながら、そう言うなり、宇文慶《ユーウェンチン》はさっさと部屋を後にした。

晏無師《イエンウースー》は沈嶠《シェンチアオ》へ視線を向け、「どうだ？」と問いかけた。

相手が何を聞きたいのか分かっているので、沈嶠《シェンチアオ》はゆっくりと答える。

「晏《イエン》宗主と汝鄢《ルーイエン》宮主の一戦は、大変見事なものでした。見物していた周りの人々も何かしら武芸上達のコツを悟ったかもしれません。ただ、私のほうはこの三日間閉関しましたが、古傷が少し癒えたこと以外、功力は全く進展がありません。何か壁があるようで、あと一歩、先に進めないのです。同じ場をぐるぐると回っているような気分です。唯一良かったことと言えば、真気がいくらか滞りなく巡るようになったことでしょうか。目もいささか回復し、ある程度光と影が見えるようになりました」

晏無師《イエンウースー》は心の奥底で、それは残念だ、と呟いた。

冷え切っていて、無情な呟き。

しかし、それをおくびにも出さず、晏無師《イエンウースー》はフッと笑い、「そうか、それは何よりだ」と言った。

晏無師《イエンウースー》と汝鄢克惠《ルーイエンコーフィ》の熾烈な一戦は、すぐに広まった。

人々が関心を寄せたのは、その勝敗だ。

陳国において、汝鄢克惠《ルーイエンコーフィ》は江湖で際立った名声があるだけでなく、朝廷に対する影響力も大きい。陳の君主の妃、柳《リウ》皇后も臨川学宮の出身である。それゆえ、陳国の人々にしてみれば臨川学宮は飛び抜けて優れており、汝鄢克惠《ルーイエンコーフィ》も、儒門と南朝武林の領袖なのだ。

このような地位と名声を持つ汝鄢克惠《ルーイエンコーフィ》が晏無師《イエンウースー》に負けるなど、人々は想像すらできない。

しかし、観戦に行った者は皆、口を揃えて二人は引き分けだった、と言っている。汝鄢克恵《ルーイエンコーフイ》は戦いから戻った後は臨川学宮の中に閉じ籠もり、誰が会いに来ても応じていない。晏無師《イエンウースー》も同じように迎賓館内に留まってどこにも行かなかったので、様々な噂が広まった。共倒れになったと言う者がいれば、汝鄢克恵《ルーイエンコーフイ》の腕が一段上だったので、晏無師《イエンウースー》は人に合わせる顔がないのだ、と言う者もいた。

そんな時、宇文慶《ユーウェンチン》が汝鄢克恵《ルーイエンコーフイ》を招待するという知らせを出した。我が国の晏《イエン》少師が迎賓館で開かれる宴にあなたをお迎えしたいので、どうか時間を見つけてお越しいただきたい、と。実はこの計画、沈《シエン》嶠《チアオ》の言葉を聞いた後、宇文慶《ユーウェンチン》が陳国を馬鹿にしようとして思いついたことである。もし臨川学宮が招待を無視すれば宇文慶《ユーウェンチン》は遠慮なく相手を嘲笑うことができるし、汝鄢克恵《ルーイエンコーフイ》が来ることになっても問題はない。なぜなら晏無師《イエンウースー》が出席するとは言っていないからだ。

二つの国は盟を結んだといえども、一時的なものに過ぎないというのは周知の事実である。今でこそ共通の目的があるが、消えてしまえば昨日の友は今日の敵となる。表面上は良好な関係を保てばそれでよく、結局、水面下ではいつも利を争っているのだ。陳国の多くの者は宇文慶《ユーウェンチン》の知らせを聞きつけて、ずいぶんと見くびってくれたものだと、腹を立てた。そして、腕が立つと自負している人々は、晏無師《イエンウースー》に戦いを挑みに、次から次へと迎賓館を訪れた。

しかし、晏無師《イエンウースー》の傲慢で自惚れた一面は、彼自身と比肩できる腕前を持つ者のみ知ることができ、凡《ぼん》庸《よう》な人間は眼中に入ることすら叶《かな》わない。当然他人が自分のことを何と言おうが、どう見ようが全く構わなかった。もし晏無師《イエンウースー》が挑戦者たちを〝自らもてなす〟としたら、おそらく彼らは生きて帰ることはできないだろう。

実のところ、晏無師《イエンウースー》が手を出すまでもない。宇《ユー》文慶《ウェンチン》の周りにいる人間だけでも、訪れる江湖者の対応は十分にできる。

招待を出してから二日後、臨川学宮からやっと返事が届き、宇文慶《ユーウェンチン》の招待を遠回しに断ってきた。宮主は閉関しており、会えない、と。

　臨川学宮の返答は、汝鄢克恵《ルーイエンコーフィ》が晏無師《イエンウースー》に合わせる顔がない、という宇文慶《ユーウェンチン》の嘲笑を裏付けるようなもので、周国人は横暴だと罵る声もたちまち消え失せた。宇文慶《ユーウェンチン》はすっかり有頂天になり、沈嶠《シェンチアオ》に話しに行った。しかし、茹茹《ルールー》から伝えられたのは、沈嶠《シェンチアオ》が既に迎賓館を離れたということだった。

　何を聞いても茹茹《ルールー》では分からず、晏無師《イエンウースー》と話すことを恐れていたものの、宇文慶《ユーウェンチン》は我慢できずに晏《イエン》無師《ウースー》の下を訪ねた。

「少師、沈《シェン》公子はどちらに行かれたか、ご存じですか？」

「なんだ、ずいぶんと奴のことを気に掛けているではないか」

　晏無師《イエンウースー》の言葉に、宇文慶《ユーウェンチン》は恐る恐るといった様子で、作り笑いをした。

「いえいえ。沈《シェン》公子は私たちと共に来たのだから、一緒に帰るはずでしょう。それなのに、どうしたことか今や姿も見えないので、聞いておこうかと思いまして」

「あいつは去った」

「え？」

　宇文慶《ユーウェンチン》にあれこれ話すつもりはなかったが、彼が茫然と落ち込んだのを見て、晏無師《イエンウースー》は面白くなり、続けた。

「事前に聞いていたのだ。本座と汝鄢克恵《ルーイエンコーフィ》の戦いを見た後に一人でここを離れると」

　宇文慶《ユーウェンチン》が呟く。

「しかし、彼一人でどこに行けるというのです？確か、もう玄都山には帰れないのでしょう？」

「宇文慶《ユーウェンチン》、お気に入りの妾を連れて旅をしているのにずいぶんと移り気だな。沈嶠《シェンチアオ》にこれほど関心を寄せるなど、本座を無視するつもりか？」

　晏無師《イエンウースー》は笑いながら言ったが、その言葉を聞いた宇文慶《ユーウェンチン》はブルッと身震いした。それ以上詳しく尋ねられるはずもなく、慌てて言い訳を作り、そそくさとその場を後にした。

あたふたと逃げ出した宇文慶《ユーウェンチン》とは対照的に、晏《イエン》無師《ウースー》は落ち着き払った様子で手に持っていた本を下ろし、窓の外へ目をやる。

その口元にはまだ笑みが残っていたが、目つきは冷たく、それでいてどこか興味津々な様子だった。

＊　＊　＊

沈嶠《シェンチアオ》は、北に向かっていた。

心地よい日差しである。竹杖を手に、青袍の裾は風になびいている。沈嶠《シェンチアオ》は思わず口元を綻ばせた。

手を額の前にかざして日の光を遮り、目を細めれば、前方の景色を見て取ることができるようになっていた。重傷を負う前ほど鮮明ではなかったが、失ったからこそ、もともと持っていた視力がどれほど大切だったかが分かる。

出発前、沈嶠《シェンチアオ》は宇文慶《ユーウェンチン》に会おうとした。直接別れを告げようと思ったのだ。しかし、宇文慶《ユーウェンチン》があいにく留守だったので、茹茹《ルールー》に手紙を託すことにした。文面はいたって普通で、あいさつや別れの言葉しか書かれていないのだが、茹茹《ルールー》は自らの主人が機嫌を損ねるのを恐れている。もしかしたら晏無師《イエンウースー》にその手紙を見せるかもしれない。

晏無師《イエンウースー》は迎賓館を出ようとする自分を引き留めると思っていた。しかし、予想に反して晏無師《イエンウースー》は何も言うことなく、沈嶠《シェンチアオ》の出発をあっさり許した。沈《シェン》嶠《チアオ》が意外に思ったほどだ。

世間で噂されているように、この浣月宗宗主の情緒は不安定で、気まぐれだ。ずいぶん長い時間を共に過ごしてはきたが、沈嶠《シェンチアオ》は晏無師《イエンウースー》の人となりがいまだによく分からなかった。

晏無師《イエンウースー》が引き留めなかったのは、自分が魔心を植え付けられることを断り、武功が回復する見込みもないからかもしれない。晏無師《イエンウースー》と互角に戦える相手と見なされず、失望して手放されたのだろう。あるいは、苦労して崖を登り、李越《リーユエ》と白茸《バイロン》から守ったから、彼もついに心を動かされたのだろうか？　いくら冷酷で無情な人間でも、心の中に、実は一筋の人情があるのかもしれない。

自分の勝手な推測とはいえ、沈嶠《シエンチアオ》は首を横に振って失笑した。自分は人の本性というものを良い方向に考えすぎているようだ。けれども、もしそれで気分が良くなるのなら、他人を多少良く思ったって構わないだろう。

建康城からの旅路は順調だった。江南は古くから繁栄し、水路陸路共に発達している。また、政局も安定しており、天下がまだ激動の真っただ中にあることを簡単に忘れてしまう。

しかし、陳国を出て斉国に入り、北へ行くと、すれ違う通行人や旅商人がめっきり少なくなった。加えて人々の顔から満ち足りた笑みは徐々に減り、代わりに緊張や疲労が色濃く滲むようになった。

声だけで相手の状態を探る日々が長かったからだろうか。沈嶠《シエンチアオ》は自分が今、他人の表情を観察するのが好きだということに気づいた。もちろんまだはっきりとは見えないが、いつも少なからず発見がある。

四月から五月にかけて、沈嶠《シエンチアオ》は途中に休みを挟みながら、足取りも軽く歩き続けた。興が乗れば、軽功を使った。道袍も身に着けず、竹杖をついて各地を歩くこの穏やかな士人が、まさか落ちぶれて魔君の庇護を受けていると皆に噂されている、あの惨めな玄都山の前掌教だとは、誰も思わないだろう。

晏無師《イエンウースー》と汝鄢克恵《ルーイエンコーフイ》の戦いは、もはや知らない者はいないほどに広まっている。梁州《りょうしゅう》内では武林の集会が開かれるようで、沈嶠《シエンチアオ》は道中、たくさんの江湖者が集会へ参加するため道を急ぐのを見かけた。そして、彼らが口々に二人の戦いについて話すのを聞いた。斉国の人々は陳国の人たちと違って当然汝《ルー》鄢克恵《イエンコーフイ》を崇拝しているわけではない。言葉の端々に晏無師《イエンウースー》への尊敬と憧れが感じられた。人は生まれつき強者に憧れるものなので、晏無師《イエンウースー》の実力は、魔門でなくとも多くの人々の羨望の的なのだ。

旅の途中、梁州城外のとある茶寮でのこと。沈《シエン》嶠《チアオ》はほかの客たちが汝鄢克恵《ルーイエンコーフイ》と晏無師《イエンウースー》の戦いがどれほど見事だったのか議論しているのを聞いた。彼らは戦いを見てはいなかったが、まるでその場にいたかのように、大げさに語っていた。沈嶠《シェンチアオ》は思わず小さく笑みを浮かべる。

沈嶠《シェンチアオ》の隣にひとりの人が座った。沈嶠《シェンチアオ》は茶を飲んでおり、顔を上げなかったが、その人物は声を掛けてきた。

「ずいぶんと偶然だな?」

「……」

沈嶠《シェンチアオ》は言葉を失った。

第三章　白龍観での波乱

沈嶠《シェンチアオ》は額に手を当てた。

「もう偶然の域を超えているかと……」

晏無師《イエンウースー》は卓の上に伏せてあった茶碗をゆったりと返し、水を半分ほど注いだ。しかし、茶碗を置いたまま、口をつけようともしない。

「生きていれば再び会うこともあるだろう。天の果てで別れ、海の果てで再会する。本座は逆に縁を感じているぞ」

「晏《イエン》宗主はどうしてここに?」

「お前こそ、なぜここにいる?」

「斉国の都、鄴城に向かおうと思っていましたので」

「ほう、それも偶然だな。私も鄴城に行こうとしているのだ」

その返答に、沈嶠《シェンチアオ》は困ったように問いかける。

「私は人捜しに行くのです。まさか、晏《イエン》宗主も人捜しに行くなんて言いませんよね?」

「おかしなことを言う。なぜ私が人を捜しに行ってはいけないのだ?」

沈嶠《シェンチアオ》は晏無師《イエンウースー》を無視して、黙って茶を飲み、菓子を食べた。そして勘定を済ませると、再び竹杖を突いて出発した。

晏無師《イエンウースー》も腰を上げ、手を後ろで組んでのんびりと沈嶠《シェンチアオ》の後をついてくる。

二人は終始七、八歩程度の間を保ち、付かず離れずという様子で歩き続けた。

沈嶠《シェンチアオ》は落ち着き払って、常に冷静だった。梁州城に入ると宿を探し、まず部屋を一つ取った。大して物も入っていない荷をほどくと、料理を頼んで、宿の二階でゆっくりと食べ始めた。

　正午から半刻経った頃で、ほとんどの客は食事を終え、二階はがらんとしている。しかし、階下は賑わっていた。昼の市が始まったばかりで、多くの人が荷を担いで市へと急いでいるのだ。

沈嶠《シェンチアオ》は酸梅湯《さんばいとう》（梅の実などから作る甘酸っぱい飲み物）を一瓶頼んだ。碗に注ぎ一口飲んだところで、やはりと言うべきか晏無師《イエンウースー》が二階の角にある階段をのんびり上ってきた。

晏無師《イエンウースー》は沈嶠《シェンチアオ》のほうを見て、フッと微笑む。

「その顔、異郷で旧知の友に会って驚喜している、というわけではなさそうだな」

沈嶠《シェンチアオ》は呆れる。

「晏《イエン》宗主がわざわざ私に会いに来ているのでなければ、もっと嬉しかったのですが」

「お前に会いに来たわけではないぞ」

晏無師《イエンウースー》は沈嶠《シェンチアオ》の隣に腰を下ろす。沈嶠《シェンチアオ》は給仕を呼び、酸梅湯をもう一瓶に、碗と箸を一揃い持ってこさせた。

晏無師《イエンウースー》は笑って尋ねた。

「阿嶠《アーチアオ》、どうしてそう私によそよそしくするのだ？」

沈嶠《シェンチアオ》は意に介さず、

「晏《イエン》宗主は潔癖で、誰かと同じ器から飲むなんてことはしないでしょう。覚えていますよ」

と、答えた。

黙り込んだ晏無師《イエンウースー》に、沈嶠《シェンチアオ》は聞いた。

「それで、私を探して来たのでなければ、なぜここにいらっしゃったのです？」

「宇文邕《ユーウェンヨン》はもう斉国を討伐すると決めたのだ。斉国はそれを聞きつけて顔色を変え、合歓宗の内部でも対立が起きている」

晏無師《イエンウースー》は給仕が持って来てくれたものには手をつけず、沈嶠《シェンチアオ》が飲んでいた酸梅湯の瓶を手に取り、自分の碗に注ぐ。そして一口飲んで続けた。

「合歓宗宗主の元秀秀《ユエンシウシウ》は浣月宗と手を組みたいと思っているが、長老の桑景行《サンジンシン》がそれを許さず、二人は反目した。元秀秀《ユエンシウシウ》は私に、手を結び一緒に鄴城にいる桑景行《サンジンシン》を殺さないかと、連絡を寄越してきたのだ」

かつて日月宗が分裂した際、桑景行《サンジンシン》は日月宗最後の宗主である崔由妄《ツイヨウワン》の唯一の弟子だった。しかし彼は魔門を元のように統一しようとはせず、それどころか元秀秀《ユエンシウシウ》との関係にのめり込んでいった。そしてその後、桑景行《サンジンシン》は合歓宗の中で最も位の高い首席長老になったのだ。ただ、だからといって彼を侮り、見くびるのは間違いである。

確かに桑景行《サンジンシン》は美人と殺しをこよなく愛し、彼を敵と見なす者は無数にいる。しかし、武芸の腕前は極めて高い。天下の十大において、桑景行《サンジンシン》の順位ははっきりしないものの、ある者は彼が上位三名に相応《ふさわ》しいと言い、そこまでではない、と言う者もいる。

桑景行《サンジンシン》は崔由妄《ツイユウワン》の臨終前、その功力を全て吸収してしまったという噂がある。のみならず、桑景行《サンジンシン》は大逆無道《たいぎゃくむどう》にも、師を殺して功力を奪った、という流説まである。実際、誰も目にしたわけではないが、桑景行《サンジンシン》の悪名高さに鑑みれば、罪が一つ増えたところで気に留める者はいないだろう。

沈嶠《シェンチアオ》はため息をこぼした。

「元秀秀《ユエンシウシウ》の合歓宗創立には、桑景行《サンジンシン》もかなり貢献していたはずです。それなのに、今や反目して敵同士だなんて。なぜ相手を殺さなければならないところまでいってしまうのでしょう！」

晏無師《イエンウースー》は嘲笑った。

「お前たち玄都山も、師兄弟同士、傷つけ合っていたではないか。いわんや魔門に至っては弱肉強食の世界だぞ。魔門の場合、それが隠されず、あからさまに行われるだけのこと。今や、桑景行《サンジンシン》は合歓宗の中で自らの一派を形成している。奴の弟子たちは元《ユエン》秀秀《シウシウ》に表向きは服従しているものの、内心は従う気がない。目の届かぬところで元秀秀《ユエンシウシウ》の権力は揺らぎ始めているのだ。元秀秀《ユエンシウシウ》は顔にこそ出さぬが、心の中では桑景行《サンジンシン》を恨んでいるだろう。そうでなければ、以前お前が目の前で桑景行《サンジンシン》の弟子霍西京《フオシージン》を殺した後、元秀秀《ユエンシウシウ》はとっくに報復しに来ているはずだからな」

「元秀秀《ユエンシウシウ》は手を組むと言っていますが、あなたに桑《サン》景行《ジンシン》を消してもらおうとしているのでしょうね」

「たとえそうだとしても、桑景行《サンジンシン》の死は、本座にとってもいい話だろう？　元秀秀《ユエンシウシウ》だけを頼みとし、桑《サン》景行《ジンシン》のいない合歓宗など、浣月宗の敵ではない。加えて、今後斉国が周国に併呑《へいどん》されれば、合歓宗が波風を立てようと抑えつけるのは容易だ」

沈嶠《シェンチアオ》は軽く首を横に振って、碗を持ち上げる。

「晏《イエン》宗主の願うままに進むよう、祈っています」

「どうも」

二人は乾杯をするかのように碗をぶつけ、かちん、と澄んだ音が響く。沈嶠《シェンチアオ》は晏 無師《イエンウースー》と出会った頃のことを思い出した。あの頃はこうして隣に座り、取り留めなく穏やかに話す時間が訪れるなど、考えもしなかったのに。沈嶠《シェンチアオ》は小さく微笑んだ。

晏 無師《イエンウースー》は沈嶠《シェンチアオ》の口元に浮かぶ笑みを視界に捉えたが、視線を逸らし、龍髭菜《アスパラガス》を一つ箸で取った。

「それで、お前の捜している者はどうだ？　見つかったのか？」

「いいえ。彼らは北へ向かったと聞いたのですが、残念ながらまだ追いつけていません」

「郁藹《ユーアイ》たちを捜しているのだろう？」

晏 無師《イエンウースー》の問いに、沈嶠《シェンチアオ》も隠さず、頷いた。

「はい。今、私の武功も多少回復してきて、自分一人なら十分守れます。郁藹《ユーアイ》が何を企んでいようと、怖くはありません。たとえ話し合いで互いの意見を分かち合えなくても、彼の前から立ち去る程度のことはできます。噂によれば、郁藹《ユーアイ》は長老二人と顧《グー》師妹を連れて、東突厥に入ろうとしているとか。私は顧《グー》師妹を先に見つけて、少し話をしようと思っているのです」

「郁藹《ユーアイ》が玄都山を離れているのなら、玄都紫府は今や、烏合《うごう》の衆でしかない。なぜその隙に玄都山に戻り、掌教の座を取り戻さぬのだ。そうすれば、奴が戻った時にはもはや打つ手がなくなっているだろうに」

沈嶠《シェンチアオ》は首を横に振った。

「郁藹《ユーアイ》は緻密《ちみつ》に考えて行動します。以前私に毒を盛った時も、そんなそぶりは少しも見せませんでした。今、心置きなく玄都山を離れて東突厥に向かっているということは、周到に策を練ってあり、私が戻ることを恐れていないということです。郁藹《ユーアイ》一人ではできません。玄都山の大多数は真実を知らされていないようですが、中には郁藹《ユーアイ》を密かに支え、玄都山の留守を預かっている者がいるはずです。そんな状況で私が玄都山に行けば、十中八九、飛んで火に入る夏の虫になるでしょう。逆に、郁藹《ユーアイ》が連れ出した数名は彼が思い通りに動かせない者の可能性があります。顧《グー》師妹は私が幼い頃からずっと世話をしてきました。彼女になら、話を聞いてもらえる自信があります」

晏無師《イエンウースー》は真剣に沈嶠《シェンチアオ》の話を聞き、微笑みながら頷いた。

「なら、お前も早く願いを叶えられるよう、本座も祈っておく」

普段いくら温和に話していたとしても、晏無師《イエンウースー》の口調には常に皮肉やからかいが滲むものだ。これほど穏やかに、かつ皮肉も交えず話すことなど滅多にない。沈嶠《シェンチアオ》も「どうも」と笑った。

ここから鄴城まではまだかなりの距離がある。二人は梁州城に一日泊まってから、再び北へ向かって出発した。鄴城に近づけば近づくほど、道を歩く流民が増えていく。沈嶠《シェンチアオ》はかつて鄴城に来たことがあるが、以前と比べて活気のないことは、彼の目にも明らかだった。思わず足を止めると、干からびて底が見えている川に沿って、流民が都のほうに歩いていくのが見えた。彼らはまるっきり生気を失い、目にも力がない。

これまで沈嶠《シェンチアオ》はこんな景色を何度も見てきた。江湖者が住む世界とは全く異なる。

江湖である程度の地位につける者は、多少なりとも裕福な家の生まれである。それどころか、その者自身が大地主であるか、家業が栄えていることもある。例えば六合幇がいい例だ。水運陸運のいずれも行なっており、その商売はあまねく天下に広がっている。まさしく強力な組織だ。浣月宗も、周国の朝廷と深い関係にあるので、周国の都だけでなく、各地に多くの資産を持っている。

数代に亘って俗世に踏み入ろうとしなかった玄都紫府でさえ、実を言えば祖師の代に玄都山を丸ごと買い取っている。山の麓にある玄都鎮《げんとちん》の住民たちには、玄都山の田畑を小作させているのだ。歴代掌教は心優しく、妥当な賃金しか受け取っていないが、その収入に玄都山で採れる産物を加えれば、弟子たちは十分豊かな生活を送れる。

憂いがなく安定した生活があってこそ、人は武芸の稽古に集中できる。いくら武道において追い求めるものがあっても、腹を空かせて食うや食わずの生活では、稽古どころではなくなるのだ。

目の前を歩く流民の子どもは、生まれてすぐ天災や人災と向き合うことになる。まともな食事ができないどころか、残酷なことに、両親の食料とされることもある。もし流民の子どもの中に一人か二人、武芸の天才になる資質を持つ子がいたとしても、慧眼《けいがん》の持ち主に見つけられる前に夭折《ようせつ》してしまう可能性のほうが高い。

「阿嶠《アーチアオ》、また情に流されているのか！」

珍しく嘲ることもなく、晏無師《イエンウースー》は笑いながらため息を吐いた。

沈嶠《シェンチアオ》は首を横に振る。

「いえ、そういうわけではありません。実は、私は孤児だったのです。両親が誰かは分からず、荒れ果てた人気のない場所に捨てられていたそうです。師尊がおっしゃるには、生まれつき体が弱い虚弱体質だと。両親にはそのせいで捨てられたのか、もしくは家が貧しく、育てられなくなって捨てられたか、どちらかでしょうね。とにかく、私は運よく師尊に出会い、生き延びることができました。だから、流民や孤児を見るたび、私は自分の能力の限界を残念に思うのです。玄都山にいた頃に気がついて、玄都山をまた俗世と交わらせていれば……。貧しい家の子どもを受け入れ、せめて数人でも救えたはずなのに」

「天はこれまで一度も公平だったことはない。生まれながらにして錦衣玉食の日々を送れる者もいれば、孤独で貧困にあえぐ者もいる。お前のように、他人のことばかり思いやる者などほとんどいない。むしろ陳恭《チェンゴン》のように、底なしに貪欲な人間が多い。奴らは身の程知らずで、機会さえあれば自分はより多くのものを手に入れられると思い込んでいる。それに玄都山が弟子をもう何人か取ったところで、郁靄《ユーアイ》のような恩知らずが増えるだけかもしれないのだぞ」

沈 嶠《シェンチアオ》は仕方がないと、笑って見せる。

「ですが、困難や危険から人々を救い、世を正してくれるような、国の重責を担う人物が増えるかもしれないではありませんか！」

晏 無師《イエンウースー》は沈嶠《シェンチアオ》の言葉に納得していない様子だ。

「ほしいものがあるのなら、自分の力で手に入れるがいい。誰かに救ってもらおうなどとは考えぬことだ。生も死も、自身の選択の積み重ねの結果でしかなく、他人には無関係だろう」

沈 嶠《シェンチアオ》はそれ以上何も言わなかった。

二人のいる場所にほど近いところから、夫婦と思《おぼ》しき男女が、ひどく痩せ細った幼い男の子を引きずりながら歩いてくる。沈嶠《シェンチアオ》と晏 無師《イエンウースー》は聴力に優れているので、二人の言い争っている会話を聞き取ることができた。


彼らは自分たちの子どもと引き換えにこの幼子を得たようだった。せっかく交換した子どもを誰かに横取りされないよう、人のいない場所で煮てしまおうとしていたのだ。しかし、夫婦はそれぞれの取り分のことで喧嘩を始めてしまった。夫は、多少とも肉がついている太ももと背中の部分を自分の物だと主張した。一方、妻は、自らが大変な思いをして産んだ子と引き換えに得られた〝食料〟なので、自分が先に食べる部分を選ぶべきだと言い張った。夫婦はもう歩く気力すらない様子だったにもかかわらず、いきなり取っ組み合いを始めた。

幼子は傍でぼんやりとその様子を眺めている。どちらが先に自分を食べるか喧嘩している二人をよそに、とうに何も感じなくなっているのか、その顔には表情すらない。

会話を聞いていた沈嶠《シェンチアオ》は耐えきれず、彼らの前に出ていき、幼子を自分のほうへ引っ張った。〝食料〟を横取りされたので、夫婦は喧嘩をやめて、沈嶠《シェンチアオ》に飛び掛かった。

連日の空腹で衰弱していた二人を倒すことは、沈《シェン》嶠《チアオ》にとってわけもないことだった。幼子は沈嶠《シェンチアオ》に助けられても、少しも顔色を変えなかった。感激するどころか、九死に一生を得た喜びすら感じていないようだ。

「お名前は？　ひとまず何か食べるかい？」

そう問いかけて、沈嶠《シェンチアオ》は幼子を引き寄せようとする。

ところが、沈嶠《シェンチアオ》が幼子の手を握る前に、彼はパタリと倒れて、動かなくなった。

驚いて沈嶠《シェンチアオ》が近づくと、幼子は重い病でひどく衰弱しており、既に手の施しようのない状態だったことが分かった。先ほど夫婦に引きずられていた時も、最後の力を振り絞って歩いていたのだ。そしてとうとう持ち堪えられなくなった。

沈　嶠《シェンチアオ》が助けようが助けまいが、幼子の運命は変わらなかったのだ。

幼子はまだ目を開けている。この世への、微かな未練と糾弾とが表れているようだ。

体の傷痕や浮き上がっている肋骨から、彼は生まれてこの方、一日たりとも安心して過ごせる日がなかったことが分かる。おそらく、幼子は永遠に理解できないだろう。自分はなぜ生まれ、どうしてこのような苦しみを味わわなければならなかったのか。

沈　嶠《シェンチアオ》は長いこと動かず、瞬きもせずに幼子を見つめていた。そして手を伸ばすと、幼子の顔を優しく撫でるように、その瞼《まぶた》を閉じてやった。

すると、隣から一本の手が沈嶠《シェンチアオ》の目を覆い、そっと目の端に滲んでいた涙を拭い去る。

「郁藹《ユーアイ》に裏切られた時ですらお前は泣かなかったのに、見知らぬ他人のためには涙を流すのだな」

「今まで味わった挫折にせよ、道中の苦境にせよ、これまでの困難は私が受け入れられるものでした。しかしこの子が受けた苦しみは……。この子はただの一度だって誰かを傷つけたことはなかったでしょう。生まれてきたのも、苦しい目に遭うためではないはずなのに。誰にでも生きる権利はある。どれほど苦しくとも、希望があってしかるべきです」

もちろん、晏無師《イエンウースー》が沈嶠《シェンチアオ》に倣《なら》うつもりはさらさらない。沈嶠《シェンチアオ》でなければそんな言葉は偽善だと言うだろう。しかし、最初の頃感じていた軽蔑は、知らず知らずのうちに影を潜めていた。今では、沈嶠《シェンチアオ》が見知らぬ子どもを助けても、意外でも何でもなくなっていたのである。

「全くお前は考えが甘すぎる。希望など、誰が与えられるというのだ？ 皆、生き残るために、自分のことを考えるだけで精一杯だ。こいつを助ける義理などどこにある？」

沈嶠《シェンチアオ》は体を起こす。

「私は、そうしたかったのです。ただ、あと一歩間に合いませんでした……」

晏無師《イエンウースー》は素気無く言う。

「お前一人では、一人二人救うのが関の山。天下にはこいつと同じ境遇の者はほかにも山ほどいる。それをお前は見て見ぬふりをしているのだ。偽善ではないか」

「いつしか乱世は終わり、天下は統一されます。流民や孤児が溢れ、飢餓で道義が失われるような状況は完全になくなるとまでは言いませんが、きっと減るでしょう。そうなれば、救われるのは一人や二人ではなく、幾千、幾万もの人となる。そうは思いませんか？」

晏無師《イエンウースー》は沈嶠《シェンチアオ》に構うのが面倒になり、道端に行くと、掌を刃として使い、内力で木の下に深いくぼみを作った。くぼみは箱のように四辺がきっちりと整っている。

沈嶠《シェンチアオ》は晏無師《イエンウースー》の意図を察して、自然に笑みがこぼれた。

「ありがとうございます」

沈嶠《シェンチアオ》は幼子の体を抱き上げて、くぼみの中にそっと置くと、手で土をかけた。

この乱世では、荒野に死体を晒《さら》されないだけでも恵まれていると言えよう。墓碑など建てようものなら、埋葬品があると思われ、かえって盗賊に荒らされてしまうのだ。

全てを終わらせると、沈嶠《シェンチアオ》は晏無師《イエンウースー》と共に鄴城へ入った。

城内と城外は、全く別の世界だ。

良馬に牽《ひ》かれた華麗な馬車に、金粉や銀の雪が舞うかの如く豪奢な雰囲気を醸し出す通り。道行く人々の装いは華麗で、長い袖が風に漂い、錦の帯に羅裙《らくん》（うすものの裾）、髪には玉の簪をつけている。どこからともなくいい香りが漂い、色彩に溢れた街並みが広がる。これが斉国の栄耀栄華を極めた都、鄴城である。

聞くところによれば、斉の君主高緯《ガオウェイ》は、都の外で毎年のように災害や凶作が起き、流民が溢れ返っていると聞いても、救済を指揮することはないという。それどころか、都にある皇族の庭園、華林園《かりんえん》に〝貧《ひん》児村《じむら》〟なるものを作った。そして自分は物乞いに扮《ふん》し、宦官《かんがん》や侍女に旅商人や通行人のふりをさせて、物乞いの〝楽しさ〟を味わったらしい。鄴城に住む者は華林園と聞いても、その庭園に憧れや羨望を抱くどころか、嘲笑を浮かべるだけなのだ。

そして、周国の大軍が国境に押し寄せるという危険が迫っていても、城内は相変わらず、上っ面だけの平和に満ちていた。それは以前沈嶠《シェンチアオ》が来た時と、ほとんど変わらなかった。

初めて鄴城を訪れた旅人は、一見しただけでは貧しい人間など一人として見つけられないだろう。むしろ自らの姿に引け目を感じるかもしれない。ところが、町の隅に目を凝らせば、都の豪華絢爛な様子とは打って変わり、質素な身なりの平民たちを見かけるはずだ。

都で郁藹《ユーアイ》たちを捜すのは、一日や二日でできることではない。彼らはおそらくどこかの道観に投宿《とうしゅく》しているかもしれないし、粗末な衣で身をやつして身分を隠しているかもしれない。後者なら、海の底に落ちた針を捜すように、見つけるのはますます難しくなる。

しばらくして、沈嶠《シェンチアオ》は晏無師《イエンウースー》と別れた。晏無師《イエンウースー》は自らがどこに行くのか言わなかったので、沈嶠《シェンチアオ》も深追いはせず、「晏《イエン》宗主、お体に気をつけて。万事上手くいきますように」とだけ言った。

「お前は宿を取るのか？」

別れ際に問いかけた晏無師《イエンウースー》に、沈嶠《シェンチアオ》は少し考えてから答える。

「ここの道観をまず当たってみようかと。ついでに人を捜し、見つからなければ、そのまま道観に泊まろうと思っています」

晏無師《イエンウースー》は頷いて、「本座はまだやることがあるから、これで」と言い、瞬く間に沈嶠《シェンチアオ》の視界から消えた。それが何かは一言も言わずに。

沈嶠《シェンチアオ》はしばしその場に立ち尽くし、人ごみに消えた晏無師《イエンウースー》を見送った。そして、思わず笑みを浮かべて、その場から離れた。

数歩も行かぬうちに、向こうから軍隊らしき一群がやってくる。道開き役の兵士は通行人を追い払い、人々は慌てて両側に避けていた。うっかり護衛されている貴人とぶつかり、厄介なことに巻き込まれないようにするためだ。

沈嶠《シェンチアオ》も続いて傍に列を避けると、後ろで誰かが問う声を聞いた。

「こりゃまたどこの公主様だ？　それとも王子様か？」

「違う、違う。あの儀仗《ぎじょう》を見てみろ。あれは城陽郡王様だ！」

笑いながら返されて、問いかけたほうは何か思い当たったようだった。

「あぁ。あの、陛下にかなり寵愛されているという……？」

答えた者は意味深長に、「そう、そのお方だ」と続けた。

城陽郡王穆提婆《ムーティーポー》は、この辺りでは知らない者がいないほど、その名は知れ渡っている。しかし、有名なのはその業績と能力のためではなく、皇帝に深く気に入られているゆえである。

沈嶠《シェンチアオ》とこの城陽郡王の間には、一悶着あった。沈嶠《シェンチアオ》のせいで、穆提婆《ムーティーポー》は不能になってしまったのだ。おそらく彼は沈嶠《シェンチアオ》を骨の髄まで憎んでいることだろう。沈嶠《シェンチアオ》は特に穆提婆《ムーティーポー》を恐れてはいないが、今は人捜しをしている最中だ。面倒事に巻き込まれている暇はない。背後の人物の会話を聞くと、沈《シエン》嶠《チアオ》は群衆に紛れ、近くにある店に入って身を隠そうとした。

　その時、また誰かが「ん？」と声を漏らす。

「おいおい、城陽郡王様じゃねぇぞ？」

　沈《シエン》　嶠《チアオ》が振り向くと、折り悪く、逞《たくま》しい馬に乗った一人の男と目が合った。

　二人の視線がぶつかる。沈嶠《シエンチアオ》は何事もなかったかのように目を逸らしたが、男は僅かに驚いたようだった。

「あぁ、確かに違うな。ありゃ、陛下の新しいお気に入りだ。城陽郡王様が陛下に薦めたんだと。今じゃ陛下にかなり愛されていて、馮淑妃《フォンしゅくひ》（淑妃は後宮で二番目とされる妃）様ですらそいつに敵わないらしいぜ！」

「馮《フォン》淑妃様ってあの……？」

「へへっ、そうだ。陛下に素っ裸にされて、大臣たちが金を千払えば鑑賞できたっていう方さ」

　周りの人たちはなるほど、といったような笑い声をあげる。

　皇帝や大臣が皆、この調子なのだ。国家の程度などたかが知れている。

　以前謁見した宇文邕《ユーウェンヨン》を思い出すと、沈嶠《シエンチアオ》は首を振って人ごみに紛れるように、その場を立ち去った。

　斉国は仏門を尊び、鄴城も仏教の町で、道観はほとんどない。通行人数人に聞いても、皆、道観が城内のどこにあるのか知らなかった。沈嶠《シエンチアオ》はやっとのことで一人の老人から道観の場所を聞くことができた。

「町の西のほうに白龍観《はくりゅうかん》というのがありますよ。観主と子どもが二人だけで、普段はまあ寂れていて誰も行きませんがね」

　沈《シエン》　嶠《チアオ》は老人に礼を述べる。白龍観はすぐに見つかった。確かに造りは粗末で、道観の名が入った扁《へん》額《がく》の文字こそ読めるものの、屋根瓦は朽ち、苔があちこちに生えている。何年手入れしていないのかも分からないほどだ。

　子どもが二人いる、と聞いたが、鍵のかけられていない正門を押し開けて中庭に入っても、人っ子一人見当たらない。沈嶠《シェンチアオ》が三、四回声を上げて尋ねると、ようやくここで修行をしているらしい少年が一人、欠伸《あくび》をしながら出てきた。

「なんのご用でしょう?」

沈嶠《シェンチアオ》はお辞儀をする。

「お伺いしたいことがありまして。数日前、ここに投宿した方々はいますか? 若い男が一人、女性一人と老人を二人連れています。もしかしたらほかに数人の弟子もいたかもしれません。男の耳の下には赤いほくろがあります。道袍を着ていたかもしれません」

少年は首を横に振る。

「いいえ、もう長いこと、誰も来てませんよ! 見ての通り、こんな寂れているので朝から晩まで静かなんです」

沈嶠《シェンチアオ》はがっかりしたが、空が徐々に暗くなってきたのを見て、少年に尋ねた。

「では、客用に余った部屋はありませんか? 一晩泊まらせていただきたいのです」

「あるにはあるんですが、長いこと掃除していませんよ。自分で片付けてくださいね」

「ありがとうございます。身を寄せられる場所があれば、十分ですから。それから、観主殿はいらっしゃいますか? 部屋をお借りするので、お礼を言いたいのですが」

「あぁ、必要ないですよ。うちの師父は関係ない人には会わないんです。部屋を借りるだけで、別にお金を借りるわけじゃないでしょ? 会わなくても構いませんよ」

少年は沈嶠《シェンチアオ》を連れて正殿を抜けていく。裏庭に面した部屋の一つにやってくると、少年は扉を押し開いた。部屋の奥から、長年積もっていた古臭い埃《ほこり》の臭いが押し寄せてくる。少年はむせてゲホゲホと咳き込みながら、鼻の前で手を力一杯振る。

「ほら、こんなに汚いんです。本当に泊まりますか?」

少年は沈嶠《シェンチアオ》を横目で見た。

沈嶠《シェンチアオ》は部屋の中を見回す。寝台は確かに汚れているが、箒や雑巾も用意されており、手前には井戸もある。少し片付ければどうにかなるだろう。玄都山にいた頃も、掌教だった沈嶠《シェンチアオ》は、豪華で居心地のいい場所に寝泊まりしていたわけではなかった。

「大丈夫ですよ、ありがとうございます」

　本人が大丈夫と言うのならと、少年はそれ以上構わない。

「午後は食事をしないので、かまどの火を消してるんです。煮炊きをするなら自分で火を熾《おこ》してくださいね。水差しも、杯も、厨房に揃ってます。ただ、米や麺はありません。食べ物を買いたかったら、ここを出て通りを一本過ぎたところに市があります。でも急いでくださいね、遅くなったら店が閉まっちゃいますから」

　このようなもてなしでは、都にあるにもかかわらず、誰一人訪れないのも頷ける。人々の信仰が、道門ではなく仏門にあるというだけでなく、観主の態度もその一因なのだろう。

　しかし、沈嶠《シェンチアオ》は何も言わず、笑みを浮かべて頷いただけだった。少年がいなくなると、沈嶠《シェンチアオ》は水を撒いて床を掃き、寝台を拭き始めた。

　そうこうするうちに、少年が興奮した様子で戻って来る。

「郎君、早く外に！　たくさんの物を載せた馬車が何台も来ているんです！　あなたに、と言ってますよ！」

＊＊＊

「相手は名乗ったのですか？」

「いいえ、でも早く見に行ってください！」

　幼い頃から道観で育っている少年は、これほどまでに大げさな訪問者には出会ったことがなかった。沈嶠《シェンチアオ》の返事を待たずに、彼はまた大騒ぎで観主を呼びに行く。

　沈嶠《シェンチアオ》が門のところまで出てみると、果たして数台の馬車が止まっており、荷箱がいくつか運び下ろされている最中だった。

　馬車隊を率いているらしき男は召使いの格好をしている。とはいえ、立ち振る舞いや服からすると、ただの召使いではなく側近の類だろう。

　彼は沈嶠《シェンチアオ》が来たのを見ても、近づかず、一歩前に出ただけだった。

「失礼ですが、あなたが沈嶠《シェンチアオ》殿ですかな？」

「はい」

「彭城県公《ほうじょうけんこう》様の命を受け、贈り物を届けに参りました」

　沈嶠《シェンチアオ》はある程度予想はしていたが、それでも尋ねた。

「彭城県公様とはどなたでしょう？　存じ上げませんが」

　沈嶠《シェンチアオ》の言葉に側近は不快そうな表情を浮かべ、その質問には答えることなく続ける。

「県公様……うちの旦那様は、あなたに恩があるとおっしゃっていました。一滴の水のような恩にも、尽きせぬ泉のような大きさでこれに報いるべし。旦那様はあなたに恩返しをするために贈り物を届けさせたのです。どうかお受け取りください」

　沈嶠《シェンチアオ》が何か答えようとする前に、側近はパンパンと手を叩き、御者と別の召使いに「荷箱を開けろ」と命じた。

　その時、白龍観の観主が少年二人と共に、慌ただしく出てきた。沈嶠《シェンチアオ》に挨拶する間もなく、彼らは開かれた箱に目を奪われている。

　しかし、三人はすぐに「えっ！」と声を上げた。驚いたというよりも、訝るような声音だ。

　荷箱の中に入っていたのは金銀財宝でも、美しい絹織物でもない――そこには、ロバ肉の餅《ビン》が隙間なく詰め込まれていたのだ。

　香ばしいロバ肉の香りが辺りに漂い、観主と少年たちは生唾を飲み込む。

　側近は蔑むような表情を浮かべて、冷ややかに笑う。

「旦那様から伝言を預かっております。昔日はあなたの恩恵に与り、餅をいくつかいただいた。今、それを倍にしてお返しいたす、と。この数箱で足りるか分かりませんが、足りなかったらもう何箱かお届けしますよ！」

沈嶠《シェンチアオ》は怒りもせず、また慌てることもなく、微笑んで答えた。

「十分ですよ。道観のかまどの火が消えているので、夕食をどうしようかと思っていたところです。まさに渡りに船ですね、あなたの主人に感謝します。ここ二日分の食事の当てができました」

まさか沈嶠《シェンチアオ》が礼を言うとは思いもよらず、側近は呆気に取られた。そして、あまりにも従順な沈嶠《シェンチアオ》をあからさまに軽蔑する態度をとった。自らの主人がこんな方法で〝恩返し〟をするのは、きっとこの者が主人の恨みを買ったからに違いない。

そう考えた側近は沈嶠《シェンチアオ》のことを何とも思わないまま、「それでは、手前は報告に戻ります」と頷いて、何やら合図をした。

すると、召使いはたちまち荷箱をひっくり返し、餅をその場にぶちまけたではないか。

観主と少年たちはひどく驚き、慌てる。

「何をする！　せっかくの餅が台無しだ！」

側近は大笑いした。

「旦那様は確かに餅を届けろと命じられたが、荷箱もやれとはおっしゃっていないのでね！」

ロバ肉の餅は地面に散らばり、肉汁が溢れ出す。その香りに蠅が引き寄せられて、ブンブンと音を立てながら餅の周りを飛ぶ。これでは埃を払って食べようにも、もう食べられない。観主たちは怒りを我慢し、何も言えぬまま、もったいなさそうに餅をじっと見つめた。

沈嶠《シェンチアオ》の顔が曇り、笑みが消えた。

あの日、寂れた廟《びょう》にいた彭城県公こと陳恭《チェンゴン》は、餅すら食べられず、温かい食事にありつけるというだけで、喜びを一杯にしていた。なのに今や、己の気まぐれを満たすために、食べ物を粗末にするようになっているとは。富や権力を手に入れたから、分別がなくなったのだろうか。はたまた、その境遇によってあっさりと心を変えられてしまったのだろうか。

「待ちなさい」

沈嶠《シェンチアオ》の言葉に側近は足を止め、得意げな顔で「何か？」と振り返る。

「この餅を食べてから帰りなさい」

側近は沈嶠《シェンチアオ》に向かって失笑しながら、

「ご冗談を。これは旦那様があなたに贈ったものです。手前どもが食べるわけにはいきませんよ。ゆっくり味わってくださいッ！」

と言い、再び前を向いて歩き出した。しかし、数歩も行かぬうちに、側近の顔が恐怖に引きつる。

手首に耐え難い痛みが走ったのだ。

十数歩ほど後ろにいた沈嶠《シェンチアオ》は、いつの間にか彼のすぐ目の前に移動していた。

側近は痛みに顔を歪める。

「この……手を放せっ！」

「天から賜った五穀はとても貴重なもの。それに、城外にはまともな食事にすらありつけない者も多くいる。あなた方には手間を掛けますが、地面に落ちている餅を全て食べてから、帰ってください」

低い声で言い放つ沈嶠《シェンチアオ》に、側近は驚き、恐れ、そして怒りを露わにした。

「何様のつもりだ！　俺たちが誰か、分かってるのか！　彭城県公様は今陛下に一番の寵愛を受けて……」

沈嶠《シェンチアオ》は淡々と続ける。

「彭城県公など、私は知らない。ただ、食べないのであれば、一人たりともここから立ち去れるとは思わないことだ」

そこまで言われても、まだ怖いもの知らずはいた。沈嶠《シェンチアオ》が言い終えるや否や、御者の一人が踵を返して駆け出す。ところが、三歩も行かぬうちに、御者は突然前へ倒れ込み、動かなくなった。

「食べるか？」

「沈嶠《シェンチアオ》、後悔するぞ！　この俺に手を出せば、旦那様が百倍、いや、千倍にして返すからな！」

「食べるか？」

「お前にでき……うああっ！」

側近は悲鳴を上げた。上っ面だけ取り繕っていた顔が、苦痛に歪む。沈嶠《シェンチアオ》は側近の手首を押さえているだけであり、骨折や怪我をさせているようには見えない。しかし、側近がひどく苦しむ様子に、見ている者全員がゾッとした。

「食べるのかと、聞いている」

沈《シェン》嶠《チアオ》は依然として穏やかな口調で問いかける。

そして、ゆっくりと視線を側近からその場にいるほかの召使いへと向けた。

沈《シェン》嶠《チアオ》に視線を向けられた召使いたちは皆、下を向き、目を合わせることができない。

側近も、もう威張れなかった。態度を一変させ、ブルブル震えながら言う。

「念のためお伝えしますが、旦那様は手前たちに餅を届けるように言っただけでして。別にぶちまけろとは言っていません。て、手前が、勝手にやったことです。どうかお許しを。あなた様は心の広いお方でしょうから、見逃してください！」

「見逃してほしければ、餅を全て食べなさい。でなければ、私はあなた方の主人にけりをつけに行く。主人はきっと後で、あなた方に雷を落とすだろう。よく考えることだ」

側近は悔しくて、泣くに泣けず、地面に這いつくばって餅を拾い上げる。もう食べるしかなかった。

地面に落ちた餅は既に冷め、土埃をかぶり、砂利までついている。陳《チエン》恭《ゴン》の下についてからというもの、この側近はいいものばかり食べている。地面に落ちた餅のような、邸宅の飼い犬すら食べないものなど触れたこともない。一口齧《かじ》っただけで涙が溢れそうになるが、いかんせん隣では沈《シェン》嶠《チアオ》が見ている。毒薬を飲まされているかのような表情で、どうにか一口ずつ飲み込むしかなかった。

同行してきたほかの者たちが、ぽかんとして自分を見ていることに気づくと、側近は堪らず怒鳴った。

「早く食うのを手伝え！」

怒鳴られたほかの召使いたちは、側近が主人に重用されていることを知っているので、いやいやながら這いつくばり、餅を拾い上げて食べる。

斉帝の寵愛を受けるようになってから、彭城県公は民の間でも知られる存在になった。白龍観の観主でさえ、彭城県公の名を耳にしたことがあるほどだ。

そんな目の前の側近たちに対して少しも遠慮しない沈嶠《シャンチアオ》を見て、観主たちは驚きのあまりあんぐりと口を開けた。

少年の一人は観主の服の裾をクイクイ引っ張って、小声で問う。

「師父、万が一あのなんとか県公っていう人が復讐しに来たら、うちも巻き込まれますか？」

観主は少年に顔を向け、声を潜めて答える。

「黙ってろ。あの客人の腕は尋常じゃない。見て分からんのか！」

観主の言葉は沈嶠《シエンチアオ》の耳にも届いたが、彼は聞こえないふりをした。一方、側近たちは十数個の餅を食べた後、苦しそうな顔をして、もうこれ以上は本当に食べられない、どうか許してほしいと訴えてきた。

しかし、地面にはまだ数十個の餅が落ちている。

沈嶠《シエンチアオ》は首を横に振った。

「持って帰れと言ったところで、どうせあなた方のことだから、途中で捨ててしまう。ここで全部食べ切りなさい。でなければ、帰さない」

側近は恐怖に慄いて言った。

「だ、旦那様が手前どもの帰りをお待ちなんです！」

「あなた方が戻らないと見れば、様子を見に人を遣わすだろう。食べてくれる人も増えるではないか」

側近は何も言えなくなり、黙ってまた餅を頬張り始めた。

夕方から食べ始めて、夜の帳が下りた。側近たち十数人はそれこそ腹に詰め込む勢いで、必死に食べ進める。やがて腹も膨れ上がり、顔が土気色になったところで、やっと沈嶠《シエンチアオ》はやめていいと伝えた。

彼らは極刑を免れたような表情を浮かべる。もはや腰も真っ直ぐに伸ばせなくなっており、お互いを支え合いながら沈嶠《シエンチアオ》の前にやってくると、恭《うやうや》しく詫びた。

「戻ったらあなた方の主人に伝えなさい。白龍観は通りすがりに足を休めているだけで、長く留まるつもりはない。明日にはもう発つ。観主殿を困らせるようなことはしないように」

側近はなんとか作り笑いをして誤魔化す。

「またご冗談を。そんなこと、できるはずがありません」

沈嶠《シェンチアオ》に図星を突かれなければ、側近はそうするつもりだった。

沈嶠《シェンチアオ》はそれ以上何も言わず、彼らにここから離れるのを許した。

厄介者たちがいなくなると、観主はやっと前へ出てため息を吐いた。

「そちらのお方、うちの道観にずいぶんと面倒を掛けてくれたな。ワシらは普段滅多に外には出ず、いざこざを起こしたことはない。それなのに今日は災難が降って湧いた。全く、ワシらが何をしたって言うんだ」

沈嶠《シェンチアオ》は申し訳なさそうに答える。

「ご心配なく。もとよりこの件はあなた方には関係ないことです。明日、私は彭城県公のもとに行き、話をつけてきます。そうすれば、彼らも二度とここには来ませんから」

それでも観主は不機嫌だ。

「そうだといいんだがな！」

沈嶠《シェンチアオ》は袖から数枚の銅銭を取り出して、観主に差し出す。

「ご面倒をお掛けしました。あまり手持ちがないもので。心ばかりですが、足りるでしょうか？」

ようやく観主の顔色が和らぐ。自分を見つめる弟子二人を見やり、軽く咳払いをしてから、銅銭を受け取った。

「まあまあだな。さて、もう遅いし寒くなってきた。中に入って休むといい」

沈嶠《シェンチアオ》は少し笑って、彼らと一緒に道観へ戻った。

少年二人はロバ肉の餅にありつけると思っていた。ところが騒ぎに巻き込まれた挙句、餅は食べられずじまい。ただ、面白い場面には出くわした。彭城県公の恨みを買ったのではないかと心配する観主をよそに、少年たちはかなり興奮した様子だ。特に先ほど気だるげに沈嶠《シェンチアオ》の応対をしていた少年は、態度を一変させ、沈嶠《シエンチアオ》をきらきらとした眼差しで見上げる。

「沈《シエン》郎君、あいつらの裏にいる人、誰だと思います？　あの彭城県公ですよ！　天子の新しい寵臣で、天子はあの人のために、自ら……」

観主がすかさず少年の頭を叩き、その後に続く言葉を遮った。

「年端もいかんくせに、口を慎め！」

観主が叱ると、少年は不満げな様子で頭を抱え、負けじと言い返した。

「師父が言っていたことじゃないですか！」

観主が少年をじろりと睨む。

「さっさと飯を作りに行け。お前の師父を餓え死にさせる気か！」

「でも昼を過ぎたら食事はしないって……」

「普段は門を閉ざして静かに暮らしているから二食で足りるが、今日は何もしていないのに面倒事に巻き込まれたんだぞ。怒りで腹が空いたわい！　自分が食べなくとも、師父のことを考えんか！」

少年はぶつぶつと不平を漏らす。

「怒りで腹が膨れるってのは聞いたことあるけど、逆なんて初めてだい」

観主がまた自分をぶとうとしているのを見るや、少年は「ご飯を作ってきます！」と、そそくさと逃げ出した。

「この不肖者！」

観主はぶっきらぼうに毒づき、もう一人の少年の頭を撫でる。

「初一《チューイー》は毎日ふざけてばかり。やっぱり十五《スーウー》のほうがいい子だ」

十五《スーウー》と呼ばれた少年は照れくさそうに笑って、沈《シエン》嶠《チアオ》を見上げて尋ねた。

「沈《シエン》郎君、うちにはあまり食材がなく、大したものは作れませんが、どうか大目に見ていただけたらと。麺と米、どちらが食べたいですか？」

十五《スーウー》の言葉に観主は驚く。

「調子のいい奴め、褒めたそばから付け上がりおって！　あの小麦粉は年越しの時に食べようと残したものだぞ！」

そう言うなり、観主は自分が口を滑らせたことに気がつく。すぐさま沈嶠《シェンチアオ》のほうを振り返り、ばつが悪そうに黙り込んだ。

十五《スーウー》が笑う。

「ほら、沈《シェン》郎君は客人ですし、師父も普段から礼節を弁《わきま》えろと教えてくださっているじゃないですか。師兄の手伝いをしてきますね！」

そう言うなり、十五《スーウー》は観主の返事も待たずに走って厨房に向かった。

「……ったく、調子のいい奴め！」

観主は我慢できずに文句を言う。今日は本当についていない。ロバ肉の餅は食べられなかったし、残っていた僅かな小麦粉もこれですっからかんだ。

沈嶠《シェンチアオ》は観主の気持ちを察したのか、袖からさらに数枚銅銭を取り出して、にこやかに差し出した。

「色々散財させてすみません」

「ちょ、おいおい、そんなつもりじゃないぞ！」

観主は、さすがにそれは厚かましいと受け取らず、沈嶠《シェンチアオ》の手を押し戻した。そうして沈嶠《シェンチアオ》をよく見たところで、観主はようやく客人の目に違和感を覚えた。

「その目は……？」

「もともと患っているのです。昼間はいいのですが、夜になるとあまり見えなくて」

観主は「そりゃ気の毒に」と口にしたが、それ以上尋ねることはしなかった。

「ところで、あんたはどうして彭城県公に目を付けられているんだ？」

沈嶠《シェンチアオ》は寵臣となる前の貧しかった陳恭《チエンゴン》と知り合い、共に旅をしたことをかいつまんで伝えた。陳恭《チエンゴン》が穆提婆《ムーティーポー》を連れて沈嶠《シェンチアオ》のところに戻り、沈嶠《シェンチアオ》を身代わりに難を逃れようとしたところまで聞くと、観主は堪らず罵った。

「恩を仇で返すとは、なんて厚顔無恥な奴だ！」

そして先ほどの光景を思い出して、観主はため息を吐いた。

「あんた、陳恭《チエンゴン》に会いに行くんなら、用心しないとな。さっきの男は見るからに卑しい奴だ。陳恭《チエンゴン》の前で話に尾ひれをつけ、奴の不満を煽り立てるかもしれんぞ」

「お気遣いをありがとうございます。ところで一つ、お伺いしたいことがあるのです。ここ最近、老人を二人連れた、顔立ちの整った若い男女の一行を見ていませんか？　道袍を着ているかどうかは定かではないのですが、剣は携えていたはずです」

郁靄《ユーアイ》たちの動向について、既に少年に質問したが、観主が知っていることもあるのではと聞いてみる。

観主は少し考えて、首を横に振った。

「道士か……いいや。鄴城で道門はあまり盛んではない。僧侶がいる寺なら多いのだがな。道観自体、鄴城にはこの白龍観を除けばほとんどない。捜している者たちが道観で宿を借りることにしたのなら、十中八九ここに来るだろう。道袍から着替えて普通の宿を取っているなら、分からんがな。だが沈《シエン》郎君よ、人捜しをするなら、そんな方法じゃだめだ。わざと姿をくらまし、この町を通り過ぎていたら、あっさりすれ違うことになる。その者たちが今、北に向かっているというのは、確かなのか？」

沈嶠《シエンチアオ》は苦笑した。

「確かにおっしゃる通りです。私も、多少の望みを抱いているだけなので」

話している間に、厨房のほうから「師父、沈《シエン》郎君、ご飯ができましたー！」と声が聞こえてきた。

観主は無意識に早足で数歩、歩き出してから、ふと隣に沈嶠《シエンチアオ》がいるのを思い出した。すぐさま足を止め、気まずそうに笑う。

「さあさあ、飯を食いに行こう！」

出されたのはこれ以上ないほど質素な夕食だった。小麦粉を練った麵料理は油が全く使われておらず、肉など入っていないことは言うまでもない。刻んだ野菜を散らし、自家製の大根の漬物を混ぜただけだったが、観主と二人の少年は目を輝かせている。

観主はごくりと唾を飲み込んで、弟子に命じた。

「先に客人の分を」

「はい」

返事をした二番弟子の十五《スーウー》は親切に、沈嶠《シエンチアオ》にたっぷりと麺をよそう。さらに麺の上に漬物と野菜を山盛りにしたので、観主は堪らず声を上げた。

「もうそのくらいにしておけ。あんまりよそっても食いきれんだろう！」

沈嶠《シェンチアオ》も笑って「はい、少なめでいいですから、盛りすぎないでください」と調子を合わせる。

麺をよそったり、遠慮したりと二人がやりとりをしていると、唐突に外から門を叩く音がした。静かな夜にはっきり響いた音に皆思わずドキリとしてしまう。

少年二人は顔を見合わせた。

「こんな遅い時間に、またどうして客人が？」

「まさか、さっきの奴らが文句を言いに戻って来たのか？」

「師父、聞こえないふりをしたほうがいいんでしょうか？」

「放っておけば、そのうち叩くのをやめるかもしれんぞ？」

答えた観主も不安そうな様子だ。一番弟子の初一《チューイー》が疑わしげに問い返す。

「師父、おかしいですよ。もし文句を言いに戻ってきたのなら、今頃門を蹴破るか、壊してますって。ずっと叩くなんてことはありえませんよ。もしかして……その、お化けとか？」

観主が叱った。

「くだらんことを言うな。真面目に勉学しろというのに、わざわざ橋の下まで、でたらめな妖怪話を聞きに行きおって。こんな夜中に騒ぐなど、何者かワシが見てやる！」

「私が行きますよ。皆さんは先に食事を。心配いりませんから」

そう言って立ち上がる沈嶠《シェンチアオ》に、続いて観主も腰を上げた。

「だが、あんたの目じゃ不便だろう……」

沈嶠《シェンチアオ》は観主の肩を押さえた。

「大丈夫ですよ。慣れていますし、道も分かりますから。灯りを貸していただいても？」

十五《スーウー》はすぐに灯籠を一つ持ってきた。観主はそれ以上は逆らわず、大人しく腰を下ろす。内心、麵が冷めてしまうぞ、と思いながら、「気をつけろ。何かあったら大声で助けを呼べ！」と付け加えた。

「はい、先に食べていてください」

そう言うなり、沈嶠《シェンチアオ》は灯籠を提げて外へ出た。白龍観は広く、かつての栄華が感じられる。ただ、長い年月を経て、大きな道観はすっかり荒れ果て、今や三人しか住んでいない。夜、がらんとした道観の中を歩いていると、どうしても感慨深くなってしまう。

沈嶠《シェンチアオ》も陳恭《チェンゴン》の使いの誰かがちょっかいを出しに来たのだと思っていた。ところが門を開けると、外は真っ暗で、手を後ろで組んだ人物が一人立っているだけだった——見覚えのある身なりと振る舞いで。

灯籠を持ち上げなくても、相手が誰だか分かる。

沈嶠《シェンチアオ》は訝しがりながらも、思い当たる人物の名を口にした。

「晏《イエン》宗主？」

「なんだ、私に会いたくないのか？」

月明かりの下、沈嶠《シェンチアオ》は灯籠を手に持ち、心から歓迎するような笑みを浮かべる。

「そんなことは。さあ、早く中へ。食事は済みましたか？」

こういった他愛もない質問に答えるつもりは毛頭なかったが、どういうわけか、晏無師《イエンウースー》の口から出た言葉は「まだだ」だった。

沈嶠《シェンチアオ》は笑う。

「それならちょうど良かったです。中へどうぞ。観主殿がちょうど麺を茹でてくれたのです！」

昼間にはある程度まで見える沈嶠《シェンチアオ》の目も、夜になると見えづらくなってしまう。灯籠があってもはっきりとは見えず、道観の敷地にまだ慣れていないこともあって、晏無師《イエンウースー》を中へと案内している時にうっかりよろめいてしまった。沈嶠《シェンチアオ》はそのまま前へつんのめる。

霍西京《フオシージン》を殺し、段文鴦《ドワンウェンヤン》を撃退できるほどの武芸の手練れが、段差に躓《つまず》いて転ぶなど、世間に広まればきっととんだ笑《わら》い種《ぐさ》になってしまうだろう。

幸いなことに、すっと出された手がちょうどよく沈《シェン》嶠《チアオ》の腰の辺りに回され、その体を抱き止めた。

「ずいぶんとせっかちだな、いつものお前らしくない」

晏《イエン》無《ウー》師《スー》にそう言われた沈嶠《シェンチアオ》は小さく笑って、

「麵が冷めてしまいますよ。まだ食べていないのなら、早く行きましょう」

とだけ答えた。

ところが晏無師《イエンウースー》を厨房に連れて戻ると、観主はちょうど麵の最後の一本をするりと啜《すす》ったところだった。ふくれたお腹を摩りながら、観主は残念そうに言う。

「遅かったな。あんたの分も食っちまったから、麵はもうないぞ」

沈《シェン》嶠《チアオ》は晏無師《イエンウースー》を観主たちに紹介した。

「こちらは私の友人で、晏《イエン》という姓です」

十五《スーウー》が立ち上がる。

「沈《シェン》郎君、余分に一杯とっておいてあるので、晏《イエン》郎君に分けてあげていただけますか？」

観主は呆れたように十五《スーウー》を見る。

「お前は本当にお節介な奴だな！」

そして、沈嶠《シェンチアオ》の後ろに立っている晏無師《イエンウースー》を見て、観主は「なんでまた一人連れて来たんだ。麵は一人分しか残っていないぞ」と言いかけて、なぜかその言葉を呑み込んだ。晏無師《イエンウースー》を前にすると、観主の威厳を保てなくなりそうで、そわそわし始めてしまう。

「ゆっくり食ってくれ」とだけ言い残し、さっさと厨房を後にした。

十五《スーウー》は余分によそっておいた麵を持ってくると、困ったように晏無師《イエンウースー》を見た。

「一杯しかないんです」

麵は既に伸びてしまっていた。晏無師《イエンウースー》に食べてくれと頼んでも、彼は手をつけないだろう。

けれども、白龍観の面々にしてみれば、大事にとっておいた食料である。年越しの時に食べようとしていたのを、沈嶠《シェンチアオ》が来たからわざわざ出してくれたのだ。

沈《シェン》嶠《チアオ》は少年に礼を述べ、晏無師《イエンウースー》に聞いた。

「少し分けましょうか？」

「いらん」

断られても、沈嶠《シェンチアオ》は笑って続ける。

「麺は冷めてしまいましたが、大根の漬物はすごくおいしそうですよ。食べてみては？」

晏無師《イエンウースー》が潔癖なことを知っているので、沈嶠《シェンチアオ》は先に箸を洗った。その後、大根の漬物と麺に触れていない野菜を、ひとつまみずつ箸で取り出し、晏無《イエンウー》師《スー》の碗に入れてやる。そして、自分は伸びて干から び始めた麺に漬物の汁をかけて食べ始めた。

晏無師《イエンウースー》は眉を寄せて、目の前の野菜と大根の漬物を見る。しばらくしてからやっと箸を手に取り、なんとか一口食べた。

思ったほど味は悪くない。

「晏《イエン》宗主、用事はもう済んだのですか？」

晏無師《イエンウースー》は「まだだ」とだけ返事をした。目当ての人に会えたかどうか、何がまだなのかも、詳しく言おうとしないので、沈嶠《シェンチアオ》も深くは聞かなかった。

不意に、晏無師《イエンウースー》が切り出す。

「先ほど私が来たのを見て、ずいぶん嬉しそうだったな？」

沈嶠《シェンチアオ》はちょっと驚いてから、笑って頷いた。

「はい。分かれて別々に進みましたし、しばらくは会えないだろうと思っていました。それがまさかこんなに早く再会できるなんて。喜ばしいことではありませんか」

「さっき、奴らに私を友人だと言ったな」

晏無師《イエンウースー》は碗の縁《へり》を摩りながら、噛み締めるように言う。

粗い作りの碗である。長く使われているようで、外側には洗っても落ちなさそうな汚れが付いていた。

「はい。今は不慣れな土地にいますし、友人と言ったほうがよろしいかと。余計な詮索《せんさく》をされる心配もありませんから」

晏無師《イエンウースー》は沈嶠《シェンチアオ》を見つめる。

「ならお前自身はどうだ？　お前も心の中で、本座を友と見なしているのか？」

「師を同じくすれば朋《ほう》となり、志を同じくすれば友《ゆう》となる。私と晏《イエン》宗主は師も志も異なりますが、あなたは私の命を救ってくれ、浅からぬ縁を持っているとも言えます。それに、長いこと一緒に旅もしましたから、友人と言ってもいいかと」

「お前は、魔君を頼りに自堕落な生活を送っていると言われるのが怖くないのか？」

沈嶠《シェンチアオ》は笑った。

「自分が何をしているのか、自分できちんと分かっていれば十分です。他人にどう思われるのかなど気にする必要がどこにあるでしょう？　山を下りてから見聞きしたことには感慨深いものが多くありました。山に留まって修めていた道は些細なものにすぎないと分かったのです。晏《イエン》宗主は周帝を補佐していますが、周帝が天下を統一して、世の中が平和になれば、民はもう彷徨ったり、子どもを交換してその日を食いつなぐ必要もありません。五体満足であれば、労働によって賃金を得られるようになるのです。これこそ、真に追求すべき偉大な道というものでしょう」

晏無師《イエンウースー》は冷笑する。

「本座をおだてる必要はない。本座と宇文邕《ユーウェンヨン》は、それぞれ自分の欲しいものを手に入れようとしているまでのこと。本座は誰かのためを思って何かをしたことは一度もない。自分がやりたいようにやっているだけだ」

「心に悪意を持っていても、最終的に善果に辿り着くのなら、それも正義というもの。そうでしょう？」

晏無師《イエンウースー》はじっと沈嶠《シェンチアオ》を見つめ、しばらくしてようやく口を開いた。

「それなら、我々はもう友人だということか？」

沈嶠《シェンチアオ》は笑って頷く。

「私はもう掌教ではなく、あなたは宗主です。もし晏《イエン》宗主がこの身分の違いをお嫌でなければ」

一瞬、晏無師《イエンウースー》の顔に複雑な表情が過る。しかし、沈嶠《シェンチアオ》がそれに気がつく前に、晏無師《イエンウースー》はまたいつもの散漫で、気だるげな面持ちに戻った。

「この道観はずいぶんと粗末だが、泊まる場所などあるのか?」

沈嶠《シェンチアオ》は笑った。

「それなら、私と同じ部屋で一時的に我慢していただくしかありませんね」

＊＊＊

実際のところ、白龍観には観主たちが使っている部屋か沈嶠《シェンチアオ》が泊まる部屋しか場所がなく、それが嫌なら、ほかに泊まる場所を探すしかなかった。

部屋は沈嶠《シェンチアオ》が片付けたばかりだ。布団も十五《スーウー》が二日前に干したので、日に晒した後のいい匂いが残っている。

とはいえ、寝台は一人用で、二人で寝れば狭苦しいと感じるだろう。沈嶠《シェンチアオ》は、

「どうぞ使ってください。私は打坐の合間に少し休めれば十分ですから」

と晏無師《イエンウースー》に言った。

二人が使っている粗末な部屋は、破れた障子から月明かりが差し、すきま風がこっそり吹き込む。ただ幸いなことに今は寒い時期ではないし、沈嶠《シェンチアオ》と晏無師《イエンウースー》は武芸の手練れなので、もとから風や寒さには強い。

沈嶠《シェンチアオ》は胡坐をかき、背筋を真っ直ぐ伸ばして座っている。その姿は青々とした一本松か、すっと立つ竹のようだ。季節は夏に差し掛かり、沈嶠《シェンチアオ》の衣も徐々に薄手になっていた。引き締まった腰の線が微かに透けて浮かび上がる。

ゆっくりと時間が過ぎていく。月は夜空に高く上り、井戸の水面が涼やかに揺れる。

晏無師《イエンウースー》は沈嶠《シェンチアオ》の後ろ姿に目をやった。そして、突如その背中の中心を目掛けて、稲妻の如き速さで指を一本突き出した。

沈嶠《シェンチアオ》は打坐に精神を集中しており、深遠な世界にその身を置いていた。閉関する時を除いて武芸者は、慣れない場所では万が一に備えて、必ず身の回りの警戒に意識を割く。ただし、それは外敵を防ぐためのものであり、沈嶠《シェンチアオ》は隣にいる晏無師《イエンウースー》が手を出

してくるとは露ほども思ってはいなかった。

　僅かな警戒心が沈嶠《シェンチアオ》をすぐさま現実へと引き戻したが、今の彼の腕前は、やはり晏無師《イエンウースー》に遠く及ばない。加えて、二人のいる位置は非常に近かった。そのため、沈嶠《シェンチアオ》が完全に我に返る頃には、既にいくつかある背中の大事な穴道を突かれ、動きを封じられてしまっていた。

　晏無師《イエンウースー》は沈嶠《シェンチアオ》の頬を撫で、堪らずそっとため息を吐く。

「阿嶠《アーチアオ》、なぜそうも易々《やすやす》と他人を信じるのだ？」

「私たちは友人だと……」

　眉を寄せる沈嶠《シェンチアオ》に、晏無師《イエンウースー》は小さく笑う。

「責めるなら自分を責めるのだな。お前が友人などと言い出さなければ、私も仕掛けるのをもう少し待っていただろう。私を誰だと思っている？　武芸の腕は回復せず、属する門派にも戻れず、皆に嘲られるような落ちぶれた輩を友にするとでも？」

　沈嶠《シェンチアオ》は口をつぐんだ。

　晏無師《イエンウースー》は沈嶠《シェンチアオ》を強引に横にして抱き上げると、部屋を出て外へ向かう。

　人を一人抱きかかえているが、晏無師《イエンウースー》は何も持っていないかのようだ。足取りも浮いているかの如く、軽やかである。月明かりの下、落ち葉を踏んでも跡は残らず、長袍とゆったりとした袖が風を受けて膨らんでいる。その姿は美しく瀟洒としており、仙人じみている。誰が見ても、あの悪名高い魔君だとは思わないだろう。

「なぜ、どこへ行くのかと聞かぬのだ？」

　沈嶠《シェンチアオ》は何も答えない。傍から見れば、彼は啞穴《あけつ》も突かれて話せなくなっていると思うところだ。

　晏無師《イエンウースー》が視線を下げると、沈嶠《シェンチアオ》は思い切って目も閉じてしまっていた。

　晏無師《イエンウースー》は思わず笑い、話し続ける。

「今からお前を連れて、とある人物に会いに行く。到着するまで、一つ物語でも聞かせてやろう。十数年前、『朱陽策』を入手したばかりの頃、私はそれを一顧だにしなかった。当時、この世には『鳳麟元《ほうりんがん》典《てん》』に勝る武功があるとは思っていなかったのだ。

祁鳳閣《チーフォンゴー》には敵わなかったが、それは使い手が悪いのであって、武功そのものの問題ではないと思っていた。なぜなら、日月宗の第一代宗主はかつて『鳳麟元典』の第十層、つまり最後まで修練し、その腕前は道門であれ儒門であれ、天下に匹敵する者がいなかったからだ。言い伝えによれば、一代目は百二十歳まで生き、最終的には『鳳麟元典』の極意を会得して煉神還虚《れんしんかんきょ》（気を養う内丹術の段階の一つ）に至り、尸解《しかい》（肉体を残し、魂だけが抜けて、仙人となりこの世を去ること）したという。だが、私は後に日月宗が残した書物を読み、伝説は間違っていることに気づいた。一代目は確かに百二十歳まで生きたが、高みを目指した結果、尸解したわけではない。気が暴走し、肉体が耐え切れずに死んだのだ。『鳳麟元典』は見事だが、致命的な弱点を隠している。要するにこうだ。人の体は器であり、武功の増強に適応できるように、器は内力の増強とともに作り変えられる。腕が強い者であればあるほど、経脈も強くなる」

沈嶠《シェンチアオ》は相変わらず何も言わないが、表情から晏《イエン》無師《ウースー》の話に耳を傾けていることが分かる。

晏無師《イエンウースー》は続けた。

「だが、『鳳麟元典』はその逆だ。強くなればなるほど、体に対する負荷は大きくなっていく。〝器〟が武功の強さに耐え切れなくなった時、人の肉体は裂けて死んでしまう」

ようやく、沈嶠《シェンチアオ》は口を開いた。

「今おっしゃった弱点は、全ての武功に共通するものでしょう。武学は果てしないものですが、人の肉体や資質は生まれつき備わっているもので、命にだって限りはあります。強くなろうと修練を続ければ、いつしか限界点にぶつかることになる。私の師尊も、それゆえ閉関で失敗し、この世を去りました」

沈嶠《シェンチアオ》の腕前は、今でこそ以前とは比べものにならないが、武功を評価する目は健在である。こういった議論は造作もないことだった。

「その通り。もし祁鳳閣《チーフォンゴー》がそこで止めておけば、死ぬこともなかっただろう。しかし、『鳳麟元典』

は修練を続けても続けなくても、体に及ぼす害悪は増していくのだ。そこで、私は『朱陽策』に思い至った。異なる流派の武功を組み合わせれば、予想外の結果を生むのではないかと」

「でも、失敗したのですね」

沈嶠《シエンチアオ》の言葉に、晏無師《イエンウースー》はフッと笑った。

「そうだ。私は功を急いだ。その結果、自らに気の暴走という災いの種を植え付けてしまったのだ」

沈嶠《シエンチアオ》はふと眉根を寄せた。

「欠陥があるにもかかわらず、浣月宗やほかの二宗はほとんど全員が『鳳麟元典』を修練しています。ならば、皆その問題に直面するのではありませんか？」

晏無師《イエンウースー》はプッと吹き出した。ようやく足を止めると、沈嶠《シエンチアオ》を下ろす。

「阿嶠《アーチアオ》よ、お前はいつも私の予想を遥かに超えてくる。私がなぜこんなことをお前に伝えるのかと尋ねるとばかり思っていたが、他人の死活のほうを気にするとはな。安心しろ。ある程度まで修練しなければ、『鳳麟元典』の欠陥には気づかん。それに私のように第九層まで修練できれば、江湖に敵う相手はほとんどいない。たとえ欠陥があると知っていても、『鳳麟元典』を修練しないのを惜しいと思うはずだ。さて、話はここまでだ。何か言いたいことは？」

沈嶠《シエンチアオ》は首を横に振った。

沈嶠《シエンチアオ》の反応に少し興ざめして、晏無師《イエンウースー》が口を開きかけたその時、遥か遠くから空気を伝って、笑い声が響いてきた。

「晏《イエン》宗主、相変わらずの風采ですな。ずっとお会いしたかったですよ！」

声は近づいたり離れたり、空の際から聞こえてくるようでいて、耳のすぐ傍からも聞こえてきた。沈《シエン》嶠《チアオ》はその声に含まれた、人の心を魅惑するような、何とも言えない気配を聞き取り、途端に嫌な予感に襲われた。

晏無師《イエンウースー》は素気無く言う。

「桑景行《サンジンシン》、この私に魔音摂心《まおんせっしん》を使うなど、よほど恥をかきたいようだな」

桑景行《サンジンシン》は呵々大笑《かかたいしょう》した。そしてまるで一瞬で移動したかのように、あっという間に二人の目の前に現れた。

江湖における桑景行《サンジンシン》の評判は晏無師《イエンウースー》以上に悪い。しかし、桑景行《サンジンシン》の武芸の腕を恐れて、彼と真正面からぶつかろうとする者はいない。たとえ何かをされたとしても、怒りを抑えて穏便に済ませようとする者がほとんどだ。数年前、顕州《けんしゅう》の〝一品狂刀《いっぴんきょうとう》〟任《レン》隠《イン》の末娘の例がまさにそうだった。肌が白く、可憐な顔立ちだった末娘は、偶然桑景行《サンジンシン》の目に留まり、弟子入りするよう迫られた。ただ、弟子に取るというのは単なる方便で、桑景行《サンジンシン》が採補術や双修に使う女性を常に捜していたのは周知の事実である。任隠《レンイン》は燃え盛る炎のように気性の荒い男だったが、桑景《サンジン》行《シン》に対抗する勇気はなく、世人に嘲笑され、屈辱の中、末娘を差し出したのだ。任隠《レンイン》自身は、残った家族を引き連れて隠居し、その後江湖との関わりを一切絶った。

噂によると、任隠《レンイン》の末娘は合歓宗に入って数年も経たぬうちに、桑景行《サンジンシン》や合歓宗で地位も権力もある男たちに飽きられ、その後弟子の霍西京《フォシージン》の手に渡った。そして霍西京《フォシージン》は彼女の顔の皮を剝いで木製の人形に被せ、蒐集品の一つにしたという。

桑景行《サンジンシン》は武芸の腕を盾に、暴虐の限りを尽くしていた。そこに再び姿を現したのが、晏無師《イエンウースー》だ。桑景《サンジン》行《シン》より遥かに横暴なその性格ゆえに、晏無師《イエンウースー》は人々の関心を集めるようになった。そして、次第に桑景《サンジン》行《シン》の残酷さや恐ろしさは忘れ去られていったのだ。

崔由妄《ツイヨウワン》の弟子として、桑景行《サンジンシン》は並外れた腕前の持ち主であり、決して他人に見くびられるような人物ではない。その不遜な態度の下に野心を隠しているせいか、周りの者は皆、桑景行《サンジンシン》が元秀秀《ユエンシウシウ》の情夫であることに甘んじ、喜んで合歓宗の事務を受け持っていると思っている。けれども、実際のところ桑景行《サンジンシン》と元秀秀《ユエンシウシウ》は長らく対立していた。とはいえ、元秀秀《ユエンシウシウ》は桑景行《サンジンシン》をどうすることもできず、桑景行《サンジンシン》も元秀秀《ユエンシウシウ》を殺せない。とりあえずお互いに同門で仲がいいと見せかけておくしかないのだ。

高い背丈と逞しい体つきに似合わず、桑景行《サンジンシン》の顔立ちは異様なほどに美しい。肌は女性よりもきめ細かく、瞳はきらきらと輝いているが、眼差しは、思わずこちらが目を逸らしたくなるほど陰険で冷え切っている。

桑景行《サンジンシン》は顔に笑みを湛えて、晏無師《イエンウースー》に挨拶をした。

「周が斉を討伐すると聞いた元秀秀《ユエンシウシウ》が焦り、晏《イエン》宗主に声を掛けたらしいですね？　なんでも、あなたと結託して私を殺そうとしているとか」

元秀秀《ユエンシウシウ》がこの場にいれば、ひどく驚いたことだろう。計画はまだ水面下にあり、元秀秀《ユエンシウシウ》が晏無師《イエンウースー》の下を訪れたことを知る者はいない。なぜ情報が漏れたのか、と。

晏無師《イエンウースー》は「そうだ」と頷いた。

「なら晏《イエン》宗主が今日ここを訪れたのは、私を殺すためですかな？」

「いや、お前のために人を連れてきた」

桑景行《サンジンシン》の視線は沈嶠《シェンチアオ》へ向けられる。

「おや、そちらの方は？　悪くない顔立ちのようですね」

「沈嶠《シェンチアオ》だ」

晏無師《イエンウースー》の答えに、桑景行《サンジンシン》は目を細める。無関心だったその視線が一瞬にして鋭くなった。

「霍西京《フォシージン》を殺したとかいう、あの沈嶠《シェンチアオ》ですか？」

「まさしく」

桑景行《サンジンシン》はいきなり大声で笑った。

「晏《イエン》宗主は沈嶠《シェンチアオ》とずいぶんとお熱い仲だと聞きましたが、なぜいきなり私にくれてやってもいいと思ったんです？　私はね、手加減をしない質《たち》なんです。壊してしまった後に取り戻したいとおっしゃっても、手遅れですからね！」

「お前にやったからには、どうしようとお前の勝手だ。本座は口を出さぬ」

桑景行《サンジンシン》の笑みはさらに深まる。男女問わず、十数歳の子どもが好みであり、沈嶠《シェンチアオ》は明らかに彼の嗜好から外れている。しかし、なにぶん顔がいい。何よりも、沈嶠《シェンチアオ》はあの祁鳳閣《チーフォンゴー》の弟子なのだ。立場を失い、武芸の腕前も減退したとはいえ、修行で築いた根基はまだ残っている。用が済んだら、沈嶠《シェンチアオ》の功力を徹底的に吸い取って自分の物にしてしまうのも、悪くない。

「こんなにあっさり私にくれるのですか？　交換条件もなしに？」

桑景行《サンジンシン》が問う。

「本座の剣を返せ」

予期せぬ要求に、桑景行《サンジンシン》は一瞬呆気に取られたが、笑って答えた。

「あいにくですが、今日は持って来ていないんです。後日届けさせる、ということでいかがです？」

晏《イエン》　無師《ウースー》が要求した剣は太華剣《たいかけん》と呼ばれ、以前晏《イエン》　無師《ウースー》が使っていたものである。崔由妄《ツイヨウワン》に負けた時に奪われ、崔由妄《ツイヨウワン》が死んだ今、弟子である桑景行《サンジンシン》の手に渡っている。

「それで構わん」

桑景行《サンジンシン》は探りを入れる。

「今や腕前も大成し、晏《イエン》宗主には剣があってもなくても同じだと思っていましたが。なぜ急に太華剣を取り戻そうとされているんです？」

晏《イエン》　無師《ウースー》の武功に対して、桑景行《サンジンシン》は日頃からいささか恐れを感じている。でなければ、相手に対して、これほど礼儀正しく話しかけたりなどしない。

晏《イエン》　無師《ウースー》は淡々と答えた。

「百年経とうが、二百年経とうが、本座の物は本座の物に変わりはない。ただ本座が手元に置いておきたいかどうかにすぎん」

桑景行《サンジンシン》はなるほどと笑ってから、どことなくからかうような口調で続ける。

「晏《イエン》宗主は沈嶠《シェンチアオ》といつも行動を共にし、まさに誰もが羨む仲睦まじい情人だと思っていましたよ。それなのに、あなたにとって、こいつは太華剣一本の価値しかないとは。全く気の毒ですな！」

晏《イエン》　無師《ウースー》と桑景行《サンジンシン》が話している間、沈嶠《シェンチアオ》はずっと目を閉じたままだった。顔も上げず、至って穏やかな表情で、二人の会話は自分とは無関係だと言わんばかりだ。

「元秀秀《ユエンシウシウ》は本座にお前を殺すことを持ち掛けてきた

が、裏では突厥に色目を使っている。どう対処するつもりだ？」

桑景行《サンジンシン》の顔に一瞬怒りの表情が過るも、すぐに笑顔に戻った。

「あの女《あま》にはいつも裏がありますからね。まあ前から知ってはいましたが。ところで、あいつは晏《イエン》宗主といつ、どこで会うつもりですか？」

「六月六日、申《さる》の刻。町の東にある一尺雪寺《いっしゃくせつじ》だ。お前はそこに滞在するのが好きだと言っていたぞ」

桑景行《サンジンシン》は眉を跳ね上げる。

「ほう。あの女、さすが私の好みを分かっているらしい」

名前からして真っ当な寺ではないと分かるこの一尺雪寺は、寺を真似た個人の邸宅だ。桑景行《サンジンシン》は最近、この寺で新しい遊びをよくやっている。まず手に入れた若い女性の髪を剃り、尼のような恰好をさせて、寺で普段通り過ごさせる。そして桑景行《サンジンシン》は尼を狙う賊として寺に忍び込み、彼女たちを好きなだけ弄ぶのである。桑景行《サンジンシン》はこの遊びを大層気に入っており、一旦始めると、半日を費やすほどだ。桑景行《サンジンシン》はこのことを秘密にしているが、桑景行《サンジンシン》が元秀秀《ユエンシウシウ》の動向を知っているように、元秀秀《ユエンシウシウ》も彼の動向を把握している。

桑景行《サンジンシン》は笑う。

「それなら、晏《イエン》宗主、ぜひその時には芝居の見物とでも思っていらしてください。あの女が私を殺そうとしているのなら、私とて昔の情を気にする必要がなくなる」

晏無師《イエンウースー》は二人の因縁に全く興味がない。しかし、統率された強大な合歓宗は、邪魔な存在だ。今や元《ユエン》秀秀《シウシウ》と桑景行《サンジンシン》は殺し合いに至るところまで仲間割れしており、まさに晏無師《イエンウースー》の思うつぼである。二人の内紛が拡大すればいいと思っているのだ。

晏無師《イエンウースー》は腰を屈めて、沈嶠《シェンチアオ》の顎を摑んだ。

「今でも私を友だと思っているか？」

沈嶠《シェンチアオ》は答えない。

突然、晏無師《イエンウースー》が笑った。

「阿嶠《アーチアオ》、お前は本当に甘い。他人からあれほど嫌なことをされたというのに、あっさりと忘れるとは。前にも言っただろう。お前を助けたのは、敵手がほしかっただけだと。お前には本当に失望した。少しでも善意をちらつかせれば、お前はそれにしがみつく。さては、郁藹《ユーアイ》らに裏切られた後、友情やら家族の情とやらを一層恋しがるようにでもなったか？」

晏 無師《イエンウースー》の吐息が掛かったからだろうか、沈嶠《シエンチアオ》の瞼は微かに震えた。しかし、沈嶠《シエンチアオ》は無表情のまま。悲しみに打ちひしがれているのか、はたまた答えること自体面倒だと思っているのかは分からない。

晏 無師《イエンウースー》は続けた。

「お前のようなお人好しは、長くは生きられぬ運命だ。玄都山を離れ、祁鳳閣《チーフォンゴー》という後ろ盾を失ったお前は何者でもなければ、何も為せん。武功は回復せず、本座の疑問も解消してはくれぬ。浣月宗に加わり『鳳麟元典』を修練してくれるのなら、本座もお前を生かしてやる気になるかもしれぬがな」

沈 嶠《シエンチアオ》はようやく目を開け、淡々と答える。

「私は何度も裏切られていますが、それは私がお人好しだからではありません。この世にはきっと善意があると信じているからです。私のような痴れ者がいなければ、晏《イエン》宗主だってつまらないでしょう？」

晏 無師《イエンウースー》は「面白いことを言う奴だ！」と大笑いした。

「本座に友など必要ない。本座と対等に付き合う資格があるのは、本座と互角に渡り合える者だけだ。だが、お前にもうその資格はない」

それからもう二言三言話した後、晏無師《イエンウースー》は山河同悲剣を沈嶠《シエンチアオ》に向かって放り投げ、その肩を軽く叩いて優しく告げた。

「阿嶠《アーチアオ》、せいぜい頑張るのだな」

桑景行《サンジンシン》は制止するつもりも、割って入るつもりもない様子で、にこやかに二人の会話を見守る。晏無《イエンウー》師《スー》が立ち去ってから、ようやく彼はチッチッと舌を鳴らした。

「沈嶠《シエンチアオ》、捨てられた気分はどうだ？」

沈 嶠《シエンチアオ》はまた目を閉じ、何も言わなくなった。

今の沈嶠《シエンチアオ》は俎板《まないた》の上の鯉の如く、されるがままになるしかない。桑景行《サンジンシン》もすぐに手を下そうとはしなかった。

思いがけなく、桑景行《サンジンシン》は沈嶠《シエンチアオ》を手に入れることになった。確かに沈嶠《シエンチアオ》の地位は以前より劣っており、大した利益はもたらさないかもしれない。その上、桑景行《サンジンシン》の好みでもない。しかし、祁鳳閣《チーフォンゴー》の弟子であり、玄都山の掌教だったというだけで、十分興奮できるのだ。

沈嶠《シエンチアオ》が自分の下で泣きながら許しを乞う姿や、合歓宗の弟子たちの前で彼を辱める場面などを想像すると、桑景行《サンジンシン》の笑みは深まった。

「これが、昔祁鳳閣《チーフォンゴー》が使っていた山河同悲剣だろう？　そうだ、間違いない。覚えているよ。お前の師はこの剣で俺を打ち負かした。当時の俺は恥ずかしげもなく跪《ひざまず》いて必死に懇願して、やっと見逃してもらったんだ。今でも俺の背中には、骨まで見えそうなほどの深い傷が残っている。今日、自分の弟子が俺の手に落ちると知っていたら、祁鳳閣《チーフォンゴー》は俺を殺さなかったことを後悔するんじゃないか？」

桑景行《サンジンシン》は沈嶠《シエンチアオ》の頬に触れる。

「どっちの手で霍西京《フオシージン》を殺した？　安心しろ、お前を殺したりはしない。飽きるまで弄んだ後、その手を切り落として俺の可哀想な弟子を弔うつもりだ。それから高緯《ガオウェイ》のように、お前を丸裸にひん剝いて、皆にかつての玄都山掌教の醜態を楽しんでもらうというのはどうだ？」

月明かりに照らされた沈嶠《シエンチアオ》の顔は、白い玉で作られた彫刻のように美しく儚《はかな》い。顔からは少しの感情も読み取れず、見る人に冷たい印象を与える。

しかし、沈嶠《シエンチアオ》がそうであればあるほど、桑景行《サンジンシン》は興味をかき立てられる。

桑景行《サンジンシン》が普段から最も好むのは、美しいものを完膚なきまでに壊すことである。暗闇の中でもがき、落ちぶれるしかないほどに、手ひどく汚すのだ。

「馮《フォン》淑妃を一目見るには千金を払わねばならない。お前はあの女と同じ価値はないだろうから、とりあえず十金くらいにしておこう。そのくらいなら、落ちぶれたお前を見るために大勢が金を払うかもしれない。その時には晏無師《イエンウースー》も来ると思うか？」

　のんびりと言い、獲物をからかうことに満足したのか、桑景行《サンジンシン》は山河同悲剣に手を伸ばした。

　自分の武功が剣を主に使うものではないため、彼は山河同悲剣を気に留めていなかった。とはいえ、昔日の天下一が使っていた剣だ。やはりそれは特別な意味を持つ。江湖の人間なら誰もがほしがる神がかった武器なのだ。

「大人しく従えば、優しくしてやるかもしれないぞ……」

　そう言いながら、桑景行《サンジンシン》は剣の柄に触れた。

　その瞬間、事態は急変した！

　突然、剣から光がほとばしり、一筋の白い帯となって四方八方に煌《きら》めき始めたのだ。

　剣光と共に桑景行《サンジンシン》に襲い掛かったのは、鋭い殺気である。猛烈な真気を含んだ内力が潮のように押し寄せ、その勢いはまるで風と雷が空に広がり、雨と雪が地面を覆いつくすかのようだった。

　桑景行《サンジンシン》はぎょっとして、伸ばしかけた手を急いで引っ込めた。そして、素早く後ろへ下がり、相手の強襲を避ける。

　霍西京《フォシージン》を殺すくらいなのだから、沈嶠《シェンチアオ》は当然、他人にされるがままでいるような者ではない。桑景行《サンジンシン》は確かに沈嶠《シェンチアオ》を侮辱する言葉を吐いてはいたが、魔門は殺し合うことが当たり前なので、嘲りながらも終始警戒はしていた。加えて、魔門では上に行けば行くほど、ありとあらゆる方面から襲い来る殺気に応じなくてはならない。もし桑景行《サンジンシン》が常に周囲に気を配っておらず、自惚れた輩であれば、とっくに命はなかっただろう。

　ところが今、桑景行《サンジンシン》はそれでも自分が沈嶠《シェンチアオ》を見くびっていたことに気づいた。

　後退すると同時に、桑景行《サンジンシン》は掌を打ち出す。しかし、空を隙間なく覆い、月光を遮るほどの剣光は、桑景行《サンジンシン》の掌風をものともせず、それを完全に消し去ってしまった。

（こいつが武功をほとんど失ったと言われている、あの沈嶠《シェンチアオ》なのか⁉）

もしや沈嶠《シェンチアオ》は晏 無師《イエンウースー》と手を組み、自分を陥れに来たのではないか。桑景行《サンジンシン》は驚き、訝しんだ。

しかし、あれこれ考えている暇はない。剣気は目の前まで迫っていた。その勢いは鳴りやまぬ雷鳴の如く凄まじく、煌めく太陽と月の輝きを伴っている。吹き荒れる嵐や広大な山、そして森羅万象を海のように呑み込み、全てを一つにしてから、再び無数の攻撃に変えているかのようだ。剣気の中には尽きせぬ剣意が含まれており、次から次へと絶えず襲い掛かってくる。桑景行《サンジンシン》に影のように付き纏い、避けることも逃げることも許さず、ただ目を閉じて死を待つしかないと思わせる。

とはいえ、桑景行《サンジンシン》もそう易々とやられてしまうような人物ではない。冷笑すると、数歩も行かぬうち、体勢ががらりと変わった。剣光の中をゆったりと進んだかと思うと、正面から迎え撃つように、掌を光に向けて振り下ろす。内力は青い気となり、鋭い音を立てて沈嶠《シェンチアオ》に迫っていく。桑景行《サンジンシン》の攻撃は泰山が圧《の》し掛かるかの如く、一瞬にして山河同悲剣の光を弱めた。

一掌の攻撃が終わったかと思うと、桑景行《サンジンシン》は立て続けにもう一掌繰り出した。合歓宗の武功は浣月宗と源を同じくしているが、さらに奇怪で予測ができない。桑景行《サンジンシン》の〝彫龍掌《ちょうりゅうしょう》〟は既に入神の域に達している。龍の動きを真似て手の表裏を変えながら九掌を全て打ち出すと、真気によって形作られた真龍が現れた。龍は宙に身を躍らせ、唸りを上げながら沈嶠《シェンチアオ》に向かっていく。瞬く間に、龍は剣光を呑み込んだ。

月や星の光は瞬時にして消え失せたが、森はしんとして動かず、二人もまだそこにいた。沈嶠《シェンチアオ》は血を一口吐き出し、堪らず後ろの木の幹にぶつかる。手に力が入らず、剣を持つのがやっとだ。

無表情だった沈嶠《シェンチアオ》の顔にようやく驚きと怒りが現れる。

桑景行《サンジンシン》を討つため、沈嶠《シェンチアオ》は身に付けてきた全てを出した。しかし、内力が足らず、攻撃を繰り出すのにありったけの真気を出し切るしかなかった。通常、真気がなくなっても、丹田《たんでん》からまた新しい真気が生まれて補われるのだが、この時沈嶠《シェンチアオ》の丹田からは新しい真気が生まれてこなかった。それどころか、丹田に突然渦が現れたかのように、真気は吸い込まれてしまったのである。

同時に、沈嶠《シェンチアオ》は体内の真気が手綱を離した暴れ馬のように、五臓六腑を駆け巡るのを感じた。体内で次々と生じる異変に沈嶠《シェンチアオ》は苛立ち、焦りも湧き起こる。心の中で燃え上がった激しい感情が、黒い影のように全身を包み込んだ。沈嶠《シェンチアオ》は逃げ場もないほどに追い込まれ、気が暴走しかけていた。

晏《イエン》……無《ウー》……師《スー》！

晏無師《イエンウースー》ッ‼

あろうことか、晏無師《イエンウースー》は沈嶠《シェンチアオ》が気づかぬうちに、彼の体内に魔心を植え付けていたのだ！

半歩峰から落ちて意識を失っていた時か、あるいは怪我で昏睡し、抵抗する力を失っていた頃か。微かな魔の気息は音もなくそっと沈嶠《シェンチアオ》の体内に潜り込み、密かに留まった。それは固い殻に包まれた種のように、どんな脅しにも誘惑にも耐え、存在自体を沈嶠《シェンチアオ》に悟られないようにしていた。そうして今、桑景行《サンジンシン》の攻撃によって容赦なく呼び起こされ、種は土を破って芽吹き、とうとう天にも届くほどの巨木になったのである。

しかし、何度も晏無師《イエンウースー》と手を交わしたのに、なぜ魔心の存在に気づかなかったのだろうか？

もしかして、晏無師《イエンウースー》は初めから今日の状況を予想しており、自分と手を交える時に全力を出さなかったのだろうか？

今の自分の気持ちをどう言い表せばいいのか、もはや沈嶠《シェンチアオ》には分からない。

全身が炎に包まれているかのようだ。そして、炎は鋭い歯牙《しが》となって、経脈と五臓六腑に噛みつき、少しずつ蝕んでいく。どうしようもないほど辛いのに、意識はこの上なく鮮明だった。

命が燃え尽きる直前の一瞬の高揚か、それとも耐えられないほどの痛みで幻覚を見たのか。視界の隅に、こちらへ掌を振り下ろす桑景行《サンジンシン》を捉えた。

桑景行《サンジンシン》の動きは極めて速かったが、沈嶠《シエンチアオ》にははっきり見えていた。

生死の境に立たされているにもかかわらず、沈《シエン》嶠《チアオ》は不意に、かつて晏無師《イエンウースー》が自分にこのようなことを言っていたのを思い出した。

孤立無援になるほど落ちぶれて、一人になったとしても、他人を恨まず、善意で人に報いようとし続けることができるのか。

沈嶠《シエンチアオ》は目を閉じた。吐息にすら、血の味が濃く混ざっている気がする。

灼熱の掌風が、既に目の前まで迫っていた。

＊＊＊

沈嶠《シエンチアオ》と桑景行《サンジンシン》の力の差は歴然としている。魔心を植え付けられたと気づいてから、沈嶠《シエンチアオ》は心の中で火が燃え盛っているかのように感じ、もはや根基は崩壊寸前だった。機先を制したことで優勢だった立場は完全に逆転し、剣光も押さえ込まれてしまう。

四方八方に眩く放たれていた光は、風の中で揺れて、沈嶠《シエンチアオ》自身の命の灯《ともしび》のように、今にも消え入りそうだった。

桑景行《サンジンシン》は沈嶠《シエンチアオ》を見くびっていたので、最初は驚いたものの、それも束の間だった。もう攻撃を続けられない沈嶠《シエンチアオ》を見て、笑いが込み上げてくる。

「お前の武功はほぼ失われたと聞いていたが、どうやら本当らしいな。だが、おかしなこともあるもんだ。なぜ晏無師《イエンウースー》はお前の功力を全て吸い取ってしまわず、俺に残したんだ？」

そう話しながら、桑景行《サンジンシン》は攻撃の手を緩めない。

彫龍掌が繰り出されるたび、真気は微かに龍の形になった。龍は一切の慈悲を持ち合わせず、凶暴で真っ赤な口を大きく開き、残酷に沈嶠《シエンチアオ》へ向かっていく。

桑景行《サンジンシン》はすぐに沈嶠《シエンチアオ》を殺すつもりはなく、この一撃には八割の功力しか込めていない。たとえ沈嶠《シエンチアオ》の全身の経脈が断ち切られ、四肢が使えなくなったとしても、生きてさえいれば、しばらく弄ぶのには十分なのだ。

狂暴な龍が天を覆い隠す。月は光を潜め、夜が闇を深める。闇の中から風雨が打ち付け、凄まじい音が響き渡った。

ところが、鋭く唸りを上げて沈嶠《シェンチアオ》に食らいつこうとする龍は、空中でピタリと動きを止めた。

沈嶠《シェンチアオ》の体から突然、強大な気が炸裂した。闇夜に突如広がった光は極めて眩しく、目が開けられないほどだ。

〝光〟は急速に膨れ上がり、さらに大きくなる。沈《シェン》嶠《チアオ》の血を見るためだけに生み出された龍は、一瞬にして呑み込まれ、跡形もなくなってしまった。

桑景行《サンジンシン》の顔色が一変する。訝しむ暇もなく、空中で身を翻してこの場を後にしようとした。

しかし、時既に遅し。沈嶠《シェンチアオ》が猛然と飛び掛かった。その手に光る山河同悲剣は、もはや止められぬほどの威力を伴って桑景行《サンジンシン》に向かっていく。

美しい技巧も、深遠さもない。沈嶠《シェンチアオ》はなんの変哲もない動きで剣を突き出す。紙のように軽く、同時に泰山のように安定した沈嶠《シェンチアオ》の体は、目にも留まらぬ速さで舞い上がり、次の瞬間、桑景行《サンジンシン》の前に移動した。

桑景行《サンジンシン》は、冷水を浴びせられたような気分になる。とはいえ、桑景行《サンジンシン》は弟子の霍西京《フォシージン》とは違う。霍西《フォシー》京《ジン》のように、背中を貫かれて死んだりはしない。

桑景行《サンジンシン》は沈嶠《シェンチアオ》に向けて片手を突き出しながら、もう片方の手も伸ばし、山河同悲剣を持つ沈嶠《シェンチアオ》の手を摑もうとした。

しかし、その動きは無駄に終わった。

沈嶠《シェンチアオ》の攻撃が桑景行《サンジンシン》を襲う。あまりの激痛に、桑景行《サンジンシン》は自分の手が粉砕されてしまうのではないかと思った。体を守っていた真気はまるで役に立たず、掌の肉がひと欠片、またひと欠片と削ぎ落とされる感覚がつぶさに伝わってくる。

そして、桑景行《サンジンシン》はようやく沈嶠《シェンチアオ》の意図に気づき、信じられないという思いで、恐怖に顔が歪む。沈《シェン》嶠《チアオ》に向けられた眼差しも、変わったものを見るかのようだ。

「まさか、自分で根基を破壊しているのか⁉」

武芸者が最も重視するもの、それは根基にほかならない。

根基は幼い頃から大人になるまで、年月を重ねる中で少しずつ修行を積み重ねて築き上げるものであり、その過程に近道はないのだ。

沈　嶠《シェンチアオ》の根基は道心である。今、自ら道心を破壊するのは、真気を爆発させるためだ。完全に桑景行《サンジンシン》と相討ちになるつもりでいる。

いくら桑景行《サンジンシン》が沈嶠《シェンチアオ》より強いといえども、これ以上手を交えては、桑景行《サンジンシン》にも勝算はない。沈嶠《シェンチアオ》に勝つためには、同じく真気を爆発させ、自らの武功を全て失うという代償を払うほかないのだ。

もちろん桑景行《サンジンシン》がそこまでするはずもなく、引くことを選んだ。

それでも、沈嶠《シェンチアオ》が放った真気に触まれ、両手は既に血みどろになっている。耐え難い痛みが広がった。

「自ら退路を断つなど、どうかしてるぞ！」

桑景行《サンジンシン》は悔しさに歯嚙みする。そして、一瞬の隙が生まれると、真気を爆発させた沈嶠《シェンチアオ》が生み出した猛烈な衝撃は、たちまち桑景行《サンジンシン》の纏う真気を突き破った。そうして同時に山河同悲剣は剣光を放ち、桑《サン》景行《ジンシン》の胸に、骨まで達するほどの深い傷を残したのだ。

「うがぁッ！」

桑景行《サンジンシン》は堪らず叫び声を上げ、躊躇わず身を翻して逃げ出した。

背後では、目も眩むほどの鋭い光を帯びた有形の剣意が放たれ、天地を覆い尽くさんばかりの勢いで、降り注いでいた。

＊＊＊

「師尊、師尊！　阿郁《アーユー》と阿瑛《アーイン》がさっき滄浪剣訣《そうろうけんけつ》を使った時、最後の一手の姿勢、師尊が教えてくださったものと明らかに違ってましたよ！　どうして正さないんですか？」

「剣先を上に向ける、といっても、それは大体の指示にすぎないからだよ。上に一寸向ければいいのか、それとも二寸か。そこに決まりはない。阿嶠《アーチアオ》、武芸の稽古は、生きることと同じだ。細かい規則にこだわりすぎてはいけない。視野が狭くなり、人としての器を小さくしてしまうからね」

阿嶠《アーチアオ》と呼ばれたその子どもはかなり着込んでいるせいで、足取りもおぼつかない。それでもめげずに目の前にいる背の高い男の袍の裾を摑んでいる。男の言葉の意味を分かっているのかいないのか、それでも子どもの顔は彼への愛慕の情に満ち溢れている。

しっかり裾を摑まれている男は微笑むと、しゃがんで子どもを抱き上げ、歩き始めた。

「この世にはね、たくさんの人がいるんだ。いい人もいれば、悪い人もいて、それに、単純な良し悪しだけで判別できない人はもっとたくさんいる。みんなの考えは必ずしも君と同じとは限らないし、歩む道も君と違うかもしれない。郁藹《ユーアイ》や袁瑛《ユエンイン》がそうだ。同じ剣法でも、それぞれが使えば、それぞれの違いが出てくる。でも、自分と違うからと言って、他人を否定してはいけないよ。海は無数の川を受け入れているからこそ、あれほど大きい。それと同じように、人も寛大な心を持って生きるべきだ。武芸の稽古も同じだよ。度量の狭い者が辿り着ける境地には限界がある。頂点に登り詰めたとしても、倒れずにずっと立っていることはできないからね」

「じゃあ、阿嶠《アーチアオ》は？　阿嶠《アーチアオ》はいい人ですか？　それとも、悪い人？」

清く澄んだ、黒く丸い瞳は、最も親しいその人の姿を映し出す。

男は子どもの頭をくしゃりと撫でた。温かく少し乾いた手はぽかぽかとして、降り注ぐ日差しのようだ。

「うちの阿嶠《アーチアオ》は、一番可愛い人だよ」

満足の行く答えを得られて、子どもは少し照れ臭そうにしたが、結局我慢できず嬉しそうに笑った。

ところが、温かな情景は唐突に消えた。子どもを抱きしめていたその人は辺りの景色と共に、一瞬にして粉々に砕け散った。

場所は変わらず、玄都山。

昔年に植えし柳、漢南《かんなん》に依依《いい》たり。
今の揺落《ようらく》を看《み》るに、江譚《こうたん》に凄愴《せいそう》たり。
樹猶《なお》此《か》くの如し、人何を以《も》って堪えん。

景色すら昔のままとは限らないのに、人などなおさらではないか？

昔、自分を追いかけ、「師兄と呼べ」とせがんできた兄弟は、とうに同じくらいの身長になっていた。そして今、自分の目の前に立ち、憎々しげに詰問してくる。

「師兄、名利《みょうり》を求めない人なんていない。玄都山は天下一の道門だ。明君を支える実力もあり、道門の影響を天下に知らしめることだってできる。なのに、なぜあえて隠遁者《いんとんしゃ》のように山に籠もる？　あなたを除いて、玄都山のほとんどの人間は、外に出るべきだと考えている。師兄が甘すぎるんだ！」

そうなのか？　本当に、私が甘すぎたのだろうか？

私は師尊や、歴代の掌教が残してくれたこの地を守りたかっただけだ。師兄弟たちが戦火に巻き込まれないよう、江湖での腹の探り合いや争いから守ろうと……ただ、それだけなのに。

間違っていたのだろうか？

「そうだ、お前は間違っていた」

誰かが沈嶠《シェンチアオ》に言った。

「お前の間違いは、人心を十分に理解していなかったことだ。世人が皆、お前と同じように無欲で、どのような境遇に置かれていても心安らかにいられると？　人の性は悪なり。どれほど深く親しい仲でも、利益を前にお前が邪魔をすれば、奴らは少しも躊躇わずにお前を取り除こうとする。まさか、まだそれに気づいていないのか？」

「お前のようなお人好しは、長くは生きられぬ運命だ。玄都山を離れ、祁鳳閣《チーフォンゴー》という後ろ盾を失ったお前は何者でもなければ、何も為せん」

「本座に友など必要ない。本座と対等に付き合う資格があるのは、本座と互角に渡り合える者だけだ」

「まさか、自分で根基を破壊しているのか⁉　自ら退路を断つなど、どうかしてるぞ！」

過去のあらゆる出来事や心が語り掛けてくる様々な声が、これを最後にふっと消えた。

全てが初めの、半歩峰から落ちたあの頃に戻ったかのようだ。

激痛が全身から伝わってくる。痛みのあまり鈍刀を骨で研がれているのか、あるいは無数の蟻《あり》が体に穴を開け、出入りしているのではないかと思うほどだ。沈嶠《シェンチアオ》は自分には痛みに耐性があると思っていたが、今回ばかりはさすがに呻き声を上げたくなった。堪えきれずに涙を流し、この果てしない苦痛を終わらせるためなら、鋭利な剣で自らの心を貫きたいとさえ思った。

けれども、沈嶠《シェンチアオ》の悲鳴は、周囲の人間にしてみれば、蚊の鳴くような声にしか聞こえない。

「沈《シェン》郎君、目を覚ましましたか？」

遠くから小さな声が聞こえてくるようだが、ぼんやりとして、はっきりしない。

声の主は沈嶠《シェンチアオ》の耳元で話をしているのだが、今の沈嶠《シェンチアオ》の状態では聞き分けられなかった。

沈嶠《シェンチアオ》は必死に声を出して答えようとするも、結局ぴくりと指を動かしただけに終わった。

それでも、声の主はそれに気づいたらしく、声を潜めて沈嶠《シェンチアオ》に話し掛ける。

「沈《シェン》郎君、僕の声、聞こえてます？　僕がしゃべりますから、聞いててくださいね。聞こえたら、指を動かしてください」

沈嶠《シェンチアオ》はすぐに指を動かした。

声の持ち主が誰だか、分かった。白龍観にいたあの少年、観主の二番弟子十五《スーウー》だ。

果たして、相手は続けた。

「僕、十五《スーウー》です。二日前、白龍山に薬草を採りに行った時、あなたを見つけました。あの時、沈《シェン》郎君は洞窟の中にいて、全身が冷たくなって、ほとんど息もしていなかったんです。本当にびっくりしました。それで、一人ではとても運べなかったので、師父を呼んで、あなたを運んできたんです」

そうだ。沈嶠《シェンチアオ》も思い出す。あの時、桑景行《サンジンシン》と相討ちになるつもりで自分の根基を破壊したのだ。桑景《サンジン》行《シン》を打ちのめすことはできなかったが、重傷を負わせることはできたはずだ。その後、桑景行《サンジンシン》の隙を突いて白龍山に逃げ込んだ。そのまま命尽きるだろうと思っていたが、まさか十五《スーウー》に発見されるとは。

沈　嶠《シェンチアオ》は桑景行《サンジンシン》が追ってこなかったか、また十五《スーウー》たちを巻き込んでしまっていないか尋ねようとした。しかし、どれほど頑張っても声が出ない。内心焦りが込み上げ、瞼が激しく震える。

十五《スーウー》はその様子に、すぐに水を一杯持って来て、慎重に沈嶠《シェンチアオ》に飲ませた。

冷たい水で喉を潤す。しばらくして、沈嶠《シェンチアオ》はようやく楽になった。目を開けると、予想通り辺りは真っ暗だった。

かつてのようにまた見えない状態に逆戻りかと思ったが、十五《スーウー》が、

「今、白龍観の地下室にいるんです。明かりがないので真っ暗なんですが」

と言った。

危うく自分の声であることすら分からなくなるほどかすれた声で、沈嶠《シェンチアオ》は問いかける。

「だれ、か……あなたたちに、あいに……きました、か……？」

沈　嶠《シェンチアオ》はひどく衰弱しており、どうにか紡いだ言葉も途切れ途切れだ。

「はい。彭城県公の使いが二度。多分餅の恨みを晴らそうとしたのかと。幸いなことに師父は先見の明があったので、事前に僕らをここへ移動させたんです。観はもうおんぼろですし、特に壊せるようなものもありません。あいつら、あちこち探し回ったんですが、いないと分かるとさっさと帰って行きましたよ。多分僕らが逃げたとでも思ってるんでしょうね！」

そう言うと、我慢できずに十五《スーウー》は吹き出した。

「すみません……」

沈　嶠《シェンチアオ》が謝ると、十五《スーウー》は「そんなことを言わない

でください！」と言った。そして、沈橋《シエンチアオ》が不思議に思ったのを察したのか、すぐに付け加える。

「覚えてますか？　かつて湘州《しょうしゅう》の町の外で、あなたは流民の子どもに自分の餅を分け与えましたよね。そして、その時、子どもはあなたに叩頭《こうとう》して、恩に報いるために長寿を祈る位牌《いはい》を作ると言ったことを」

　寄せては返す波のような、全身の痛みが引くのを待ってから、沈橋《シエンチアオ》は記憶を探り、どうにか思い出した。

「君が、あの時の……」

　十五《スーウー》は確かに少し痩せ気味だが、小ぎれいな身なりで肌も白く柔らかい。記憶の中にある、あの不健康な黄色い肌の、飢えて痩せ細った子どもとは全くの別人に見える。

「はい、僕です。その後、父がほかの人の子どもを食べるために僕を交換に出そうとしたんですが、母が必死に止めたんです。僕や弟、妹の無事と引き換えに、自分が売られてゆくから、と。父は頷きました。ところが、母が食料に交換されてから二日も経たないうちに、弟と妹は重い病で……」

　十五《スーウー》は涙に少し声を詰まらせた。

「父は僕を連れていては足手纏いになると、僕を煮ようとしたんです。運のいいことに、そこでちょうど師父と出会いました。師父は一袋の餅と僕を交換し、助けてくれたんです。僕は師父に連れられて白龍観に来て、一緒に住むことになりました。僕、もともとの名前の聞こえがあまり良くないので、師父が十五《スーウー》に改名してくれたんです」

　十五《スーウー》は涙を拭った後、沈橋《シエンチアオ》を慰めるかのように、しかし沈橋《シエンチアオ》の傷に響かないようにそっとその手を握る。

「沈《シエン》郎君のご恩を忘れたことはありません。あなたがくれた餅がなければ、僕は師父に会うまで持ち堪えられなかった。だから、申し訳ないなんて言わないでください。それに、たとえ沈《シエン》郎君が僕を助けていなくとも、人が倒れて死にかけているのを見て、助けないわけがないでしょ？」

沈嶠《シェンチアオ》の手は微かに震え、その目の端には涙が滲んでいた。十五《スーウー》の話のせいか、昔のことを思い出したせいか。

十五《スーウー》は沈嶠《シェンチアオ》が痛がっているのだと思い、急いで言った。

「もしかして、痛みますか？　師父を呼んで、薬を付けてもらうよう頼みますね！」

「何を言ってんだ、お前は。さっき付けたばかりだろう。薬はタダじゃないんだぞ！」

ちょうどそこにやって来た観主は、十五《スーウー》の言葉にムッとして答える。

とはいえ、観主は沈嶠《シェンチアオ》の傍にやって来ると、彼の脈をとり始めた。

「経脈は全て切れ、内力も皆無だ。全く、あんたは何をしに行ったんだ？　自分をこんな風にしてしまうとは。今後はもう、武功のことなど考えんことだな！」

観主は舌を鳴らして告げた。

「師父！」

十五《スーウー》は焦った。観主の言葉が沈嶠《シェンチアオ》の心を傷つけないか心配だったのだ。

観主は呆れたように自らの弟子を冷ややかに見る。

「お前は本当に情に脆《もろ》いな。当の本人が何も言っとらんのに、お前のほうが逆に焦りおって。それに、ワシがこいつの武功を台無しにしたわけじゃないぞ！」

沈嶠《シェンチアオ》はしばらく黙り込んでしまった。

十五《スーウー》がそっと声を掛ける。

「沈《シェン》郎君、落ち込まないでください。師父の医術はすごいので……」

「おいおい、毎日そうやって他人のことばかり考えて、ワシをこき使おうとするな。それにワシが医術に優れているって？　多少分かる程度だ。た、しょ、う！　分かったな！」

十五《スーウー》は観主の服の裾を摑んで甘えるように言う。

「でも僕、知ってますよ。師父は物言いがきついだけで、本当はとても優しくてすごい人だって！」

観主は笑いながら「ったく、クソガキのくせに！」と罵った。

そして沈嶠《シェンチアオ》へ顔を向けて言った。

「あんたの傷は深すぎる。ワシの医術は未熟なうえ、薬材も不足しているから、できることには限りがある。それに武功ばかりは、どうしようもない。あんたの根基も経脈も全部破壊されているし。こりゃあ人の力じゃどうにもならんぞ……」

不意に、沈嶠《シェンチアオ》が問いかける。

「あの、……私の、体内に……残っていた毒は……まだ……？」

観主が訝しがった。

「毒？　なんのことだ？　さっき脈をとったが、そんなもん気づかんかったぞ！」

観主は再び指を三本、沈嶠《シェンチアオ》の手首に置き、じっくり脈をとった。ややあって、手を戻して答える。

「確かに深手を負ってはいるが、毒に侵されている形跡はやはり見つけられんかった」

沈嶠《シェンチアオ》が相見歓《そうけんかん》に侵されてから、完全に解毒されずに体に残り続けた毒は、晏無師《イエンウースー》ですら、為す術がなかった。骨や肉の中に浸透したこの毒は時折姿を現し、沈嶠《シェンチアオ》の功力が回復するのを阻害した。内功を修練しても大した効果はなく、目も相見歓の影響でずっと治らずにいたのだ。

それなのに、観主は沈嶠《シェンチアオ》の体内には毒がないと言う。

つまり、沈嶠《シェンチアオ》は桑景行《サンジンシン》と相打ちになるべく自分の根基を破壊したが、絶体絶命の危機を乗り越えただけでなく、体内に残っていた毒まで綺麗に消し去ったのだ。

これこそ、災い転じて福となす、ということだろうか？

沈嶠《シェンチアオ》は微かに苦笑した。

持ってきた燭台の明かりに照らされ、沈嶠《シェンチアオ》の口角が微かに上がっているのを見て、観主は不思議に思った。

「こんな目に遭っているのに、まだ笑えるのか？」

そう言ってから、観主は十五《スーウー》を振り返る。

「おい、こいつはあまりのことに耐えられず、痴れ者にでもなったんじゃないか？」

「師父！」

十五《スーウー》は今すぐ師の口を塞ぎたくて仕方がなかった。

「ああ、分かった、分かった。ったく、もう黙るから。粥《かゆ》がそろそろできたはずだから、見てくる。使いっ走りの初一《チューイー》が傍にいないってのは、本当に不便だな！」

歩き出しながら、観主はぶつぶつ文句を垂れる。

「ありゃあ、やっとのことで採れた古い人参だぞ。人参は古いほど効果がある。普段ワシですらもったいなくて食えんのに、他人に食わせるなんて！」

観主がいなくなると、十五《スーウー》は申し訳なさそうに言った。

「気にしないでくださいね。師父、口は悪いんですが、本当は心の優しい方なんです。お聞き苦しいかと思いますが、この二日間は師父が面倒を見てくれたんです。でなければ、僕、どうしたらいいのか分からなくなるところでした！」

「分かっていますよ。私も……別に、痴れ者になった……わけではありませんから……。この地下室は……外に、通じて……いるのでしょうか？　なんだか、光が……見えて……」

一言一言、話すだけでも骨が折れるようだ。

「はい。師父が穴を二つ開けたので、外の光がちょっと入るんです。見えるんですか？」

「少しずつ、ですが……。ただ、まだ……はっきりと、見えている……わけでは、ないです……」

「安心してください。師父はこの地下室はしっかり隠されているから、ほかの人には見つけられっこないって言ってました。彭城県公の使いだって、結局二回とも僕らを見つけられずに帰ったんですから。それから、しばらくこうしていれば僕らが引っ越していったと思うだろうから、きっともう戻ってこないって、師父が言ってましたよ」

「かたじけ、ないです……」

十五《スーウー》は笑った。

「お礼なんて。ゆっくり休んで、安心して傷を治してくださいね。飲み水を沸かしてきます」

地下室は暗く、日が当たらないが、静かで養生には相応しい場所だった。十五《スーウー》によれば、白龍観は後漢末に建立され、三百年以上の歴史があるという。幾度かの戦火を経験しても倒れなかったが、賑わいや立ち上る香の煙もいつの間にか見られなくなり、今やボロボロで誰も見向きもしない道観になってしまった。十五《スーウー》の師である観主がここに住みついた頃、道観には既に誰もいなかったという。しかも、地下室の奥には道観と一緒に作られたと思われる、一本の通路がある。観主がその通路を発見してから地下室は絶好の避難場所になったのだ。

その後、沈嶠《シェンチアオ》はまた二日ほど眠り続けた。意識がはっきりしている時もあれば、朦朧《もうろう》とすることもあった。夜中に目を覚ますと、まだ玄都山にいるのではないかと錯覚し、扉を開ければ、外で師尊が師兄弟たちに稽古をつけている様子を見られるような気がした。

けれども、やはり錯覚は錯覚だ。過去をやり直すことはできない。この世を去った人も、蘇らない。

あの美しく静かな歳月は、玄都山に置き去りにされ、二度と戻ってこないのだ。

そんな思い出と共に訪れるのは、自分に降りかかった裏切り、挫折、そして苦境である。名利のために争う諸国、互いを陥れながら自分の考えに固執する宗門。そして地獄の中で呻き、もがき苦しみ、苦難から逃れられない市井《しせい》の人々。

そんな心をかき乱す様々な苦痛を、沈嶠《シェンチアオ》は自分のことのように感じた。

道心を守り、自分の人としての原則とやらを手放そうとしないのは、耐えられぬほどの絶路にまだ立たされていないからだ。そうだろう？

晏《イエンウースー》無師はかつて沈嶠《シェンチアオ》にそう聞いた。

晏《イエンウースー》無師の言葉が脳裏に蘇り、沈嶠《シェンチアオ》は二人が共に過ごした日々を思い出した。

友と思っていた人の姿は、本人の嘲笑と目論見を前に、あっけなく崩れ去った。

でも、たとえもう一度同じ場面に出会ったとしても……。

再び、同じ経験をするとしても……。

「沈《シエン》郎君、今日は少し良くなりました？　ちょうど人参入り粥ができました。師父が体の回復にいいって……えっ⁉　沈《シエン》郎君、どうして泣いてるんですか！　そんなに痛みますか⁉」

微かな光の中、きらきらとした雫が、沈嶠《シエンチアオ》の目尻からゆっくりと流れ落ちた。それは音もなく、枕を濡らしていく。

十五《スーウー》はすぐさま器を置いて、「今すぐ師父を呼んできますね！」と、わたわたと駆け出していこうとする。

「いえ」

沈嶠《シエンチアオ》は手を伸ばし、十五《スーウー》の袍を掴んだ。

十五《スーウー》は「わっ！」と声を上げる。動ける沈嶠《シエンチアオ》に、喜びを隠せない。

「もう動けるんですか⁉　師父が経脈を損傷したから、回復は一生難しいって言ってたのに。なーんだ、師父はわざと僕を脅かしてたんですね！」

沈嶠《シエンチアオ》は十五《スーウー》に向かって微笑んだ。


意識が明晰な時、沈嶠《シエンチアオ》は体中の骨が痛み、苦痛に叫び声を上げているように感じた。その場で死んでしまいたいと思うほどの激痛だったが、沈嶠《シエンチアオ》は持ち堪えた。同時に、彼は心の中でかつて覚えた『朱陽策』の要訣《ようけつ》を唱えていた。すると、驚くべきことが起きたのだ。

『朱陽策』を修練していた当時、沈嶠《シエンチアオ》は既に玄都山の武功を身に付けていたため、学ぶのにあまり苦労しなかった。けれども、修得はいまいち進まず、祁《チー》鳳閣《フォンゴー》ですらその原因を見つけられなかった。陶弘《タオホン》景《ジン》は既にこの世を去っていたので、聞きに行くこともできず、祁鳳閣《チーフォンゴー》は時折傍で教えるものの、沈嶠《シエンチアオ》自身に模索させるしかなかった。

ところが今、経脈が全て損傷し、体内の真気が空になって初めて、『朱陽策』は予想だにしなかった効果を発揮していた。砕けた丹田は驚くほどの速さで修復し始め、傷ついた経脈も『朱陽策』の真気に潤されるように再生している。

おそらく、あともう少しで、沈嶠《シエンチアオ》の傷は全て治るだろう。

　儒仏道、三門の長所を集めた『朱陽策』は確かに不可思議だ。沈嶠《シエンチアオ》は二巻しか修練していないが、その奥深さを十分に感じ取ることができた。

　公正で正直な儒門、柔軟で温和な道門、厳粛《げんしゅく》で清澄な仏門。三門の神髄がもれなく細かな流れとなって、沈嶠《シエンチアオ》の体内を巡っている。

　これが孫子の「死地《しち》に陥れて後生《のちい》く（必死の覚悟で戦って、初めて道が見える）」ということになるかどうかは、沈嶠《シエンチアオ》には分からない。ただ、体が日に日に良くなっているのは事実だ。沈嶠《シエンチアオ》の回復の速度は、一生このまま動けないだろうと思っていた観主も舌を巻くほどだった。

　十五《スーウー》は沈嶠《シエンチアオ》を思いやり、先ほどはなぜ泣いたのか聞かなかった。沈嶠《シエンチアオ》は自分から十五《スーウー》を引き留め、

「十五《スーウー》くん、ありがとうございます」と言った。

「礼はもう何回も言ったじゃないですか！」

　なぜ礼を言われているのか分からなかったが、十《スー》五《ウー》は少し照れ臭くなる。

沈嶠《シエンチアオ》は善意をもって人に接するが、それを返してもらいたい、と思ったことは一度もない。自らの行ないが報われなくても、沈嶠《シエンチアオ》自身の振る舞いに関係はないのだ。

　他人に理解されなかろうが、かえって嘲笑われようが、気に留めずにやりたいことをやる。この点では、沈嶠《シエンチアオ》は晏無師《イエンウースー》と同じだと言えよう。

　ただ、沈嶠《シエンチアオ》も人間である。心が雪のように純潔であるわけでもなければ、鉄でできているほど強いわけでもない。疲れもすれば、失望することも、苦しむことだってあるのだ。

「この礼は、今までのものとはまた違いますから」

沈嶠《シエンチアオ》がそう言うと、十五《スーウー》は恥ずかしそうに笑った。

「沈《シエン》郎君がすごくよく回復しているので、師父がそろそろ肉を食べたほうがいいって、汁を作るために鶏を買ってきたんですよ」

沈嶠《シエンチアオ》は申し訳なくなる。

「お金を使わせてしまって、すみません。傷が治っ

たら、すぐお金を稼ぎに……」

十五《スーウー》は笑った。

「そんなこと、気にしないでください。実は師父、こっそりお金を貯め込んでいるんです。いっつも出し惜しみをして、毎日貧乏な生活を送ってるふりを……」

「十五《スーウー》、お前はぶたれたいのか！　他人に自分の師父の悪口を言うなど！　悪逆非道だ！　この不肖の弟子が！」

十五《スーウー》の告げ口はちょうど入って来た観主の耳にも届いたようだ。

十五《スーウー》は軽く舌を出す。

「すみませんでした、怒らないでください！」

観主は十五《スーウー》を叱った。

「なんでお前が初一《チューイー》よりいい子だと思ったんだろうな！　全く、不肖に次ぐ不肖じゃないか！　不肖の弟子どもめ！」

十五《スーウー》は大人しく叱られながら、甘えたり拱手したりして、やっと観主の怒りを収めた。そうして、観主はまた一番弟子の初一《チューイー》についての愚痴を言い始める。

「今日は町の北で市があって、初一《チューイー》は朝っぱらから出かけたのに、まだ帰って来ないんだ。遊び惚けおって、もし翼が生えたら、あいつは天を突き破って飛んでいっちまうぞ！」

「師兄はもしかしたら何かおいしいものを見つけて、僕らに持って帰ろうとしてくれてるのかもしれませんよ？」

「なーにが持ち帰る、だ。ちょっとしか金を持たせてないんだぞ。あいつの食いもんすら買えん！」

唐突に、鈴の音が聞こえた。

極めて小さい鈴で、その音も微かだが、傍に立っていた観主はすぐに気がついた。

鈴は、道観への来訪者を地下室まで知らせるための簡単な仕掛けである。鈴には糸が付いており、糸は外へと続いている。糸の先が入口の門に結わえつけてあるため、外から誰かが中に入ろうとすれば、糸が引っ張られて、鈴が鳴り始めるのだ。

鈴の音に、十五《スーウー》は喜びを露わにする。

「師兄が帰ってきたんですよ、きっと！」

外に出ようとする十五《スーウー》を、観主はグイッと引き留めた。

「待て、様子がおかしい！」

そう言うなり、外からぴょんぴょんと跳ねる初一《チューイー》の足音と声が聞こえてきた。

「師父、十五《スーウー》、ただい……あれ？　そこにいるのはどちらさま？」

観主の顔色がサッと変わる。まずい！

＊＊＊

沈嶠《シェンチアオ》に面目を潰された後、陳恭《チェンゴン》は二度にわたり、手下たちを白龍観へ遣わした。一度目の時、手下たちは礼儀正しく、沈嶠《シェンチアオ》を客人として彭城県公府に招きたい、とまで言っていた。沈嶠《シェンチアオ》はもういないと言っても彼らは信じず、仕方なく観主は手下たちに中を調べさせた。しかし、結局沈嶠《シェンチアオ》は見つからず、憤然と帰る羽目になったのだ。二度目になると、陳恭《チェンゴン》の手下たちからは丁寧さがなくなり、意気揚々と派手に現れた。陳恭《チェンゴン》は沈嶠《シェンチアオ》の他人に迷惑を掛けたくないと思う性格を知っている。それゆえ、手下に観主と弟子二人を連れ帰るよう命じた。沈嶠《シェンチアオ》がそのことを知れば、必ず自分のところに来るだろうと踏んだのだ。

観主のほうも陳恭《チェンゴン》がそう出ると既に予想していた。そこで弟子二人を連れて地下室に隠れ、陳恭《チェンゴン》の手下に肩透かしを食らわせた。手下たちは観主たちが夜逃げしたのだと思い、為す術もなく戻って、陳恭《チェンゴン》にそう報告するしかなかった。

初一《チューイー》は十五《スーウー》ほど大人しい性格ではない。地下室で数日過ごすと、じっとしていられず外に出たいと言い始めた。地下室は暗く、空気が澱《よど》んでいるため、確かに居心地はよくない。ちょうど町で市が開かれることもあって、初一《チューイー》は半日近く観主に懇願したり甘えてみたりして、やっとの思いで市に行く許可をもらった。出がけには、暗くなってから戻ってこい、と観主は初一《チューイー》にわざわざ言い聞かせていた。

ところが、宿命からは逃げられない。初一《チューイー》はこっそりと戻って来たが、全員を欺けるわけではなかった。ある程度の腕前の者なら、見逃すはずがない。

「道士くん、ここに住んでいるのか？」

その声を聞いた途端、隠れていた沈嶠《シェンチアオ》の顔色が変わった。

「あなた、誰です？」

初一《チューイー》がもう一度問いかける。

地下室には中にいる者が呼吸できるよう、もともと穴が二つ開けられていた。そして、外からなかなか見つけられないのにもかかわらず、中にいる者に外の音が聞こえるように作られている。

初一と話している奴は誰だ？

観主は沈嶠《シェンチアオ》の表情を見て、声を出さずに唇の動きだけで聞いた。

沈嶠《シェンチアオ》は口元を押さえて咳を我慢しながら、指に水を付け、素早く卓に文字を書いた。

（合歓宗の門人、蕭瑟《シアオソー》、元秀秀《ユエンシウシウ》の弟子です。私は合歓宗の桑景行《サンジンシン》と手を交え、怪我をしました）

元秀秀《ユエンシウシウ》と桑景行《サンジンシン》は確かに仲違いをしているが、二人とも合歓宗に属している。蕭瑟《シアオソー》が突然訪ねてくるとは……沈嶠にはこれからいいことが起こるとは、とても思えなかった。

十五《スーウー》はまだ事態を呑み込めていない様子だったが、観主はハッとした。顔色が一瞬で真っ青に変わる。

当初、沈嶠《シェンチアオ》は観主を普通の道士だと思っていた。ところが、自分の傷を診たり、脈をとったりするのを見て、ようやく彼も江湖者である可能性に気づいた。

とはいえ、今は観主の正体よりも、訪れた蕭瑟《シアオソー》である。悪意を持っていることは明らかであり、十中八九沈嶠《シェンチアオ》が目当てなのだろう。

「俺は蕭瑟《シアオソー》という」

蕭瑟《シアオソー》の声は穏やかで、面倒を引き起こしに来たというよりも、友を訪ねてきただけのように聞こえる。

「道士くん、沈嶠《シェンチアオ》って男を見かけたことはあるか？」

「い、いえ！」

蕭瑟《シアオソー》は笑った。

「嘘すら吐けないんだな。言え、奴はどこにいる？」

初一《チューイー》は大声で叫んだ。

「知らないったら知らない！　お前、誰だよ！　早く出てけ！　おれの師父が戻ってきたら、お前なんかひとたまりもないぞ！」

蕭瑟《シアオソー》は怒った様子もなく、相変わらず温和な声で続ける。

「言わなければ、お前を桑《サン》長老のところに連れ帰るしかないな。あの方は今、かなりご立腹で、美人を三人も殺してる。俺もちょうど長老の気晴らしになる奴を捜していたんだ。たかが沈嶠《シェンチアオ》一人のために、馬鹿なことをする気か？　よく考えろ」

地下室では、寝台を下りようとする沈嶠《シェンチアオ》を、観主が必死に押さえつけており、そのあまりの強さに沈《シェン》嶠《チアオ》は抵抗できずにいた。

「話を聞け！」

観主は声を潜め、沈嶠《シェンチアオ》の耳元に顔を寄せて囁く。

「合歓宗の奴らは手当たり次第に殺しをする。あんたが出て行ったところで、初一《チューイー》を見逃しはせん。二人まとめてやられちまうのが関の山だ。あんた、ここに残って十五《スーウー》の面倒を見てくれ。ワシが行く！」

沈嶠《シェンチアオ》は観主が正しいと分かっていた。それでも自分はのうのうとここに隠れ、自らが負わねばならないことを、他人に代わってもらうことなど、とてもできなかった。

沈嶠《シェンチアオ》は首を横に振り、命を懸けても初一《チューイー》を守る、と言いかけたが、観主が疾風迅雷の如く沈嶠《シェンチアオ》に点穴を施す。そしてサッと懐から何かを取り出し、沈《シェン》嶠《チアオ》の掌に押し付けた。

「何かあったら、十五《スーウー》を泰山の碧霞宗《へきかしゅう》に連れて行ってくれ。そこで、伝えてほしい。不肖の門人竺冷《ジューロン》泉《チュエン》が外で弟子を取ったが、碧霞宗に送り返し、弟子に自分の原点がどこにあるのかを確かめさせたい。再び門下に加えてほしい、と」

観主は続けて十五《スーウー》にも点穴を施して、二人に言った。

「完全に穴道を封じてはいない。一刻もすれば解けるだろう。沈《シエン》郎君、十五《スーウー》のことは頼んだぞ。この責任、しっかりと果たしてくれ」

そう言い終えると観主は体を起こし、振り返ることなく地下室を後にした。

地下室の出口は複数あり、異なる場所に繋がっている。蕭瑟《シアオソー》に地下室の入口が見つからないよう、観主はわざわざ別の部屋に続く出口から外へ出た。

「こんな遅い時間に、ワシの安眠を邪魔する奴は誰だ！」

観主は伸びをして、今起きたと言わんばかりに寝ぼけ眼を擦る。

「あんた、何者だ？　なぜワシの弟子に手を出す？」

「師父！」

初一《チューイー》は肩を蕭瑟《シアオソー》に掴まれており、観主の姿を見るや、今にも泣きそうな顔になった。

「お前がここの観主か？」

蕭瑟《シアオソー》が問いかける。

「その通りだが、あんたはいったい誰だ？」

観主は眉を寄せた。

「ワシの弟子が失礼をしたのなら、師として謝る。どうかその子を放してやってくれ」

蕭瑟《シアオソー》は手を緩めることなく、観主が提げている剣を一瞥《いちべつ》して、微かに笑った。

「沈嶠《シエンチアオ》はどこだ？」

「誰だ、それは？　聞いたこともないぞ」

蕭瑟《シアオソー》は目を細める。

「分かっているだろう。しらばっくれても無駄だぞ。今この場でお前の弟子の肩を砕けば、こいつは痛みに耐えきれずに奴を売るだろうよ」

蕭瑟《シアオソー》は手に力を込めたようだ。初一《チューイー》はわあわあと喚《わめ》きながら、様々な罵詈雑言を蕭瑟《シアオソー》に浴びせた。

「やめろ！」

観主は躊躇うことなく剣を抜いた。刃を微かに揺らし、蕭瑟《シアオソー》に向かって突っ込んでいく。

蕭《シアオ》瑟《ソー》は初一《チューイー》を片手で摑んだまま、素早く観主の攻撃を避けた。そして、一掌繰り出しながら、鼻を鳴らして誰かに話し掛ける。

「お前、自分の師父から言付かったことなのに、俺にやらせる気か？　まだ隠れているつもりなら、自分で沈嶠《シェンチアオ》の居所を聞き出すんだな。このガキ道士、顔は悪くない。連れ帰れば、俺の師父にいい報告ができる」

傍から愛らしい笑い声が聞こえた。

「蕭《シアオ》師兄、あなたの師父は合歓宗の宗主ですが、門内の勢力はあたしの師父のほうが上でしょ。いっそのこと、寝返ってうちの師父についたらどうですか！」

蕭《シアオ》瑟《ソー》はフンッと言っただけで、答えなかった。

一方、観主は顔色を一変させた。

笑い声が響き、どこからともなく一組の男女が観主の前に現れる。

女のほうは可愛らしい顔つきで白い衣を着ている。何度か沈嶠《シェンチアオ》ともやり取りをした、白茸《バイロン》だ。

そして男のほうは剃髪しているが僧侶ではない。町で見かける世家の若者たちよりも華麗な衣装を身に着けており、この場にそぐわないようにも見える。ただ、観主は男の恰好が奇妙だからといって、少しも見くびることはなかった。男の正体を知っているからだ。

合歓宗の厄介《やっかい》な手練れの一人、閻狩《イエンショウ》その人である。閻《イエン》狩《ショウ》は〝血手仏子《けっしゅぶっし》〟という二つ名を持つ。見た目は端正で仏門の弟子のようだが、心は悪鬼の如く残虐であり、その手を夥《おびただ》しい血で染めているからだ。霍西京《フオシージン》のように顔の皮剝ぎに明け暮れるほど変わり者ではないが、手に掛けた人数は霍西京《フオシージン》よりも多く、これまでどれほどの命を奪ってきたか分からない。

桑景行《サンジンシン》は腕の立つ弟子たちを使って、沈嶠《シェンチアオ》を捕まえようとしている。深手を負い、ひどく沈嶠《シェンチアオ》を憎んでいるに違いない。

蕭《シアオ》瑟《ソー》一人が相手なら、観主はまだなんとかやり合えるし、撃退できると思っていた。だが、三対一となっては、もうその自信はない。

「沈嶠《シェンチアオ》を出せ」

閻狩《イエンショウ》が命じる。

どう動いたのか、蕭瑟《シアオソー》の手にあった初一《チューイー》は瞬く間に閻狩《イエンショウ》の手に渡った。初一《チューイー》は武芸がほとんどできないので、痛みを感じると堪らず泣き出し、「師父助けてっ！」と叫ぶ。それでも、初一《チューイー》は、沈嶠《シェンチアオ》と十五《スーウー》の居場所だけは口にしなかった。

観主は心が刀で抉《えぐ》られる思いだった。無勢であることにはもう構わず、くるりと剣を回すと閻狩《イエンショウ》に斬りかかった。

しかし、観主の相手をしたのは閻狩《イエンショウ》ではなく、白《バイ》茸《ロン》だった。

白茸《バイロン》はもとより武芸のすじがいい。一日千里の勢いで進歩しており、今の腕前は以前沈嶠《シェンチアオ》と会った時よりもかなり上達している。〝青蓮印《せいれんいん》〟は無数の蓮の花と化し、観主の周りに咲き誇った。観主に剣で崩されても、次から次へと花開いて、永遠に途切れることがないように思える。

観主の額に汗が滲んだ。相手が白茸《バイロン》だけならまだよかったが、後ろに閻狩《イエンショウ》と蕭瑟《シアオソー》が控えており、その圧力も並大抵のものではない。観主ははっきり分かっていた。白茸《バイロン》を抑えられたところで、閻狩《イエンショウ》と蕭瑟《シアオソー》がいつ手を出してきてもおかしくはない、と。

もし今、手を引けば、まだ無傷のまま退ける。けれども、初一《チューイー》が囚われている以上、手をこまねいて見ているわけにはいかなかった。

閻狩《イエンショウ》は観主の弱みを見抜いて、手に力を込めた。

「沈嶠《シェンチアオ》は、どこにいる？」

初一《チューイー》が痛みに悲鳴を上げる。

観主は動揺し、つられて手がぶれた。白茸《バイロン》はその隙を突いて、掌を観主の胸元に打ち付ける。観主は吐血し、三歩ほど後ろへ下がった。

「そんな奴は知らん！　理不尽にもほどがあるぞ。来た途端に手を出しやがって！　このボロ道観で大人しくしてたってのに、ワシらが何をしたって言うんだ！」

突然、蕭瑟《シアオソー》が笑い出した。

「閻《イエン》長老、さっきこいつが使った技、泰山碧霞宗のものに似てると思いませんか？」

「うむ、確かに似ているな」

閻狩《イエンショウ》が答えると、蕭瑟《シアオソー》は続けた。

「泰山碧霞宗の者が、なぜこんなところで名を隠して暮らしているのか。もしや、破門でもされたのか？」

観主は歯を食いしばり、心を決めると、冷やかに笑った。

「そうだ。ワシが碧霞宗の竺冷泉《ジューロンチュエン》だ。ワシは今の趙《ジャオ》宗主の師叔にあたる。もし碧霞宗と付き合いがあるのなら、どうか我らを見逃していただきたい。後日必ず宗主に、そちらに礼をするよう願い出るゆえ！」

蕭瑟《シアオソー》は大声を上げて笑った。

「申し訳ないが、その願いは叶えてやれんな。俺たちは碧霞宗とは一切付き合いがないんだ。それに、どうせ今日のことを根に持つんだろう？　だったら、俺たちが手酷いことをしたところで、どのみち同じだよな？」

蕭瑟《シアオソー》が言い終えるなり、閻狩《イエンショウ》は初一《チューイー》の頭頂に手を振り下ろした。

初一《チューイー》の鼻や口から血が噴き出す。初一《チューイー》は声もなくその場に崩れ落ちた。

「初一《チューイー》ーッ‼」

観主は激しい怒りに、目をむく。胸が張り裂けそうになりながら、すぐさま剣を構えて閻狩《イエンショウ》に飛び掛かった。

今度動いたのは、蕭瑟《シアオソー》のほうだった。

蕭瑟《シアオソー》は手に持った扇子をサッと開く。扇面の上に鋭い刃が音を立てながら現れ、ゾッとするような寒光を放った。蕭瑟《シアオソー》は手首を上へひょいと動かして扇子を放る。扇子は意思を持ったかのように観主へ向かっていき、観主を囲い込むようにして周囲を回る。

悲しみのあまり、あろうことか観主はいつにない力を発揮し、剣法を繰り出していた。かつて碧霞宗にいた頃、大した資質もないくせに努力もせず、毎日ブラブラしていると思われていた。いつも〝東岳《とうがく》十九式《じゅうきゅうしき》〟の最後の数手を上手く使えず、年長者たちの期待に応えることができなかった。

それが今ではどうだ。既に亡くなった碧霞宗の年長者たちがこの場にいたら、彼が繰り出す剣法に大いに驚くことだろう。目の前にいる観主は、素晴らしい資質を備えているように見えるからだ。

剣身からは眩い光が絶え間なく、波のように流れ出す。初一《チューイー》が見ていれば、きっと「こんなカッコいい師父、初めて見ましたよ！」と大騒ぎしていただろう。

けれども、その初一《チューイー》はもうこの世にはいない。

しゃべることも、わあわあと騒いで自分をいらつかせることも、駄々をこねて仕事を怠けることも、もう二度とない。

観主の両目は真っ赤になり、繰り出される手はどれも一途な殺気を伴っている。

しかし、その剣光は蕭瑟《シアオソー》の扇の刃を突破できずに、全て打ち返されてしまった。

僅かな不注意で、手首を斬られ、一筋の長い切り傷がついた。観主は無意識に手を緩める。

カランッ！

音を立てて剣が地面に落ちた。

蕭瑟《シアオソー》は扇を引き上げ、即座に肘を観主の胸元に打ち付けようとする。そして、後ずさる観主の肩を摑んで手前へ引き寄せ、瞬く間に胸元にある三カ所の重要な穴道を突いた。観主は地面に跪《ひざまず》き、動けなくなった。

「見ただろう、これはただの脅しじゃない。お前の弟子はもう死んだ。こいつの後を追いたいわけじゃないだろう？」

蕭瑟《シアオソー》は不敵な笑みを浮かべてしゃがんだ。

「沈嶠《シェンチアオ》になんの恩義があるって言うんだ。そうやって命をなげうってまで庇《かば》うなんて」

観主はペッと血の混じった唾を蕭瑟《シアオソー》に向かって吐いた。

「沈嶠《シェンチアオ》だか張嶠《ジャンチアオ》だか、知らんと言ったら知らん！人の言葉が分からんのか！」

蕭瑟《シアオソー》の顔から笑みが消える。袖から手ぬぐいを取り出すと、ゆっくりと顔に付いた唾を拭った。そして突如、反応をする間も与えないほどの速さで、観主に点穴を施した後、左耳を削ぎ落した。

唖穴を突かれた観主は悲鳴すら上げられず、大きく口を開けて瞠目《どうもく》し、必死で蕭瑟《シアオソー》を睨む。蕭瑟《シアオソー》はその視線を真っ直ぐ受け止める。

「合歓宗のやり方はもう身をもって知ったよな？　たかが沈嶠《シエンチアオ》一人、命を懸ける価値はあるのか？　あいつの居場所を教えさえすれば、お前を生かしてやる。全部、丸く収まるんだ」

蕭瑟《シアオソー》が観主の唖穴を解いたのは、しばらく経ってからだった。

観主はゼイゼイと息を荒らげ、側頭部からはまだ血が流れ続けている。目も当てられないほど凄惨な姿だ。

「言っただろ……ワシは、沈嶠《シエンチアオ》なんぞ知らん！」

ふと、白茸《バイロン》が笑った。

「蕭《シアオ》師兄、こんな奴のために時間を無駄にする必要なんてないのでは？　隠すならこの道観の中でしょうし、そこらを探せばいいじゃないですか。まあ、閻《イエン》長老のお手を煩わせるわけにはいきませんし、あたしと蕭《シアオ》師兄で探してきますよ」

白茸《バイロン》に話しかけられても、閻狩《イエンショウ》は何も答えず、動かない。どうやら白茸《バイロン》の意見を黙認したようだ。

白茸《バイロン》は先ほど観主が出てきた部屋に入り、しばらくして出てきた。

「中に人はいなかったです。特に仕掛けもありませんでしたし、ここに隠れてはいなさそうです」

白龍観は見る影もないほど荒れ果てているが、なにぶん広い。どこかに人が隠れていたとしても、すぐには見つけられないし、年季の入った道観には往々にして、いざという時のための抜け道があるものだ。

閻狩《イエンショウ》はこれ以上ここで時間を費やしたくはなかった。

「線香半分が燃えるだけの時間をやる。それでも言わなかったら殺す」

観主は黙り込んだままだ。

時間はすぐに過ぎた。その間も白茸《バイロン》と蕭瑟《シアオソー》は観内を探し回り、前後して戻ってきたが、結局何も見つけられなかったようだ。

蕭瑟《シアオソー》は横目で白茸《バイロン》を睨む。

「白《バイ》師妹、俺よりあちこち探したんだろう？　まさか、何か見つけているが、わざと黙っているなんてことはないよな？　お前と沈嶠《シエンチアオ》は確か付き合いがあったんじゃないか？」

疑われた白茸《バイロン》は怒りもせず、笑って答えた。

「蕭《シアオ》師兄、ずいぶん不思議なことを言いますね。あたしと沈嶠《シエンチアオ》になんの付き合いがあるって言うんです？　もし手を交えたことが付き合いになるのなら、それは蕭《シアオ》師兄も同じでしょ？」

「お前……」

閻狩《イエンショウ》は眉を寄せ、「黙れ！」と一喝し、観主のほうに目を向けた。

「言う気になったか？」

観主はハッと冷たく笑う。

「この頭のおかしい畜生ども。沈嶠《シエンチアオ》なんて知らんが、ワシの弟子を殺したうえ、こんな目に遭わせやがって。知っていたとしても教えるわけがないだろ！　腕が立つなら何をしてもいいと思ってんのか……ケッ！　殺せるもんなら殺してみやがれ、いつか絶対お前らは報いを受け……！」

観主の口から「る」の一語が吐き出されるのを待たずに、閻狩《イエンショウ》は観主の頭頂に掌打を食らわせた。

頭骨が砕け、鮮血が頭頂部から溢れる。血潮は閻《イエン》狩《ショウ》を睨みつける瞳を流れて、観主の服に滲み込んでいった。

見開かれたままの目は、死んでも死にきれないと言わんばかりだ。

倒れた師のすぐ近くには弟子の遺体があった。しかし、二人の距離が縮まることは、もう永遠にない。

閻狩《イエンショウ》は屍には目もくれず、白茸《バイロン》へ目を向けた。

「さっきは本当に何も見つけられなかったのか？」

閻狩《イエンショウ》から鋭い視線を向けられても、白茸《バイロン》は少しも動じない。むしろニコニコとしながら答える。

「本当に見つけてませんって。信じてくださらないのなら、蕭《シアオ》師兄ともう一度探しに行ってみては？

あたしが見逃しただけかもしれませんし」

地下室にいる沈嶠《シエンチアオ》と十五《スーウー》の点穴は既に解けていた。十五《スーウー》は涙で顔をぐしゃぐしゃにしながら、震えている。

沈嶠《シエンチアオ》は十五《スーウー》が声を漏らさぬよう、その口をしっかりと塞いでいた。沈嶠《シエンチアオ》自身も涙を流していたが、それでも必死に十五《スーウー》を引っ張って抜け道のほうに向かう。

十五《スーウー》は最初抵抗していたが、観主が殺されると、最後の気力まで失ったのか、沈嶠《シエンチアオ》に引きずられるがままになった。

二人は躓《つまず》きながらも暗い抜け道を進む。沈嶠《シエンチアオ》の傷はまだ癒えておらず、経脈も完全には修復できていない。決して軽いとは言えない十五《スーウー》を引っ張りながら歩くのは、鉄の鎖で血肉を引き伸ばされているかのようで、全身の骨が痛んだ。一歩進むのに、持てる力を全て絞り出さねばならない。

どれくらい進んだだろうか。沈嶠《シエンチアオ》には、まるで何年も休まず歩き続けているようにも思えた。

沈嶠《シエンチアオ》は微かに震える手で、長く閉ざされたままだった石の扉を開き、十五《スーウー》を引きずり出す。そして、草むらに隠された仕掛けを手探りで見つけ、観主の言いつけ通り、外から扉を閉じた。

こうしておけば、閻狩《イエンショウ》らが抜け道を見つけて追ってきても、中から扉を開けられることはない。

抜け道は白龍観の門と反対側の、白龍山の麓に続いていた。追手が来たとしても十分な距離があるので、その間に身を隠す場所を探すか、ゆっくり逃げるかすればいい。

全てを終わらせると、沈嶠《シエンチアオ》は十五《スーウー》から手を放し、岩にもたれ掛かって激しく咳き込んだ。全身が痛み、ついさっきまでひどい刑を受けていたかのようだ。再び立ち上がる気力すら残っていない。何度か血を吐き出すと、やっと胸につかえていたものが取れ、多少楽になった。

十五《スーウー》に目をやれば、いまだに悲嘆に暮れている。体を丸めて膝を抱え、顔を埋めて全身を震わせながら泣いているのだ。

沈嶠《シェンチアオ》はため息を吐いて、十五《スーウー》の頭を撫でた。

「申し訳ありません。私がいなければ、竺《ジュー》殿と初一《チューイー》くんが無惨にも殺されることはありませんでした。しかし、二人のためにも、私たちはまずここを離れましょう。安全なところまで行ったら、君が私を殴ろうが殺そうが、好きにしていいですから」

十五《スーウー》は泣きながら顔を上げる。

「師父と初一《チューイー》師兄は、もう生き返らないんでしょう？」

沈嶠《シェンチアオ》は目に涙を浮かべ、それがこぼれ落ちてしまわないよう歯を食いしばった。心の中が激しく波打ち、喉元にまた血腥いものがせり上がってくる。

「はい。彼らはもう生き返りません。けれど、二人とも、心から君に生きてほしいと願っている。もし君がこのままあの人たちに捕まったら、二人に申し訳が立たないでしょう？」

十五《スーウー》は何も言わず、しばらく静かに涙を流した。

ややあって、彼はフラフラと立ち上がる。

「その通りですね、僕、ちゃんと生きないと！　師父に心配をかけちゃいけない……これから、どこに行くんですか？」

沈嶠《シェンチアオ》は深く息を吸い込み、かすれた声で言った。

「東の碧霞宗へ。君を、君がいるべきところに、連れて行きますよ」

沈嶠《シェンチアオ》は懐から、観主から託された物――小さな木の札――を取り出す。片面には碧霞宗と刻まれており、もう片面には〝竺《ジュー》〟と書かれている。おそらく、観主が当時碧霞宗で身分を証明するために使っていた物だろう。

木の札に刻まれた文字に触れた後、沈嶠《シェンチアオ》は十五《スーウー》に札を差し出した。

「これは君の師父が遺したものです。しっかりしまっておきなさい」

十五《スーウー》はそれをしばし見つめてから、大事そうに懐へしまい込んだ。うっかり失くしてしまうのを恐れているかのように、衣の上から何度も撫でて確かめる。

沈嶠《シェンチアオ》は十五《スーウー》の手を取ると、二人はでこぼこな草むらを進んだ。

十五《スーウー》は堪らず、後ろを振り向く。

二人が出てきた小さな石の扉は、うっそうとした樹木に幾重にも覆われており、初めから存在していないかのようだった。

十五《スーウー》の目から、また涙が溢れ出す。

沈嶠《シェンチアオ》は彼のその手をきつく握りしめた。

第四章　碧霞宗

　碧霞宗は東平郡《とうへいぐん》の泰山にある。そこへ向かうためには、済州《さいしゅう》を通るのが近道だ。しかし、沈嶠《シェンチアオ》は合歓宗の追手に行方を知られるのを恐れて、わざわざ南下して梁州に行き、遠回りをした。碧霞宗までの道のりはこれで倍になった。十五《スーウー》はすっかり寡黙になり、以前の親しみやすくて恥ずかしがり屋の少年は影を潜めていた。誰かに会ってもあまり口を開こうとしない。沈嶠《シェンチアオ》は彼が心にわだかまりを抱いていると知っていたが、こういったことは周りがいくら慰めても仕方がないことも分かっていた。本人が受け入れるしかないのだ。

　観主は地下室に銅銭を隠してくれていた。大きな額ではないが、二人が節約しながら東平郡に辿り着くには十分である。

　沈嶠《シェンチアオ》と十五《スーウー》は、昼間は道を急ぎ、夜は大きな町の中か、なるべく賑やかな場所を見つけて宿を取った。まさに「大隠は市に隠る」の格言通りで、人が集まる場所ほど人は発見されにくいからだ。

　この日、二人は西兗州《せいえんしゅう》に来ていた。夕方になり、沈嶠《シェンチアオ》は町で宿を見つけ、部屋を一つ取った。寝台を十五《スーウー》に譲ると自分は床に座り修練を始めた。

『朱陽策』で根基を再構築した後、沈嶠《シェンチアオ》は自分がまるで見たこともない真新しい境地に入ったように感じていた。

　この世の事細かな部分まで、全てが沈嶠の脳内に鮮やかに描き出される。平淡で静かな心境になったことで、心が解き放たれ、自然の奥ゆかしい機微を感じ取ることができた。

　微かな痛みを伴い、真気が傷ついた経脈をなぞるように流れる。経脈が生まれ変わり、これまで受けてきた傷も、ゆっくりと癒やされていくようだ。

　これこそが、『朱陽策』の妙味なのだ。

　朝日が降り注ぐ樹木や、窓から差し込む月明かり、神秘的で深奥な花と、梅の花のつぼみが散り敷いた道を沈嶠《シェンチアオ》は心の中に感じ取った。

巨闕《こけつ》、中庭《ちゅうてい》、華蓋《かがい》、璇璣《せんき》など、塞がれていたり、損傷していた経脈や穴道が次から次へと通じていく。長らく胸に感じていたむかつきや痛みも、少しずつ消えていった。

沈嶠《シェンチアオ》は両目をきつく閉じており、すぐ傍でじっと自分を見つめる視線に全く気づかない。

布団にくるまりとっくに寝たはずの十五《スーウー》は、身じろぎもせずに寝たふりをしていた。

突然、修練していた沈嶠《シェンチアオ》が血を一口吐き出す。十《スー》五《ウー》は血相を変えて布団から出ると、大慌てで沈嶠《シェンチアオ》の傍に駆け寄る。

「どうしたんです、大丈夫ですか！」

沈嶠《シェンチアオ》は目を開き、大丈夫だと笑って頷いた。

「これは淤血《おけつ》だから、吐き出したほうがすっきりするんだよ」

十五《スーウー》は目一杯に涙を溜めた。

「もう誤魔化さないでください。知ってるんです、お金を節約するために、薬を買ってないんでしょ？　洞窟の中で見つけた時は、ひどい怪我で死にかけてたのに！」

「薬を買わなかったのは確かにお金を節約するためだけど、今はもう内功でゆっくり回復できるようになっているから。薬を飲んでも飲まなくても、問題はないよ」

「本当に？」

沈嶠《シェンチアオ》は十五《スーウー》の頭を撫でた。

「本当だ。それに、君の師父と約束をしたからね。君の面倒をきちんと見ると。だから、君を見捨てたりはしない」

十五《スーウー》はいきなり沈嶠《シェンチアオ》に抱き着くと、号泣し始めた。

「ぼ、僕……わざと無視してたわけじゃ、ないんです！　ただ、……ただすごく悲しくて！」

沈嶠《シェンチアオ》はじわりと目頭が熱くなるのを感じながら、「知っているよ」と言って十五《スーウー》の背中を優しく叩いた。

「すまない」

十五《スーウー》は首を横に振る。

「謝らないでください。あなたのせいじゃないのに」

沈嶠《シェンチアオ》は苦笑した。

「どうして？　私のせいだよ。あの人たちはもともと私を追いかけてきた。私が、君たちを巻き込んでしまったんだ」

「あんなに残酷な奴らだし、沈《シェン》郎君がいなくたって、師父が匿《かくま》ったって決めつけて、同じように手を出していたはずですよ。師父があなたを助けたのは、僕があなたを助けたのと同じ。僕たちは誰もあなたのせいだなんて思ってないから、沈《シェン》郎君も自分を責めないでください。罰せられるべきなのはいい人じゃない、あの悪い奴らなんだ」

沈嶠《シェンチアオ》は十五《スーウー》のその言葉に胸が締め付けられる思いがして、心が痛くなる。

（竺《ジュー》殿、空の上から見えますか？　十五《スーウー》はこんなに物分かりがいい子です。そうと分かったら、きっと安心して休むことができますよね）

沈嶠《シェンチアオ》は十五《スーウー》に問う。

「武功を習いたいかい？」

十五《スーウー》は頷いた。

「はい。しっかり学んで、師父と初一《チューイー》師兄の仇を討ちたいです」

「では、碧霞宗に到着するまで、私が玄都山の武功を教えるというのは、どうかな？」

十五《スーウー》はきらりと目を輝かせる。

「玄都山って、あの、天下一の道門って呼ばれてる玄都山？」

沈嶠《シェンチアオ》は頷いた。

「沈《シェン》郎君は玄都山の弟子なんですか？」

十五《スーウー》の問いかけに、沈嶠《シェンチアオ》は微笑んだ。

「その通り。私は沈嶠《シェンチアオ》、玄都山六代目掌教祁鳳閣《チーフォンゴー》の直弟子なんだ」

十五《スーウー》は「あっ！」と声を上げた。

「ぼ、僕、師父から沈《シェン》郎君のお名前を聞いたことがあります！　もしかして、掌教だったんじゃ……？」

沈嶠《シェンチアオ》は十五《スーウー》の頭を撫でて頷いた。

「そうだけど、ただ、複雑な事情があって……。それはまた今度にしよう。今回鄴城に来たのも、北へ向かっている玄都山の弟子を捜すためだったんだ。なのに、まさか……」

沈嶠《シェンチアオ》は一旦言葉を切ってから、続けた。

「桑景行《サンジンシン》に遭うとは思わなくて。その後のことは、君の知っている通りだよ」

十五《スーウー》は困ったように言う。

「で、でも、師父が言ってました。武功はそれぞれの門派の秘伝とされてるから、その門派に入らないと学べないって。僕、もう師父に碧霞宗に行くって言ったから……」

沈嶠《シェンチアオ》は笑って答えた。

「玄都山の武功にしても、碧霞宗の武功にしても、人が習うためにある。教える者と、習う者が門派に囚われた考えを抱いていなければ、そのような規則にこだわる必要もないんじゃないかな？　私は君に稽古をつけるだけ。私の弟子になる必要はないから」

そう言うなり、沈嶠《シェンチアオ》は黒い布を巻き、竹杖に見せかけていた山河同悲剣を取り出した。布を少しずつ取っていく。

「さんが……どうひ……？」

十五《スーウー》は興味津々に鞘の上に刻まれた篆書体《てんしょたい》の文字を読み上げる。

「蒼生《そうせい》に難有れば、山河同《とも》に悲しむ。草木に霊有れば、天地朽ちることなし」

沈嶠《シェンチアオ》はのんびりと言って、指先で鞘を撫でた。

そしておもむろに剣の柄を握ると、素早く鞘から引き抜く。手首は全く動いていないように見えるが、沈嶠《シェンチアオ》が剣を引き抜いた途端、部屋中が光に満たされた。剣光が広がり、隅々まで殺気が溢れる。まるで鶴が鳴きながら空高く飛び上がり、雁が雪山を越えていくような壮大な眺めだ。

しかし、それも束の間のこと、一瞬にして全ての光は消えた。

部屋は何一つ変わっておらず、剣も鞘から一度も抜かれなかったかのようである。先ほどの一幕すら、十五《スーウー》の錯覚に思えた。

十五《スーウー》は固まり、ぽかんと口を開けている。

「あの服に触ってみなさい」

沈嶠《シェンチアオ》は十五《スーウー》に笑いかけて促す。指さしたのは、自らが着ていた上着である。雨に濡れてしまったので、宿に着き、脱いだ後は部屋にあった木の衣桁《いこう》に掛けていた。

十五《スーウー》は言われた通り、指で上着に触れた。その途端、思わず「え」と声を漏らす。

上着は布切れとなりパラパラと落ちてきたではないか。

しかし、掛けてあった木の衣桁や部屋の物は少しも傷ついていない。

十五《スーウー》は完全に呆気に取られた顔をしている。

「どうだい？」

「す、すごい……です……」

沈嶠《シェンチアオ》はプッと吹き出した。

「そうじゃなくて。私について武功を習うかい？」

十五《スーウー》はこくこくと頷いて拝礼《はいれい》した。

「沈《シェン》先生、この十五《スーウー》を、どうかよろしくお願いします！」

＊＊＊

「玄都紫府には初め、いくつもの剣法があった。けれど、私の師である祁鳳閣《チーフォンゴー》が掌教になった時、どれほど剣法があろうとも、天下の武功の本質は決して変わらない、と考えたんだ。稽古が追いつかないほどたくさんの剣法を習うより、一つの剣法を極めたほうがいい、と。だから、あの方は歴代の剣法を再編し、最終的に二組にまとめられた。そのうちの一つである滄浪剣訣は、師尊が東にある海をお訪ねになった時に日の出や月の出、雲が波と共に流れゆく様子を見て、悟りを得て編み出されたものだ。かつて玄都山にあった剣法の精髄も入っている。ちょうどこれから黄河に差し掛かる。師尊が剣訣を編み出した時と雰囲気が似ているから、一度手本を見せるよ。意識して技を覚える必要はないけれど、まずはしっかりと滄浪剣訣の境地がいかほどのものか感じてみなさい」

十五《スーウー》は小さな顔に厳かな表情を浮かべ、真剣に拱手した。

「はい、沈《シエン》先生。僕、頑張ります」

沈嶠《シエンチアオ》はフッと笑って、剣を鞘から引き抜く。

二人がいる黄河流域の両岸はかつて農地だったが、去年の洪水で堤防が決壊し、水没してしまった。見渡す限り荒涼とした土地を河は変わらず滔々《とうとう》と流れ、前へ前へと進み続けている。

沈嶠《シエンチアオ》は岸から少し離れた大きな岩の上に立つ。足元の黄河は流れが速く、この世の全てを呑み込まんばかりに咆哮《ほうこう》している。

日の光に照らされた水面は光り輝き、きらきらと波打っていた。岩の上で、一人立っている沈嶠《シエンチアオ》はひどく脆弱《ぜいじゃく》に見え、自然の力と争うところなど想像すらできない。ところが、剣を引き抜いた瞬間、沈《シエン》嶠《チアオ》から黄河の勢いに寸分も引けを取らない迫力が溢れ、山河同悲剣は太陽の光を反射し、眩しく輝き出した。剣身が全て露わになると、剣気がたちまち四方に溢れ出し、ゴウゴウと渦巻く河水を一層激しく揺らす。沈嶠《シエンチアオ》は全身が剣気に包まれている。瀟洒《しょうしゃ》でありながらも浮世離れしており、剣を操って天へ飛び立つ仙人のようだ。

あまりの光景に、十五《スーウー》は開いた口が塞がらない。

観主と一緒に暮らしていた時にも、武芸の稽古をつけてもらってはいたが、観主の腕前が月並みだったゆえに、十五《スーウー》と初一《チューイー》は深遠な武芸の境地とはいかなるものか教わることはできなかった。とはいえ、十五《スーウー》は観主からこう聞かされたことがある。真に武芸を極めた者は周囲を清められるだけでなく、天地や草木一本一本に自らの気持ちを波及させ、動かすことができる、と。

当時、初一《チューイー》と十五《スーウー》は我を忘れるほど夢中になって観主の話に聞き入った。いつか自分もそんな人に会えたらと、心に思い浮かべ、憧れたものだ。

そして今、夢にまで見た光景が十五《スーウー》の目の前に広がっている。

まだ武芸を習い始めたばかりの、入門したとも言えない十五《スーウー》ですら、沈嶠《シェンチアオ》が繰り出す技の中にある万物を動かす力を感じ取ることができた。それは、十五《スーウー》の貧弱な語彙《ごい》では言い表せない力であり、生涯を通じて忘れられない光景となった。

（師父、初一《チューイー》師兄、二人とも見ていますか？）

十五《スーウー》の目を熱い涙が満たす。跪いて、思い切り泣きたい衝動に駆られた。

十五《スーウー》だけではない。沈嶠《シェンチアオ》も、なんとも形容しがたい玄妙な境地へと至っていた。

沈嶠《シェンチアオ》は知らず知らずのうちに自らの剣気が河の流れと連動し、呼応しているのを感じていた。剣意は全身を巡り、手にした山河同悲剣から一気に噴き出す。心は沈嶠《シェンチアオ》の意のままに、剣は心のままに動く。剣意は白い虹となってその形を現し、もうもうと立ち上る水蒸気を打ち抜いた。河の水が音を立てて猛然と飛び散る。水滴は七色に煌き、美しく壮観だ。

剣先が揺れ、沈嶠《シェンチアオ》は突然岩から飛び降りた。夢中になって見入っていた十五《スーウー》は沈嶠《シェンチアオ》が岩から落ちたのだと思い、「わあ！」と声を上げ、急いで駆け寄る。すると、沈嶠《シェンチアオ》は激流の中に立っているではないか。剣の勢いは弱まるどころかますます強くなり、沈嶠《シェンチアオ》は軽やかな足取りで黄河の上を歩いている。その様子はまるで、庭を散歩し、花でも摘もうとしているかのように、ゆったりとして威厳があった。

全てを呑み込もうとする黄河の流れは、留まることなく、沈嶠《シェンチアオ》の足下に押し寄せる。しかし、沈嶠《シェンチアオ》の周囲三尺を通り抜けていく河の流れは、月明かりの中で吹いたり止まったり、気ままにそよぐ春風のように優しい。

天は春に為《な》らざれば、手で春を成す。

流水に情無くば、剣則《すなわ》ち至情《しじょう》なり。

至情の剣を以って、無情の水を馳騁《ちてい》させ、縦《たと》い風雨千重たりとも独り往く。

剣光至るところ、万を取って一に収め、風流、尽《ことごと》く得たる。

剣法を最後まで繰り出し、沈嶠《シェンチアオ》は岸に飛び移った。

そして、目を細めて十五《スーウー》のほうを振り向く。沈嶠《シェンチアオ》の目は相変わらず完全には回復していない。毒が体内の奥深くに長い間残っていたからだろう。根基を再構築しても、昔ほどよく見える状態には戻らなかった。

　とはいえ、はっきりとものが見えないことに焦りを抱く必要は、もはやなかった。先ほど剣法を繰り出した時、沈嶠《シェンチアオ》は自分の周囲を〝感じて〟いた。視力が弱くとも、剣意を使って周囲を把握し、少しもずれることなく足を落ち着けられたのだ。捨てる神あれば拾う神あり。これも怪我の功名というものだろう。

　十五《スーウー》はおずおずと傍で問いかける。

「沈《シェン》先生、僕も先生みたいな腕前になれますか？」

「もちろん。方法は数え切れないほどあるし、みんなそれぞれ過程が違う。心を込めて研鑽《けんさん》を積めば、きっと将来自然と望む通りになれるよ」

　笑いながら頭を撫でてくれる沈嶠《シェンチアオ》につられて、十《スー》五《ウー》は笑みを浮かべた。白龍観を離れて以来、久しぶりに見せる笑顔だ。

沈嶠《シェンチアオ》は身を屈めて、十五《スーウー》と視線を合わせる。

「君が師父の死を忘れられないことは知っている。私も忘れることはない。一緒に心に刻んでいこう。でも、君の師父がもし天で見守っているのなら、きっと君に楽しく元気に暮らしてほしいと思うはずだよ。だから、約束してほしい。黄河を過ぎたら、悲しいことはひとまずしまい込んで、明るく前へ進もう。どうかな？」

　師父の話に、十五《スーウー》はまた泣き出しそうになる。それでもすぐに沈嶠《シェンチアオ》に向かって頷いた。

「はい。僕、頑張って武芸の稽古をして、立派な人間になります。師父の期待も、先生の期待も裏切らないように」

沈嶠《シェンチアオ》は何も言わず、十五《スーウー》をぎゅっときつく抱きしめた。そして長いことそうしていたが、体を離して十五《スーウー》と手を繋ぐと、河に沿ってゆっくりと進み始める。

　大小二つの影の傍らで、黄河はこれまでと変わら

ず勢いよく流れ続けていた。

＊＊＊

沈嶠《シェンチアオ》と十五《スーウー》はゆっくりと旅を進めた。数カ月の路程を経て、二人は八月の初めにようやく泰山の麓に辿り着いた。

泰山には大小合わせて百あまりの峰がある。ただし、碧霞宗は歴代の皇帝によって封禅《ほうぜん》（天子による天下泰平を祈る儀式）が行われる泰山の頂ではなく、北東のあまり名の知られていない燭南峰《しょくなんほう》にある。燭南峰は高くはないが、修行をするのに恵まれた非常に貴重な場所に位置しており、山中には珍しい形の岩が見られ、清らかな水がさらさらと流れている。そして地形が険しいことから、旅人や樵《きこり》もあまり通らない。

二人は山の麓で休み、準備を整えてから、頂上へ向かって登り始めた。

十五《スーウー》は〝故郷〟が近づくほど落ち着かなくなり、不安で気が気でない。沈嶠《シェンチアオ》の後ろについて山道を登っていたが、我慢できずに尋ねた。

「沈《シェン》先生、碧霞宗ってどんな門派ですか？」

沈嶠《シェンチアオ》は笑って答える。

「碧霞宗は漢代に作られ、今の宗主は趙持盈《ジャオチーイン》という。竺《ジュー》殿が趙《ジャオ》宗主の師叔なら、長幼の序列で言えば君は趙《ジャオ》宗主と同輩になるだろうね」

先ほどから十五《スーウー》は沈嶠《シェンチアオ》の上着の裾を摑んでいるが、山から転落してしまうのを恐れてのことではない。

この数カ月間、沈嶠《シェンチアオ》から稽古をつけてもらって、十《スー》五《ウー》の武芸は飛ぶように進歩していた。剣の練習だけでなく、軽功も学び、玄都山の軽功〝天闊虹影《てんかつこうえい》〟はなかなか様になっている。

「僕を碧霞宗に届けたら、沈《シェン》先生は行ってしまうんですか？」

「私に残ってほしいのかい？」

沈嶠《シェンチアオ》は十五《スーウー》をからかった。

十五《スーウー》は少し恥ずかしくなり、口を結び、笑う。

観主と初一《チューイー》がこの世を去ってから今日に至るまで、

沈嶠《シェンチアオ》は師であると共に父のように十五《スーウー》の面倒を見ていた。十五《スーウー》は既に沈嶠《シェンチアオ》を唯一の家族だと思って頼り切っており、なついている。碧霞宗はもうすぐそこで、師の遺命はまもなく果たされる。しかし、碧霞宗に着けば、沈嶠《シェンチアオ》と別れなければならないのだ。

沈嶠《シェンチアオ》と離れると思うと、十五《スーウー》は少しも喜べなかった。

「安心しなさい。到着しても、私はすぐには行かないから。とりあえず様子を見てから、どうするか決めるよ」

実は沈嶠《シェンチアオ》は十五《スーウー》に伝えていないことがあった。碧霞宗はかつて大きな門派だったが、既に著しく衰退している。近年、僅かに名声を取り戻せたのも、百年に一人の稀に見る奇才、趙持盈《ジャオチーイン》が現れたからである。しかし、趙持盈《ジャオチーイン》一人がいくら凄腕であろうと、落ちぶれた門派を盛り返すには相当の力が必要だ。聞くところによれば、ここ数年趙持盈《ジャオチーイン》はずっと閉関しており、門派の事務は師兄の岳昆池《ユエクンチー》が取り仕切っている。観主の竺冷泉《ジューロンチュエン》が門派を離れたのも、何か理由があってのことだろう。しかも、おそらくあまり愉快なものではないはずだ。碧霞宗の面々は十《スー》五《ウー》を見てどんな反応をするのだろうか。もし十五《スーウー》が受け入れられなければ、彼を一人ここに残して辛い目に遭わせるわけにはいかない。沈嶠《シェンチアオ》はそう考えていた。

十五《スーウー》は沈嶠《シェンチアオ》が自分のことを気にしているとは露知らず、不安で一杯だった。碧霞宗の門人たちに馴染めないかもしれないことや、沈嶠《シェンチアオ》との早すぎる別れを心配していた。

山の中腹まで登ったあたりで、沈嶠《シェンチアオ》はふと違和感を覚えた。

門派が山中にある場合、厳重に警戒しているところでは、山の麓から弟子が番をしている。多少警備が緩い門派でも、山の半ばまで来れば必ず誰かを見かけるものだ。

しかし、あと少しで碧霞宗に到着するところだというのにもかかわらず、まだ誰にも会っていない。相当、異常であるとしか言いようがなかった。

十五《スーウー》も明らかに何かがおかしいことに気づいたようで、沈嶠《シェンチアオ》の裾を摑んでいた手をそっと放した。何かあった時、沈嶠《シェンチアオ》の足手纏いになりたくなかったのだ。

「沈《シェン》先生、あれを！」

沈嶠《シェンチアオ》は目が悪く、気づかなかったが、十五《スーウー》は石道のわきの草むらに折れた剣が落ちているのを見つけた。拾い上げ、沈嶠《シェンチアオ》に手渡す。

沈嶠《シェンチアオ》は折れた剣の断面に触れた。きっと力を入れすぎて折れてしまったのだろう。しかし、周囲に死体は見当たらない。剣の持ち主は崖から落ちてしまったのか、それとも逃げたのか定かではなかった。

「気をつけよう。上にまだ何かあるかもしれないから。君は私の後ろへ」

案の定、登れば登るほど落ちている武器は増えていく。また、道すがら、碧霞宗の弟子なのか、正体の分からない死体も見かけるようになった。

不意に、遥か後方から怒声が聞こえてきた。

「誰だ、止まれ！」

声が響くや否や、一本の剣が十五《スーウー》の背後に突きつけられる。

物音に気づいた沈嶠《シェンチアオ》は顔色ひとつ変えず、十五《スーウー》を引き寄せてサッと回転する。二人の位置が入れ替わり、沈嶠《シェンチアオ》は剣を迎え撃つ。

山河同悲剣は鞘から抜かれてもいない。沈嶠《シェンチアオ》は横から掌を叩きつけ、掌風で剣の勢いを逸らした。そのまま袖を返すように手を動かし、襲ってきた男の手首を摑む。

「沈《シェン》道長？」

手首を摑まれた男は訝しげに声を上げた。

「そちらは……？」

沈嶠《シェンチアオ》は目を細めるが、顔がぼやけていてよく見えない。

「私は范元白《ファンユエンバイ》、碧霞宗の門下の者です。蘇《スー》家で一度お会いしています」

范元白《ファンユエンバイ》が答えた。

沈嶠《シェンチアオ》は少し考え、やっと思い出した。晏無師《イエンウースー》の代わりに蘇《スー》家で開かれた秦《チン》老夫人の寿宴に出席した日、確かに碧霞宗の弟子を見かけていた。

「沈《シェン》道長がなぜここにいらっしゃるのか、お伺いしても？」

そう問う范元白《ファンユエンバイ》の声からは焦燥感が窺えるが、それでも彼は焦りを抑え、礼儀を失することなく尋ねた。范元白《ファンユエンバイ》の気立てがいいからということもあるが、寿宴の日、段文鴦《ドワンウェンヤン》と手を交えた沈嶠《シェンチアオ》の腕前に、彼を含めその場にいた多くの人は感服していたのだ。

沈嶠《シェンチアオ》は十五《スーウー》と碧霞宗の関係を簡単に説明し、十《スー》五《ウー》に証の木札を出させる。

范元白《ファンユエンバイ》は木札を受け取って、じっくりと見た。

「確かに竺師《ジューし》叔祖《しゅくそ》（師父の師叔）のお名前をお伺いしたことはありますが、碧霞宗を離れた内情はあまり知らないのです。でしたら、お二方、私と一緒に碧霞宗に行きましょう。ほかの先輩方にも知らせますから」

「范《ファン》郎君、ありがとうございます」

沈嶠《シェンチアオ》は礼を述べる。

「先ほど、道すがらに折れた剣や斃《たお》れた者たちを見かけたのですが、何かあったのですか？」

范元白《ファンユエンバイ》は苦笑した。

「実は私も親族に会いに、半年以上帰省しており、ちょうど今日戻ってきたところでした。しかし、山の麓で何かがおかしいと気づきました。見張り番をしているはずの弟子がいなくなっていたのです。ここに来るまでずっと身が竦《すく》む思いで……そんな状態でお二方に会ったものですから、てっきり……」

てっきり敵だと思ったのだろう。沈嶠《シェンチアオ》は范元白《ファンユエンバイ》の心中を察して、

「でしたら、急いで上に行ってどうなっているのか見てみましょう。皆が無事であれば、少しは安心できますから」

と勧めた。

范元白《ファンユエンバイ》は何度も頷き、すぐに三人は山を登り始めた。

しかし、登れば登るほど、落ちている刀剣と死体の数は増えていき、三人の不安は募るばかりだ。初

めは落ち着き払い、息が残っていないかと死体を確認していた范元白《ファンユエンバイ》だったが、山道を進むにつれて顔色が真っ青になった。唇からは血の気が引き、言葉を発しなくなる。

范元白《ファンユエンバイ》によると、死体のほとんどは碧霞宗の弟子たちであるらしい。ただし、正体が分からない死体もあり、どうやら皆、剣の使い手であるようで、剣には〝東州《とうしゅう》〟と刻まれている。

十五《スーウー》が訝しがる。

「東州ってどんな門派なんですか？」

まだ江湖への見識が浅いので、自分が知らないだけだと十五《スーウー》は思っていたが、あろうことか范元白《ファンユエンバイ》も眉を寄せて黙り込んだ。

質問に答えたのは沈嶠《シェンチアオ》である。

「中原には東州派という門派はないよ。高句麗には一つあるけどね」

そこでようやく、范元白《ファンユエンバイ》は口を開いた。

「その通りです。東州派は高句麗一の大派だと名乗っており、私も聞いたことがあります。しかし、高句麗は異国。我が碧霞宗と関わったことはありません。なのに、なぜここに？」

三人は話しながらも先を急ぐ。山頂が近づくと、遠くから刀剣がぶつかり合う音が聞こえてきた。

耳が良い沈嶠《シェンチアオ》には誰かの罵声まで聞こえる。

范元白《ファンユエンバイ》は足を速め、前に出た。既に剣を鞘から引き抜き、手にしている。

一方、十五《スーウー》は沈嶠《シェンチアオ》を軽く引っ張り、声を潜める。

「沈《シェン》先生、僕について来てください。死体がたくさん地面に転がっているので」

十五《スーウー》の気遣いに沈嶠《シェンチアオ》は胸が温かくなり、「分かった」と頷く。

心の準備をしていたとはいえ、范元白《ファンユエンバイ》は目の前の光景に胸を締め付けられる思いだった。

平穏だった碧霞宗は一面、血の海と化していた。門から山頂まで至るところに死体が転がり、鮮血が地面に血だまりを作っていた。血だまりは溢れ、細い血の川となって、ゆっくりとどこかへ流れていく。

十五《スーウー》は亡くなった碧霞宗の弟子たちを知らない。

加えて沈嶠《シェンチアオ》が傍にいるので、まだ冷静でいられた。

しかし、范元白《ファンユエンバイ》は違う。血を流し倒れている者たちはいつも一緒に過ごしていた、実のきょうだいのような師兄、師弟妹なのだ。半年前に山を下りる時も、何かおいしいものや面白いものを持ち帰ってきてと、笑いながらねだられた。それなのに、彼らは今、冷たい地面に横たわり、二度と話すことはない。

范元白《ファンユエンバイ》は目を真っ赤にしていた。悲しみと憎しみが心に込み上げてくる。ふと、少し離れた場所で人が二手に分かれて斬り合っているのが見えた。彼はすぐさま剣を手に、そちらへ向かう。けれども、応戦しようとした途端、呆気に取られてしまった。

戦っている者たちは、なんとどちらも碧霞宗の弟子の恰好をしているではないか。それだけではない。見知った者同士が戦っているのだ。

「李《リー》師弟！　喬《チアオ》師弟！　やめろ、どういうことだ！」

人々は戦いの最中ですっかり頭に血が上り、誰も范元白《ファンユエンバイ》に構おうとしない。絶えず武器がぶつかる音が響き、刀の光と剣の影が入り乱れている。見ているとめまいを起こしそうだ。

范元白《ファンユエンバイ》は目の前の光景を理解できなかった。自分がしばらく山を離れているうちに何かが起こり、戻ってみれば、門人同士が殺し合っている。

范元白《ファンユエンバイ》はひどく動揺し、少しの間ぼんやりとしていた。そのため、背後に突きつけられた剣にも気づかなかった。

ところが、不意打ちを仕掛けた男は、范元白《ファンユエンバイ》に剣を突き刺す直前で悲鳴を上げた。男は剣を取り落とし、地面に転がる。

「後ろに気をつけて」

沈嶠《シェンチアオ》の落ち着いた声が背後から聞こえてきた。

范元白《ファンユエンバイ》は我に返り、沈嶠《シェンチアオ》に礼を言う。そして、地面に転がって手首を押さえ、ぎゃあぎゃあと叫んでいる男を摑み上げた。その男も碧霞宗の弟子の一人であった。

「お前、盧《ルー》長老の弟子の薛杞《シュエチー》だな？　なぜ私を襲った！」

薛杞《シュエチー》と呼ばれた男は范元白《ファンユエンバイ》の背後にいる沈嶠《シェンチアオ》を見て、自分はこの人物に一瞬で手首の筋を断たれたのかと、恐れ慄いた。

「ほ、本当の宗主が戻られたんです。ただ、あなたの師父の岳《ユエ》長老は代理宗主の座を譲らず、自分の弟子たちに戦うように命じて……」

范元白《ファンユエンバイ》は聞けば聞くほどわけが分からなくなり、堪らず薛杞《シュエチー》の言葉を遮って怒鳴った。

「嘘を吐くな！　師父はひたすら碧霞宗のために尽くしているのに、そんなことするわけがないだろう！」

薛杞《シュエチー》も叫び返す。

「俺だって知りませんよ！　命じられたことをやっているだけなんです。どうか命だけは！」

沈嶠《シェンチアオ》は范元白《ファンユエンバイ》の肩に手を置き、落ち着くよう促す。

「まだ外なので、中に行って見てみましょう」

そして、薛杞《シュエチー》に向き直り、「あなたの師父はどちらに？」と聞いた。

大きくはない声だが、はっきりと薛杞《シュエチー》の耳に入ってくる。薛杞《シュエチー》はブルッと身震いした。

「中で、岳《ユエ》長老と戦っているかと……」

范元白《ファンユエンバイ》は居ても立ってもいられず、剣を摑んで飛び上がると、碧霞宗内部の敷地に向かって駆け出した。

その途中、多くの人が剣を構えて范元白《ファンユエンバイ》の行く手を遮った。同門の者に、東州派らしき人物、彫りの深い顔立ちをした、正体の全く分からない黒服の者もいた。何度も行く先を阻まれたため、范元白《ファンユエンバイ》は体力を消耗し、剣を繰り出す動きもおざなりになって、危うく斬られそうになる。幸いなことに、沈《シェン》嶠《チアオ》が後ろについてきており、范元白《ファンユエンバイ》をずっと援護していた。

一方、十五《スーウー》にはまだ余裕があった。彼が手に持つ剣は道中で拾った普通の長剣だが、沈嶠《シェンチアオ》が教えたばかりの一手一手をもれなく使っていた。十五《スーウー》は范《ファン》元白《ユエンバイ》と違い、心が乱れておらず、沈嶠《シェンチアオ》が傍にいることで落ち着いている。技を繰り出す動きは安定し、襲ってくる者たちを稽古相手のようにあしらった。

とはいえ、十五《スーウー》は所詮初心者だ。経験が浅く、初めはどうしても慌ててしまう。やっとの思いで敵を倒すと、背後にいる先生に褒めてもらおうと、待ちきれずに振り向いた。

「先生、僕、上手くやれてますか?」

十五《スーウー》が期待した通り、沈嶠《シェンチアオ》は笑みを浮かべている。

「すごくね。でも、しっかり気をつけるように」

肩をそっと撫でる沈嶠《シェンチアオ》の手の温もりに励まされ、十五《スーウー》は「はい!」と返事をした。

＊＊＊

碧霞宗の内部では、岳昆池《ユエクンチー》の剣が阮海楼《ルワンハイロウ》に弾き飛ばされていた。続けざまに腰に掌打を受け、堪らず三歩、後ずさって柱に体をぶつける。

岳昆池《ユエクンチー》は助けに来た弟子を無視し、傍らで見ていた長老の盧峰《ルーフォン》に向かって怒鳴った。

「盧峰《ルーフォン》、貴様、外の奴らと結託して碧霞宗を襲わせるなんてな! この不忠不義な奴め、碧霞宗の弟子を名乗る資格などない!」

盧峰《ルーフォン》は眉を寄せる。

「資格があるかどうかは、お前の決めることじゃない。趙《ジャオ》宗主を出せ。話はそれからだ」

岳昆池《ユエクンチー》は奥歯を嚙みしめる。

(こいつら、趙《ジャオ》師妹が閉関中で、邪魔してはいけない状態だということを知っていて、あえてやってきたんだな)

阮海楼《ルワンハイロウ》が口を開く。

「お前が幼かった頃、よく師父にこっぴどく叱られて泣いていたな。毎日山を下りて飴を買ってきてやったのは俺だろう。師父に馬鹿だなんだと叱られた時も、俺が手取り足取り稽古をつけてやっていたじゃないか。まあ、そんなこと、もうとっくに忘れているだろうがな」

「忘れていませんよ」

岳昆池《ユエクンチー》が答えた。

「阮《ルワン》師叔が優しくしてくれたことは心に刻んでいま

す！　ですが、今やあなたは東州派の者で、高句麗王の公主も娶《めと》っています。東州派の弟子を連れてきただけでなく、突厥人とも、碧霞宗の長老とも結託して碧霞宗を襲撃し、宗主の座を奪おうとするなんて。自分がかつて所属していた門派に、よくもこんなことができますね！」

阮《ルワン》海楼《ハイロウ》は冷やかに笑う。

「あの時、もしお前たちの師父が俺を陥れたりしなければ、俺が皆に後ろ指をさされることもなかったんだぞ。属する宗門があるのに帰れず、暗澹《あんたん》たる思いで故郷を追われ……そうでなければ、高句麗に流れ着くなんてこともなかった。その後、俺がどれだけ苦しい思いをして東州派掌門に重用されるようになり、その入室弟子になったか、お前には分からんだろうな。あっという間に、二十年が過ぎた。お前たちの師がまだ生きていれば、あの男に直接この恨みを晴らしているところだったぞ！」

長いこと脇で見ていた蒲安密《プーアンミー》が突然口を開いた。

「なあ、阮《ルワン》公に盧《ルー》公よ、そいつにそこまで話す必要はねぇだろ。趙持盈《ジャオチーイン》は閉関して出てこねぇから、代理宗主の岳昆池《ユエクンチー》が大権を握ってる。そりゃあ自由気ままで楽しいだろうさ。宗主の座を寄越せと言ったって、頷くわけがねぇ。もうこんなに殺したんだ。いっそのこと心ゆくまで殺そうや。従わない奴は全員殺せばいい。趙持盈《ジャオチーイン》一人になりゃ、閉関後に出てきたところで何もできねぇだろうよ」

盧峰《ルーフォン》は即座に同意する。

「その通りですよ、阮《ルワン》師兄。岳昆池《ユエクンチー》も勢いがあるのは今だけで、無駄口を叩いて時間稼ぎしているだけにすぎません。先にこいつを片付けましょう。岳昆《ユエクン》池《チー》の師、恵楽山《フイローシャン》はあなたに大きな負い目があるんですから、その弟子に償わせましょうぞ！」

阮《ルワン》海楼《ハイロウ》はもう多くを語らず、前へ飛び出し、岳《ユエ》昆池《クンチー》に掌を打ち付けようとする。

岳昆池《ユエクンチー》は既に疲労困憊していた。柱が後ろにあるため、下がろうにも下がれず、死を待つのみだったが、突然弟子の周夜雪《ジョウイエシュエ》が自分の前に体を滑り込ませた。師の代わりに一撃を受け止めようとしているのだ。

よろめきながら駆け込んできた范元白《ファンユエンバイ》はその光景を目にして、胸が張り裂けんばかりの悲しみを感じた。堪らず「師妹！」と叫ぶ。

岳昆池《ユエクンチー》たちまではまだ距離がある。走っても転がっても、もう間に合わない。

その時だった。白い剣光が范元白《ファンユエンバイ》の耳元を掠め、周夜雪《ジョウイエシュエ》と阮海楼《ルワンハイロウ》の間を貫いた。

あまりの速さに、その場にいた者は誰も反応できない。

阮海楼《ルワンハイロウ》は既に攻撃を繰り出してしまっており、いくら白い剣光に気づいて警戒しても、出した技は引っ込められない。剣光は、天下に君臨する王の如く、掌風を抑え込んでしまった。

掌にずきりと痛みを感じて、阮海楼《ルワンハイロウ》は急いで後退する。目を凝らすと、長く深い傷ができていた。

その場にいた碧霞宗の弟子たちは内輪揉めに疲れ果てており、戦う気力をなくしていた。そのため、誰一人として、沈嶠《シェンチアオ》の一撃が有形の剣意であり、しかも剣心の境地に近いものであることを見抜けなかった。一方、阮海楼《ルワンハイロウ》らは剣意を見極めていたが、敵に勢いがつくことを恐れ、口にすることはなかった。

「誰だ！」

阮海楼《ルワンハイロウ》は、血が噴き出す手を押さえて怒りを露わにする。

「沈嶠《シェンチアオ》です」

剣を収めて、沈嶠《シェンチアオ》が柔らかい声で返すと、蒲安密《プーアンミー》は化け物でも見たような表情を浮かべた。

「貴様が沈嶠《シェンチアオ》か⁉」

「私のことをご存じのようですね。ご尊名を伺っても？」

蒲安密《プーアンミー》は内心であり得ない、あり得ないと二度唱えて心を落ち着かせてから、笑ってみせた。

「俺の師は昆邪《クンイエ》という。沈《シエン》道長も知っている名だろう？」

沈嶠《シェンチアオ》には自らを律する余裕がある。かつて自分を崖から落とし、重傷を負わせた相手の名を聞いても、それほど反応を示さず、頷くだけに留めた。

「確かに、旧知の間柄ですね」

師の名を出したことで、蒲安密《プーアンミー》は気が大きくなる。

「半歩峰での一戦の後、俺の師尊は沈《シエン》道長のことを心配されていたぜ。崖から落ちて死んだんじゃないかとな。幸いなことに天が守ってくださって、無事生き延びられたようだ。師尊は今、ここからそう離れていないところにいらっしゃる。明日には山頂に到着して、相まみえることになるだろうさ。沈《シエン》道長、旧友との再会を存分に楽しむといい！」

半歩峰での一戦、と聞いた途端、周囲にいたほとんどの者は沈嶠《シエンチアオ》の正体を察した。

十五《スーウー》は先生に向けられる視線が煩わしく、思わず眉を寄せる。視線を遮ろうと、少年は一歩前に出た。

沈　嶠《シエンチアオ》は十五《スーウー》の気持ちに気づいたようで、少しだけ笑い、十五《スーウー》の肩に手を置いた。

「確かにきちんと顔を合わせるべきですね」

温和な口調で答え、沈嶠《シエンチアオ》は話を変えた。

「皆さん、私のためにいらっしゃったわけではないでしょう。先に用件を済ませてはいかがです」

阮　海楼《ルワンハイロウ》は冷淡に問い返す。

「沈《シエン》道長の名は、高句麗でも耳にしたことがある。今日はお会いできて嬉しく思うが、これは碧霞宗の内輪の話だ。沈《シエン》道長はなんの理由もなく手を出されたが、どういうおつもりか？」

相手が沈嶠《シエンチアオ》でなければ、阮海楼《ルワンハイロウ》はとっくに手を出していただろう。そうしないのは、機先を制され、敵味方全員を圧倒した沈嶠《シエンチアオ》の一撃に恐れをなしたからだ。

沈　嶠《シエンチアオ》はため息を吐いた。

「碧霞宗の内部の問題に口を出すつもりはありません。今日は後輩に彼の原点がどこにあるかを見せるため、ここへ連れてきたのです。あなたたちが碧霞宗の門人を殺し尽くすのを、ただ見ているわけにはいかないでしょう」

岳昆池《ユエクンチー》は不思議そうに、「沈《シエン》道長、その後輩というのは？」と問いかける。

沈　嶠《シエンチアオ》が十五《スーウー》の来歴をかいつまんで説明すると、岳昆池《ユエクンチー》は「ああ！」と思わず声を上げた。

「なんと……この子が、竺《ジュー》師叔の弟子ですか⁉」

横にいた阮海楼《ルワンハイロウ》は突如大笑いする。

「いやはや、こいつはいい！　今日は最高な日だ。古い馴染みが全員、揃った。竺冷泉《ジューロンチュエン》は来ていないが、まあ弟子を遣わしたので、よしとしよう。奴が生きていれば、公平な立場で話をしてもらえただろうに。果たして、仁義にもとる人間だったのは惠楽山《フイローシャン》なのか、それとも俺が破門されても仕方なかったのか！」

岳昆池《ユエクンチー》はゆっくりとため息を一つ吐いた。

「阮《ルワン》師叔。あなたを師叔と呼ぶのはこれで最後にします。過去の確執は、先師が臨終の際に、私に伝えてくださいました。自分にも過ちがあったと、ひどく後悔されていたのです。私たちに、今後あなたに会うことがあれば、礼儀正しくきちんと師叔と呼ぶように、と言いつけていました。しかし、それはあくまであなたたち上の代の出来事。同門の情を慮らずとも、碧霞宗があなたを育てた恩徳を思うべきでしょう。それなのに、あなたは、あろうことか……」

そこらじゅうに横たわる血まみれの死体に、岳昆池《ユエクンチー》は言葉を詰まらせながら、沈痛な面持ちで続けた。

「碧霞宗の弟子になんの過ちがあるというのです。彼らは当時のことを何も知らないし、関与もしていない。なぜこうも無駄に死ななければならないのですか！　それに盧峰《ルーフォン》、貴様は長老という立場にありながら、外の奴らと結託するなんて……」

盧峰《ルーフォン》はうんざりして岳昆池《ユエクンチー》の話を遮った。

「もういい、お前のそういうぐずぐずしたところが嫌なんだ！　もし趙持盈《ジャオチーイン》が少しでも内務に心を割いていれば、碧霞宗は今みたいにどうしようもない状態にはならなかっただろうに。そいつらは弱かったから死んだまで。お前も身の程を弁《わきま》えているならさっさと宗主の座を渡せ。碧霞宗が誰の手に落ちようが、お前の手にあるよりはマシだからな！」

「嫌だと言ったらどうする？」

そう返す岳昆池《ユエクンチー》に、蒲安密《プーアンミー》は笑った。

「今や周国は鼻息を荒くして斉を討伐しようとして

るんだ。斉国の勢いはもうねぇ。阮《ルワン》掌門と盧《ルー》長老は既に東突厥の爾伏可汗《アルフーカガン》様に帰順し、官職と爵位を封じられている。情勢を読め。碧霞宗全員を連れて東突厥に帰順すれば、きっと前途は洋々だぜ」

そう言うなり、蒲安密《プーアンミー》は何かを思い出したように、沈嶠《シェンチアオ》のほうを向く。

「あぁ、言い忘れるところだった。玄都山の郁《ユー》掌教はこの間、可汗様に太平玉陽主教《たいへいぎょくようしゅきょう》真人に任命されたぞ。全くめでたい限りじゃあねぇか。もし沈《シェン》道長が我が師に敗れていなければ、その座についていたのは沈《シェン》道長、お前だったろうからな」

＊＊＊

蒲安密《プーアンミー》の言葉に沈嶠《シェンチアオ》は微かに眉を寄せた。自分が突厥の官職に任命されなかったからではない。

「それでは郁藹《ユーアイ》も昆邪《クンイエ》と一緒に碧霞宗に来ていると？」

蒲安密《プーアンミー》が笑う。

「いいや、いらしてるのは俺の師尊だけだ。沈《シェン》道長、もし気になるのなら師尊がいらした時に、我々と一緒に可汗様に会いに行くといい。可汗様も、きっとお喜びになる」

「確かに今、私にはなんの力もありません。ですが、力ずくで何かを奪い、見境なく人を殺すようなあなた方にすがるほど、落ちぶれてはいません」

蒲安密《プーアンミー》の顔から一瞬で笑みが消える。

「自分が何を言ってるか、分かってんのか？　晏無《イエンウー》師《スー》が後ろ盾になってるからって、傍若無人に振る舞えるとでも？」

沈嶠《シェンチアオ》は淡々と、「そんな風に考えたことは一度もありません」と答えた。

蒲安密《プーアンミー》はにわかに笑った。

「沈《シェン》道長、覚えておいたほうがいいぜ。晏無師《イエンウースー》はもうすぐ自分の身すら危うくなる。奴に頼るくらいなら、強大な突厥に帰順したほうがいい。今の様子じゃ、沈《シェン》道長の武功は半分以上回復していることだろう。可汗様は才能ある者を好まれる。もし可汗様に尽くすと約束すりゃ、きっと栄誉ある地位を用意してくださるだろう。また、郁《ユー》掌教と肩を並べ、対等に振る舞えるんだぞ」

「ご好意は、ありがたく頂戴します」

煮ても焼いても食えぬ頑固な沈嶠《シェンチアオ》に、蒲安密《プーアンミー》は内心苛立ちを募らせる。さらに何か言おうとしたところで、盧峰《ルーフォン》が辟易《へきえき》したように口を挟んだ。

「蒲《プー》郎君、君らの間にどんな因縁があるかは知らんが、日を改めたらどうだ。今は先に碧霞宗を片付けよう。長引くと面倒なことになるやもしれんからな！」

蒲安密《プーアンミー》は頷いて、阮海楼《ルワンハイロウ》へ目を向ける。

「では、やはり阮《ルワン》掌門の意見に従おう。阮《ルワン》掌門、どうだ？」

碧霞宗を去った後、阮海楼《ルワンハイロウ》は東州派に加わり、高句麗王の娘を娶った。派内での地位は高く特別な身分である。東突厥は、周国が斉国を討つ隙を突いて斉国の東側を呑み込もうと企み、はからずも高句麗と利害が一致している。それゆえ、東突厥と高句麗は密かに協議し、斉国の東側を奪った後、割譲する領域まで既に決めていた。斉国が西側から攻め入られ、対応に奔走しているうちに東側を奪う算段だ。東突厥と高句麗にとっては、まさに漁夫の利である。

斉国への侵略に比べ、碧霞宗の出来事は計画の一環ではあるが、大して重要ではなく、大勢に影響はない。ただ阮海楼《ルワンハイロウ》が高句麗王の娘婿という身分で身を寄せてきたので、突厥は阮海楼《ルワンハイロウ》の顔を立て、過去の怨みを晴らすべく碧霞宗に向かう彼に力添えをしたのだ。

阮海楼《ルワンハイロウ》は岳昆池《ユエクンチー》に目を向ける。

「最後にもう一度だけ機会をやる。降伏するのなら、殺さん」

岳昆池《ユエクンチー》は胸を押さえて、荒い息を繰り返した。

「碧霞宗は確かに名門とは呼べないかもしれない。だが、ここは今に至るまで受け継がれ、歴代祖師が心血を注いで築き上げた場所だ。この岳昆池《ユエクンチー》、碧霞宗の弟子として、先祖代々の顔を潰すわけにはいかない。死んでも降伏はしない！」

阮《ルワン》海楼《ハイロウ》は大声を上げて笑う。

「こいつはいい！　恵楽山《フイローシャン》は狡猾で裏表のある小物だったが、弟子は硬骨漢のようだな！　ならば、その望みを叶えてやろう！」

そう啖呵《たんか》を切ったものの、阮海楼《ルワンハイロウ》は沈嶠《シエンチアオ》のことを懸念していた。ちらりと視線をやると、蒲安密《プーアンミー》が彼の危惧《きぐ》することに気づいたようで、すかさず沈嶠《シエンチアオ》と岳昆池《ユエクンチー》の間に身を割り込ませた。

「なら沈《シエン》道長の腕がどれくらい回復したか、俺が一手、お相手つかまつろう」

昆邪《クンイエ》は狐鹿估《フールーグー》の直弟子であり、突厥では左賢王と呼ばれる高貴な地位に就いている。その昆邪《クンイエ》の一番弟子である蒲安密《プーアンミー》も突厥の貴族出身で、常に驕り高ぶっている。先ほども沈嶠《シエンチアオ》の剣が放った光をあまり気にはしていなかった。何せ、沈嶠《シエンチアオ》が半歩峰で重傷を負ったのは周知の事実で、沈嶠《シエンチアオ》に使われた相見歓は解毒薬がない。今しがた話をしていても、沈嶠《シエンチアオ》の目つきはぼんやりとしており、蒲安密《プーアンミー》は内心どう沈《シエン》嶠《チアオ》を封じるべきか、とうに判断を下していた。

機先を制するため、初手から相手を殺そうと容赦のない技を繰り出す。沈嶠《シエンチアオ》という予想外の不安要素を片付けようとしたのだ。

蒲安密《プーアンミー》が使っているのは刀である。その刀法は極めて横暴で、草原の一匹狼を思わせる。蒲安密《プーアンミー》の刀を前に、引き抜かれる音を耳にしただけでも人は怖気づき、踵を返して逃げ出したくなるほどだ。

振り下ろされる刀には圧迫感が漲《みなぎ》り、圧《の》し掛かる泰山の如く、相手に息苦しさを与える。

まさしく電光石火の速さだったが、刀が振り下ろされた時、沈嶠《シエンチアオ》の姿はもうその場にはなかった。沈《シエン》嶠《チアオ》は素早く三歩下がり、殺気立つ刃をかわしていた。

相手を三歩下がらせても、蒲安密《プーアンミー》は油断しなかった。沈嶠《シエンチアオ》が鞘から剣を抜いてすらいないのを視界に捉えたからだ。

抜剣しないことが何を意味しているのか？

それは、まだ剣を抜かなければならないほど危機的な状況ではないということだ。言い換えれば、蒲《プー》安密《アンミー》と戦うのに抜剣する必要はないと思っている、ということでもある。

蒲安密《プーアンミー》は屈辱感に顔色を変えた。

沈嶠《シェンチアオ》はずいぶん、お高くとまっているらしい。

(師尊に負けたくせに、この俺を見下すだと？　そんなことできる資格なんてねぇくせに！)

斬り損ねてしまった蒲安密《プーアンミー》は、もう一度攻撃を仕掛けるべく、迅速に考えを巡らせながら、前へ飛び出して刀を振り上げた。先の攻撃とは異なり、今度は何重もの大波が激しく打ち寄せるような攻撃を繰り出す。一見すると、一度しか刀を振り下ろしていないが、刀の気が幾重にもなって放たれている。境地で言えば第六層の強さで、後に続く攻撃ほどその強さは増していた。

蒲安密《プーアンミー》くらいの年齢であれば、第四、五層の刀気を出せるだけで極めて才能がある刀使いと言える。蒲安密《プーアンミー》は既に第六層まで繰り出せているので、自信満々に勝算があると考えていてもおかしくない。

沈嶠《シェンチアオ》はようやく剣を抜いた。

鞘から出た山河同悲剣はキーンと音を立てた。蒲安密《プーアンミー》の刀気に共鳴したのか、はたまた長く剣気で養われてきたために、剣に心が宿り、敵を早く迎え撃とうと発せられた音だったのかは分からない。

十五《スーウー》は瞠目《どうもく》する。これは沈嶠《シェンチアオ》がかつて黄河のほとりで見せてくれた滄浪剣訣の一手——清風徐来《せいふうじょらい》だ！

明月の下にある松林の間を吹き抜ける、一陣の風。松の下でピシリと背を伸ばして座る人物が、琴をつま弾いている。その何気ないひと弾きで清らかな風がゆったりと吹き、ひんやりと顔を撫でる。そこへ雨のように花びらが舞い散っている。そんな風景が脳裏に浮かぶ名前だ。

凄まじく速い技なのに、なぜあえて詩題か画題のような名前を付けたのか、十五《スーウー》には分からなかった。しかし、目の前で沈嶠《シェンチアオ》が平然と剣を一度動かしたのを見て、突然その理由が分かった。

沈嶠《シェンチアオ》は剣を一振りしただけなのに、刀気の光は散ってしまったではないか！

蒲安密《プーアンミー》は我が目を疑う。そして、一瞬気を取られたその隙に、沈嶠《シェンチアオ》の剣は真っ直ぐに蒲安密《プーアンミー》の目前に迫った。

蒲安密《プーアンミー》は刀を引き、後ろに下がるほかない。しかし、沈嶠《シエンチアオ》はいつもとは様子が異なり、逃さじとばかりにしつこく追いかけてくる。一歩後退すれば、一歩詰め寄られる。二人は瞬く間に門の内側の敷地を駆け抜けた。今にも背中が壁にぶつかるという時、蒲安密《プーアンミー》は梁に飛び上がった。そして梁を蹴って勢いよく飛び降り、刀を振り上げて沈嶠《シエンチアオ》に斬り掛かる。

一方、岳昆池《ユエクンチー》は阮海楼《ルワンハイロウ》に太刀打ちできずにいた。序列から見ても、阮海楼《ルワンハイロウ》は岳昆池《ユエクンチー》より上なのに加え、岳昆池《ユエクンチー》自身の腕前も大したことはなかった。彼が派内の事務を司っているのは、単に趙持盈《ジャオチーイン》が閉関していて外に出てこないからである。普段は雑務に忙殺され稽古を怠っており、当然阮海楼《ルワンハイロウ》には敵わない。あっという間に、岳昆池《ユエクンチー》は血を吐いてその場に倒れた。深手を負ったようだ。

今度は、阮海楼《ルワンハイロウ》は全く情けを掛けようとしなかった。掌を振り上げ、そのまま岳昆池《ユエクンチー》を殺そうとする。

この場に残っている者でまだ戦えそうな范元白《ファンユエンバイ》と周夜雪《ジョウイエシュエ》の二人は盧峰《ルーフォン》に手一杯で、ほかの者たちは大した腕前でないため、手が出せない。剣を手に、十五《スーウー》は意を決し岳昆池《ユエクンチー》に向けられた攻撃を遮ろうとする。

言うまでもなく阮海楼《ルワンハイロウ》は十五《スーウー》など気にも留めず、冷ややかに笑って袖を振り、十五《スーウー》を弾き飛ばした。

十五《スーウー》はわっと声を上げて後ろへ転がり、持っていた長剣が地面に落ちる。

沈嶠《シエンチアオ》に十五《スーウー》の声が聞こえ、振り向かずとも何が起きているのかが分かった。そして、あれほど強大だった碧霞宗がここまで落ちぶれるなんて、と内心首を振って嘆いた。蒲安密《プーアンミー》の刀を受け流しつつ、身を翻して岳昆池《ユエクンチー》を援護する。沈嶠《シエンチアオ》の剣気が届き、阮《ルワン》海楼《ハイロウ》の掌風は消し去られた。

状況は一変し、戦いは蒲安密《プーアンミー》と阮海楼《ルワンハイロウ》の二人対沈嶠《シエンチアオ》という構図になる。

蒲安密《プーアンミー》は鼻で笑う。

「有能な奴ほど人一倍働くってのは、まさに沈《シエン》道長のことだな！」

沈嶠《シェンチアオ》が突厥への帰順を拒否した時点から、蒲安《プーアン》密《ミー》は沈嶠《シェンチアオ》に殺意を抱いていた。なかなか勝負がつかなかったが、阮海楼《ルワンハイロウ》が加わり二対一となった今、気負いは減り、沈嶠《シェンチアオ》への殺意は増す。繰り出される一手一手が圧倒的な強さを持ち、第六層の刀気が凄まじい勢いで沈嶠《シェンチアオ》に襲い掛かる。

沈嶠《シェンチアオ》は蒲安密《プーアンミー》の刀気に応じなくてはならないのと同時に、阮海楼《ルワンハイロウ》の猛烈な掌風も捌《さば》かなくてはならない。周りから見れば、絶体絶命の状態だ。拳二つで四掌に向かうのは至難の業である。いくら沈嶠《シェンチアオ》が強くとも、おそらく右へ左へと追われるうちに、持ち堪えられなくなるだろう。

十五《スーウー》は心臓が口から飛び出しそうになる。音で状況を判断する沈嶠《シェンチアオ》の邪魔をしてしまわぬよう、声を出さずひたすら両手をきつく握りしめる。その手は既に汗でぐっしょり濡れていた。

沈嶠《シェンチアオ》が一突きする。

千軍をも一掃する気勢を伴い、切っ先が届いたところには剣気が充満した。そして、剣気は白い痕跡を残して天を貫く。

一撃が終わると、沈嶠《シェンチアオ》はすぐさま下がった。ちょん、とつま先で地面を蹴って飛び上がると、玄都山の軽功、天闊虹影を極限まで使い、瞬く間に姿を消した。再び現れた沈嶠《シェンチアオ》は、既に阮海楼《ルワンハイロウ》の背後にいた。

蒲安密《プーアンミー》の刀は地面に落ちており、その手首には斬られた傷口がぱっくりと口を開けている。当の蒲安密《プーアンミー》は傷を見もせず、ただただ信じられないという表情をしている。自分が負けた事実を受け入れられないようだ。

阮海楼《ルワンハイロウ》は蒲安密《プーアンミー》より多少はマシな状態だった。速やかに手を引いて後ろへ下がり、岳昆池《ユエクンチー》を殺そうと踵を返す。

ところが、沈嶠《シェンチアオ》はそれを遮り、阮海楼《ルワンハイロウ》の足を止めた。阮海楼《ルワンハイロウ》は沈嶠《シェンチアオ》と再び渡り合わねばならなくなり、邪魔をされた恨めしさと怒りを沈嶠《シェンチアオ》へ向ける。

「昔、岳昆池《ユエクンチー》の師父がどれほど卑怯で恥知らずだったか、知らんだろう！　正邪を区別せず、そいつを助けるなど、悪人がのさばるのを手助けしているようなものだぞ！」

沈嶠《シェンチアオ》の声は落ち着いている。

「私はあなたたちの恩讐《おんしゅう》の理由を知りませんし、それに口を出す権利もありません。ただ、殺された碧霞宗の弟子たち、彼らもあなたたちの恩讐に代価を支払うべきだと言うつもりですか？」

阮《ルワン》海楼《ハイロウ》は憎々しげに言う。

「碧霞宗は上から下まで、俺に山ほど負い目がある。俺はな、十年以上も耐え忍んできたんだ。惠楽山《フイローシャン》が死んだ今、弟子たちに代価を払わせる。その何が間違っているというんだ！」

沈《シェン》嶠《チアオ》はそれ以上何も言わなかった。

憎しみに心を囚われてしまった者に、他人がいくら言い聞かせようと無駄なのだ。何より、阮海楼《ルワンハイロウ》は突厥と結託し、碧霞宗の門人たちを皆殺しにする勢いである。話を聞き入れて、過去を水に流す気などさらさらないのだろう。

戦う二人の動きはますます速くなる。阮海楼《ルワンハイロウ》は中原の武林でさほど名を成しているとは言えない。それでも、かつて碧霞宗で最も才能ある弟子と呼ばれていたこともあって、なかなか手強い。碧霞宗を離れ、向かった先の東州派でも長老にまでなっているくらいだ。一流の高手に肩を並べる実力はあるだろう。

一方、沈嶠《シェンチアオ》は根基を再構築したが、短期間で以前の腕前にまで回復するのは到底不可能であり、功力は絶頂期の半分より若干多い程度だ。ただ、体内にはもう毒は残っておらず、古傷に煩わされることもない。そのため、以前よりも自らの体を心配することなく、余裕をもって戦いに臨んでいた。

激しい戦いに沈嶠《シェンチアオ》も手一杯な様子を見て、蒲安密《プーアンミー》はサッと考えを巡らせた。目を細めて頃合いを見計らい、沈嶠《シェンチアオ》が阮《ルワン》海楼《ハイロウ》の掌風に応じている隙を突いて、その背後から斬りつける。

「沈《シェン》先生！」

「沈《シェン》道長、気をつけて！」

十五《スーウー》と岳昆池《ユエクンチー》が同時に叫んだ。二人はずっと戦いの様子を見守っていた。

岳昆池《ユエクンチー》は重傷を負い、十五《スーウー》では歯が立たない。それにもかかわらず、十五《スーウー》は駆け出した。だが、武芸を習い始めたばかりの十五《スーウー》に、蒲安密《プーアンミー》の刀を止められるはずがない。駆け出した十五《スーウー》の目の前で、切っ先があと少しで沈嶠《シェンチアオ》の背中に届こうとしていた。

その時、どこからともなく、清らかな風が芳しい香りをのせ、吹いてきた。十五《スーウー》はとっさに反応できず、目をぱちくりさせる。青い帯らしきものが自分の目の前を横切った気がしたのだ。

蒲安密《プーアンミー》の刀は沈嶠《シェンチアオ》に届かず、ほっそりとした手に止められた――一見すると素手で刃を受け止めているようだが、刃と手の間は真気で隔てられている。刀は弾かれ、蒲安密《プーアンミー》自身もその手の主からの一撃をもろに受けて、後ろへ吹き飛んだ。蒲安密《プーアンミー》は足をつけて踏ん張ろうとするも、あまりにも強烈な衝撃で、地面に敷きつめてある煉瓦が次々に砕けては、弾ける。蒲安密《プーアンミー》は敷地の入口のところまで下がり、やっと止まることができた。

「趙持盈《ジャオチーイン》か？」

蒲安密《プーアンミー》は相手の正体をすぐに察した。

「いかにも」

青い衣を身に着けた女性はそう答えると、サッと蒲安密《プーアンミー》の前に飛ぶ。たちどころに刀を奪い、蒲安密《プーアンミー》に点穴を施した。

趙持盈《ジャオチーイン》は岳昆池《ユエクンチー》のところに行くと、彼を抱え起こし、心配そうに尋ねる。

「師兄、ご無事ですか？」

岳昆池《ユエクンチー》は苦笑する。

「問題ない。私が役立たずなばかりに、君の努力を無駄にしてしまったな」

趙持盈《ジャオチーイン》は首を横に振り、何も言わなかった。沈《シェン》嶠《チアオ》のほうへ目をやると、僅かながら阮海楼《ルワンハイロウ》が劣勢のようなので、それ以上手を出さず、盧峰《ルーフォン》と范元白《ファンユエンバイ》たちの戦いに加勢することにした。

盧峰《ルーフォン》と阮海楼《ルワンハイロウ》は水面下でずっと接触し続けてきた。また、長年碧霞宗にいる盧峰《ルーフォン》には忠実な弟子たちがついており、今回阮海楼《ルワンハイロウ》が順調に攻め込めたのは、盧峰《ルーフォン》の功績が大きいと言える。しかし、半日以上の殺し合いで、盧峰《ルーフォン》の弟子たちも今や数人しか残っておらず、いまだ范元白《ファンユエンバイ》たちと死闘を繰り広げている。東州派と蒲安密《プーアンミー》の助力もあり、ことが上手く運べば、盧峰《ルーフォン》は今日、碧霞宗宗主の座を手にしていたはずだった。

閉関で大事な時期に差し掛かっていると言われていた趙持盈《ジャオチーイン》が、まさかこんな時に姿を現すなど、誰が予想できようか。

范元白《ファンユエンバイ》と周夜雪《ジョウイエシュエ》ら弟子たちは既に傷だらけである。気力だけで戦い続けているようなもので、力尽きる寸前だったが、趙持盈《ジャオチーイン》の出現に励まされ、持ち直したようだ。盧峰《ルーフォン》は憤慨し、長剣を躊躇《ちゅうちょ》なく趙持《ジャオチー》盈《イン》に向ける。凄まじい剣気を伴って、ゾッとするような剣光が趙持盈《ジャオチーイン》を襲った。

趙持盈《ジャオチーイン》は両手を前に出して陰と陽を表す太極図を描いた後、すらりとした長い指で次々に印を結ぶ。その極めて美しい光景とは対照的に、盧峰《ルーフォン》はその形相を変えていた。彼の長剣は全く前に突き出せなくなっただけでなく、趙持盈《ジャオチーイン》の手によってかき回すように弄ばれ、こっぱみじんになってしまったのだ！

「があッ！」

盧峰《ルーフォン》は悲惨な叫び声を上げ、吹き飛ばされて、後ろの壁にぶつかった。見る間に重要な穴道を突かれ、動きを封じられてしまう。

一方の沈嶠《シェンチアオ》も、阮海楼《ルワンハイロウ》を打ち負かしていた。阮海《ルワンハイ》楼《ロウ》は片手の筋を断ち切られ、首元に剣を当てられ、顔面蒼白で地面に座り込んでいる。

大勢が決した。

盧峰《ルーフォン》、阮海楼《ルワンハイロウ》、蒲安密《プーアンミー》の三人を押さえれば、残りはもう取るに足らない者ばかりだ。生き残った碧霞宗の弟子たちは安堵し、騒ぎはたちまち鎮静化した。東州派の者たちは残らず捕らえられたが、そこらじゅうに広がる血だまりや失ってしまった弟子に、誰も勝利を手にした喜びを感じられなかった。重苦しさと疲労だけが残る。

趙持盈《ジャオチーイン》は盧峰《ルーフォン》に目を向ける。

「盧《ルー》長老、あなたが阮海楼《ルワンハイロウ》と昔馴染みだということは知っている。けれど、うちの弟子たちの命も顧みず、外の者と結託して碧霞宗を滅ぼそうとするなんて。どうしてそこまで残酷になれるの？」

　盧峰《ルーフォン》は冷やかに笑い、不服そうに首を伸ばした。

「お前は長年宗門の執務に関わりを持とうとすらせず、閉関して修練することばかり考えていた。宗主の責務を全うしてもいないくせに、なんの資格があってそんなことが言える！　岳昆池《ユエクンチー》は武功も事務を司る力も平凡。碧霞宗はもう昔日の輝きを失い、二流、三流の門派に成り下がっているんだ。改革を強行せねば、数年で碧霞宗はこの世から消えるぞ！　もとより阮《ルワン》師兄は碧霞宗の弟子、今では高句麗の娘婿という身分もある。阮《ルワン》師兄が碧霞宗を導けば、かつての威風だって取り戻せる！　お前ときたら、まさに漁夫の利というやつだ。皆半日近く殺し合い、命を落としている者もいるというのに、戦いも終わりになってのこのこと出てくるんだからな。さすが宗主だ。勝てば官軍、負ければ賊軍、もう何も言うことはない！」

　趙　持盈《ジャオチーイン》は静かに首を横に振り、何も反論しようとはしなかった。范元白《ファンユエンバイ》らに盧峰《ルーフォン》を閉じ込めておくよう命じた後、阮海楼《ルワンハイロウ》に向き直る。

「阮海楼《ルワンハイロウ》、あなたは我が碧霞宗の弟子を大勢殺した。あなたにはこれから血で償ってもらうけれど、最後に何か言いたいことはあるかしら？」

　阮　海楼《ルワンハイロウ》は趙持盈《ジャオチーイン》をじっと見つめる。

「先ほど、岳昆池《ユエクンチー》が言っていた。恵楽山《フイローシャン》は死に際、俺について何か言っていたと」

「ええ、先師は臨終前、昔のことを残らず私たちに教えてくださったわ」

　趙　持盈《ジャオチーイン》の言葉に、阮海楼《ルワンハイロウ》は白けた顔で聞く。

「あいつはなんて言った。どうせ俺が強欲で、せっかくの好意を無駄にしたとかなんとかだろう？」

　趙　持盈《ジャオチーイン》は首を横に振った。

「先師はこうおっしゃっていた。当時、師兄弟の中であなたと一番仲が良かったと。あなたたちの代は優れた才能の持ち主が多く、宗門を担い、発展させられると皆が思っていた。特に先師とあなたはその中でも秀でていて、師祖（師父の師）はどちらに宗主の座を渡すべきかずっと迷っていた。宗主争いは熾烈を極め、師祖たちはたくさんの難題を出されたけれど、あなたたちに残らず解かれてしまった。聞いた話によれば、試問の一つに、それぞれ別の場所から長安に向かって出発し、先に到着した者が勝利を手にする、というものがあったそうね。あちらこちらで戦火が上がり、道中は危険で、様々な困難が待ち受けていた。長安に向かう途中、先師は義州《ぎしゅう》で病に倒れ、ちょうど通りかかったあなたが先師の面倒を見てあげた。そのせいであなたも遅くなり、結局ほかの弟子に先を越されてしまった」

趙持盈《ジャオチーイン》の言葉に、阮海楼《ルワンハイロウ》も過去の記憶が蘇る。

「そうだ。あいつは子どもの時から頑固で負けず嫌いだった。何がなんでも勝とうとしていたんだ。あの時も起き上がれないほどの重病でなければ、きっと最初に到着していただろうな。あいつを一人宿に残すなんて、俺にはとてもできなかった」

「先師もおっしゃっていたわ。幼い頃から負けん気が強く、勝ち負けにひどく執着していたことを。あなたはいろいろなところで譲歩してくれたのに、きちんと礼を言う機会がなかったと」

阮海楼《ルワンハイロウ》は冷たく笑う。

「あいつの礼などいらん！　お前たちの前ではずいぶん善人ぶっていたようだな。自分がやったことに関しても、誤魔化したんだろうよ！」

趙持盈《ジャオチーイン》は阮海楼《ルワンハイロウ》の恨みに満ちた口調に構わず、続ける。

「宗主争いはますます過激になり、試問も難しくなった。先師は勝つことに執着するあまり、同門の情までなおざりにし、公明正大とは言えない手段を使い……」

「師妹！」

堪らず声を上げた岳昆池《ユエクンチー》に、趙持盈《ジャオチーイン》は落ち着いて言った。

「全て師尊が臨終前に私たちに伝えてくださったことです。あの時、師兄も聞いていたではありませんか。私は事実を申し上げているまでです」

「だが……」

目上を尊ぶという考えが強く、岳昆池《ユエクンチー》はどうしても既に亡くなっている自らの師に不利なことは言えなかった。

「清廉な者は清廉であり、汚《けが》れある者は汚れている。言葉にしようがしまいが関係ありません。いくら年月を積み重ねても、真実は消えることなく、永遠にそこにあり続けるのです。昔、師尊が犯された罪は、巡り巡って今日の事態を招きました。私たちは弟子として、この結果に責任を負わねばなりません。これも、師尊の臨終前の願いでしたから」

傍で聞いている碧霞宗の門人たちは、すっかり呆気に取られている。

誰にも知られることのなかった事実は、混乱していたあの夜で終わったはずだった。趙持盈《ジャオチーイン》や岳昆池《ユエクンチー》は当時まだ若く、内情を窺うことすらできなかった。范元白《ファンユエンバイ》のような、入門前だった者たちは言うまでもない。

趙持盈《ジャオチーイン》は阮海楼《ルワンハイロウ》に目を向ける。

「ある時、先師はあなたにこうおっしゃったそうね。あなたの能力は自分より高いのだから、宗主の座を継ぐべきだ。自分は宗主争いから身を退く、と。あなたはその言葉を信じ、先師と酒を飲んで酔い潰れ、眠った。ところが、目を覚ましてみると師祖の末娘が隣に寝ていた。師祖は激怒し、酒癖が悪い者には大役を任せることはできないと思った。どうやっても弁明できなかったあなたは、先師に無実を証明してもらおうとしたのに、先師はあろうことかあなたのしたことについて偽証した。臨終前、先師はおっしゃっていたわ。師祖の末娘があなたに片思いをしていたと知っていたから、あの時わざとあなたを酔わせ、末娘と手を組んで師祖や同門の人たちを騙した、と。ただ、まさか気性が激しいあなたが、カッとなって師祖と口論になり、怒りに駆られて碧霞宗を去るなんて……」

阮海楼《ルワンハイロウ》は苦笑する。

「そうだ、俺は永遠に忘れない。一番信頼していた奴が、あろうことか俺を陥れ、秘かにあんなことをするとはな！」

「この一件で門人たちの心はどんどん離れていった。あなたが去ってからすぐに、竺《ジュー》師叔も碧霞宗を離れ、衰えていた門派はますます勢いを失った。結局、師祖は宗主の座を先師に譲ったけれど、先師はずっとあなたのことを気に掛けていたわ。臨終前、真実を私たちに伝え、もしあなたが戻ってきたら、あなたに半生分、申し訳ないことをしてしまったと必ず伝えてほしい、とおっしゃったの」

阮《ルワンハイロウ》海楼の顔から血の気が失せ、奇妙な笑みが浮かぶ。

「申し訳ないことをした？　本当にそう思ったのなら、なぜ出てきて自分の口で言わない？　なぜお前に言わせるんだ！」

そう言うと、彼は凶暴な表情に変わった。

「あいつはまだ死んでいないんだろう！　どこかに身を隠してこっそり見てるんだろう？　早く呼んで来い、惠楽山《フイローシャン》を呼んで来るんだ！」

趙《ジャオチーイン》持盈の目には、誰もが気づかないほど微かに憐憫《れんびん》の色が浮かんでいた。

「あなたが去り、先師は半生を後ろめたさの中で過ごした。そして心を患い、早くに亡くなったわ」

阮《ルワンハイロウ》海楼は首を横に振る。

「あり得ん。あんな狡猾な男が、早死にするわけがない！」

趙《ジャオチーイン》持盈はため息を吐いた。

「とはいえ、先師は思いもしなかったでしょうね。昔の借りを、大勢の弟子たちの血で償うことになるなんて。血で血を洗う、この件も今日あなたと決着をつけるわ」

趙《ジャオチーイン》持盈の言葉が耳に届いていない様子で、阮海《ルワンハイ》楼《ロウ》はぼんやりとしている。

「あいつが死んだなんて信じないぞ。奴の墓はどこだ？」

岳昆池《ユエクンチー》は堪らず口を開いた。

「碧霞宗歴代の宗主は死後、遺体を灰にして泰山の諸峰に撒かれる。位牌だけ、祖師楼に祀られるんだ。長い間異族人と過ごして、それさえ忘れたのか？」

阮《ルワンハイロウ》海楼はゆっくりと目を閉じた。しばらくして、その両目から涙が溢れ出す。彼はそれ以上何も言わなかった。

趙　持盈《ジャオチーイン》は范　元白《ファンユエンバイ》たちに命じる。

「あなたたちは先に傷の手当てを。その後生存者がいるか、余さずに見回るように。それからこの者たちを離して閉じ込めておきなさい。処遇はまた日を改めて」

范　元白《ファンユエンバイ》たちはすぐに「はい」と返事をした。

蒲安密《プーアンミー》は我慢できずに口を挟む。

「俺の師尊昆邪《クンイエ》がもうすぐ宗主に会いに来られる。どうか俺を解放していただきたい。きちんと話し合おうじゃないか」

趙　持盈《ジャオチーイン》は「昆邪《クンイエ》って誰なの？」と怪訝な顔をする。

趙　持盈《ジャオチーイン》は長く閉関していたため、昆邪《クンイエ》の名を聞いたことがないのだ。

「我が師は突厥の上師である狐鹿估《フールーグー》の弟子にして、突厥の左賢王だ。かつて、玄都山の掌教――」

蒲安密《プーアンミー》は一旦言葉を切り、ちらりと沈嶠《シェンチアオ》を見る。

「つまり、そこにいる沈《シェン》掌教、いや、今は沈《シェン》道長と呼ぶべきか。そいつを打ち負かした」

趙　持盈《ジャオチーイン》は顔をしかめる。

「どういうこと？」

岳昆池《ユエクンチー》は傷の痛みに耐え、趙持盈《ジャオチーイン》にいきさつを簡単に説明してから、付け加えた。

「今回は沈《シェン》道長がいらっしゃったおかげで助かった。でなければ、君が出て来る前に事態は収拾のつかないところまでいっていただろう」

趙　持盈《ジャオチーイン》は頷き、沈嶠《シェンチアオ》に礼をした。

「沈《シェン》道長、お助けいただき感謝します。このご恩、碧霞宗一同心に刻みます」

「趙《ジャオ》宗主、お気になさらずに」

「今は対処しなければならないことが多く、もし沈《シェン》道長がよろしければ、ここで少し休み、お泊まりくださいますでしょうか？　お伺いしたいこともあるのですが、こちらの用事を片付けてからにしたいのです」

今日の戦いで、碧霞宗はかなりの損害を受けた。

普通の弟子たちはともかくとして、腕が立つと言える者は范元白《ファンユエンバイ》と周夜雪《ジョウイエシュエ》しか残っておらず、二人とも傷を負っている。

辺り一面、嘆かずにはいられないほどの死体が転がっており、片付けるのも容易なことではない。

趙持盈《ジャオチーイン》の提案に沈嶠《シェンチアオ》は頷き、

「では数日、お邪魔することにします。趙《ジャオ》宗主のご用件が終わった後に、またお話しできれば」

と理解を示した。

蒲安密《プーアンミー》は抵抗し、口を挟もうとする。しかし趙持《ジャオチー》盈《イン》は持っている剣の鞘で、蒲安密《プーアンミー》の穴道を突き、黙らせた。

もともと、沈嶠《シェンチアオ》は亡くなった観主の言葉に従い、十五《スーウー》を碧霞宗に連れてきた。予想外の事態に巻き込まれ、戦いに加わったものの、これより先のことには手出しできない。沈嶠《シェンチアオ》は十五《スーウー》を連れて客室に入った。世話をしてくれる者はおらず、宗主の趙持盈《ジャオチーイン》に茶を淹れさせるわけにもいかないので、雑用は十五《スーウー》が一手に引き受けた。まめな十五《スーウー》は行ったり来たりして、沈嶠《シェンチアオ》のために湯を沸かし、厨房から菓子を一皿持ってきた。

沈嶠《シェンチアオ》は苦笑を浮かべ、十五《スーウー》の手を引くと座るよう促す。

「私はお腹が空いていないから、君が食べなさい」

十五《スーウー》は座ろうとしない。

「僕もお腹空いてませんから。沈《シェン》先生こそ、さっきまで戦って、きっとすごくお疲れでしょ？　僕、肩を揉みますよ！」

そのまま肩を揉もうとする十五《スーウー》の手を沈嶠《シェンチアオ》は押さえる。

「十五《スーウー》、もしかして、怖がっているのかい？」

十五《スーウー》はぎくりとして口ごもる。

「こ、怖くなんて！」

沈嶠《シェンチアオ》はその頭を撫でた。

「私は目が悪いけれど、心まで曇ったわけじゃないよ。何を怖がっているんだい？　私に捨てられてしまうこと？」

十五《スーウー》は瞬く間に目元を赤くした。うな垂れてしばらく黙り込んでから、やっと口を開く。

「こんなんじゃだめだって、分かってるんです。師父に碧霞宗に行けって言われてやっとここまで来たんだし、喜ぶべきなのに……先生が行ってしまうって思ったら、すごく悲しくて……」

沈嶠《シェンチアオ》は笑いながら、「馬鹿な子だ！」とため息をこぼす。

続けて何か言いかけたが、突然外から何やら騒ぐ声が聞こえてきた。

考える間もなく、沈嶠《シェンチアオ》は十五《スーウー》を連れて様子を見に外に出る。

二人は声がするほうへ急ぎ、裏庭までやってきた。裏庭は裏山からすぐのところにあり、傍には碧霞宗の蔵書閣と祖師楼がある。

「阮海楼《ルワンハイロウ》、何をするつもりなの！」

趙持盈《ジャオチーイン》の怒鳴り声が聞こえてくる。

彼女は目の前で泰山が崩れても顔色一つ変えないほど、非常に冷静な女性だ。先ほどの物事を差配する姿から、沈嶠《シェンチアオ》にはそのように見えた。ところが、何があったのだろうか、趙持盈《ジャオチーイン》は冷静さを失い、声音《こわね》すら変わっている。

沈嶠《シェンチアオ》と十五《スーウー》が駆け付け、趙持盈《ジャオチーイン》の視線の先を見ると、こちらに背を向け、崖の近くに立つ阮海楼《ルワンハイロウ》がいた。その腕の中には、何やら木の位牌が抱えられている。

山を吹き抜ける風はビュービューと音を立てていた。人々は目を開けていられず、袍がバサバサと風に舞う。

岳昆池《ユエクンチー》は怒りのあまり、顔色が青くなったり白くなったりしている。今にも血を吐きそうだ。

「貴様、師尊の位牌を下ろせ！」

阮海楼《ルワンハイロウ》は周囲の者には目もくれず、懐の位牌に向かって独りごつ。

「惠楽山《フイローシャン》、お前は俺に半生分の負い目があるというのに、死んでさっさと逃げやがったな。どこまでも計算高い奴だ！　今日お前の門下を大勢殺したから、お前は俺をひどく恨むだろう。それを俺は今から命で償う。だが、俺への半生分の負い目をお前はどうやって償うつもりだ！」

阮海楼《ルワンハイロウ》は天を仰ぎ、いきなり大声で笑い出す。その声に滲む苦しみは、無限に続いていくかのように思えた。

「恵楽山《フイローシャン》、お前はなんてひどい奴なんだ！　お前が憎くてたまらない！」

そう言うなり、阮海楼《ルワンハイロウ》は位牌を抱えて崖から飛び降りた。

「あっ！」

誰かが堪らず声を上げたが、目の前で繰り広げられたあまりにも衝撃的な光景に、その場にいた全員が口をつぐんだ。

第五章　宿縁

阮海楼《ルワンハイロウ》が一人で穴道を解き、祖師楼へ駆け出した時、周囲にいた人々は阮海楼《ルワンハイロウ》が長年の恨みを位牌にぶつけるつもりだろう、と思っていた。こんな結末を迎えることなど、誰一人として予想だにしなかったのだ。

阮海楼《ルワンハイロウ》の姿はもう見えない。けれども、人々は長いこと呆気に取られ、動けぬままだった。嘆くべきか、憎むべきか、分からない。結局、殺された碧霞宗の弟子たちを思い、嘆息するしかなかった。

ややあって、岳昆池《ユエクンチー》がかすれた声で問いかける。

「師妹、師尊の位牌はあいつに持って行かれてしまった。祖師楼に師尊の新しい位牌を立てるか？」

趙持盈《ジャオチーイン》はしばらく沈黙し、

「今はこのままで。このことはまた今度話しましょう」

と言って、沈嶠《シェンチアオ》と十五《スーウー》のほうを振り向いた。

「沈《シェン》道長、今お時間は大丈夫ですか？　お伺いしたいことがありまして」

沈嶠《シェンチアオ》は「趙《ジャオ》宗主、どうぞ」と答えた。

沈嶠《シェンチアオ》の後ろにいる不安そうな十五《スーウー》を見ると、趙《ジャオ》持盈《チーイン》は思わず笑みをこぼした。

「十五《スーウー》、あなたも一緒に来なさい」

生来内気な十五《スーウー》は気恥ずかしくなり、咄嗟《とっさ》に沈《シェン》嶠《チアオ》の後ろに顔を半分隠す。だが、すぐに失礼だと思い直し、慌てて顔をひょっこりと出した。

「ありがとうございます、趙《ジャオ》宗主」

岳昆池《ユエクンチー》も十五《スーウー》の振る舞いを愛らしく思い、内傷があることを忘れてプッと吹き出した。ところがその途端に痛みが走り、思わず息を呑んでしまう。

「休んでいてと伝えたのに、聞かないんですから。でしたら、師兄も一緒に来てください」

趙持盈《ジャオチーイン》は首を横に振り、お手上げだと言わんばかりの様子だ。

「沈《シエン》道長、こちらへ」

趙《ジャオ》 持盈《チーイン》は左手を前に差し出し、沈嶠《シエンチアオ》と十五《スーウー》を碧霞宗の正陽殿《せいようでん》に案内した。正陽殿は普段宗主が賓客をもてなすのに使う場所だが、碧霞宗が没落してから、もう長いこと客が来ていない。入るとひんやりとして、どこか荒廃した匂いが漂ってくるような気がした。

沈嶠《シエンチアオ》と十五《スーウー》が腰を下ろすと、趙持盈《ジャオチーイン》は粛然とした面持ちで沈嶠《シエンチアオ》に向かって叩頭した。

「趙《ジャオ》宗主、どうしていきなり……」

沈嶠《シエンチアオ》はぎょっとしてすぐに趙持盈《ジャオチーイン》を起こそうとする。しかし、趙持盈《ジャオチーイン》は沈嶠《シエンチアオ》を制し、話し始めた。

「師兄と元白《ユエンバイ》から話を聞きました。沈《シエン》道長は竺《ジュー》師叔の遺言に従い、十五《スーウー》を鄴城からこの碧霞宗まで送り届けてくださったと。一諾《いちだく》は千金《せんきん》に値する。沈《シエン》道長は引き受けたことをしかとやり通したのですから、一拝を受けてしかるべきです」

沈嶠《シエンチアオ》は悲しげに笑った。

「先ほどの騒ぎでちゃんと説明できていませんでしたね。趙《ジャオ》宗主と岳《ユエ》長老はご存じありませんが、竺《ジュー》殿が亡くなったのは全て私のせいなのです」

沈嶠《シエンチアオ》は桑景行《サンジンシン》と手を交えて深手を負ったこと、九死に一生を得て山に隠れたところを十五《スーウー》に助けられたこと、その後観主と弟子たちのもとで介抱してもらったこと、そしてそのため彼らが命を落とすことになってしまったことを伝えた。

沈嶠《シエンチアオ》の話に、十五《スーウー》は胸が張り裂けるほど惨い場面の一つ一つを思い出す。ただ、今の十五《スーウー》は沈嶠《シエンチアオ》と共に過ごし、勇敢であるとは何かを学んできた。ちょっとやそっとで泣き出すような子どもではなくなっていた。十五《スーウー》は蘇ってくる悲痛な思いに、両手をきつく握りしめてひたすら堪え、沈黙を貫いた。

沈嶠《シエンチアオ》の説明が終わると、正陽殿は静寂に包まれた。しばし経ってから、趙持盈《ジャオチーイン》が重々しく口を開く。

「それはそれ、これはこれです。竺《ジュー》師叔の死は誰にも予想できなかったことですし、沈《シエン》道長もそれを望んでいたわけではありません。竺《ジュー》師叔は誇りをもって死に立ち向かったようですから、きっと本望なのでしょう。誰も彼の行動を止めることはできなかったでしょうし、沈《シェン》道長のせいだなんて。合歓宗は竺《ジュー》師叔が我が碧霞宗の門人だと知りながら、竺《ジュー》師叔を惨殺しました。沈《シェン》道長のせいではなく、彼らのせいなのです。彼らにはしっかりこの落とし前を付けてもらわないと」

趙持盈《ジャオチーイン》がこれほどまでに道理を弁えていることに、沈嶠《シェンチアオ》はますます後ろめたくなった。

沈嶠《シェンチアオ》は他人に対し善意を与えることを厭わず、その結果として自分に返ってくる損得は気にしない。しかし観主のように、善意で介抱をしてくれただけでなく、沈嶠《シェンチアオ》のために命まで落としたとなると、自分が報われないことよりもずっと辛く思えた。

沈嶠《シェンチアオ》の気持ちを察したのか、十五《スーウー》が突然手を握ってきた。

沈嶠《シェンチアオ》の手に小さな温もりが添えられる。沈嶠《シェンチアオ》は堪らず手を握り返し、十五《スーウー》の温かさを掌に包んだ。

「趙《ジャオ》宗主、ご理解いただきありがとうございます。とはいえ、この件は私のせいなのですから、私自身が解決すべきです。碧霞宗とは関係ありません」

趙持盈《ジャオチーイン》は、沈嶠《シェンチアオ》と十五《スーウー》が既に離れがたいほど親しくなっているのを目にし、何か思うところがあったようで、沈嶠《シェンチアオ》に尋ねた。

「竺《ジュー》師叔は亡くなる前に、十五《スーウー》を碧霞宗に来させるようにおっしゃったのですか？」

「はい。竺《ジュー》殿は昔、わけあって碧霞宗を離れ、それ以来戻ったことはないと聞きました。しかし心の中ではずっと自分を碧霞宗の一員だと思っていたようです」

趙持盈《ジャオチーイン》は十五《スーウー》が差し出した木札を受け取り、その上に書かれた〝竺《ジュー》〟の文字を撫でた。それまで落ち着いていた趙持盈《ジャオチーイン》が、思わず悲しみを顔に滲ませる。

「かつて、碧霞宗から天下の十大高手が輩出したこともありました。それが、派内の内輪揉めや人材不足などによって、勢いは衰えていくばかりで、今日起きたことは弱り目に祟り目というもの。元白《ユエンバイ》に数えてもらったのですが、生き残った弟子はたったの六人です」
趙 持盈《ジャオチーイン》と岳昆池《ユエクンチー》を含めても八人。八人の門派に、一体何が成し遂げられようか。誰かが攻めてくるまでもなく、この代からほかに抜きん出た人材が生まれなければ、十年も経たぬうちに碧霞宗は江湖で名ばかりの門派になるだろう。

岳昆池《ユエクンチー》は悲しみが込み上げ、少しでも足しになるようにと、思い当たる者を一人挙げた。

「鄴城に、まだ弟子が一人いる……」

それを聞いた沈嶠《シェンチアオ》はもしやと、見当をつける。

「岳《ユエ》殿がおっしゃっているのは、もしかして韓娥英《ハンオーイン》ですか?」

「その通りです。彼女の父親は斉国侍中の韓 鳳《ハンフォン》殿で、彼女自身、武芸の資質がある。ただ、身分が特殊だったので正式に弟子に取れず、外弟子として何度か指導をしただけですが……沈《シェン》道長、彼女とお会いになったことが?」

「以前、一度だけ」

沈 嶠《シェンチアオ》が韓娥英《ハンオーイン》と知り合ったのは、晏無師《イエンウースー》に助けられたことがきっかけだ。そして、沈嶠《シェンチアオ》がここにいるのも、晏無師《イエンウースー》が彼を桑景行《サンジンシン》に引き渡したからだ。

細い糸ながら、一切の因果が繋がっている。あらゆる出来事は結局、晏無師《イエンウースー》と切っても切り離せない関係にあるのかもしれない。

不意に、沈嶠《シェンチアオ》は蒲安密《プーアンミー》の言葉を思い出した。確か、晏 無師《イエンウースー》の身はもうすぐ危うくなる、と言っていた。そして、以前白茸《バイロン》も同じようなことを沈嶠《シェンチアオ》に告げていた。

あれほど気まぐれで、心のままに振る舞えば、必然的に敵の数は多くなるだろう。しかし、それならば晏無師《イエンウースー》を殺せる者はいるのか、と問われたとしたら、沈嶠《シェンチアオ》は答えを見つけることができない。晏無師《イエンウースー》の武功には欠陥があるといえども、その腕前は一流と呼ばれる高手を遥かに越えている。汝鄢克恵《ルーイエンコーフイ》との戦いでも、晏無師《イエンウースー》はその強さを天下に知らしめたが、仮に晏無師《イエンウースー》の魔心が安定していれば、汝鄢克《ルーイエンコー》恵《フイ》は数カ月間戦えなくなるだけでは済まなかっただろう。

祁鳳閣《チーフォンゴー》も崔由妄《ツイヨウワン》も、もうこの世にはいない。しかし、たとえ二人が息を吹き返しても、今の晏無師《イエンウースー》を前にすれば、彼らとて負ける可能性がある。晏無《イエンウー》師《スー》と互角に戦える相手はいないに等しいのだ。

晏無師《イエンウースー》が危ういと言った蒲安密《プーアンミー》は自信満々だったのに加え、白茸《バイロン》の言葉もおそらくでたらめではない。だとすると……。

沈嶠《シェンチアオ》は眉を寄せ、とりあえずこのことは心の奥にしまい込んだ。

晏無師《イエンウースー》の名を思い出すだけで、白龍山の麓の森にいた時の、ぼんやりとした気持ちが蘇る。いっそのこと、桑景行《サンジンシン》と相討ちになって死のうという強烈な衝動が、いまだに消えず、心の中で彷徨い続けているようだ。

新しきものを作るには古きものを壊さねばならない。口にするのは簡単だが、沈嶠《シェンチアオ》はそれゆえ半生分の困難を味わった。生と死の深淵を跨ぎ、万丈の崖の下、もはや人ならざる姿から少しずつ這い上がってきたのだ。

今でこそ落ち着いているが、当時は心が張り裂けんばかりで、死んだほうがマシだとさえ思った。

「沈《シエン》先生？」

心配そうな十五《スーウー》の声が聞こえてくる。

沈嶠《シェンチアオ》は大丈夫だと慰めるように微笑み、趙持盈《ジャオチーイン》に言った。

「十五《スーウー》も無事に碧霞宗に到着しましたし、趙《ジャオ》宗主はこれから十五《スーウー》を、どのようにされるおつもりですか？　もし私にお手伝いできることがあれば、遠慮なくおっしゃっていただけると」

「はい、十五《スーウー》に関してはお願いがあります」

沈嶠《シェンチアオ》の訝しげな視線を流し、趙持盈《ジャオチーイン》は続ける。

「十五《スーウー》は碧霞宗内に、既に竺《ジュー》師叔という師父がいます。それは永遠に変わりませんし、私を含めて誰も十五《スーウー》の師になる資格はありません。ただ、ここまでの道のりで、沈《シエン》道長は十五《スーウー》をよく教えてくださったでしょう。彼の成長を見守り、武芸の稽古をつけてあげる人が必要です。沈《シエン》道長にそのお役目をお願いしたいと思っています」

沈嶠《シェンチアオ》は少し意外に感じる。

「それでは、竺《ジュー》殿の願いに逆らうことになってしまうのでは……」

趙持盈《ジャオチーイン》は首を振って笑う。

「竺《ジュー》師叔が十五《スーウー》を師門へ戻したのは、きっと頼る人がいなくなるのを憂えてのことでしょう。沈《シェン》道長が十五《スーウー》を見てくださるのなら、竺《ジュー》師叔も安心するかと。確かに竺《ジュー》師叔はこの世を去りましたが、碧霞宗の門は永遠に十五《スーウー》のために開かれています。なので、十《スー》五《ウー》が碧霞宗以外に師事しても、問題はありません。十五《スーウー》は素質がある、利口な子です。今の碧霞宗は力が弱く、全て初めからやり直さなくてはならない状況です。私は弟子に教えられる性格ではありませんし、かえって十五《スーウー》の資質を無駄にしてしまわないか心配なのです。沈《シェン》道長に付いてもらうのが、一番よいかと」

そう言うなり、彼女は十五《スーウー》に向き直った。

「十五《スーウー》、まだ正式に拝師の儀をしていないでしょう？　私たちが立ち会うから、師父にお茶を捧げたら？」

十五《スーウー》は喜びも露わに、沈嶠《シェンチアオ》を見た。

「先生、いいんですか？」

沈嶠《シェンチアオ》は十五《スーウー》をがっかりさせたくなく、微笑んで頷いた。

「もちろん」

十五《スーウー》は我慢できず、小さく喜びの声を上げた。すぐさま沈嶠《シェンチアオ》の前に跪くと、三度真剣に叩頭し、趙持《ジャオチー》盈《イン》から受け取った茶碗を両手に持ち、頭上に捧げて高らかに言った。

「師尊、この弟子十五《スーウー》はこれから必ず誠意をもって師尊に奉仕し、武芸の稽古をし、生きていきます。もしこれに背くことがあれば、雷に打たれ、天地からも罰を受けましょう！」

沈嶠《シェンチアオ》はその目を細めて笑う。十五《スーウー》が言い終えると、茶碗を受け取り、一気に飲み干した。そして十《スー》五《ウー》を立たせると、少年の体に付いた埃を払う。

趙持盈《ジャオチーイン》も小さく吹き出した。

「竺《ジュー》師叔は本当に十五《スーウー》に素晴らしい師父を見つけま

したよ。沈《シエン》道長は十五《スーウー》には、弟子というより、自分の子どものように接してますね！」

十五《スーウー》の頬っぺたが赤くなる。顔に隠し切れない嬉しさが滲んでいた。

これで十五《スーウー》の師がはっきりしたと見て、岳昆池《ユエクンチー》は切り出した。

「先ほど蒲安密《プーアンミー》が、自分の師である昆邪《クンイエ》がもうすぐここへ来ると言っていました。おそらく力添えに来るのでしょう。阮海楼《ルワンハイロウ》が死に、蒲安密《プーアンミー》が我々に捕まっていると知ったら、それにかこつけて騒ぎを起こすかもしれません。沈《シエン》道長は昔、昆邪《クンイエ》と関わったことがあると聞きましたが、この者の気性はどんなものです？　やりづらい相手ですか？」

沈嶠《シエンチアオ》は考えてから答えた。

「昆邪《クンイエ》の腕はその師兄である段文鴦《ドワンウエンヤン》より若干劣り、器も眼力も及びませんが、腕前自体は一流と呼べるものでしょう。時が来れば、一戦交えることになるかもしれませんね」

沈嶠《シエンチアオ》の言葉に岳昆池《ユエクンチー》の顔が曇る。

「そいつが一人で来るのならまだしも、もし突厥の手練れを連れてきたらどうすればいい？　我々は数人しか残っていないんだ。師妹一人の力だけじゃ、とても敵わないぞ！」

趙持盈《ジャオチーイン》が口を開いた。

「構いません。ここまできたら、碧霞宗にはもう失うものはありませんから。背水の陣で戦わねば、我々碧霞宗は江湖から消えゆくのみです。元白《ユエンバイ》や夜《イエ》雪《シュエ》たちはまだ若い。どうか岳《ユエ》師兄、彼らを連れて山を下り、少しの間避難して、傷を癒やしてください。沈《シエン》道長も十五《スーウー》と共にここを離れてください。私は長いこと閉関し、全ての責任を師兄に押し付けてきました。これまで大変な思いをさせたでしょう。今から、全てのことは私一人が担います」

岳昆池《ユエクンチー》は目を赤くした。

「何を言ってるんだ！　私は行かないぞ！」

趙持盈《ジャオチーイン》の顔に苛立ちが現れる。

「深手を負っているあなたが残ったって仕方がありません。足手纏いになって私の集中を削ぐだけです。

沈《シェン》道長たちと一緒に山を下りてください。私の前でうろうろされては困ります。目障りですし、くどくどとうるさいです」

岳昆池《ユエクンチー》は笑った。

「どうせ私を危険に巻き込みたくないから、そんなことを言っているんだろう。とにかく、師妹の言う通り、碧霞宗はもはや失うものがないんだ。進むなら共に進む、退くなら共に退く。彼らの侵入を許したのは私にも責任がある。私は決して逃げたりはしない」

沈嶠《シェンチアオ》も、「趙《ジャオ》宗主、私も十五《スーウー》と残ります」と言った。

「ですが……」

眉を寄せる趙持盈《ジャオチーイン》に、沈嶠《シェンチアオ》は続ける。

「昔、昆邪《クンイエ》と戦い、私は負けて崖から落ちました。ここではお話しできない事情もありますが、負けは負けに変わりはありません。また昆邪《クンイエ》と一戦を交える機会があるのなら、私は全力で挑むつもりです。どうか趙《ジャオ》宗主、私にも機会をお与えください」


「もしだめだと言ったら？」

沈嶠《シェンチアオ》はニコニコと答える。

「なら、ずうずうしくここに残り、昆邪《クンイエ》が来るのを待つしかありませんね」

趙持盈《ジャオチーイン》はしばらく沈嶠《シェンチアオ》を見つめてから、突然ため息を吐いた。

「碧霞宗とこの趙持盈《ジャオチーイン》ごときに、沈《シェン》道長のような素晴らしい友ができるなんて」

「白頭《はくとう》新の如く、傾蓋《けいがい》故の如し。付き合いの深さに、過ごした時間の長さなど関係ありません。竺《ジュー》殿は出会ったばかりの私のような見知らぬ人間のために、命を投げ出してくださったのです。私も碧霞宗のために戦います。それに、私と昆邪《クンイエ》には因縁がありますす。全てが全て碧霞宗のため、というわけでもありませんよ」

趙持盈《ジャオチーイン》と沈嶠《シェンチアオ》は混乱の中で顔を合わせただけで、とてもではないが親しい仲とは言えない。しかし、今や碧霞宗の苦境を共に経験し、趙持盈《ジャオチーイン》は沈嶠《シェンチアオ》に非常に良い印象を抱いていた。そして沈嶠《シェンチアオ》が自分とはとんど関係のない碧霞宗のために身を挺することに、いたく感激していた。

「本当になんとお礼を申し上げればいいか。沈《シエン》道長のお骨折りと誠意、心に刻みます。一滴の恩を泉で報いる、と言いますが、この先沈《シエン》道長が必要とあれば、碧霞宗は火の中だろうと水の中だろうと、お応えいたしましょう！」

趙持盈《ジャオチーイン》と沈嶠《シエンチアオ》らは、昆邪《クンイエ》が来た時の対処法について話し合い、大まかな段取りを決めた。十五《スーウー》が疲労を顔に滲ませているのを見て、沈嶠《シエンチアオ》は席を立つと、挨拶をして客室に戻る。

帰り道、十五《スーウー》は沈嶠《シエンチアオ》に聞いた。

「師尊、先ほど趙《ジャオ》宗主が師尊のお骨折りを心に刻みますっておっしゃってましたが、なんのことですか？　よく分かりませんでした」

「碧霞宗は日に日に勢いを失い、趙《ジャオ》宗主は口には出さないけれど、きっと心の中ではひどく焦っていらっしゃる。江湖は強い者ほど尊敬される世界だ。趙《ジャオ》宗主はそれを分かっているからこそ、閉関をしてひたすら武芸の腕を磨き、強くなって碧霞宗が外から揺り動かされることがないようにしたかったのだろう。残念なことに、盧峰《ルーフォン》は碧霞宗を裏切り、趙《ジャオ》宗主の修練が肝心な時に差し掛かったのを狙って、外部の者と結託して碧霞宗を襲った。そのため、趙《ジャオ》宗主は強引に閉関を終わらせなければならなかった。ちょっと見ただけでははっきりと分からないけれど、趙《ジャオ》宗主はおそらく内傷を負っていらっしゃる。今の状態で昆邪《クンイエ》と手を交えれば、勝ち目はない。私が昆邪《クンイエ》と戦うと名乗り出たのは、宗主の窮状を救うためでもあると分かっているから、骨折りを心に刻む、とおっしゃったんだよ」

十五《スーウー》は小さく「あ！」と声を漏らして、たちまち緊張し始める。

「では、師尊はどうなんですか？　その昆邪《クンイエ》っていう人に勝てるんですか？　昔、昆邪《クンイエ》に負けたとおっしゃってましたよね。もしかして、そいつはすごく強いんですか？」

少年は心配のあまり動揺し、話す言葉にも遠慮がなくなる。ほかの人であれば、質問することで沈《シェン》嶠《チアオ》の面目を潰さないかと考えるところだ。

しかし、沈嶠《シェンチアオ》は笑って答えた。

「昆邪《クンイエ》は一番強いわけではないけれど、確かに他の者に勝るものがある。私はまだ完全に回復してはいないから、絶対に勝てるという自信はないよ」

「勝ち目はあるんですか？」

十五《スーウー》は不安に眉を顰《ひそ》めて沈嶠《シェンチアオ》を見上げる。沈嶠《シェンチアオ》は手を伸ばして、十五《スーウー》の眉間を撫でた。

「五分五分と言ったところかな」

十五《スーウー》の眉間の皺《しわ》は撫でられても戻らずに、ますます深くなる。沈嶠《シェンチアオ》の言葉に驚いているようだ。

昆邪《クンイエ》の腕前は段文鴦《ドワンウェンヤン》に劣るとはいえ、決して弱くはない。郁藹《ユーアイ》と手を組んで沈嶠《シェンチアオ》に毒を盛り、卑怯なやり方で勝ったが、実力自体は相当なものなのだ。もし趙持盈《ジャオチーイン》の功力が完全な状態であれば、まだ引き分けに持ち込めるだろう。しかし、今の趙持盈《ジャオチーイン》の状態ではなんとも言えない。今日、沈嶠《シェンチアオ》がいなければ、碧霞宗は背水の陣で宗門を死守するか、全てを捨て昆邪《クンイエ》が来る前に撤退するかのどちらかだっただろう。けれども、撤退を選んだ場合、燭南峰にある宗門は占領され、代々受け継がれてきた歴史ある碧霞宗は終わりを迎えることになる。

つまり、碧霞宗にとって沈嶠《シェンチアオ》が申し出たのは、単に戦いの手助けをすることではない。ぐらついて間もなく崩れ落ちてしまいそうな、碧霞宗の根幹を守ることなのだ。

十五《スーウー》はいきなり沈嶠《シェンチアオ》に抱き着き、頭をその胸元に押し付けて不安そうに呟いた。

「本当に戦わないといけないんですか？　師尊の武功だって、まだ完全に回復してないのに！」

沈嶠《シェンチアオ》は十五《スーウー》を抱き返す。

「五分五分だから、勝つ見込みが全くないわけではないし、全力で立ち向かえば勝てるかもしれない。私は昆邪《クンイエ》に負け、谷底に落ちた。いくら言い訳や理由があったとしても、昆邪《クンイエ》は私の心の中のわだかまり、心に棲む魔物なんだ。私は昆邪《クンイエ》のところで躓いたのだから、そこから立ち上がらないと。分かるかい？」

十五《スーウー》は沈嶠《シエンチアオ》を抱きしめたまま、長いこと黙っていたが、ようやく小さな声で返事をした。

「分かってます……ただ、師尊にもしものことがあったら……」

沈嶠《シエンチアオ》は笑う。

「私は大丈夫だよ。それに、君の師父なのだから長生きしないと。竺《ジュー》殿の分も生きると約束したんだ。君が白い髭を生やしたお爺さんになっても、君の耳を引っ張って、朝から晩まで小言を言うつもりだよ。その時、君が私を鬱陶《うっとう》しいと思っているかどうか、今ここで賭けてみるかい？」

沈嶠《シエンチアオ》の胸で泣いていた十五《スーウー》は堪え切れずに笑った。

沈嶠《シエンチアオ》はため息を吐いて、十五《スーウー》の頭を撫でた。

「普通は師父になると、弟子があらゆる手を尽くして孝行しようとするのに。私ときたら、むしろあらゆる手を尽くして弟子を喜ばせなければいけないなんて。師父としての威厳も形無しだ！」

十五《スーウー》はニコニコとして言い返さなかったが、あなたは全然威厳がない師父だけど、天下で一番良い師父だ、と心の中で思っていた。

自分が沈嶠《シエンチアオ》の弟子だと思うと、十五《スーウー》の心はすっかり満たされた。

それから二日が過ぎた。山の麓は静かなままで、誰も登ってくる気配はない。碧霞宗はこの間に一息吐いて、態勢を整えることができた。十五《スーウー》は范元《ファンユエン》白《バイ》たちを手伝い、戦いで命を落とした碧霞宗の弟子たちの遺体を全て棺に納めて埋葬した。血腥い戦いの後、賑やかだった門派はすっかり人気がなくなり、虚ろな薄ら寒さだけがそこに残された。

范元白《ファンユエンバイ》や周夜雪《ジョウイエシュエ》、生き残った弟子たちの顔に喜びはない。皆、同門の死に心を痛めており、そして間もなくやってくるかもしれない苦難を思うと、気分は落ち込むばかりだった。

三日目、正陽殿の外の鈴が鳴り、碧霞宗のあちこちに仕掛けられた鈴も続いて音を立てた。鈴の音は、山の中腹で見張りをしている弟子からの知らせである。誰かが山頂に向かっており、自分では止められない、という意味だ。

物音を聞きつけた人々が山門に駆け付けると、異族の格好をした若い男が手を後ろに組みながら立っていた。さらに後ろに彫りの深い顔立ちの男が二人いる。彼らは下ろした髪を三つ編みにし、布で束ねている。一目でその出身が分かるような、特徴的な格好だ。

趙持盈《ジャオチーイン》は低い声で尋ねる。

「お客人がいらしているとは知らず、お迎えが遅くなりました。碧霞宗の趙持盈《ジャオチーイン》です。ご尊名をお伺いしても？」

「突厥の昆邪《クンイエ》だ。遥々不肖の弟子を返してもらいに来た」

昆邪《クンイエ》と名乗った男は尊大な様子で、趙持盈《ジャオチーイン》を上から下まで舐《な》めるように見ると首を横に振った。

「お前が碧霞宗宗主の趙持盈《ジャオチーイン》か？　並外れた資質を持ち、碧霞宗を復興させるほどの人物だと聞いたが、こうして見てみれば大したことはないな」

趙持盈《ジャオチーイン》の後ろに立つ范元白《ファンユエンバイ》たちはその言葉に怒りを露わにしたが、趙持盈《ジャオチーイン》は内心ドキリとしていた。沈嶠《シェンチアオ》が言っていたことをふと思い出したのだ。

昆邪《クンイエ》は突厥で身分が高いうえ、狐鹿估《フールーグー》の直弟子であるため、ひどく驕り高ぶっている。とはいえ、実力は確かであり、天下の十大に勝るとも劣らない。半歩峰の戦いで細工をしていたとしても、決して軽視できる人物ではない、と。

昆邪《クンイエ》が趙持盈《ジャオチーイン》を見てすぐさま、「大したことはない」と言い放ったのは、彼女を見くびっていて、怒らせようとしているだけではない。趙持盈《ジャオチーイン》が内傷を負っており、昆邪《クンイエ》に敵わないことも見抜いているのだ。

その鋭い観察力は、まさしく沈嶠《シェンチアオ》の言う通りである。

先行きに趙持盈《ジャオチーイン》は気が重くなるが、表情を変えず答える。

「なるほど、突厥の左賢王がわざわざいらっしゃったのね。あなたの弟子と東州派の阮海楼《ルワンハイロウ》が盧峰《ルーフォン》と結託し、碧霞宗の弟子たちを大勢虐殺した件は、どう説明するおつもりかしら？」

昆邪《クンイエ》は馬鹿にしたように笑う。

「蒲安密《プーアンミー》はそちらの長老の招待を受け、客としてここを訪れた。ところが待っていたのは美酒佳肴《びしゅかこう》ではなく、刀剣を持った碧霞宗の者。あいつが今、生きているのか死んでいるのか、師父の俺にすら分からない。これではまるで罠にはめられたも同然だが、趙《ジャオ》宗主はどう説明してくれる？」

あからさまな屁理屈である。はなから弟子の蒲安《プーアン》密《ミー》と漁夫の利を得る段取りをつけていなければ、昆《クン》邪《イエ》は蒲安密《プーアンミー》が碧霞宗にいることとすら知らないはずだ。

門人たちの顔に怒りの色が滲んだ。

蒲安密《プーアンミー》は今、閉じ込められている。趙持盈《ジャオチーイン》は彼を殺さなかったが、そう簡単に逃がしもしなかった。そうでなければ、碧霞宗は突厥人に屈服したと江湖に広まり、今後江湖で地位を確立するのが一層難しくなるからだ。何より、大勢の弟子たちの命を蒲安《プーアン》密《ミー》に償ってもらわなければならない。


趙《ジャオ》持盈《チーイン》は淡々と言う。

「あなたの弟子が何をしたのか、言わなくとも分かっているでしょう。ここで屁理屈をこねても無駄よ。碧霞宗の門人がたとえ最後の一人になっても、蒲安《プーアン》密《ミー》を行かせはしない」

面白い冗談でも聞いたかのように、昆邪《クンイエ》は大声で笑った。

「趙持盈《ジャオチーイン》よ、お前の後ろにいる弟子は十人にも満たない。碧霞宗などとうに名ばかりとなっているくせに、よくもそんな大口が叩けたものだな。お前を殺せば、碧霞宗は消え失せるぞ！」

「あなたに人は殺せても、人の心は殺せませんから」

聞き覚えのある声に、昆邪《クンイエ》は思わず眉を跳ね上げて顔を向けると、剣を手にこちらへ歩いてくる男の姿が見えた。

忘れるわけがない。

この男と、かつて半歩峰で一戦を交えたのだ。

半歩峰の戦いは天下の注目を集め、昆邪《クンイエ》は名を成した。

　一方、目の前にいるこの男は地位と名誉だけでなく、武功すら失った。どうにか一命は取り留めたらしいが、せいぜい人生の後半を虫の息で生きていくくらいしかできないだろうと思っていた。

「沈《シェン》……嶠《チアオ》……！」

　昆邪《クンイエ》は自分でも説明がつかないような複雑な感情で、男の名を歯の間から絞り出す。

「久しぶりですね、昆邪《クンイエ》」

　沈嶠《シェンチアオ》は軽く会釈をする。その振る舞いは半歩峰の時と同じだったが、当時の沈嶠《シェンチアオ》は玄都山の宗師であり、世間から慕われていた。片や昆邪《クンイエ》は中原に立ち入ったばかりで、名声もなかった。

　時が移ろい、情勢は変わった。二人の地位も天地がひっくり返ったが如く変化した。昆邪《クンイエ》はあの時の昆邪《クンイエ》ではなく、沈嶠《シェンチアオ》も玄都山の掌教ではない。

　それなのに、なぜ沈嶠《シェンチアオ》はこれほど落ち着いていられるのだろう？

　顔を合わせてすぐ、昆邪《クンイエ》は沈嶠《シェンチアオ》を隅々まで観察していた。ところが、沈嶠《シェンチアオ》に意気消沈している様子はなく、苦痛も全く見て取れない。

　それどころか、沈嶠《シェンチアオ》はあの時の沈嶠《シェンチアオ》のまま、何も変わっていないように思える。

　いや！

　違いはあった。

　昆邪《クンイエ》はいきなり切り出す。

「沈《シェン》掌教……ああ、いや。今はもう掌教と呼んではいけないな。沈《シェン》道長、あの日、崖から落ちた後、怪我でもしたのか？　目がよくないようだが」

「まあそうですが、目は崖から落ちたこととは関係ありません。相見歓のせいです。そのあたりの事情は、あなたのほうが詳しいのでは？」

　昆邪《クンイエ》は首を横に振った。

「責めるんならお前の師弟の郁藹《ユーアイ》を責めるんだな。毒を盛ったのはあいつで、俺じゃない。俺は正々堂々と戦いを挑み、正々堂々と戦った。見ていた奴ら全員が証人だ。俺はお前を陥れるような振る舞いは一切していなかったからな」

そして沈嶠《シエンチアオ》の剣を見ると、昆邪《クンイエ》はまた笑った。

「その様子、負けっぱなしは嫌だと、わざわざここで俺を待っていたのか。それとも、何がなんでも碧霞宗の肩を持つつもりか？」

「昔日のことは今日の流水の如し。過去はやり直せません。今日、私がここで待っていたのは、あなたともう一度戦いたいからです。戦いに応じる気はありますか？」

沈　嶠《シエンチアオ》はゆっくりと鞘から剣を引き抜いた。下に向けられた剣先は抜剣の振動で微かに揺れる。陽の光が当たると、波の如く揺らめいて眩い光を放った。

昆邪《クンイエ》はすぐさま見下した表情を引っ込め、真剣な顔で背中につけていた刀を抜いた。

この戦いは遅かれ早かれやってくる運命だったのだ。

昆邪《クンイエ》は自分が体の奥から興奮してくるのを感じた。半歩峰では確かに沈嶠《シエンチアオ》に勝ったが、心の中には相見歓のことがしこりのように残っていた。心地よい勝利ではなかったのは確かだ。

今度は、沈嶠《シエンチアオ》に心の底から負けを認めさせてやる！

＊＊＊

碧霞宗の面々は、沈嶠《シエンチアオ》と昆邪《クンイエ》の再戦がこれほど熾烈なものになるとは予想していなかった。

昆邪《クンイエ》は当代の高手であり、沈嶠《シエンチアオ》の師、祁鳳閣《チーフォンゴー》と
の戦いを引き分け近くまで持ち込んだ狐鹿估《フールーグー》の弟子である。決して簡単にあしらえるような敵ではない。

加えて、一度負けた相手に勝つのは容易ではない。沈　嶠《シエンチアオ》は昆邪《クンイエ》に勝たなければならないだけでなく、心の中にある不安にも勝たねばならないのだ。

碧霞宗の弟子たちは心配していたが、宗主が傍にいるため冷静だった。沈嶠《シエンチアオ》が負けたとしても、まだ自らの宗主が戦えると思っているのだ。ただ一人、岳昆池《ユエクンチー》だけははっきりと分かっていた。趙持盈《ジャオチーイン》は、無理やり閉関を中断したので内傷を負っている。もし沈嶠《シエンチアオ》が負けてしまえば、碧霞宗は俎板の上の鯉、

後は蹂躙《じゅうりん》されるのを待つだけだ。

果たして、沈嶠《シエンチアオ》は勝てるのか？

岳昆池《ユエクンチー》は不安な気持ちを抑え、目の前の戦いに意識を集中させた。

昆邪《クンイエ》の武功は奔放で力強く、横暴だ。振り下ろされる刀は、山や大地を揺らすほどの、並々ならぬ勢いを持っていた。刀気が地面に叩き付けられると、観戦していた人々は足元が揺れたように感じた。強大な刀気が空を劈《つんざ》き、キーンという鋭い音が聞こえてきた。武功の根基がしっかりしていない者は、早くもその音に我慢できず耳を塞いでいる。

繰り出される技は重々しいが、昆邪《クンイエ》は軽功にも優れている。

昆邪《クンイエ》と沈嶠《シエンチアオ》は激しい攻防を繰り広げながら、平地から崖へと移動し、切り立った断崖に背をつけるようにして、突き出た足場の上に立った。周囲の岩は衝撃で砕けて飛び散り、真気が辺りを縦横無尽に駆け巡る。目が眩むような光景だ。昆邪《クンイエ》の横暴な刀さばきに比べると、沈嶠《シエンチアオ》の攻撃は穏やかに映る。絶え間なく繰り出される剣技は、持ち主と同じく落ち着いていた。陽光を受けて、見る者の頬を照らす花びらや、柳を撫でていく春風のように、澄み切り清々しい。道家らしい攻撃だが、相手に鋭く迫るような気勢はなかった。

百以上の手を交えても、沈嶠《シエンチアオ》は昆邪《クンイエ》に少しも引けを取らなかった。沈嶠《シエンチアオ》の実力を心配していた人々は、自分たちが思い違いをしていたことに気づく。昆邪《クンイエ》の刀勢が誰にも止められない暴風や雷だとすれば、沈嶠《シエンチアオ》の剣勢は、小川のせせらぎだ。初めは目立たず、昆邪《クンイエ》の刀気に押されている気配すらあった。しかしその剣勢は、一度も途切れることなく、さらさらと流れ続ける。静かな流れは次第に勢いを増し、そうして無数の川が注ぎ込まれる海のように、唸り声を上げて全てを呑み込んでしまうのだ。

戦えば戦うほど、昆邪《クンイエ》は沈嶠《シエンチアオ》が恐ろしくなる。

半歩峰で沈嶠《シエンチアオ》と戦った時、昆邪《クンイエ》は刀気を第八層までしか出せなかった。しかし、今では第九層まで繰り出せるようになり、刀使いとして一段上の境地に至っている。今の沈嶠《シエンチアオ》は言うまでもなく、怪我をする前の沈嶠《シエンチアオ》にすら、勝つ自信があった。

それなのに、目の前の相手はどうだ。一見すると、清らかな小川のように柔弱で、川底まで見通せる。ところが、いざ手を入れてみれば、どうやっても底に触れることは叶わない。

深淵がそこに横たわっているからだ。

玄都山の軽功、天闊虹影はその名の通り、青空にかかる大きな虹を思わせる。沈嶠《シエンチアオ》は天闊虹影を使い、体の重みを感じさせない軽快さで現れては消え、空を自由自在に動いた。振り下ろされる山河同悲剣は、絶壁に白い剣気の跡をいくつも残していく。剣気の残影はまるで壁にひとはけ描かれた絵のように見えるが、硬い岩壁にはくっきりとその跡が刻み込まれている。人間の体に当たれば、白骨を剝き出しにされ、血しぶきを上げていることだろう。

刀の光と剣の影が錯綜する中、遠くから見ても暴虐な刀気が劣勢なようだった。

岳昆池《ユエクンチー》はホッと胸を撫で下ろし、趙持盈《ジャオチーイン》のほうを振り向いた。

「師妹、私の見立てだが、沈《シエン》道長が勝てるんじゃないか？」

しかし、趙持盈《ジャオチーイン》は首を振った。

「そう簡単にはいかないかと。気づきませんか？昆邪《クンイエ》は刀気を第九層まで繰り出せるようになっています。剣の境地で言えば、剣意の頂点に達しているのに等しい。それに第九層は一振りするだけで全てを壊すほど威力が強く、これまでの攻撃とは違います。先ほど一度だけ繰り出されましたが、沈《シエン》道長は危うく受け止めきれないところでした」

岳昆池《ユエクンチー》は思わず「あっ！」と息を吞み、再び緊張に顔が強張る。

「昆邪《クンイエ》はもしかして、沈《シエン》道長の内力を消耗させようとしているのか？」

「ええ。沈《シエン》道長はまだ昆邪《クンイエ》と互角にやり合えるほどの内力はありません。戦う時間が長引けば長引くほど、不利になってしまうでしょう」

趙持盈《ジャオチーイン》の答えに、岳昆池《ユエクンチー》は焦りを禁じ得ない。

「なら、どうすればいいんだ。沈《シェン》道長は気づかないまま、昆邪《クンイエ》の目論見にはまってしまうのか？」

趙 持盈《ジャオチーイン》は何も答えなかった。沈嶠《シェンチアオ》が昆邪《クンイエ》の目論見に気づいていないとは思わなかったが、かといって、沈嶠《シェンチアオ》がどうするつもりなのかも分からなかった。

実のところ、沈嶠《シェンチアオ》自身も手探りの状態だった。

ただし、探っているのは、自らの限界だ。

『朱陽策』に記された内功には根基を再構築し、筋骨を鍛える力がある。また、その内功は儒仏道の三門の長所を融合させたものなので、三門それぞれの特徴が活かされている。

道門が重んじるのは、「上善は水の如し、争うは争わざるが如し」だ。これはもとより沈嶠《シェンチアオ》自身の剣法と同じ流れを汲《く》んでいるため、その内功をそのまま取り入れても差し障りがない。

仏門は厳粛と静寂を重んじる。怒れる金剛力士のような恐ろしさと同時に、穏やかな菩薩のような慈悲を併せ持つ。これは言葉にするのが難しいほど奥深いものなのだが、『朱陽策』はそれを真気に溶け込ませた。『朱陽策』の真気はまさしく、道門の持つ柔と仏門の持つ剛を併せ持っている。二つは共存し、せせらぎの穏やかさと荒波の激しさのように、柔中に剛ありという緩急を剣に与えているのだ。

一方、儒門の風格は道門と仏門に比べて複雑で、陶弘景《タオホンジン》は『朱陽策』を書く際、儒門の仁愛と包容の二つの要素を取り入れた。諸門の長所がぶつかり合わぬように全てを包容することで、修練した者の真気が枯れ果てても、丹田から新しい真気が生み出されていく。枯れ木が春に再び芽吹くように、起死回生するのだ。

祁鳳閣《チーフォンゴー》から『朱陽策』を伝えられた時、沈嶠《シェンチアオ》は既に玄都山の真気を身に付けていた。そのため、『朱陽策』を修練しても、あまり進歩しなかった。ところが根基を自ら壊し、一度振り出しに戻ったことにより、沈嶠《シェンチアオ》は初めて『朱陽策』の奥深さを感じ取ることができた。『朱陽策』は天下の奇書の名に恥じない書物だが、おそらく多くの人々は、その真に奥深いところを知らないまま書を奪い合っているのだろう。

　それだけではない。陶弘景《タオホンジン》は『朱陽策』を著していた時、乱世の中、書物を保存しておくのが難しいことを予想していたのだろう。自らの死後、全ての巻が完全な状態で保管されるとは限らないと考え、五巻ある『朱陽策』を、それぞれが一冊の本として成り立つようにした。修練する者はどの巻から読んでも前後が繫がらないと感じることはない。もし全巻を修練できれば、完璧で円満な境地に辿り着くことができるが、一、二巻しか修得できなくとも、得られる功力が不足したり欠けたりすることはない。多少その威力と効果が削られるだけである。

　沈嶠《シェンチアオ》は昆邪《クンイエ》との再戦で、修練してきた成果を吟味しようとしていた。普段修練をしていくら技を高めたとしても、自分で能力を限界まで引き出すことは不可能である。生死の境に立つことによってのみ、潜在的な力を徹底的に発現させ、新たな境地に足を踏み入れることができるのだ。

　武術の道は、流れに逆らって船を漕ぐのに等しい。進まないということは、すなわち後退を意味する。そうでなければ、祁鳳閣《チーフォンゴー》や狐鹿估《フールーグー》ほどの者が、その地位と積み上げきた数十年分の功力を捨て、命を落とす危険を冒してでも前進を選ぶことはなかっただろう。

　沈嶠《シェンチアオ》は今、極めて危険な状態だった。剣気は刀気にほとんど抑え込まれ、丹田の真気は残り僅かになった。沈嶠《シェンチアオ》の攻撃は目に見えて遅くなり、剣気の威力も徐々に弱まっている。もう負けてしまうのではないかと、誰もが思ったその時、昆邪《クンイエ》が沈嶠《シェンチアオ》目掛けて刀を振り下ろそうとした。昆邪《クンイエ》の刀からゾッとするくらいの真気が爆発して刀気と化し、天地を覆う網のように、沈嶠《シェンチアオ》を四方八方から囲い込み、正面から襲い掛かった。虹をも貫く猛烈さで、草木を灰にし、河川を干上がらせ、飛ぶ鳥すら消し去ったようだった。

　これこそ、昆邪《クンイエ》が誇る第九層の刀気だ。

　一旦取り囲まれてしまえば、無理やり抵抗するほかに、刀気を突破する方法などない。それほど強硬で威圧的なのだ。さすが、狐鹿估《フールーグー》の弟子だけある。たった一振りだが、天下にこれを受け止められる者はほとんどいないだろう。

昆邪《クンイエ》は空中に浮いたまま、内力の全てを注いだ刀を沈嶠《シエンチアオ》目掛け、凄まじい威力で振り下ろした。月や太陽も半分に割れてしまいそうな勢いだ。

十五《スーウー》は目を凝らし、呼吸すら忘れて、谷の向こうにいる二人をじっと見つめる。誰よりも沈嶠《シエンチアオ》に勝ってほしいと願っているが、武芸を習いたてでも、沈《シエン》嶠《チアオ》が極めて不利な状況に置かれていることは分かった。

晴れやかな空が果てしなく広がり、足元には万丈の深淵が横たわる。天と地の間、数十丈の切り立った絶壁には、小さな出っ張りほどの足場しかない。昆邪《クンイエ》が繰り出した全力の一撃を前に、もはや軽功を使って逃げようにも間に合わない。一体どうすれば、この刀気を食い止められるのだろうか？

絶体絶命の状況に、趙持盈《ジャオチーイン》は眉間に皺を寄せた。血しぶきをあげて倒れる師の姿を見せまいと、手を伸ばし、十五《スーウー》の視界を遮る。

十五《スーウー》は既に一人の師父を失っている。家族を失う打撃を再び受け止めることなど、できないだろう。

趙持盈《ジャオチーイン》はひどく後悔する。昆邪《クンイエ》との戦いは、本来は自分が引き受けるべきだった。こうなることが分かっていれば、沈嶠《シエンチアオ》が戦うと申し出た時に何があっても了承などしなかったはずだ。沈嶠《シエンチアオ》があまりにも落ち着いていたので、昆邪《クンイエ》を倒せる奥の手があるのだとばかり思っていた。まさか沈嶠《シエンチアオ》が本当に命を賭《と》してまで、危ない橋を渡ろうとしているとは、思いもしなかったのだ。

刀気は稲妻の如く、すぐ目の前まで迫っている。しかし、沈嶠《シエンチアオ》は逆にゆっくりと呼吸を整えた。逃げずに目を閉じ、剣を掲げて刀気を迎え撃つ。

物を知り、後に我を知る。その後我を忘れ、物我《ぶつが》を共に忘れる。寵辱《ちょうじょく》にも動じない。

沈嶠《シエンチアオ》は執念や欲望を手放した、虚無に近い心境に至る。山河同悲剣は一筋の白い光となり、沈嶠《シエンチアオ》の姿をかき消す。

昆邪《クンイエ》は勝ったことを確信し、口角を吊り上げたが、不意にその笑みが固まる。

何かに刀気がせき止められ、それ以上攻め込めなくなってしまったのだ！

沈嶠《シエンチアオ》の剣は刀気を貫き、一直線に昆邪《クンイエ》の胸元を狙ってくる。

いや、違う！

昆邪《クンイエ》はサッと後ろを向いて、手に持っていた六《ろく》生刀《しょうとう》で何かを薙ぎ払った。直感は当たり、昆邪《クンイエ》の背後に沈嶠《シエンチアオ》がいた。しかし、なんと、彼が放つ二本の白い剣意が十字を成し、刀気を抑え込もうとしているではないか。

（そんな馬鹿な！）

昆邪《クンイエ》は心の中で否定するが、もう考えている時間はない。足場を蹴って十数尺上空に飛び上がる。そして振り向きざまに背後の岩壁に斬り付けると、山にあった岩が崩れ、轟音が響いた。岩は大小に砕けてごろごろと谷底に落ちる。昆邪《クンイエ》は再度舞い上がり、崖のてっぺんに着地した。

視線を下に向けて探すも、落ちていく岩の間に沈《シエン》嶠《チアオ》の姿はない。昆邪《クンイエ》の頭の中で再び警鐘が鳴り響いた。

身を翻して、もう一度刀を振る。

ところが、刀は敵には当たらず、代わりに昆邪《クンイエ》の背中に激痛が走る。なんと沈嶠《シエンチアオ》は昆邪《クンイエ》より速く動き、昆邪《クンイエ》の次の動きを読んでいたのだ。

（あり得ん、こんなことは絶対にあり得ん！）

先ほどまで、昆邪《クンイエ》は沈嶠《シエンチアオ》が剣意の域に達した、と思っていた。だが、違う。今、繰り出されているのは、どうみても剣意などではない！

人を知り己を知り、己の心と意が通じ合う。剣の在るところは道の在るところ。霊犀《れいさい》一点通じ、仙骨と仏心を有す。

剣心！

これは明らかに剣心だ！

まさか沈嶠《シエンチアオ》が剣心を会得するなんて！

恐ろしい事実に気づくや否や、昆邪《クンイエ》は全力で前に飛んで行った。背中の鋭い痛みは影のように付き従い、離れようとしない。まるで一本の糸で繋がれているようだ。昆邪《クンイエ》は、自分自身が糸の先にある木偶《でく》になったように感じた。どうあがいても、相手の支配から逃げられない。

最悪な感覚である。晏無師《イエンウースー》に追いかけ回されている時でさえ、これほどの恐怖を感じたことはない。あの時、晏無師《イエンウースー》は昆邪《クンイエ》を殺そうとはしておらず、昆《クン》邪《イエ》の腕前を探ろうとしただけだった。それを分かっていたため、昆邪《クンイエ》は全力を出す必要がなく、ただ、あしらえばよかった。だが今は違う。昆邪《クンイエ》は沈嶠《シェンチアオ》を殺そうとしたのだ。沈嶠《シェンチアオ》は当然、昆邪《クンイエ》を殺そうとするだろう。

互いが死力を尽くした戦いに、逃げ切れる可能性などない。

時が経てば、沈嶠《シェンチアオ》は間違いなく強大な敵になる！　とはいえ、今の昆邪《クンイエ》に将来のことなど考えている暇はない。ひとまず、目の前の災難から逃れなければ。

そこまで考えて、昆邪《クンイエ》は堪らず大声で叫んだ。

「負けを認める！　お前の勝ちだ！　だから殺さないでくれ！」

そう叫ぶと、刺すような痛みが幾分か和らいだ気がした。

だが昆邪《クンイエ》は油断はせず、すぐさま続ける。

「言いたいことがある！　お前を辱めた晏無師《イエンウースー》のことだ！　奴の死期は近い、その手で殺したくないのか！」

剣光が昆邪《クンイエ》の髪を掠めて、目の前にあった木の幹に突き刺さる。一瞬にして、木は真っ二つに割れた。

昆邪《クンイエ》は耳と頬に鋭い痛みを感じた。おそらく剣光による傷だろう。しかし先ほど口を開かなければ、今頃真っ二つになっていたのはあの木ではないことは言うまでもない。

精魂尽き果てた昆邪《クンイエ》は向きを変え、背後の岩壁にもたれ掛かる。血を拭うこともせず、刀をついて体を支えた。まるで牛のようにゼーハーと息が上がって心臓が激しく鼓動し、昆邪《クンイエ》は自分の心音まで聞こえたような気がした。

「俺の負けだ！」

沈嶠《シェンチアオ》が剣心を会得していたとは露ほども思わず、昆邪《クンイエ》はなおも残る恐怖に襲われていた。

その一方で、昆邪《クンイエ》は沈嶠《シェンチアオ》が武徳を守る者であり、自分が負けを認めさえすれば、しつこく追いかけたり、窮地に付け込むようなことはしないと知っている。

祁鳳閣《チーフォンゴー》や狐鹿估《フールーグー》も、きっとそうはしないはずだ。

「蟠龍会《ばんりゅうかい》を知ってるか？」

沈嶠《シェンチアオ》は何も答えない。話の続きを待っているようだ。

昆邪《クンイエ》は一息吐いて続ける。

「吐谷渾《とよくこん》の王城、伏俟《ふくし》城では、九月九日に蟠龍会という名の盛会が開かれる。毎年各地から商人が大勢集まり、珍しい宝が売りに出され、高値を付けた者がその宝を手にする。今年、とあるものが……晏無《イエンウー》師《スー》の母親の遺品がそこで売られるという噂があるんだ」

沈嶠《シェンチアオ》は微かに眉を寄せる。

相手が疑問を抱いたことを察し、昆邪《クンイエ》はにやりと笑った。

「俺の師兄が言っていた。晏無師《イエンウースー》は昔、謝《シエ》という姓で、なんでも陳郡謝《シエ》氏の人間だったらしい」

陳郡謝《シエ》氏は魏晋に起源を持つ。当時は琅邪《ろうや》王《ワン》氏と共に、天下の頂点に立つ門閥だった。謝《シエ》氏の中でも最も有名なのが、東晋の政治家謝安《シエアン》だ。しかし、時が経つにつれ状況が変わり、陳郡謝《シエ》氏の権力も財力も残らず消えた。謝《シエ》氏は徐々に没落したが、痩せて死んだ駱駝でも馬よりは大きい。謝《シエ》氏は東南一帯において、今でも軽視できない名声を得ている。

だが、謝《シエ》氏の名声は江湖とは無関係で、士大夫階級や朝廷でのものだ。

昆邪《クンイエ》の言葉から沈嶠《シェンチアオ》はさらに先のことに思い至った。

「その事実は極秘のはず。あなた方は長城外の草原にずっといたのでしょう？　中原とはなんの関係もないのに、なぜそれを知っているのです？　もしや……誰かから聞いたのですか？」

「そうだ。晏無師《イエンウースー》の敵は数多《あまた》いる。皆、奴を殺して、安心したいんだ。九月九日、伏俟城に俊英たちが集まり、当代の五大高手は手を組んで晏無師《イエンウースー》を殺すつもりだ。いくら奴が天下無敵だとしても、今回ばかりは難を逃れられまい。晏無師《イエンウースー》はお前を弄んだんだろう？　お前も自分の目で奴の死に様を見たいんじゃないのか？」

「これでやっと分かりました」

沈嶠《シェンチアオ》の嚙み合わない返事に昆邪《クンイエ》は「何をだ？」と聞き返した。

「各国がしのぎを削る中、天下を統一できる可能性が最も高いのは周国です。宇文邕《ユーウェンヨン》は陳国と手を組んで、破竹の勢いで斉国に攻め入ろうとしています。斉国の滅亡は近いでしょう。斉国が滅べば、周国の次の目標は突厥、でなければ陳国。浣月宗は宇文《ユーウェン》邕《ヨン》を支えており、宇文邕《ユーウェンヨン》を殺したければ、まずは晏無師《イエンウースー》から殺さなければならない。あなたたち突厥が臨川学宮と手を組んだのは、晏無師《イエンウースー》を討伐するためでしょう。臨川学宮は南で膨大な勢力を誇っているので、あなたたちに晏無師《イエンウースー》の来歴を伝えることができたのでは？」

沈嶠《シェンチアオ》の推測に、ここまでくればと、昆邪《クンイエ》は包み隠さず答えた。

「大まかにはその通りだが、晏無師《イエンウースー》の出自を調べてくれたのは臨川学宮じゃない。六合幇だ。言っただろう、晏無師《イエンウースー》には大勢の敵がいると。奴は出雲寺で竇燕山《ドウイエンシャン》の計画を台無しにした。皆の前で『朱陽策』を破壊したんだぞ。竇燕山《ドウイエンシャン》が恨まないわけがない」

「それなら、臨川学宮はどうなのです？　汝鄢克《ルーイエンコー》恵《フイ》は漢人による統一を取り戻そうとしています。晏《イエン》無師《ウースー》を消せば、宇文邕《ユーウェンヨン》の強力な腕を一本折ることになるので、今回の件において高みの見物をするはずがありません。陳国での汝鄢克恵《ルーイエンコーフイ》と晏無師《イエンウースー》の一戦は、晏無師《イエンウースー》の実力を探り、九月九日の攻囲の準備のためだったということですか？」

「そうだ」

「けれど、汝鄢克恵《ルーイエンコーフイ》はあの戦いで傷を負っています。九月九日の盛会に出ることなどあり得ない。竇《ドウ》燕山《イエンシャン》と段文鴦《ドワンウェンヤン》の他に、計画に加わっているのは誰なのですか？」

「お前の師弟郁藹《ユーアイ》、法鏡宗宗主広陵散《グアンリンサン》、それから、周国の元国師、雪庭《シュエティン》禅師だ」

崑邪《クンイエ》の口から、聞くだけで恐ろしくなるような者たちの名が出てくる。

ただよく考えてみれば、確かに想定される面々ではある。

郁藹《ユーアイ》は既に突厥人と結託しているし、段文鴦《ドワンウェンヤン》から招待されれば喜んで手伝うだろう。

魔門三宗はもとより互いに睨み合いを続けており、晏無師《イエンウースー》を殺せば浣月宗は単なる烏合の衆となる。一方、合歓宗は元秀秀《ユエンシウシウ》と桑景行《サンジンシン》が内輪揉めをしているので、残る法鏡宗の広陵散《グアンリンサン》が関わらない手はないのだ。

そして、雪庭《シュエティン》禅師はもともと宇文護《ユーウェンフー》の下で周国の国師を務めていた。しかし宇文邕《ユーウェンヨン》が皇位を継いだ後、仏門は廃され、国師の座を追われた。それ以来、周国における仏門の地位は急落し、仏門のためにせよ、「正義のために魔を誅殺する」ためにせよ、雪庭《シュエティン》禅師は計画に加わるはずだ。

宗師級の手練れを集め、五対一で戦うなど卑劣なことに思えるが、晏無師《イエンウースー》を殺せばそれぞれが大いに得するのだ。拒否する者などいないだろう。

沈嶠《シェンチアオ》はしばし沈黙した後、口を開いた。

「なぜ晏無師《イエンウースー》が必ず向かうと？　彼が策略に勘づくかもしれないでしょう」

「俺の師兄が言っていた。晏無師《イエンウースー》のような人間は、罠だと知っていても必ず来るとな。奴は自分の腕を過信し、驕り高ぶっている。勝てずとも、きっと余裕でその場を立ち去れると思っているんだ。まあ、堅い木は折れやすいというやつだな。お前たち中原人が一番好きな言葉だろ？」

沈嶠《シェンチアオ》はことのあらましを完全に理解した。

「汝鄢克恵《ルーイエンコーフイ》が晏無師《イエンウースー》と戦い、故意に晏無師《イエンウースー》の武功の欠陥を引き出しました。広陵散《グアンリンサン》は魔門の人間で、どうすれば晏無師《イエンウースー》を確実に殺せるのか知っています。だから、あなたたちは自信があるのですね」

「あぁ、そうさ。お前も骨の髄まで晏無師《イエンウースー》を憎んでいるだろう？　今回の盛会、加わらずとも、見物くらいは行くよな？」

昆邪《クンイエ》はそう笑って話し終わると、突如手に持った六生刀を振り上げ、沈嶠《シエンチアオ》に斬りかかった。

昆邪《クンイエ》は、晏無師《イエンウースー》を殺す計画を伝えれば、沈嶠《シエンチアオ》は必ず動揺すると思っていた。動揺すれば、人は無防備になる。昆邪《クンイエ》にとって、不意打ちは成功したも同然だった。

沈嶠《シエンチアオ》は今後、間違いなく自分と突厥の目の上のたんこぶになる。このまま生かしておくわけにはいかない！

負けを叫んだ時から、昆邪《クンイエ》は隙を突いて不意打ちをすると心に決めていた。一撃に、今まで培ってきた功力を全て込める。

昆邪《クンイエ》は決死の覚悟だった。

＊　＊　＊

生死の境で沈嶠《シエンチアオ》は剣心を会得したものの、まだ安定して発揮できるわけではない。昆邪《クンイエ》との攻防で既に力を使い果たしていて、これ以上戦い続けるのは難しい。昆邪《クンイエ》の刀が正面から振り下ろされても、沈《シエン》嶠《チアオ》は顔面蒼白のまま避けもせず、呆けてしまったかのように動かなかった。

沈嶠《シエンチアオ》は昆邪《クンイエ》を殺せたのにもかかわらず、大声で命乞いをされたので、攻撃を止めた。その後二人は何かを話し、沈嶠《シエンチアオ》の気が逸れている隙に昆邪《クンイエ》が不意打ちを仕掛けた。二人から離れて見ていた人々の目には、そう映っていた。

十五《スーウー》は驚き、堪らず「師尊、気をつけて！」と叫ぶ。

昆邪《クンイエ》は呼吸が荒くなり、自分の心臓の鼓動が聞こえるほど興奮していた。この一撃が命中すれば、沈《シエン》嶠《チアオ》の頭はかち割れ、脳みそを噴き出して即死するはずだ！

昆邪《クンイエ》は自分の不意打ちが卑怯だとは少しも思っていなかった。沈嶠《シエンチアオ》は玄都山が突厥と手を組むのに反対しており、もし沈嶠《シェンチアオ》の剣心が大成してしまえば、突厥にとっても玄都山にとっても、潜在的にただならぬ脅威となる。沈嶠《シェンチアオ》にこれ以上強くなってもらうわけにはいかない！　武人である以前に、突厥の左賢王である昆邪《クンイエ》はこの芽を摘み取っておかねばならないと考えた。

その時、状況が一変した。

天地を覆い尽くすほどの刀気が迫ってくる中、沈《シェン》嶠《チアオ》は微動だにせず、その場に立ち尽くしていた。もう間に合わないと諦めているのか、あるいは忘我の状態にあるのか。はたまた、昆邪《クンイエ》の勢いに圧倒されて動けないのかは分からない。沈嶠《シェンチアオ》は手に持った剣を構えることすらせず、ただ三歩、後ろへ下がった。

周りから見れば、たったの三歩。しかし昆邪《クンイエ》にとって、その三歩は谷を越えるほど遠くに感じた。昆《クン》邪《イエ》が振り下ろした刀は、むなしく空を切る。

そしてようやく、沈嶠《シェンチアオ》の剣が動いた。

太陽を貫く白虹のような剣光は、宙に広がる刀気の幕を突き破って、昆邪《クンイエ》の胸元目掛けて一直線に飛んでいった。

攻撃が空振りに終わった昆邪《クンイエ》は、身体を強張らせた。一歩も前に進むことができず、表情が凍りつく。沈嶠《シェンチアオ》を睨みつけ、「なぜ……だ……」と、全身の力を振り絞り、何とか一言吐き出した。

剣光が消える。沈嶠《シェンチアオ》は昆邪《クンイエ》の目と鼻の先に立っており、お互いの息が掛かりそうなほど近かった。

山河同悲剣の剣先は、昆邪《クンイエ》の胸元に突き刺さっている。

沈嶠《シェンチアオ》の顔は紙のように白く、昆邪《クンイエ》も同じだ。今、沈嶠《シェンチアオ》の剣が昆邪《クンイエ》の体に刺さっていなければ、負けたのは沈嶠《シェンチアオ》のほうに見える。

「初めからあなたのことを警戒していたのです」

沈嶠《シェンチアオ》は冷たく言い放つ。

「戦う相手に相見歓を盛るような人間が、武徳を守るとは信じられませんからね。あなたには失望しましたよ。私の師尊は、狐鹿估《フールーグー》を尊敬に値する人だった、とおっしゃっていました。あなたは狐鹿估《フールーグー》の足元にも及ばない。狐鹿估《フールーグー》の弟子を名乗る資格などありません！」

昆邪《クンイエ》は反論しようとしたのか、口を開く。しかし、沈嶠《シェンチアオ》が剣を抜いた途端、昆邪《クンイエ》の口から漏れ出たのは言葉ではなく、鮮血だった。血は昆邪《クンイエ》の心臓からも噴き出す。

沈嶠《シェンチアオ》はつま先で地面を蹴り、その血しぶきを避けた。

昆邪《クンイエ》はぴくりとも動かない。呼吸は徐々に弱くなったが、目はかっと見開かれたまま、立ち続けていた。

だが、昆邪《クンイエ》のような下劣な人物に、仁王立ちで絶命するなどという立派な最期は相応しくない。

沈嶠《シェンチアオ》は剣を手に再び昆邪《クンイエ》に近づくと、その体をぐいと押す。

昆邪《クンイエ》は真っ直ぐ後ろに倒れ、ついにこと切れた。

昆邪《クンイエ》を眺める沈嶠《シェンチアオ》の顔に喜びの色は少しもない。

玄都山の内乱は全て、昆邪《クンイエ》から始まった。沈嶠《シェンチアオ》の不遇は、昆邪《クンイエ》が戦いを持ちかけてきたことが発端だったのだ。

昆邪《クンイエ》はもうこの世にはいないが、彼が引き起こしたその他のことは、まだ収束にはほど遠い。玄都山は、もう二度と昔の平和な玄都山には戻れない。天下のあちこちから再び戦の狼煙《のろし》が上がることになるだろう。

昆邪《クンイエ》が倒れたのを見て、十五《スーウー》たちは歓声を上げた。しかし、喜びも束の間、沈嶠《シェンチアオ》は剣を支えにガクリと片膝をついて、鮮血を吐いた。その様子に全員がぎょっとする。

彼らと沈嶠《シェンチアオ》の間には谷が一つ横たわっている。十《スー》五《ウー》の軽功はまだ沈嶠《シェンチアオ》のところまで飛んでいけるほどではない。焦っていると、趙持盈《ジャオチーイン》が沈嶠《シェンチアオ》の傍にふわりと舞い降りた。趙持盈《ジャオチーイン》は沈嶠《シェンチアオ》の腕をとり、腰に手を回して支えると、沈嶠《シェンチアオ》を連れ戻した。

沈嶠《シェンチアオ》を間近で見て初めて、人々はその顔色が蒼白という言葉では形容できないくらい悪いことに気づいた。沈嶠《シェンチアオ》の功力は以前の半分程度しかない。絶体絶命の危機に瀕して剣心の境地に到達したが、無理やり内力を使って限界を突破した結果、身体がその負荷に耐え切れなくなっていた。吐血するのも当然だ。

さらに深刻なことに、沈嶠《シェンチアオ》は自分一人で立てなくなっていた。体重の半分以上を趙持盈《ジャオチーイン》に預けている。

「趙《ジャオ》宗主、失礼をお許しください……」

力が入らない沈嶠《シェンチアオ》は眉を寄せ、蚊の鳴くような声で謝る。

「沈《シェン》道長は我が碧霞宗のために力を尽くしてくださったのに、宗主である私は何もせず、ただ見ていただけでした。お詫びしなければならないのは、私のほうです」

そう言うなり、彼女は屈んで沈嶠《シェンチアオ》を背負い上げ、碧霞宗内に戻る。

その後ろ姿を岳昆池《ユエクンチー》は黙って見送る。

自分が代わろうと言うつもりだったが、話を切り出す前に師妹が自ら沈嶠《シェンチアオ》を背負ってしまったので、言いかけた言葉を持て余し、苦笑した。

十五《スーウー》は子犬のように、趙持盈《ジャオチーイン》の周りをうろちょろと動き回る。手伝えることはないが、沈嶠《シェンチアオ》が見えないと安心できない様子だ。ところが、客室に戻ると沈嶠《シェンチアオ》は昏睡状態に陥った。いくら呼んでも目を覚まさない。十五《スーウー》は趙持盈《ジャオチーイン》から、沈嶠《シェンチアオ》は内力を消耗しすぎたため、回復には時間がかかると聞かされた。

それでも少年は沈嶠《シェンチアオ》がいつ目を覚ましてもいいように、片時も傍を離れず付き添った。

沈嶠《シェンチアオ》は長いこと眠り、これまでにあった様々な出来事が入り乱れる奇妙な夢を見た後、ようやく目を覚ました。しかし、目覚めた沈嶠《シェンチアオ》は元気がなく、表情が抜け落ちてしまったかのようにぼんやりとするばかりだ。

「師尊？」

十五《スーウー》は心配そうに手を伸ばし、沈嶠《シェンチアオ》の顔の前で振ってみせる。

沈嶠《シェンチアオ》はその手を握って下ろさせると、「大丈夫だよ」と小さく笑った。

桑景行《サンジンシン》との戦いで根基を破壊し、その後『朱陽策』で修復はしたものの、沈嶠《シェンチアオ》はずっと体調が思わしくないようだった。目も完全に治ってはおらず、沈嶠《シェンチアオ》が歩く姿を見て、既に剣心の境地に達した高手だとは誰も信じないだろう。長患いの病人だと言ったほうが、まだ説得力があるくらいだ。

十五《スーウー》は沈嶠《シェンチアオ》を死の淵から連れ戻した本人である。沈嶠《シェンチアオ》の怪我を目の当たりにしているので、心の中はいつも恐怖と不安で一杯だった。沈嶠《シェンチアオ》がいつ倒れてもおかしくないと思っているのだ。

沈嶠《シェンチアオ》は少年の気持ちを察したようで、その頭を軽く撫でた。

「昆邪《クンイエ》は死んだのか？」

「はい。趙《ジャオ》宗主がご自身で確認されていました」

沈嶠《シェンチアオ》はゆっくりと息を吐き出す。

半歩峰での一戦から一年が経とうとしていた。この間あまりにも多くのことが起きていたが、改めて振り返ると、昆邪《クンイエ》との戦いはまだ昨日のことのように思える。

「十五《スーウー》、もし誰かが君を悪意のある人に引き渡し、そのせいで君の根基と道心が壊されてしまったら、君は引き渡した人を憎むかい？」

十五《スーウー》は「憎みます」と頷いた。

「今、その人の命は危険に晒されている。見殺しにすれば、多くの無辜《むこ》の民が路頭に迷い、命を失うことになるかもしれない。そうだとしたら、君はその人を助けることを選ぶかい？」

十五《スーウー》は眉間に皺を寄せて考えあぐねる。

沈嶠《シェンチアオ》の質問は、まだ幼い十五《スーウー》には難しすぎた。少年がこれまで経験した最も痛ましく複雑な出来事は、竺冷泉《ジューロンチュエン》と初一《チューイー》の死以上にないのだ。

思い悩んでいる十五《スーウー》に沈嶠《シェンチアオ》は苦笑する。実のところ、沈嶠《シェンチアオ》は心の中でもう答えを出していた。少年を困らせる必要などなかった。

十五《スーウー》はハッとすると、顔を上げ、問いかける。

「師尊、その人を助けに行くんですか？　その人のせいで、師尊は危うく死にかけたんでしょう？」

沈嶠《シェンチアオ》は隠し立てせず、「その通りだよ」と頷いた。

「そんな残酷な心を持つ奴なんて、助ける価値はありませんよ！」

怒りをむき出しにする十五《スーウー》に、沈嶠《シェンチアオ》は首を横に振る。

「彼は残酷な心を持っているわけではない。そもそも心というものを持ち合わせていないんだ。全ての人に対して薄情で、誰かを特別に思うことがない。以前の私は、それに気づけなくてね。血も涙もない人でも、いつか雪が解けるように、情が芽生えると思っていた。私は彼を友だと思っていたから、相手も同じように私を友と見てくれると勝手に思っていただけなんだ」

「でも、師尊がそいつを友達だと思っていたんだから、相手もあなたを友達と見なすのは当然なんじゃないですか？」

沈嶠《シェンチアオ》は笑った。

「それは違うよ。この世には、どれだけ心を尽くしても報われないことがたくさんある。相手に何かをしてあげようと決めた時は、同じだけのものを返してもらえないこともあると、分かっておいたほうがいい。でないと、君自身が傷つくことになるからね」

十五《スーウー》は、そう言う沈嶠《シェンチアオ》の笑顔の下に、何か深い意味があるような気がした。けれども、分かるようで分からない話に、十五《スーウー》は、言葉の裏に隠れた意味に気づくことなどできなかった。

「……つまり、師尊はこれから山を下りて、そいつを助けに行く、ということですか？」

沈嶠《シェンチアオ》は長いこと沈黙した後、「そうだよ」と答えた。

「僕も一緒に行きます！」

十五《スーウー》は躊躇わずにそう言うと、唐突に意識を失った。

＊＊＊

趙持盈《ジャオチーイン》は沈嶠《シェンチアオ》の腕から、睡穴を突かれて眠っている十五《スーウー》を引き取り、一つため息を吐いた。

「どうしてもこの子を残して行かれるのですか？」

「どれほど名残惜しくても、最後は別れが訪れます。絶十五《スーウー》はまだ幼いうえ、今回の旅は危険すぎます。絶対に同行させるわけにはいきません。この子も目を覚ましたら、きっと分かってくれますから。趙《ジャオ》宗主、十五《スーウー》のことを、どうかよろしくお願いいたします。この沈嶠《シェンチアオ》、先にお礼を申し上げておきます」

そう言うなり、沈嶠《シェンチアオ》は趙　持盈《ジャオチーイン》に拱手して、深々と一礼をした。

「行く手には危険が待ち構えていると分かっていて、どうしてわざわざそこに向かうのですか？　宇文《ユーウェン》邕《ヨン》が明君であるとは限りませんし、天下の趨勢《すうせい》がどう変わるかなど、私たちには関係のないことでしょう。あなたほどの腕前なら、碧霞宗に留まり修練に専念すれば、剣心を突破して、剣神の境地に辿り着くのも時間の問題だと思いますが」

趙　持盈《ジャオチーイン》の言葉に、沈嶠《シェンチアオ》は自嘲気味に笑った。

「天下には、不可能だと知りながらも、なさねばならないことがあります。望み通りの結果にはならないかもしれませんが、そこに一筋でも希望があれば、私は諦めたくないのです。きっと私は浅はかで、単純な人間なのでしょうね」

しばしの沈黙の後、趙持盈《ジャオチーイン》は長く息を吐き出した。

「浅はかでも単純でもありません。全ての損得と勝算を踏まえたうえで、あなたは躊躇わずに大義を優先する。私は、到底沈《シェン》道長に敵いませんね！」

沈　嶠《シェンチアオ》は首を横に振った。

「趙《ジャオ》宗主が思っていらっしゃるほど、私は偉大などではありません。ただ、あの人にもう一度会って、彼の失望する顔を見てみたいだけです。私は魔心を植え付けられていなければ、それに制御もされていない、私は私のままなのだと、思い知らせてやりたいのです」

そう言うなり、沈嶠《シェンチアオ》はもう一度拱手して、振り返らず山を下りていった。

沈　嶠《シェンチアオ》は碧霞宗にいる間、以前着ていた道袍に着替えていた。玉の簪《かんざし》で髪を束ね、白い衣は風に吹かれてふわりと舞う。遠くから見れば、神仙と見紛うその姿に、見た者はきっと目が離せなくなっていたことだろう。

何も言わず沈嶠《シェンチアオ》を見送る趙持盈《ジャオチーイン》の心に、ふと一つの詩が浮かんだ。

亦《また》、余が心の向かう所、九死すと雖《いえど》も其《そ》れ猶《なお》未だ悔いず。心に追い求めるものがあれば、そのために何度死んだとしても後悔はない。沈嶠《シェンチアオ》にそう言われているような気がした。

第六章　蟠龍会前夜

赤坂《せきはん》の途三折《さんせつ》し、龍堆《りゅうたい》の路九盤《きゅうばん》す。
氷生まれて肌裏《きり》冷え、風起きて骨中《こっちゅう》寒し。

裏切りや功力の喪失など、紆余曲折を経て再び長安を訪れた沈嶠《シエンチアオ》。その心境は、以前とは異なっている。

剣を提げて道袍を着ているが、一人長安の町に入るその姿は、病弱な様子で、目が悪いために歩く速度も遅い。どちらかと言えば、乱れた世の中を憂いて剣を携えている平凡な旅の道士のようで、どう見ても、江湖で活躍する武芸者ではない。

長安には多くの官吏が集まっており、以前と変わらず人の往来が激しい。とはいえ、町はいつもより幾分賑やかさを増している。道行く人に話を聞いたところ、彼らの多くは吐谷渾の王城で行われる九月九日の蟠龍会《ばんりゅうかい》に参加するようだ。どこかの物好きが、情報を流したからだろう。なんでも、『朱陽策』のうちの一巻が蟠龍会に現れるかもしれず、しかも昔、秦の始皇帝とともに埋葬され、西楚《せいそ》の覇王項《シアン》羽《ユー》によって掘り出されたという太阿剣《たいあけん》も出現するらしい。

『朱陽策』の三巻がそれぞれ周国、天台宗、そして玄都山の下にあるのは周知の事実だ。略奪を狙う者たちも多いが、実際に『朱陽策』を盗み出せた人物はまだいない。『朱陽策』を盗み出すというのは至難の業で、手練れでもおいそれとはできないことなのだ。天台宗に保管されているものを、たとえ晏無《イエンウー》師《スー》や汝鄢克恵《ルーイエンコーフイ》といった宗師級の手練れが奪おうとしても、無傷で盗み出すことは難しいだろう。

行方が分からなくなった二巻のうち、一巻は六合《ろくごう》幇《ほう》が手に入れ、荷物だと偽って南に送られるはずだった。ところがその道半ばで晏無師《イエンウースー》によって破壊され、失われた。

もし蟠龍会で本当に『朱陽策』が現れれば、それは実在する持ち主のいない唯一の巻となる。天台宗や玄都山に忍び込んだり、周国の宮殿に入り込んで護衛している当代の高手とやり合うより、手に入れるのは遥かに簡単だろう。江湖中の者たちが血眼になるのも無理はない。

地獄の沙汰も金次第とは言うが、江湖人にしてみれば、金銀財宝を積んだところで、世に抜きん出た武功には敵わない。思えば、祁鳳閣《チーフォンゴー》はかつて天下一の武功で江湖を圧倒した。誰もが彼の顔色を窺い、その姿は威風堂々としていた。男たるもの、この江湖に生まれたからには、祁鳳閣《チーフォンゴー》のようになりたいと思うのだ。

一方の太阿剣は、かつて楚国の鎮護の宝とされていた。その後、秦の始皇帝の所有となり、長く王位を象徴する剣と見なされてきた。それゆえ、剣としても優れているが、象徴的な意味合いのほうが大きい。言い伝えによれば、太阿剣を手にした者は天下を手にするという。正統王朝の証拠として受け継がれた、かの有名な伝国璽《でんこくじ》と似た意味合いを持つと言ってもいいだろう。だから、周国も陳国も、太阿剣が本当に現れるか探るべく九月九日の蟠龍会に人を遣っていた。

各々の目的のために、多勢の人々は沈嶠《シェンチアオ》と同じ方向に向かっているのだ。

長安城内の宿屋が満室だったので、沈嶠《シェンチアオ》は先を急ぐことにし、城外の小さな町にある宿に泊まろうとした。

だが、城外でも群雄があちこちから集まってきており、至るところで大門派に属する者の姿が目に入った。それだけでなく、無名の小さな門派までもがぞろぞろと動き出していた。蟠龍会を冷やかして見聞を広めに来た者もいれば、火事場泥棒を働こうとする者もいる。ここまで歩き、間もなく日も暮れるというのに、結局城外の宿屋も満室だった。

沈嶠《シェンチアオ》は何軒か宿屋に入ってみたが、どこも薪小屋まで埋まっていると言われ、困り果てていた。沈《シェン》嶠《チアオ》の目はまだ完全には治っていない。昼間は明るいのでなんとか見えるが、夜は暗くてほとんど何も見えないため、野宿するには具合が悪い。遥々泰山から長安まで順調に旅を続けてきたが、まさか長安のような大きな町でこうも面倒なことになるとは思わなかった。

「道長さん、本当にすいません。うちはもう満室で、薪小屋だって一杯なんです。もう部屋を空けられませんよ！」

宿屋の使用人は揉み手をしながら苦笑いして沈《シエン》嶠《チアオ》に謝る。

沈嶠《シエンチアオ》がさらに問いかけようとしたところ、傍から愛らしい声が聞こえてきた。

「あたし、大きめな部屋を取ってるの。一人で泊まるには広いし、道長が嫌じゃなければ同じ寝台で寝てもいいよ？」

宿屋は人でごった返しており、その声に近くにいた者たちは思わず顔を上げる。すると、大層な美人が病弱そうな道士に色目を使っているではないか。

「お嬢ちゃん、寂しいのならもっと逞《たくま》しい奴にしたらどうだ。その道士じゃ風に吹かれただけで倒れちまいそうだぜ。お前さんの相手なんてできるのか？」

へらへらとからかう声に、周りからまばらな笑い声が上がる。

美人は嫣然《えんぜん》と微笑み返した。

「あたしはこの人みたいな、綺麗な顔をした道士が好きなの。いやらしいことばっか考えてる汚い男なんて大っ嫌い！」

言い終わったと思った途端、先ほどまでからかっていた男が「あっ！」と声を漏らした。いつの間に切られたのか、半分以上なくなったもみ上げを摩《さす》り、驚きと恐怖のあまり声も出ない。

美人が笑う。

「せっかく、昔からのお友達に会えて気分がいいのに、血を見たくないんだよね。だから、あんたたちも弁えてよ。友達があたしを無視する、なんてことになったら、嫌な目に遭うのはそっちだから」

彼らが会話している間に、沈嶠《シエンチアオ》は宿屋を立ち去っていた。

「お前、いったい何者だ！」

　もみあげを切られた男は、内心怖気づきながら強がって怒鳴り返す。

　ところが、美人はそれ以上男を相手にせず、少し動いたかと思うと、その場からフッと消えてしまった。

「あたしは牡丹。いい名前でしょ？」

　ほんのりと良い香りの風と愛らしい声だけが残され、人々は顔色を変えて互いを見合う。

「合歓宗の白茸《バイロン》か⁉　あの妖女がなんで来てるんだ！」

　白茸《バイロン》が宿屋を出ると、沈嶠《シエンチアオ》は既に遠くまで歩いていた。白茸《バイロン》は歯噛みし、軽功を使って追い掛けながら、「沈嶠《シエンチアオ》、待ちなさいっ！」と声を上げる。

　白茸《バイロン》の声を聞いたからだろうか、沈嶠《シエンチアオ》はようやく足を止め、振り向いてそっとため息を吐いた。

「何かご用ですか？」

　幼い頃から合歓宗で育ってきた白茸《バイロン》は、最も陰険で汚れた人間がどういうものかを知っている。自分はとっくに冷酷無情になっていて、何事にも動じないと思っていた。ところが今、仕方ないと言わんばかりに嫌々こちらを振り向く沈嶠《シエンチアオ》の様子に、猛烈にやるせなさが込み上げる。

「沈《シエン》道長ってば、急にそっぽ向くんだね。白龍観であたしが時間稼ぎしてなかったら、あなたは今頃ここに生きて立っていることはなかったんだよ？　あなたの恩返しって、こうやってあたしに接することなの⁉」

　沈嶠《シエンチアオ》が黙ったままなので、白茸《バイロン》は冷たく笑って続ける。

「まさか、沈《シエン》道長はあの二人の道士の死もあたしのせいだと？　あの時、合歓宗の長老が隣にいて、蕭《シアオ》瑟《ソー》はあたしがへまするのを今か今かと見張っていた。あの状況で、全く会ったこともない人のために命をなげうてっていうわけ？」

　沈嶠《シエンチアオ》は首を横に振った。

「あの日のことは、確かに感謝しないといけませんね。ですが、竺《ジュー》殿と初一《チューイー》くんが合歓宗に殺されたのも事実。合歓宗はその責任を取ってしかるべきです。遅かれ早かれ、私は彼らの仇を討ちます。ただ、二人が命を落とした過去はもう取り返しがつきません。今さら誰が正しく、誰が間違っていたかなんて、こだわったところで意味はありません」

白茸《バイロン》は下唇を噛んで、少し黙り、沈嶠《シェンチアオ》に問う。

「あなたは功力を全て捨ててまで、あたしの師尊と相討ちになろうとしたって聞いたよ。師尊に重傷を負わされて、危うく死にかけたって……い、今はもう大丈夫なの？」

「なんとか大丈夫です。気に掛けてくださって、ありがとうございます」

「師尊もかなりの傷を負ったよ。弱ってる間に元秀《ユエンシウ》秀《シウ》に隙を突かれるのが心配だったのか、ひとり隠れた場所で修練してるの。どこにいるのか誰も知らないわ」

「あなたも知らないのですか？」

白茸《バイロン》は惨めに笑う。

「あの方があたしを信頼するとでも？」

沈嶠《シェンチアオ》は、白茸《バイロン》が同情を誘おうとしているのだと分かってはいたが、それでも冷酷なことは言えなかった。

白茸《バイロン》は優しく言う。

「師尊を見つけて仇を討ちたいんでしょ。でも、師尊がどこにいるか本当に知らない。知ってたとしても、あなたが無駄死にするだけだから、言わないよ。今のあなたじゃ、師尊には敵わないもん」

沈嶠《シェンチアオ》は頷く。

「教えてくださってありがとうございます。でも、今はまだ桑景行《サンジンシン》のところに行くつもりはありませんから」

「じゃあ誰に会いに行くの？　まさか吐谷渾の王城に行って蟠龍会に参加するつもり？　晏無師《イエンウースー》を助けるの？」

その生来の勘の良さから、白茸《バイロン》はすぐに沈嶠《シェンチアオ》がここに来た理由を察した。

沈嶠《シェンチアオ》が質問に答えないのを見て、白茸《バイロン》はため息を吐く。

「沈《シエン》郎、自分が今、何をしてるか分かってる？　確かに、天下で晏無師《イエンウースー》に勝てる人はほとんどいない。でも、当代の五大高手が結託して、倒しにかかったら、さすがの神仙でも生きて帰れないよ。それに、あんなひどいことをされたのに、どうして恨まないの？　犬や猫ですら、自分を傷つけた人間を覚えて近づかなくなるのに。晏無師《イエンウースー》にそこまでするほど、深く惚れ込んでいるの？」

沈　嶠《シエンチアオ》は眉を寄せる。

「人を助けるのに、なぜ惚れ込む必要があるのです？」

「違うなら、わざわざ自分の命を懸けることはないでしょ？　沈《シエン》郎がいくらすごくたって、一人で五人を相手にするなんて無理だよ。たとえあなたじゃなくて晏無師《イエンウースー》でも、あたしの師尊でも、祁鳳閣《チーフォンゴー》が生き返ったってできない。蟠龍会は九日だけど、晏無《イエンウー》師《スー》を殺すのは八日。今日は五日だよ。今から急いだってもう間に合わないよ！」

沈　嶠《シエンチアオ》はまた黙り込む。いつも笑みを湛えている白茸《バイロン》の顔に珍しく苛立ちの色が浮かんだ。

「なんで分からないの。あなたに無駄死にしてほしくないんだよ！」

白茸《バイロン》は沈嶠《シエンチアオ》に好意を抱いている。沈嶠《シエンチアオ》とて朴念仁ではないので、その好意を感じ取ることはできた。

何事も自分中心で動いてきた白茸《バイロン》は、沈嶠《シエンチアオ》が好きだからといって自分の命をなげうったり、一門を裏切ったりはしない。沈嶠《シエンチアオ》のために師や年長者に楯突くことすらしないだろう。それでも、彼女は力の及ぶ限り、そして自分の利益を損なわない範囲で、沈《シエン》嶠《チアオ》に便宜を図り、手助けをしようとしている。白茸《バイロン》にとって、十分特別なことだった。

しかし、白茸《バイロン》は沈嶠《シエンチアオ》を理解していない。沈嶠《シエンチアオ》とて分かり合えるまで話し合うつもりはなく、白茸《バイロン》に気を持たせるようなことをしたくなかった。初めから一線を引いておいたほうが、白茸《バイロン》にとって良いのだ。

「忠告、痛み入ります。それでも、私は行かないと」

沈　嶠《シエンチアオ》は白茸《バイロン》を見つめて続ける。

「外の者から見れば、合歓宗は強欲で、残忍極まりないところですが、あなたは水を得た魚の如く、そこで楽しんでいるようですね」

「結局、あなたはあたしみたいな妖女はお気に召さないんでしょ」

沈嶠《シェンチアオ》は首を横に振った。

「それは誤解です。あなたが合歓宗の一弟子という立場に甘んじていないことを知っている、と言いたかったのです。あなたに何かを求める権利は私にはありません。でも、霍西京《フオシージン》や桑景行《サンジンシン》のような者にはならないよう、どうか気をつけて。あなたは彼らとは違う」

「あなたは彼らとは違う」という言葉に、白茸《バイロン》はふと目頭が熱くなるのを感じた。けれども、何も顔に出すことなく、艶やかに微笑んだ。

「それならあたしの側にずっといてさ、あたしがあんな人間にならないように見張っててくれてもいいんだよっ！」

「すみません」

沈嶠《シェンチアオ》はそれだけ言うと、踵を返し、去っていく。

白茸《バイロン》は地団駄を踏んで、「沈嶠《シェンチアオ》！」と声を上げるも、沈嶠《シェンチアオ》は足元に埃すら立てず、雁のようにサッと舞い上がったかと思うと、たちまち数丈離れた。ゆったりとした道袍の袖が風にはためく。沈嶠《シェンチアオ》は一度も振り返らず、その後ろ姿はだんだん小さくなっていった。

＊＊＊

九月八日、吐谷渾王城の伏俟城。

西域は一年を通じて砂嵐が吹いており、雨が少ない。ところが、今年の秋は珍しく小雨が降り続いている。いつもは砂塵を被っている王城の建物も、雨ですっかり綺麗になったように見えた。

中原から伝来した文化の影響を受けて、吐谷渾の貴族や王公は漢語を話し、漢字を使い、また、中原の衣装も流行していた。加えて蟠龍会を明日に控えているため、城内には吐谷渾の民のほかに多くの中原人がおり、まるで長安に戻ったかのようだ。

　城外には雨宿り用の東屋があり、陰陽亭《いんようてい》と呼ばれている。いつ建てられたのかは分からないが、ちょうど山と川の間に位置し、陰陽を分割しているように見えることから、その名が付いた。

　東屋は中原の装飾を真似ているが、反り返った軒や建物の四隅の様式からは、異国の風情が見て取れる。建物はだいぶ年季が入っており、陰陽亭の三文字も文字の大部分が剝がれ落ちて、黒い塗料の下にある木材本来の色が露わになっていた。

　晏無師《イエンウースー》は手を後ろに組み、東屋の中に佇《たたず》んでいた。いつからそこにいるのかは分からない。

　視線は外に向けられ、悠然としている。降りしきる雨を観賞しているようにも、人を待っているようにも見える。

　離れた場所にある、雨に濡れた木々の間から、一人の男が姿を現した。

　男は黒い僧衣を身に着け、頭は剃り上げている。美しく整った顔立ちをしているものの、目尻に歳月の跡は隠せない。男は片手に傘を差し、ゆっくりと東屋に歩いてくる。

「南無阿弥陀仏。晏《イエン》宗主、お変わりありませんか？」

　二人の間にはまだ距離があったが、世間話をするような調子で切り出された男の声は、はっきりと晏《イエン》無師《ウースー》の耳に届いた。

　晏無師《イエンウースー》は淡々と言い返す。

「出雲寺で別れてから、結局髪は一本も生えなかったのだな。苦労ばかりで気の滅入る生活をしているようだが、大人しく坊主をやることは、お前にとってそれほど難しいことなのか？」

　棘のある晏無師《イエンウースー》の皮肉に雪庭《シュエティン》禅師は苦笑する。

「晏《イエン》宗主は相変わらず、容赦ありませんね！」

「私を呼んだのは段文鴦《ドワンウェンヤン》のはずだ。なぜお前がここにいる？　よもや、周国の前国師ともあろう者が、突厥人と結託したわけではあるまい？」

「晏《イエン》宗主が閉関を終え、江湖に再び姿を現してからというもの、そこかしこで戦いが起こり、江湖は安寧を失いました。拙僧が思うに、あなたはどこか静かな場所を見つけて、そこで武功を会得することに集中したほうがいい。でなければ、ますます多くの殺生が行われてしまいますからな」

晏《イエン》無師《ウースー》は口を開け大笑いした。

「以前からお前がくどくどと仏理《ぶつり》を並べ立てるのは気に食わなかったが、多少は賢くなったな。無駄口を叩かず、直接本題に入るとは。よかろう！」

雪庭《シュエティン》禅師は頭を垂れる。

「仏は善行をするよう人を諌《いさ》めます。悪事をやめれば、その場で善人になれる、と。しかし、何度諭しても心を改めぬ者には、怒れる雷神が雷を落とすのです。晏《イエン》宗主のようなお方に、仏理を説いたところでなんの意味がありましょう？　力であなたを屈服させ、殺しをもって殺しを止めるしかありません」

「当ててやろうか、お前と段文鴦《ドワンウェンヤン》が手を組んで私を殺そうとしている理由を。宇文邕《ユーウェンヨン》が仏門を重用しようとしなかったから、お前は仏門の勢力を保つため、突厥に人を送って仏教を浸透させた。やがて佗鉢可汗《トゥオボー》は仏教を信じるようになったが、突厥人の本性が野蛮なことに変わりはない。仏門とはいえ、突厥人に与えられる影響には限界があった。為す術がなくなったお前は、周国に再び注意を向けるしかなかったのだ。宇文邕《ユーウェンヨン》は仏門を毛嫌いしている。浣月宗を滅したところで、宇文邕《ユーウェンヨン》は仏門を重用せぬ。だから、まずは私を殺した後、宇文邕《ユーウェンヨン》を殺し、太子宇文贇《ユーウェンユン》を擁立することを思いついた。宇文贇《ユーウェンユン》は父親と違い、仏門に関心があり、好感を抱いている。まあ、ここ数年お前が宇文贇《ユーウェンユン》にあれやこれやと言い聞かせてきた甲斐があったというものだ。奴が政権を手にすれば、仏門はまた周国でかつての権勢を取り戻せる」

雪庭《シュエティン》禅師は「南無阿弥陀仏」と唱えてから言った。

「宇文邕《ユーウェンヨン》は殺戮《さつりく》を繰り返し、民の力と財力を浪費しました。全く明君のやることではありません。国を挙げて行なっている斉国との戦いも、遅かれ早かれ民にそのつけが回り、重荷に耐えられなくなるでしょう」

雪庭《シュエティン》禅師の言葉に、晏無師《イエンウースー》は興味津々という様子で尋ねた。

「では、お前は太子宇文贇《ユーウェンユン》が明君だと？」

雪庭《シュエティン》禅師は直接的な答えを避け、

「太子は善良な心根を持ち、仏心を悟り、仏と縁があるのです」

とだけ返した。

晏無師《イエンウースー》は悠然と笑う。

「宇文贇《ユーウェンユン》のあのザマを見て、よくもぬけぬけとそんなでたらめを言えたものだな。私を殺したいのだろう？　来るがいい。段文鴦《ドワンウェンヤン》はどこだ？　奴にも出て来るよう言え！」

晏無師《イエンウースー》が言い放つや否や、空から朗々とした笑い声が降って来た。

「晏《イエン》宗主はずいぶんと驕っていらっしゃる。今日がご自分の命日だとは思わないのですか？」

＊＊＊

「老いぼれ坊主よ、お前の武功は天下でも三本の指に入るともてはやされている。そんなお前が、私を殺すのに段文鴦《ドワンウェンヤン》の手を借りるなど、面目ないと思わぬのか？」

嘲笑う晏無師《イエンウースー》に対し、雪庭《シュエティン》禅師は淡々と語る。

「今日、晏《イエン》宗主が死にさえすれば、己の面目など取るに足りませんよ。晏《イエン》宗主こそ、体裁にこだわりすぎではありませんか」

晏無師《イエンウースー》は大声で笑った。

「突厥から助けを呼ぶなら、いっそのこと狐鹿估《フールーグー》の魂でも呼び寄せたらどうだ？　段文鴦《ドワンウェンヤン》ごときが、本座をどうにかできるとでも？」

「晏《イエン》宗主、そこまで言い切る必要もないでしょう。もし今日、運悪く命を落としでもしたら、それこそあの世で面目丸潰れだと思いますがね？」

そう話しながら、段文鴦《ドワンウェンヤン》が先に攻撃を仕掛けた。

瞬く間に空中に鞭《むち》の残影が広がり、晏無師《イエンウースー》の頭上を塞いだ。

段文鴦《ドワンウェンヤン》が以前使っていた鞭は、李青魚《リーチンユー》、沈嶠《シェンチアオ》と戦った時に壊されている。今持っている〝十丈軟《じゅうじょうなん》紅《こう》〟と名付けられた鞭は、新しく作らせたものだ。以前の鞭と同様、工夫を凝らし、より強靭に作られている。段文鴦《ドワンウェンヤン》の手首の動きに合わせて鞭は姿を変え、無数の幻影と化していた。見ている者は何がどうなっているのかよく分からず、めまいすら覚えるほどだ。

段文鴦《ドワンウェンヤン》は蘇《スー》家の時よりも明らかに腕前を上げている。

才能を持つ者は誰であろうと、凡庸でいることに甘んじなければ、進歩し続けるのだ。

段文鴦《ドワンウェンヤン》の鞭法は、軌道の予測が難しい。西域の刀法と融合した鞭法から繰り出される技は、際限なく広がっていく砂嵐の如く、真正面から相手に覆い被さっていく。普通の人間であれば、逃げ場がないように思えて、息苦しいほどの絶望を感じ、闘志を失ってしまうだろう。

しかし、段文鴦《ドワンウェンヤン》の相手はほかでもない、晏無師《イエンウースー》だ。

晏無師《イエンウースー》は武器も持たず、当代二大高手の間を自在に移動する。指を合わせ、剣のように草木から枝葉を切り落とす。地面に落ちた葉や花びらは真気によって操られ、無数の鋭い刃となって宙を舞い、段《ドワン》文鴦《ウェンヤン》の攻撃を全て打ち消してしまった。

目の前の出来事に雪庭《シュエティン》禅師はほとんど表情を変えない。腹を立てることもなく、その顔は寺の仏像よりも無表情だ。彼は両手で印を結ぶと、スッと前へ押し出した。その指先は異様に白く、真気が集まっているのか、瑠璃《るり》のような輝きを放っている。光にうっすらと照らされた雪庭《シュエティン》禅師の顔は、秀麗さを増し、玉の像を思わせた。

〝不動明王印《ふどうみょうおういん》〟は全部で六つある。雪庭《シュエティン》禅師はまず三つ、連続で打ち出したが、晏無師《イエンウースー》にはかすり傷一つ、つけられなかった。続けて彼が打ち出したのは四番目と五番目の印、〝不動如山《ふどうにょさん》〟と〝拈華微笑《ねんげみしょう》〟

だ。

　不動如山は防御することで攻撃を仕掛け、拈華微笑は「柔よく剛を制す」を体現した技である。雪《シュエ》庭《ティン》禅師の手の中で複雑に変化する印は、見る者の目と心を楽しませ、極めて美しい。気づかぬうちに見とれ、警戒を解いてしまいそうだ。

　不動如山が打ち出されると、傍にいた人々は耳鳴りを感じ、一時ぼうっとしてしまう。段文鴦《ドワンウェンヤン》でさえ、無意識に一瞬鞭を止めてしまった。しかし晏無《イエンウー》師《スー》は少しも影響を受けておらず、それどころか冷やかに一度、鼻で笑った。雪庭《シュエティン》禅師は花を摘むように印を結び、背後から再び攻撃を仕掛ける。晏無師《イエンウースー》はそれには構わず手を伸ばし、幾重もの鞭の残影を突き破って、段文鴦《ドワンウェンヤン》の鞭を鷲掴みにした。そのまま鞭をグッと引っ張って手を捻り、後ろに下がりながら体を回転させる。そして、鞭のしなりを借りて、段文鴦《ドワンウェンヤン》の真気をそのまま雪庭《シュエティン》禅師に浴びせた。

　雪庭《シュエティン》禅師は地面をとん、と蹴って、数丈後ろへ飛び退った。ところが、晏無師《イエンウースー》は二人を同時に相手にしながらも、さらに追ってくる。雪庭《シュエティン》禅師は掌を打ち出し、追撃してきた晏無師《イエンウースー》の掌と正面からぶつかった。

　強者の掌がぶつかり合う。宗師級の手練れ二人から繰り出された真気は、狭い道で出会った敵同士のように互いに譲らず、凄まじい勢いを生み出す――轟音が響き、二人を中心に天地万物をも巻き込むほどの渦が生まれた。段文鴦《ドワンウェンヤン》は猛烈な気流が押し寄せてくるのを感じて、強引に鞭を引っ込めるしかない。五、六歩下がって、身の毛もよだつほど強大な力から、ようやく逃れた。

　凄絶な渦の中、晏無師《イエンウースー》と雪庭《シュエティン》禅師はといえば、互いに一歩も下がっていなかった。地面に落ちていた葉が真気によって残らず巻き上げられ、宙を舞う。

　雪庭《シュエティン》禅師は無表情で晏無師《イエンウースー》を見つめた。心に突然、激しい殺意が過る――今日この場で晏無師《イエンウースー》を殺してしまわなければ、今後二度とこのような機会は訪れない！

　雪庭《シュエティン》禅師には当然宗師としての自尊心がある。

できることなら正々堂々、晏無師《イエンウースー》と一対一で戦いたい。けれども、今は仏門を再興するという重責を担っており、晏無師《イエンウースー》は最大の障害となっている。この男がいる限り、周国において仏門は昔日の地位を取り戻せない。負けるわけにはいかないのだ！

晏無師《イエンウースー》はふっと雪庭《シュエティン》禅師に笑いかけた。謎めいた奇妙な笑みに、雪庭《シュエティン》禅師は眉根を寄せる。

間髪を容れず、晏無師《イエンウースー》は雪庭《シュエティン》禅師と戦うのをやめ、くるりと身を翻し段文鴦《ドワンウェンヤン》のほうへ体を向けた。

段文鴦《ドワンウェンヤン》は大きく振りかぶった十丈軟紅を、晏無《イエンウー》師《スー》の頭頂目掛けてまさに振り下ろすところだった。

全てを貫き通さんばかりのその鞭は、段文鴦《ドワンウェンヤン》があらん限りの真気を注ぎ、一筋の白い虹と化している。

晏無師《イエンウースー》が自分のほうへ歩いてきたのは段文鴦《ドワンウェンヤン》にとって予想外だった。庭を散歩するかのようにゆったりと、たった数歩で晏無師《イエンウースー》は段文鴦《ドワンウェンヤン》の目前に迫った。そして、手を伸ばすと、振り下ろされる白虹を掴もうとする。

なんとも奇妙な一手だ。動作自体は緩慢だが、鞭の残影を正確に見極めている。そしてあろうことか、十丈軟紅は晏無師《イエンウースー》の手中に収まってしまった。晏無《イエンウー》師《スー》の手には傷一つ、ついていない。

段文鴦《ドワンウェンヤン》の顔色が微かに変わる。次の動きを待たず、晏無師《イエンウースー》は手に力を込めた。段文鴦《ドワンウェンヤン》が苦労して作った新しい鞭は、あっけなく粉砕される。

晏無師《イエンウースー》は口角に残忍な笑みを湛えていた。

「師父から教わっていないのか？　絶対的な高手の前では、どんな武器も虚妄《きょもう》に過ぎんのだ」

そう話しながら、かろうじて残る鞭の芯を辿って段文鴦《ドワンウェンヤン》の腕に手を伸ばした。

普通の武芸者であれば、十中八九晏無師《イエンウースー》に捕らえられているだろう。しかし、やはり段文鴦《ドワンウェンヤン》の実力は江湖でも群を抜いている。鞭には固執せず、それが破壊されたと分かった瞬間に手を離し、もう一方の手を晏無師《イエンウースー》の胸元に打ち出した。

片や、晏無師《イエンウースー》の背後には雪庭《シュエティン》禅師の不動明王印があと少しのところまで迫っていた。不動明王印は段《ドワン》文鴦《ウェンヤン》の掌打より後に放たれたが、それより幾分早い。

晏《イエン》無師《ウースー》は前後を二人に挟まれているにもかかわらず、突然段《ドワン》文鴦《ウェンヤン》の前から姿をくらました。足が動いたようには見えない。段文鴦《ドワンウェンヤン》はそれをただの目くらましだと思っていた。一人の人間が文字通り、瞬く間に残影もなく消えることなどあり得ないのだ。

彼は掌打の勢いを少しも落とさずに打ち出す。

ところが、段文鴦《ドワンウェンヤン》の掌は空を切った。

この世にこれほど速い軽功があるとは⁉

段《ドワン》文鴦《ウェンヤン》は我が目を疑った。

移動した晏無師《イエンウースー》は雪庭《シュエティン》禅師と、再び真っ向から掌を打ち合わせる。

互いの掌は先ほどよりも強烈だった。二人が放つ真気に、木々は激しく揺れ、今にも倒れそうになっている。木の幹には見ているそばから亀裂が入った。

双方とも三歩後ろに下がる。

鞭を砕かれた段文鴦《ドワンウェンヤン》は、なおも目の前で繰り広げられる雪庭《シュエティン》禅師との戦いに、晏無師《イエンウースー》の強さを改めて実感する。

（こいつは、化け物なのか！）

自分には天賦《てんぷ》の才があり、師の狐鹿估《フールーグー》ですら、同じ頃の自分より強くはなかっただろう、と段文鴦《ドワンウェンヤン》は自負していた。ところが、桁外れに強い晏無師《イエンウースー》と今日手を交え、挫折を味わったような気分だ。以前、師弟の昆邪《クンイエ》が晏無師《イエンウースー》に追い掛け回されて、散々な目に遭ったと聞いた時は、無能だと鼻で笑っていた。しかし、今の状況では自分が昆邪《クンイエ》よりマシだとは思えない。

雪庭《シュエティン》禅師という天下で三本の指に入る宗師と手を組んでも、晏無師《イエンウースー》一人殺せないなんて⁉

「晏無師《イエンウースー》が先ほど使ったのは、移形換影《いけいかんえい》というものでね。極致まで極めれば、相手には自分が近くにいるように見えて、実は全く近づいていない、咫尺天涯《しせきてんがい》の境地まで辿り着ける。奴はずっと雪庭《シュエティン》和尚を狙っているのだ。惑わされないように」

段《ドワン》文鴦《ウェンヤン》の耳元にどこか馴染みのある声が響く。それは一本の線のように、彼にだけ届いた。

その声が消えるや否や、晏無師《イエンウースー》の左側に、突然剣が一本現れた。郁藹《ユーアイ》の君子不器剣《くんしふきけん》だ。

と、同時にまばらな琴の音が辺りに響く。

琴の音に合わせて揺れる剣光は、紫色の気を漂わせている。晏無師《イエンウースー》は雪庭《シュエティン》禅師にかかりきりになっており、その隙を突いて、剣光は琴の調べに合わせ、晏無師《イエンウースー》の体を守る真気を破り去った。源を同じくする魔門の者の力を借りて、晏無師《イエンウースー》の武功にある微かな弱点を見つけたのだ。

そして、晏無師《イエンウースー》の急所が暴かれたまさにその瞬間、剣光は空を劈《つんざ》き、一直線に晏無師《イエンウースー》に向かっていった。

「『鳳麟元典』には一つ綻びがある。極めれば極めるほど、その綻びはかえって致命傷になるのだよ。それゆえ、晏無師《イエンウースー》は第九層まで会得しているが、先に進めず、完璧な状態に辿り着けない。奴を殺すのなら、今がその時だ！」

声の主、広陵散《グアンリンサン》は朗々と言葉を紡いでいるが、その姿はどこにも見当たらない。どこかに隠れていて、琴の音が晏無師《イエンウースー》の心を最大限惑わせるまで待っているのだろう。

この場で晏無師《イエンウースー》の武功を論評する資格がある者は、疑いようもなく同じ魔門の法鏡宗宗主、広陵散《グアンリンサン》である。

紫色の剣光は凄まじい勢いで、晏無師《イエンウースー》の衣を引き裂いた。背中が血で染まっていく。

晏無師《イエンウースー》はフン、と鼻を鳴らして笑った。

「役立たずどもめ。お前たちとのお遊びはここまでだ！」

そう言うなり、身を翻す。攻撃を仕掛けようとしていた君子不器剣に掌打を放つと、剣から放たれる剣光が微かに揺らいだ。しかし、変わらず晏無師《イエンウースー》目掛けて、突き進んでいく。

突然、琴の調べは緩やかで平淡な調子から、意気軒昂たる旋律に変わった。

「奴の魔心の綻びが露わになったぞ！」

広陵散《グアンリンサン》が叫ぶ。

その言葉を最後まで言い終わらぬうちに、別の方向からもう一人が姿を現わし、晏無師《イエンウースー》に鋭い掌風を放った。

一方、雪庭《シュエティン》禅師は両手を上下させ、素早く印を結んだ。不動明王印の最後の一つ、〝業火紅蓮《ごうかぐれん》〟だ！

真っ赤な炎が大浪のように果てしなく広がる。怒濤の勢いでゴウゴウと激しく燃え盛り、この世の一切の傲慢を焼き尽くそうとしているかのようだ。

晏無師《イエンウースー》が築き上げた緻密で完璧な真気の壁に、細い裂け目が一本、現れる。

炎はじわじわと裂け目から入り込み、とうとう壁をこじ開けた。業火は真っ直ぐ、晏無師《イエンウースー》の魔心を狙い、死に至らしめようとする。

次の瞬間、炎は消えて、代わりに雪庭《シュエティン》禅師の長く白い五本の指が晏無師《イエンウースー》の胸元に押し付けられた。

晏無師《イエンウースー》の口角から、一筋の血が溢れ出す。その顔が凶悪なものに変わった。

袖を振り上げると、強大な内力が雪庭《シュエティン》禅師を襲う。あまりの強さに雪庭《シュエティン》禅師は避けざるを得ず、後ろへ半歩退いた。

雪庭《シュエティン》禅師が引いた間に、晏無師《イエンウースー》は体の向きを変える。そして、背中に突き刺さった君子不器剣を摑み、力を入れて捻った。剣身は段文鴦《ドワンウェンヤン》の鞭と同じように、ばらばらに折れてしまった。晏無師《イエンウースー》は指を鉤爪《かぎづめ》のように曲げて、郁藹《ユーアイ》の顔に伸ばす。見る間に晏無師《イエンウースー》と郁藹《ユーアイ》は数十手を交わした。そんな中、無防備になっていた晏無師《イエンウースー》の背後に現れた竇燕山《ドウイエンシャン》がもう一掌を叩き付ける。

（やったぞ！）

あまり期待していなかった竇燕山《ドウイエンシャン》は、晏無師《イエンウースー》に一掌を食らわせたことに喜ぶ。この一撃に全ての功力を込めたのだ。何も防御をせずに受け止めた晏無《イエンウー》師《スー》が無事なはずがない。

雪庭《シュエティン》禅師と竇燕山《ドウイエンシャン》に助けられ、段文鴦《ドワンウェンヤン》と郁藹《ユーアイ》は胸を撫で下ろす。

広陵散《グアンリンサン》は姿こそ現さなかったが、その琴の音による攻撃も功を奏したといえる。汝鄢克恵《ルーイエンコーフィ》との一戦の後、晏無師《イエンウースー》の気が暴走して魔心の綻びが露わになっていたことに広陵散《グアンリンサン》が勘づいたからこそ、晏無《イエンウー》師《スー》を討つことができたのだ。

竇燕山《ドウイエンシャン》は雪庭《シュエティン》禅師が晏無師《イエンウースー》にとどめを刺さず、傍に佇んで彼を見ているのに気づき、同様に手を引いた。

「大師、なぜ手を止めるのです？」

「拙僧と晏無師《イエンウースー》は立場こそ違えど、私怨《しえん》はありません。今日彼の攻囲に参加したのも、致し方なくやったことであり、その実力は敬服に値します。この場所で死を迎えるべきではないかと」

竇燕山《ドウイエンシャン》は、それほど高潔な心の持ち主なら、なぜ今回の計画に加わったのか、と内心せせら笑ったが、顔には出さず、にこやかに言った。

「さすが、大師は人格者ですな！」

雪庭《シュエティン》禅師は竇燕山《ドウイエンシャン》の心の内を見透かしているかのように、淡々と続ける。

「竇《ドウ》幇主はご存じでしょうが、晏無師《イエンウースー》が死んだところで、破壊された『朱陽策』は二度と戻ってきませんよ」

竇燕山《ドウイエンシャン》はフッと笑って、それについては触れずに言った。

「晏無師《イエンウースー》は己の気の向くままに天下を乱しました。奴が死ねば、皆、穏やかな日々を送れるというもの。仏門も再び繁栄することでしょう。先にお喜び申し上げておきますよ！」

雪庭《シュエティン》禅師と竇燕山《ドウイエンシャン》が話している間に、晏無師《イエンウースー》は避けきれず、もう一掌を受けた。既に武功の綻びを見破られ、琴の音で精神も抑制されている。また、竇燕山《ドウイエンシャン》と雪庭《シュエティン》禅師から受けた二掌のせいで内傷が重なり、功力をかなり消耗していた。そして、晏《イエン》無師《ウースー》を逃すまいと、郁藹《ユーアイ》と段文鴦《ドワンウェンヤン》が立て続けに攻撃を加え、晏無師《イエンウースー》の体に張り巡らされた真気は跡形もなく崩れ去った。そのため、さらに二掌を体に受ける羽目となる。

　もちろん、郁藹《ユーアイ》と段文鴦《ドワンウェンヤン》も無傷というわけではない。郁藹《ユーアイ》は長剣を折られ、胸元に三掌を受けている。真っ青な顔で数歩後ろに下がるとそのまま地面に倒れた。段文鴦《ドワンウェンヤン》も鞭を破壊され、内傷を負っている。肋骨が数本折れており、何度も血を吐いていた。

追い詰められてはいたが、晏無師《イエンウースー》にはまだ逃げる余力があった。残影だけをとどめ、さっとその場を立ち去ろうとする。竇燕山《ドウイエンシャン》と広陵散《グアンリンサン》が顔色を変えるが、止めようにももう間に合わない。

晏無師《イエンウースー》が去ったのと同時に、雪庭《シュエティン》禅師の姿も消えた。軽功を極致まで使い、晏無師《イエンウースー》を引き留める。晏無師《イエンウースー》は迫りくる不動明王印と向き合わざるを得ず、迎え討つように掌打を繰り出した。再び掌がぶつかり合い、今回雪庭《シュエティン》禅師は、五、六歩下がる。その顔は真っ赤になったかと思えば、すぐさま血の気が引いていく。喉元まで上がってきた血を飲み込んだようだ。

晏無師《イエンウースー》は大声を上げて笑ったかと思いきや、突如笑いを止め、口から鮮血を吐く。

それを見た竇燕山《ドウイエンシャン》はすぐさま飛び上がり、晏無《イエンウー》師《スー》の頭頂の百会穴《ひゃくえけつ》目掛けて掌を振り下ろした。

ついに、晏無師《イエンウースー》はその場に倒れた。

雪庭《シュエティン》禅師は眉を寄せたが、結局、何かを言うことはなかった。

晏無師《イエンウースー》の目がゆっくりと閉じたのを見て、雪庭《シュエティン》禅師は小さく「南無阿弥陀仏」と唱えてから、両手を合わせて一礼する。そして、振り返ることなく、その場を後にした。

郁藹《ユーアイ》と段文鴦《ドワンウェンヤン》は重傷を負っている。晏無師《イエンウースー》が助かる見込みはないと分かると、傷を治すため、相次いで立ち去った。

竇燕山《ドウイエンシャン》はしゃがみ込み、じっくりと晏無師《イエンウースー》を観察する。完全に息絶えていることを確信すると、ようやく笑みを浮かべ、琴を抱えて姿を現した広陵散《グアンリンサン》に言った。

「広《グアン》宗主、おめでとうございます。これで三宗を統一できる日も近づきましたな」

「竇《ドウ》帮主、嬉しいことを言ってくれる。晏無師《イエンウースー》は確かに死んだのかね？」

「間違いありません。私の一掌で、頭蓋骨が砕けています。それに、先ほどの数掌で五臓六腑は破裂しているでしょうし、助かることなど、まずあり得ません」

広陵散《グアンリンサン》は軽く笑った。

「魔門には、〝黄泉碧落《こうせんへきらく》〟という技がある。絶命する直前に自らの腕を切り落とし、仮死状態に陥ることで一筋の生気を残すというものだ。ただ、それを修練するには壮絶な苦痛が伴い、普段は使い道がない。だから、あまり修練する者はいないがね」

「広《グアン》宗主は晏無師《イエンウースー》にそれができるのでは、と心配されているのですか？」

「ここまでやったのだから、念を入れて確認しておくのも悪いことではないだろう」

そう言って、広陵散《グアンリンサン》は晏無師《イエンウースー》に近づき、その腕に触れようと手を伸ばした。

そこへ、一本の剣が差し出され、その手の行き先を遮った。

古めかしくて素朴な剣は鞘から抜かれておらず、特段変わったところはない。しかしよく見ると、柄に近いところに〝山河同悲〟と刻まれている。

広陵散《グアンリンサン》の顔色が変わる。剣の持ち主がいつ現れたのかすら、分からなかった。

「いくら生前に仇が多かったとしても、死者は敬うべきです。一代の宗師であり、尊敬に値する相手に対し、このようなやり方は相応しくないのでは？」

竇燕山《ドウイエンシャン》は目を細め、その者の名をはっきりと口にした。

「沈《シェン》……嶠《チアオ》……！」

第七章　晏無師

沈嶠《シェンチアオ》は二人に軽く会釈する。

「お二方は近頃いかがお過ごしですか？」

初めは驚いたものの、広陵散《グアンリンサン》は落ち着きを取り戻して、じっくりと沈嶠《シェンチアオ》を観察した。

「沈《シェン》道長は桑景行《サンジンシン》と戦い、双方が重傷を負ったと聞いたが、ずいぶん早く回復したものだ。本当に良かった！」

桑景行《サンジンシン》と沈嶠《シェンチアオ》が手を交えた時、周りには誰もいなかった。加えて、桑景行《サンジンシン》自身、重傷を負わされているので、それを吹聴して回るわけがない。ただ、広《グアン》陵散《リンサン》は魔門の者なので、誰にも知られていない情報を摑んでいても不思議ではない。

竇燕山《ドウイエンシャン》はその言葉に、内心驚きを隠せなかった。頭の中で沈嶠《シェンチアオ》の実力を改めて推測する。

沈嶠《シェンチアオ》は首を振り、「まだ完全に回復したというわけでは」と答えた。

沈嶠《シェンチアオ》は事実を言ったつもりだったが、誰も信じてはいなかった。確かに、武道は修練にどれだけ精を出したのかがものを言う。けれども、各々の門派にはそれぞれ秘密があるし、何よりも沈嶠《シェンチアオ》は祁鳳《チーフォン》閣《ゴー》の弟子なのだ。祁鳳閣《チーフォンゴー》が沈嶠《シェンチアオ》に秘技や秘伝の書を伝授していてもおかしくはない。沈嶠《シェンチアオ》が短期間で完全に回復していたとしても頷ける。

広陵散《グアンリンサン》は笑った。

「以前晏《イエン》宗主がどのように沈《シェン》道長に接していたのか、ほかの方は知らないかもしれないが、私は多少知っているからね。沈《シェン》道長が桑景行《サンジンシン》と手を交えることになったのも、晏《イエン》宗主のせいだと聞いたが？」

「その通りです」

「ずいぶんと冷たく扱われていたようだが、それではほかの者たちと全く変わらないではないか」

「はい」

「遥々ここまで来たのも、晏《イエン》宗主を葬るためではあるまい。助けに来たのだろう？　残念だが、一足遅かったね」

聞かれたら必ず答えることにしているのか、沈《シェン》嶠《チアオ》はまた「そうですね」と言った。

落ち着いていた広陵散《グアンリンサン》の顔に驚きの色が滲む。

「晏無師《イエンウースー》のどこに、そこまでする価値がある？　それとも噂通り、二人は他人に言えないような関係にあったのかな？」

「彼を助けようとしたのは、私情ではなく、公義《こうぎ》のためです」

淡々と答えた沈嶠《シェンチアオ》に、竇燕山《ドウイエンシャン》はおかしくなって、我慢できず声を上げて笑った。

「晏無師《イエンウースー》を公義と結びつけるなど、初めて聞いたぞ！　なんだ、晏無師《イエンウースー》が死ねば天下から公義が失われるとでも言いたいのか？」

「晏無師《イエンウースー》は確かに善人ではありませんが、周国の君主を補佐しています。つまり周国を支持していることになります。それぞれ立場や理由はあれど、あなた方が彼を殺すのは、つまるところはそのことと関係があるのでは？　宇文邕《ユーウェンヨン》を支持されては、自分の利益にならない。だからまずは晏無師《イエンウースー》を消さねばならなかったのでしょう。ただ私は、天下の混乱を終わらせることができるのは、今や宇文邕《ユーウェンヨン》しかいないと考えています。この点について、私たちは意見を異にしています」

竇燕山《ドウイエンシャン》は首を横に振る。

「沈嶠《シェンチアオ》、お前は漢人なのに、鮮卑人を支持するというのか。だから玄都山は、お前が掌教に相応しくないと思うんだ」

沈嶠《シェンチアオ》は小さく笑ってみせた。

「それは竇《ドウ》幇主が、無数の反対意見の中で自らの信念を貫くことを経験していないからです。自分がそうする価値があると思ったことであれば、他人がそれを見てどう考えるかなんて、気にする必要はありません。あなたを本当に好いている人や、あなたを思ってくれる友、家族は必ずあなたを理解してくれます」

「だが晏無師《イエンウースー》はもう死んでいる。今さら駆け付けたところで意味はない。私たちが奴をどう扱おうが、沈《シェン》道長には関係のないことだろう。なぜこの問題に首を突っ込むのかね？」

広陵散《グアンリンサン》がそう尋ねると、沈嶠《シェンチアオ》は眉を寄せた。

「人が死ぬということは、灯が消えるようなもので、跡形もなく消失して二度と戻りません。あなた方がどう言おうと、彼は一代の高手と呼べる人物です。私と晏無師《イエンウースー》は知り合いでしたし、亡骸を埋葬してやりたいと思っています。どうかお二方、融通をきかせていただけないでしょうか？」

広陵散《グアンリンサン》は首を横に振る。

「私たちも苦労して晏無師《イエンウースー》をしとめたものでね。奴が確実に死んで、生き返る可能性はないことを確かめねばならない。まずは奴の首を斬る。葬るのはその後でも遅くはないだろう」

「嫌だと言ったらどうしますか？」

「沈《シェン》道長は綺麗な顔をされているが、あいにく私と竇《ドウ》幇主は男色を好まない。手加減をすることはないと思うよ」

広陵散《グアンリンサン》は微笑みながらそう答え、持っていた琴を放り上げると、逆さになった琴から隠していた長剣を引き抜いた。瞬く間に、剣先が沈嶠《シェンチアオ》の目の前に迫る。

沈嶠《シェンチアオ》は急いで後ろへ飛び退き、鞘から山河同悲剣を抜いた。

二つの剣気がぶつかり合う。その瞬間、日光を貫く白虹が現れ、王者の気が溢れ出す。黄金や玉石をも断ち切らんばかりの鋭い剣気は、ゾッとする寒風を周囲に放つ。まだ秋に入ったばかりだと言うのに、竇燕山《ドウイエンシャン》は吹雪くような寒さを前方から感じ、反射的に半歩下がる。すぐに自分の失態に気づいて足を止めたものの、警戒心が一気に高まった。

目の前にいる玄都山の前掌教は、あっさり倒せるような相手ではない。

竇燕山《ドウイエンシャン》だけではない。広陵散《グアンリンサン》もこの時、驚きで内心は荒れ狂う海原のようだった。

正確に言えば、広陵散《グアンリンサン》が沈嶠《シェンチアオ》と会ったのはたった二回だ。以前会った時、沈嶠《シェンチアオ》は死力を尽くして白茸《バイロン》を退けた後だったので、広陵散《グアンリンサン》が現れた時には立つ力も残されていなかった。目は見えておらず、度重なる負傷で健康な体には二度と戻れない様子だった。しかし今はどうだ。相変わらず病弱に見えるが、剣を鞘から抜いた途端、全身から光を放たんばかりに輝いている。春を迎えて枯れ枝が再び芽吹くように、眩しく、心打たれるほどに美しい。

否、今の沈嶠《シエンチアオ》は、一振りの鋭い剣に近いのかもしれない。

剣意は揺蕩《たゆた》う水面のようにゆらゆらと揺れ、柔らかい光が辺りを隈なく満たしていく。沈嶠《シエンチアオ》の剣意は広陵散《グアンリンサン》の剣光を圧倒し、全てを搦《から》め捕る網となって、広陵散《グアンリンサン》もろとも包み込んだ。

柔よく剛を制す、の極致に至ることができれば、これに敵う者はいない。人剣一つに合わされば、付け入る弱点もなし。

これが玄都山前掌教、祁鳳閣《チーフォンゴー》の弟子の真の実力なのか⁉

広陵散《グアンリンサン》は普段琴を使い、剣に長けてはいない。とはいえ、その剣術はかなりのものだ。しかしこの時、沈嶠《シエンチアオ》の風すら通さぬほどの防御と一分の隙もない攻撃を前に、広陵散《グアンリンサン》は無力感を抱いた。どこから攻撃を仕掛ければいいのか、皆目見当がつかないのだ。

こう思うのは、おそらく自分だけではない。剣を使う手練れがここにいたとしても、きっと無力感を覚えただろう！

広陵散《グアンリンサン》は躊躇わずに剣を捨て、琴に持ち替えることにした。剣光から一時的に身を引き、手を後ろへ回して、背負っていた琴を掴む。瞬く間に琴を手の中に収めると、その調べは唸る風雷の如く、猛烈な勢いで沈嶠《シエンチアオ》に押し寄せた。

広陵散《グアンリンサン》の苛立ちに気づいたのか、竇燕山《ドウイエンシャン》は飛び上がると、沈嶠《シエンチアオ》に掌を打ち出した。

何も沈嶠《シエンチアオ》まで死地に追いやる必要はない。竇燕《ドウイエン》山《シャン》はただ広陵散《グアンリンサン》に力を貸すために一掌を繰り出しただけだった。

ところが予想に反して、竇燕山《ドウイエンシャン》の掌風は沈嶠《シエンチアオ》まであと三尺と迫ったところで、全て沈嶠《シェンチアオ》の放つ剣光に呑み込まれてしまった。海に投げ込まれた小石のように、怒濤に揉まれて沈んでいく。加勢するどころか、全く役に立たなかった。

沈嶠《シェンチアオ》の剣はますます輝きを放ち、竇燕山《ドウイエンシャン》の目前まで押し寄せてきている。

竇燕山《ドウイエンシャン》と広陵散《グアンリンサン》の武功は天下の十大に数えられる。全力を出さずとも、二人が手を組んだ時点で、そこらの武芸者ならとっくに絶命していただろう。しかし、ひとしきり戦っても、沈嶠《シェンチアオ》が劣勢に回らないのを見ると、その実力は恐ろしく、計り知れないものであることが分かる。今の沈嶠《シェンチアオ》は、もはや怒らせてはいけない相手だ。

このまま続ければ、お互い敵同士になるのは避けられない。六合幇は天下で広く商いをしており、親交を深めて財を成すことを重んじている。晏無師《イエンウースー》を殺す計画に参加したのは、ほかの者たちが先陣を切ったからだ。竇燕山《ドウイエンシャン》はその企てに便乗したに過ぎない。しかし、沈嶠《シェンチアオ》は違う。殺す理由がないし、ひとたび沈嶠《シェンチアオ》ほどの高手の恨みを買えば、今後きっと面倒なことになるだろう。

竇燕山《ドウイエンシャン》は二つを天秤《てんびん》にかけ、手を引くことを選んだ。晏無師《イエンウースー》はおそらく斃《たお》れており、雪庭《シュエティン》禅師や段文鴦《ドワンウェンヤン》、郁藹《ユーアイ》も立ち去ってしまった。晏無師《イエンウースー》が『朱陽策』を破壊したことへの報復のためだけに、沈嶠《シェンチアオ》とも命懸けで戦うのは割に合わない。

竇燕山《ドウイエンシャン》は心の中でそう結論を下すと、朗らかに笑って攻撃をやめた。

「二対一では誠実さに欠けるというもの。広《グアン》宗主のせっかくのお楽しみですし、私は邪魔をせず、一足先に失礼するとしましょう。それではまた！」

広陵散《グアンリンサン》に竇燕山《ドウイエンシャン》を不誠実だと責めることはできない。彼ら五人にはもとよりそれぞれの立場があり、求める利益も違う。今回集まったのも、晏無師《イエンウースー》を殺すという共通の目的があったからだ。晏無師《イエンウースー》が死に、目的が達成された今、一時的な協力関係は自然と終わりを迎える。

ほかの者たちがいなくなった今、広陵散《グアンリンサン》が残って沈嶠《シェンチアオ》と命懸けで戦い、無駄骨を折る必要はない。

広陵散《グアンリンサン》は目の端で、同じ姿勢のまま横たわっている晏無師《イエンウースー》を見やった。目や鼻、耳や口から血を流し、意識もない様子だ。助かる可能性は、祁鳳閣《チーフォンゴー》が生き返るより低いだろう。

そこまで考え、広陵散《グアンリンサン》はこれ以上沈嶠《シェンチアオ》と戦い続ける意味を失った。琴の音が突然高らかに響く。沈《シェン》嶠《チアオ》は五感を封じておらず、避けられずに剣勢が一瞬、滞る。その隙に広陵散《グアンリンサン》は身を引き、沈嶠《シェンチアオ》に向けて掌打を一つ放ってから、軽やかにサッと飛び上がった。

「沈《シェン》道長は人情に厚いお方だ。晏無師《イエンウースー》には数えきれないほどの敵がいたが、あなたのような友が一人いれば、あの世でも嬉しく思うだろうね。道長の仁心を尊重するとしよう！」

それを聞き、沈嶠《シェンチアオ》も剣を収めて後ろへ身を引いた。

「広《グアン》宗主、ありがとうございます」

広陵散《グアンリンサン》は微笑み、沈嶠《シェンチアオ》に会釈をしてみせると、身を翻してどこかへ去っていった。

晏無師《イエンウースー》の死は、すぐに江湖中に広まるに違いない。浣月宗は拠り所をなくし、牽引するのが辺沿《ビエンイエン》梅《メイ》と玉生煙《ユーションイエン》の二人だけでは、それほど長くは持ち堪えられないだろう。魔門三宗の勢力図は変わり、法鏡宗はこれを機に中原に戻ることができる。宗主である広陵散《グアンリンサン》がやらなければならないことは、山ほどあるのだ。

広陵散《グアンリンサン》を見送った後、沈嶠《シェンチアオ》は長々と息を吐き出した。胸を押さえ、喉元まで込み上げてきた血をどうにか飲み込む。

いくら『朱陽策』の真気が強力でも、修練し始めてからそれほど経っているわけではない。昔の五、六割の功力を回復できただけでもいいほうなのだ。天下十大の高手二人を一度に相手にし、沈嶠《シェンチアオ》はもう限界に近かった。あとほんの少しでも長く戦っていたら、ぼろを出していただろう。幸い、広陵散《グアンリンサン》と竇《ドウ》燕山《イエンシャン》はあっさりと身を引いた。もともと長期戦に持ち込むつもりはなかったうえ、沈嶠《シェンチアオ》の機先を制した一手が彼らを竦《すく》み上がらせたようだ。

沈嶠《シェンチアオ》は苦笑し、ゆっくりと真気を体に巡らせ、回復する。そして晏無師《イエンウースー》の傍に行くと、屈んでその手首に指をあてて脈をとった。

手首は冷たく、僅かな脈拍さえ感じられない。

自分が桑景行《サンジンシン》に引き渡された時の心の痛みと苦しさは、まだ鮮明に思い出せる。観主と初一《チューイー》の仇を討つため、沈嶠《シェンチアオ》はあらん限りの力を尽くし、黄泉の際から一歩ずつ戻って来た。孫子の教えの一つに、死地に陥れて後生く、とあるように、絶体絶命の淵から、死んだ鳳凰が再び蘇るように沈嶠《シェンチアオ》は還ってきたのだ。晏無師《イエンウースー》が危機に瀕していると聞いて、私情を捨てて助けに駆け付けた。しかし、あと一歩及ばなかった。

沈嶠《シェンチアオ》はため息を吐き、

「まあいいでしょう。黄泉への道、どうぞお気をつけて」

と小さな声で言った。その瞬間、晏無師《イエンウースー》の手首がほんの僅かだがピクリと動いた。

何事かと沈嶠《シェンチアオ》が驚いていると、手首をガシッと摑まれた。


突然のことに、沈嶠《シェンチアオ》といえども、すっかり呆気に取られてしまう。

広陵散《グアンリンサン》たちが足早に立ち去ったところを見ると、晏無師《イエンウースー》が生きている可能性はほとんどない。埋葬し、位牌を作ってやろうと思っていたところに、まさかこんなことが起こるとは。

晏無師《イエンウースー》の手にはほとんど力が入っていない。沈嶠《シェンチアオ》の手首を一度摑んだだけで全ての力を使い切ってしまったのか、ぱたりと落ちた。晏無師《イエンウースー》は変わらず目を固く閉じており、紙のように青白い顔には生気が全く感じられない。流れ出た血が拭われることもなく、沈嶠《シェンチアオ》の前にいる晏無師《イエンウースー》は今まで見たことがないほど惨めな姿だった。先ほど沈嶠《シェンチアオ》の手首を摑んだのは、死に際に最後の力を振り絞ったのだろうか。

沈嶠《シェンチアオ》は晏無師《イエンウースー》の胸に手を当てる。案の定、その体は冷たく、温かみは感じられなかった。続けて少しばかり内力を送り込んでみたが、内力は砂に水がしみ込むように、晏無師《イエンウースー》の体に入ったきりどこかに消えてしまった。

沈嶠《シェンチアオ》は晏無師《イエンウースー》の結わえていた髪を解き、その中に手を差し入れてみる。すぐ百会穴の近くに、裂傷があるのを見つけた。

普通の人間なら、間違いなく死んでいただろう。しかし、晏無師《イエンウースー》は〝普通〟という言葉からは程遠い人間だ。当世の五指に入る高手を一人で相手にし、中には雪庭《シュエティン》禅師といった宗師もいたのに、少しも引けを取らなかった。遅れてきた沈嶠《シェンチアオ》は、戦いを目の当たりにすることはなかったが、この世に類を見ないほど見事な戦いだったことは想像に難くない。

傷は大きくないが、かなり深く、攻撃をした者が全功力を込めていたことが分かる。いくら晏無師《イエンウースー》でも、頭蓋骨が砕けているだろう。生き残る望みはほとんどない。

沈嶠《シェンチアオ》は医者ではないため、これほど深い傷には手の施しようがなかった。晏無師《イエンウースー》の頭から手を離して、うなじを支えながら、今度は全身の経脈を慎重に手で辿る。

骨は折れておらず、経脈にも傷はついていないようだった。しかし、長剣に貫かれた胸の傷は致命的であり、体に打ち付けられた数掌により、内臓に損傷を負っている。そしてとどめの一撃が、頭の裂傷だった。

見れば見るほど、沈嶠《シェンチアオ》の心は暗澹《あんたん》としていく。

やはりもう助からないのだろうか？

と、その時沈嶠《シェンチアオ》は不意に「ん？」と、自分にしか聞こえないくらい小さく声を漏らした。

冷たくなり、砕けていたはずの晏無師《イエンウースー》の丹田に、注意しなければ気づかないほど微かな気が、静かに巡っていたのだ。さすがの沈嶠《シェンチアオ》も驚きを隠せない。

沈嶠《シェンチアオ》は少し考え、心を決めると、晏無師《イエンウースー》の腕を引っ張り上げて背負い、一歩ずつ歩き出した。

＊＊＊

吐谷渾の王城は沈嶠《シェンチアオ》にとって馴染みのある場所ではない。四六時中砂嵐が吹き荒れ、大地は砂や小石に覆われている。周囲数十里以内で町と呼べるのは、王城がある一帯だけだ。しかし、高昌《こうしょう》やホータン王国など、西域の国々に行くためには必ずここを通らなくてはならず、人々の住居は王城の外にも広がっている。王城から西へしばらく歩くと高地に入る。見下ろすと民家がまばらに見え、村があることが分かった。

荒野は延々と広がり、風や砂を遮る洞窟も見当たらない。水や食料をどうするのかという重大な問題を抱えたまま、沈嶠《シェンチアオ》は生きているのか死んでいるのかも分からないような人間を背負っている。中原で、適当に草に覆われた洞窟を見つけて隠れるのとは、全くもってわけが違った。誰かに見つかりたくないと思ってはいても、沈嶠《シェンチアオ》に残された選択肢は、ひとまず江湖者から離れ、どこか一般人のいる場所で足を休めるくらいしかない。

吐谷渾の王城は人が多く、目撃されればすぐに情報が広まってしまうために残れない。宿泊できるのは、王城にほど近い小さな村だけだ。

照りつける日差しの下、沈嶠《シェンチアオ》は目を細めて落ち着けるところを探す。そして、行き先を遠くに見える小さな村に決め、晏無師《イエンウースー》を背負って歩き出した。

沈嶠《シェンチアオ》が晏無師《イエンウースー》を連れて向かったのは、查霊湖《されいこ》と呼ばれる湖の近くの村だった。数十の民家があり、旅商人がよく使う街道沿いにある。村は賑やかというほどではないものの、たまに旅人が宿を借りにくるので、閉鎖的でもない。村の外からやって来た沈嶠《シェンチアオ》を見ても、村人たちが敵意を示すことはなかった。

この村を選んだのは、晏無師《イエンウースー》の置かれた状況を考えてのことだった。もし彼が助かって、息を吹き返したとなれば、外には絶対に知られてはならない。晏無師《イエンウースー》はあちこちに敵がいるのだ。死んでいないことが広陵散《グアンリンサン》たちに知られれば、必ずその息の根を止めにやってくるだろう。沈嶠《シェンチアオ》には今、五、六割の功力しかないし、たとえ祁鳳閣《チーフォンゴー》だとしても、一人で何人もの高手を相手にするのは不可能だ。

日も暮れかけ、村の家々は次々と明かりを灯した。沈嶠《シェンチアオ》は晏無師《イエンウースー》を背負い、一軒の家の扉を叩いた。

扉を開けたのは、赤い裙《くん》を着た少女だった。長いおさげを片方の肩の前に垂らしている。この場所で長年暮らしているのだろう。肌は日に焼けて小麦色だ。整った顔立ちをしており、唇を軽く結ぶと両頬にえくぼが現れるのが、可愛らしい。

沈嶠《シェンチアオ》は少女に、友人が怪我をしたので、養生のためにしばらく部屋を借りたい、と伝えた。傷が治ったらすぐに立ち去り、家主には迷惑を掛けることはない、とも。

中原のお金はここでも使えるが、国境に近い場所なので、人々は手軽な物々交換をよく行なっている。沈嶠《シェンチアオ》は大きな塩の塊を一つと、それから精巧に作られた金細工の花飾りを取り出した。この小さな金花は、中原ではそこらの装具屋でも見られるようなありふれたものだが、吐谷渾では珍しいのだ。碧霞宗を出る前、趙持盈《ジャオチーイン》が弟子に準備させて持たせてくれたのだが、ここへ来て役立つとは思ってもみなかった。

少女は旅人が宿を借りに来ることには慣れている様子だった。とはいえ、戸を叩いたのが思いもかけず美男子だったので、穏やかに話をする沈嶠《シェンチアオ》に頬を赤らめる。沈嶠《シェンチアオ》が取り出した金花にも目を奪われた様子だったが、すぐには了承しなかった。身振り手振り、現地の言葉と拙い漢語を交えながら、自分は祖父と二人で暮らしており、祖父に確かめてみると言っているようだった。

沈嶠《シェンチアオ》は分かったと伝え、晏無師《イエンウースー》を背負ったまま扉の外で待った。時間が掛かるだろうと思っていたが、程なくして扉が再び開いた。姿を現したのは白髪の老人で、先ほどの少女は老人の後ろにいた。

老人は流暢な漢語を話し、沈嶠《シェンチアオ》にいくつかの質問をしただけで、彼らを家に迎え入れてくれた。言葉を交わすうちに、沈嶠《シェンチアオ》は老人が若い頃、中原に住んでいたことを知った。中原でお金を貯め村で一番大きな家を建てたが、息子夫婦を早くに亡くし、孫娘と二人で寄り添いながら暮らしているのだという。

沈嶠《シェンチアオ》がこの家を選んだのは、庭が広く、部屋も多そうだったからだ。ここなら晏無師《イエンウースー》の傷を癒やすために気を注いでも、人目に付くことはないだろう。

中原に住んでいたからか、老人は見識が広かった。沈嶠《シェンチアオ》のように常に剣を持ち歩いている人間も見慣れているようだった。一方の少女は道士の身なりをした沈嶠《シェンチアオ》に興味津々で、祖父の後ろからちらちらとこちらを覗く。ただ、沈嶠《シェンチアオ》と目が合うと、恥ずかしそうに下を向いた。

少し世間話をしてから、老人は躊躇いがちに尋ねた。

「ここは旅商人が通るもんで、みんなよく宿を借りに来るんです。遠くから来たあなた方も、もちろん歓迎します。ただ、その……ご友人はかなりの深手を負っているようですし、とても強い方と戦われたのではないでしょうか？　我々は平民でして、これまで面倒事に首を突っ込んだことなぞありません。どうか本当のところを教えてくれませんか。そうすればあなた方を泊めて良いものか、決められるというもの」

「はい。包み隠さず申し上げますと、友人は確かに面倒なことに巻き込まれており、隠れなければいけない状況です。友人は重傷で、敵はもう彼が死んだと思っていますが、私は彼を助けたいのです。しかし、中原はあまりにも遠く、すぐに帰ることができません。そこで、こちらにお邪魔し、しばし隠れて養生できないかと思った次第です。ここにいることを誰にも知られなければ安全です。何かありましたら、すぐに友人を連れて立ち去りますから。ご迷惑はお掛けしません」

「爺ちゃん、この方は悪い人に見えないし、すごく大変そうだよ。助けてあげようよ！」

孫娘に服の裾を引っ張られて説得されると、躊躇っていた老人もため息を一つ吐いて、頷いた。

「まあいい。それなら、どうぞ泊まっていってください。こちらもお二方のことは誰にも知られないようにしますから。聞かれても、中原から旅の若者が来た、とだけ伝えましょう。道長さんもむやみに外には出ないように。面倒事はごめんですから」

老人の言葉に、沈嶠《シェンチアオ》は胸が一杯になった。観主と初一《チューイー》の出来事があってから、沈嶠《シェンチアオ》は二度と無辜《むこ》の民を巻き込まないと心に決めていたのだ。老人から泊まってもいいと言われ、途方に暮れていた沈嶠《シェンチアオ》は何度も礼を述べた。蟠龍会が終わるまで、少しの間だけここに留まらせてもらえればいい。武芸者たちが去れば、晏無師《イエンウースー》を長安に連れ帰り、辺沿梅《ビエンイエンメイ》に引き渡すことができる。

　般娜《バンナー》と名乗った少女は、沈嶠《シェンチアオ》を見た時からほのかな恋心を抱いていた。沈嶠《シェンチアオ》と少しでも長く話をしようと世話を焼き、沈嶠《シェンチアオ》が晏 無師《イエンウースー》を背負って離れに向かうのを見て、扉を開けてあげようとした。指先がうっかり晏無師《イエンウースー》の腕に触れ、そのあまりの冷たさに度肝を抜かれて後ずさりすると、晏無師《イエンウースー》を指さして恐る恐る尋ねる。

「し、沈《シェン》郎君、この人、本当に生きてますか？」

　沈 嶠《シェンチアオ》は、晏無師《イエンウースー》が生きていると言えるかどうか、自分も分からない、と内心苦笑しながらも、顔には出さずに般娜《バンナー》を落ち着かせようと慰めた。

「重傷を負って、気を失っているだけですよ。死んでいるわけではありませんから」

　沈嶠《シェンチアオ》の答えに、般娜《バンナー》は半信半疑のままその場を後にした。しかしその後、般娜《バンナー》は何度か晏無師《イエンウースー》を見舞ったが、晏無師《イエンウースー》は死人と変わらない様子で、死臭を放ちこそしなかったものの、全身が冷たく、生きている気配が一切ない。さらに般娜《バンナー》は沈嶠《シェンチアオ》の見ていない隙に、晏無師《イエンウースー》の鼻の下に指を伸ばして息をしているかどうか確かめたのだが、恐ろしいことに全く呼吸をしていなかったのだ。

　般娜《バンナー》は、沈嶠《シェンチアオ》は友人が死んだ悲しみのあまり、その死を受け入れられないのではないか、と疑った。般娜《バンナー》が疑心を抱いてくれたことで、一日二食を届ける以外、彼女がひょっこり離れに来ることはなくなった。そうでなくとも、沈嶠《シェンチアオ》の穏やかな性格では、般娜《バンナー》を追い返す方法が分からなかったので、これは良いことだったのかもしれない。

　全てが落ち着くと、沈嶠《シェンチアオ》は一心不乱に晏無師《イエンウースー》の状態を調べ始めた。

　日ごとに晏無師《イエンウースー》の丹田にある気は強くなり、微かだが生き延びる希望が見えてきた。これは以前の沈《シェン》嶠《チアオ》に生じたように、『朱陽策』の真気が、晏無師《イエンウースー》の体内で作用し始めたからである。ただし、沈嶠《シェンチアオ》と異なり、晏無師《イエンウースー》の根基は破壊されておらず、武功も全て失ったわけではない。沈嶠《シェンチアオ》のように『朱陽策』の助けを借り、根基を再構築して助かるということはあり得ないのだ。しかも、晏無師《イエンウースー》の致命傷はむしろ外傷にある。根基を改めて構築できても、割れてしまった頭骸骨がきちんと繋がる、という話はこれまで聞いたことがない。この状態が続けば、いずれにせよ晏無師《イエンウースー》は死んでしまうだろう。

沈嶠《シェンチアオ》はあれこれ考えあぐねたが、やはりあの方法しかないという結論に達した。

* * *

竇燕山《ドウイエンシャン》は晏無師《イエンウースー》への一撃に、情け容赦なく全功力を込めていた。晏無師《イエンウースー》は頭蓋骨が割れただけでなく、脳にも重傷を負っているはずだ。そう考えた結果、沈嶠《シェンチアオ》は、まず内力と真気で彼の脳内の淤血《おけつ》をとることにした。その後、少しずつ傷ついた全身の経脈と内臓を治していけばいい。晏無師《イエンウースー》が目覚めるか、それともこのまま虫の息なのかは、もう天命に任せるしかない。

沈嶠《シェンチアオ》が必死で知恵を絞っている傍らで、晏無師《イエンウースー》は相変わらず弱った呼吸で眠っていた。時も場所も関係なく昏々と眠り続けるその様子に、沈嶠《シェンチアオ》はそっとため息を吐いて苦笑した。

異郷にあり、しかも小さな村なので、もとより、食べ物に限りがある。一日二食で、ほぼ毎食羊肉と油餅《ヨウビン》（小麦粉を練って円盤状にして揚げたもの）だ。沈嶠《シェンチアオ》は流れに身を任せ、与えられたものを文句も言わずに食べていた。

一方の晏無師《イエンウースー》はそうはいかない。意識もなく、せいぜい羊湯を飲ませる程度のことしかできなかった。それに加え、晏無師《イエンウースー》は歯を食いしばり、舌が喉を塞いでいることが多かった。匙《さじ》を口に入れることができず、無理やり流し込んだとしても、口の端からこぼれてしまう。薬を飲ませる道具があればいいのだが、吐谷渾の村では手に入らなかった。仕方なく、沈嶠《シェンチアオ》は強硬手段に出ることにした。羊湯を一口、口に含み、晏無師《イエンウースー》の顎を摑んで口を開けさせ、口移しで飲ませるのだ。互いの唇を合わせた後、自分の舌で彼の舌を押さえて、無理やり羊湯を流し込む。こうすれば、かろうじて一口、二口は飲ませることができた。

晏無師《イエンウースー》の体はなかなか回復しなかった。丹田の気は消えてはいなかったが、弱々しい状態が続いた。風に煽られる蠟燭の炎のように、大きくなったり小さくなったり、いつ完全に消えてしまうかも分からない。沈嶠《シェンチアオ》自身の功力も完全な状態には戻っておらず、晏無師《イエンウースー》の経脈に気を巡らせて治療しようにも、一日に経脈を一周させる程度のことしかできない。現状の晏無師《イエンウースー》には、それが役に立つかどうかも分からないので、無意味だと知りながらも悪あがきしているのに等しかった。

勝手気ままに振る舞い、傍若無人だった晏無師《イエンウースー》が今では寝台に横たわり、沈嶠《シェンチアオ》のなすがままだ。口角によく浮かんでいたあの皮肉交じりの笑みも今やすっかり消えている。その端正な顔は相変わらず美しいが、それまでだ。白いものの混じったもみあげと穏やかな表情に、魔門の宗主を思わせる激しさはもうなかった。

浮き世は回り持ちという言葉があるとはいえ、まさかここまで落ちぶれるとは、晏無師《イエンウースー》自身もおそらく思っていなかっただろう。

だが、大勢に襲撃されると分かっていても、晏無《イエンウー》師《スー》は十中八九あの東屋に行ったはずだ。普通ならなんとしても避けたい苦難も、晏無師《イエンウースー》にとっては高手と渡り合う千載一遇の機会だったのだろう。沈嶠《シェンチアオ》はそう思っていた。

しかし、晏無師《イエンウースー》は自らの腕を買いかぶりすぎた。自分が負けることなどあり得ない、万が一敵わなかったとしても、その時は立ち去ればいいと考え、判断を誤った。源を同じくする魔門の広陵散《グアンリンサン》が、『鳳麟元典』の魔心の綻びを世間に知られようとも、自分を殺しにかかるとは思ってもみなかっただろう。

この村には薬草がなく、薬湯を煎じることができない。唯一晏無師《イエンウースー》が回復の助けにできるのは、沈嶠《シェンチアオ》の真気だけだった。村に滞在して四日目、晏無師《イエンウースー》の呼吸は急に弱まり、聞こえるか聞こえないかというところまできてしまった。さすがの沈嶠《シェンチアオ》も、このままではまずいと感じた。まだ生きる望みを失ってはいないが、この状態があと数日続けば、彼は死んでしまうだろう。

沈嶠《シェンチアオ》が碗を手に、眉を寄せて考えあぐねていると、不意に晏無師《イエンウースー》の瞼がピクリと動いたような気がした。

錯覚かと思うほどの、微かな動きだ。

「晏《イエン》宗主？」

試しに何度か呼んでみたものの、案の定、反応はない。

沈嶠《シェンチアオ》は晏無師《イエンウースー》の手首を持ち上げ、脈をとった。死人とほとんど同じだが、注意してみると、僅かだが脈があることが分かる。

どういうわけか、沈嶠《シェンチアオ》はふと、この状況が滑稽に思えてきた。

晏無師《イエンウースー》が自分を桑景行《サンジンシン》に引き渡した時、沈嶠《シェンチアオ》ではなく、まさか自らが生死の境をさまよう羽目になるとは、考えも及ばなかっただろう。俎板の上の鯉という状態に陥るなどとは、思いもよらなかったに違いない。広陵散《グァンリンサン》と竇燕山《ドウイエンシャン》のことだ。もし沈嶠《シェンチアオ》がいなければ、晏無師《イエンウースー》はとっくに首を刎《は》ねられていた。どんな手を使おうとも、それこそ神仙の手をもってしても、生き返らせることはできなかっただろう。

今この時も、沈嶠《シェンチアオ》が晏無師《イエンウースー》の頭頂や胸元に軽く一掌打ち付けるだけで、殺してしまうことだってできるのだ。

しかし、沈嶠《シェンチアオ》は死の淵にいる晏無師《イエンウースー》をひとしきり眺め、ため息を一つ吐いただけだった。再び羊湯を一口含むと、晏無師《イエンウースー》の首の後ろを支え、顎を摑んで無理やり口を開かせる。そして、一口ずつ、口移しで晏無師《イエンウースー》に羊湯を飲ませた。

晏無師《イエンウースー》の状態は一向に変わらず、沈嶠《シェンチアオ》は毎日繰り返し、口移しで羊湯を飲ませているため、だんだんと慣れた動きになっていた。雑念のない清らかな心で、人助けのためにそうしているだけであって、なんら気まずさはなく、おかしな雰囲気にもならない。

しかし、他人の目には、そうは映らない。

沈嶠《シェンチアオ》に思いを寄せている般娜《バンナー》は、死人のような晏無師《イエンウースー》が恐かったが、毎日恐怖を堪えて食事を届けに来ていた。流暢に漢語を話せなくとも、離れまで続く庭の入口で沈嶠《シェンチアオ》と一言二言交わすことができれば満足だった。

この日、般娜《バンナー》はいつも通り昼食を持ってやってきた。重い盆をいちいち置いて扉を叩くのが面倒だったので、彼女は腕で扉をそっと押し開けた。そして、慣れた足取りで庭を通り抜け、沈嶠《シェンチアオ》の泊まる離れに向かっていく。

離れの扉は開いており、中を覗いた般娜《バンナー》はあっと驚いた。腰を曲げた沈嶠《シェンチアオ》が、生きているのか死んでいるのかも分からない人の顎を摑んで、口づけを交わしているではないか。沈嶠《シェンチアオ》は般娜《バンナー》が入ってきても気にする素振りすら見せず、部屋に差し込む眩い日差しのもと、晏無師《イエンウースー》と舌を絡めている。

実のところ、沈嶠《シェンチアオ》は羊湯がきちんと晏無師《イエンウースー》の口に入るよう、舌先で相手の歯をこじ開けていただけだったのだが。

とはいえ、相手は意識を失っている。汁と唾液が混じり、晏無師《イエンウースー》の口の端からこぼれてしまっていた。

西域は開放的な地域である。若く可愛い般娜《バンナー》は、村の年頃の若者から好意を寄せられているが、今まで男性と親密に接したことはなかった。思いがけない淫らな光景に、般娜《バンナー》は真っ赤になる。口が乾いて、心臓の鼓動も早くなり、しばし動けずにその場に固まっていた。

思いもよらず、口移しを般娜《バンナー》に見られてしまった沈嶠《シェンチアオ》は、そうはいっても中断するわけにもいかず、とりあえず口に含んだ羊湯を全て晏無師《イエンウースー》に飲ませる。そして、碗を置き、頬を赤く染めた般娜《バンナー》に挨拶をした。

般娜《バンナー》はその美しい目を微かに赤くしながら、拙い

漢語で問いかけた。

「この人、好きだったんですね。だから、私と距離とって、私の気持ち、受け入れる、しないんですか？」

とんでもない誤解に、沈嶠《シェンチアオ》は苦笑する。

「ここには薬を飲ませる道具がないので、こうして飲ませるしかなかったんです。この方とは友達ですらないので、どうか誤解なさらぬよう」

般娜《バンナー》は訝しがる。

「好きじゃない。なら、どうして私のこと、受け入れる、しないんですか？　あなたたちがいる中原の女性より、綺麗じゃないから？　中原の女性より、優しくないから？　おしとやかじゃないから？　教えてくれたら、そうなれるように頑張って学びます」

たった数日部屋を借りただけなのに、般娜《バンナー》に好意を持たれてしまうとは、沈嶠《シェンチアオ》は思いもよらなかった。もし中原の女性だったら、たとえ一目惚れしたとしても、これほど率直に思いを伝えたりはしないだろう。しかし、そんなことは般娜《バンナー》には関係がない。彼女にしてみれば、好きになったらすぐに告白すべきなのだ。相手が中原に帰ってしまい、二度と会えなくなってから泣いてももう遅い。

沈嶠《シェンチアオ》は辛抱強く、般娜《バンナー》に説明した。

「私は道士で、一生、妻を娶ることはできないんです」

般娜《バンナー》は、「爺ちゃんは、道士は、その……げんぞく、できるって」と食い下がる。

どうやら先に還俗《げんぞく》などについて確認したようだ。

沈嶠《シェンチアオ》は般娜《バンナー》の扱いに困ってしまい、

「あなたはまだ十四でしょう。私はもう而立を過ぎています。年の差が大き過ぎますよ」

と言った。

「じりつって？」

「三十歳ということです」

般娜《バンナー》は「えっ？」と驚きの声を上げる。

「あなた、もう三十？　全然、見えません！」

「武芸を嗜《たしな》む者は皆、見た目が若くなりますから」

般娜《バンナー》は軽く唇を噛んだ。

「それじゃあ、私が五十になっても、あなたは今のまま?」

沈嶠《シェンチアオ》は首を振り、晏無師《イエンウースー》を見た。

「もちろんそんなことはありませんよ。私とて、不老不死の仙人ではありませんから。きっと、彼と同じような容貌になるでしょうね」

般娜《バンナー》は晏無師《イエンウースー》に目をやる。確かに髪が一部白くなっているが、顔立ちはとても美しく整っている。老いていているようには全く見えない。

「この人、いくつですか?」

震える声で問う般娜《バンナー》に、沈嶠《シェンチアオ》は少し考えて、「多分、まだ五十にはなっていないかと」と曖昧に答えた。

晏無師《イエンウースー》の年齢に、般娜《バンナー》は目をぱちくりさせる。

砂嵐が強い西域での生活は厳しく苦しいものだ。村にいる四、五十歳の男性は皆、顔中皺だらけで、晏《イエン》無師《ウースー》とは比べ物にならない。女性たちはさらに老けやすく、三十を過ぎると体がふくよかになり、皺は深くなる。般娜《バンナー》は自分が若く、可愛いことを自覚している。けれども、二十数年後には、自分は既に白髪交じり、片や愛する男は変わらず秀麗な顔立ちだ。そう考えただけでも辛い気持ちになった。

可哀想なことに、少女は恋に目覚めた途端、難題に直面したのだ。般娜《バンナー》はしょげ返り、ひどく落胆する。その目に涙を浮かべ、食事を載せた盆を沈嶠《シェンチアオ》に押し付けて鼻をすすった。

「まあいいですよ。仏様はあなたと私、出会わせてくれた。でも、恋は叶えてくれなかった。どうやら私たち、縁はあっても、実りはしない。あなたたち二人、最後まで添い遂げられるよう、仏様、お守りくださいますように」

「……」

沈嶠《シェンチアオ》は言葉を失い、どう説明すればいいのか分からなくなる。しかし、般娜《バンナー》に頼まなければならないことがあったので、顔を覆って出ていこうとする彼女を呼び止めた。

「私は半日ほど、王城に行かなければなりません。

誰かが来て私たちのことを聞いてきたら、知らないふりをしてください。もし訪ねてきた人がこの人を引き渡せと言って、どうしようもなくなったら、差し出していいですから。この人のために命を落とすことはありません。あなたたちの安全を最優先にしてくださいね」

般娜《バンナー》は涙を拭う。

「この人、敵がすごく多いんですか？」

沈嶠《シェンチアオ》は頷き、「とても」と答えたので、般娜《バンナー》は気が気でない。

「なら、一緒にいるあなた、すごく危ないですか？」

般娜《バンナー》は素直な性格で、思ったことはすぐ顔に出てしまう。沈嶠《シェンチアオ》が好きだと思えば好意を伝え、断られれば涙を隠さない。晏無師《イエンウースー》に大勢の敵がいると聞き、自分の傷心そっちのけで沈嶠《シェンチアオ》の心配をし始めた。

苦しみばかりのこの世、人の心は荒み、往々にして鬼よりも恐ろしい。そんな中にいるからこそ、真心は極めて貴重に感じられるのだ。

沈嶠《シェンチアオ》は憂えてくれる般娜《バンナー》に心が温かくなった。

「私は分を弁えているつもりですから、危ないことはしないので大丈夫ですよ。ですが、あなた方を巻き込んでしまうのは申し訳ないので、どうかお気をつけて」

村に来てからずっと、沈嶠《シェンチアオ》は晏《イエン》無師《ウースー》の側に付き添っており、村から出ていない。村までは情報が伝わってこないので、一度王城に行って様子を見てこなければならない。江湖者たちが既に帰っているのであれば、沈嶠《シェンチアオ》は晏《イエン》無師《ウースー》を長安に送り届け、辺沿《ビエンイエン》梅《メイ》に引き渡すことができる。魔門には多くの秘術があると聞く。辺沿梅《ビエンイエンメイ》なら晏無師《イエンウースー》を救う方法を知っているかもしれない。

＊＊＊

般娜《バンナー》と祖父の二人としばし別れて、沈嶠《シェンチアオ》は王城に向かう。王城は相変わらず人が行き交い、賑わっている。蟠龍会は昨日終わったばかりであり、皆、興奮冷めやらぬまま、宿はその話で持ちきりだった。

沈嶠《シェンチアオ》は道袍の上に西域特有の外套《がいとう》を身に着け、外套の帽で頭から顔までしっかり隠すと、人目のつかない隅の卓に腰を下ろした。

情報を得るため、沈嶠《シェンチアオ》はあえて王城で一番大きく、人の集まる宿を選んでいた。酒を一本と肉を少し頼むと、周囲の話に静かに耳を傾ける。

「聞いたか、太阿剣を手に入れた奴がいるって。金を二万も出して買ったらしいぜ！」

その言葉を聞くや、周りから驚きの声が上がった。

「そいつは正気か？　それとも金があり余ってんのか？　確かに太阿剣は名剣だが、ちょっと切れ味がいいだけだろ。そこまでの値打ちはねぇぞ！」

男は笑って答えた。

「それにはちゃんとわけがあるのさ。太阿剣を買ったのは、斉国彭城県公の陳恭《チェンゴン》という話らしい」

傍にいた人がハッとする。

「道理で。太阿剣は楚国の王位を象徴する剣とみなされている。陳恭《チェンゴン》は剣を斉帝に献上するつもりだろ？」

その言葉に別の誰かが鼻で笑った。

「斉国はもうすぐ滅ぶってのに、太阿剣さえ持ってりゃ神のご加護があるって？」

「どうだか。聞くところによれば、あの陳恭《チェンゴン》とやらは、斉帝の歓心を買って、のし上がった佞臣《ねいしん》だそうじゃないか。斉国が滅びりゃ、財産も命も危うくなる。どうせ手当たり次第、苦しい時の神頼みってやつさ！」

誰かがそう言い終えた途端、一人の逞《たくま》しい男が従者をぞろぞろと連れ、宿に入ってきた。男は上背があり、煌びやかな服に玉で飾った帯を締めている。整った顔立ちとまではいかないが、体中に英気が漲《みなぎ》っているのが分かる。男は入るなり、辺りをさっと見渡した。軽く頷くと、後ろにいた従者がすぐさま前に出て席を決め、料理を注文し始める。その威風堂々とした様子は、宿にいた江湖者たちとは一線を画していた。

まさに噂をすれば影だ。先ほどまで興奮気味に話をしていた人々は気まずくなり、宿の中はたちまち静まりかえった。

しんとした中、皆こっそりとその男、陳恭《チエンゴン》を見やる。隅に座った沈嶠《シエンチアオ》も、平然とした顔で陳恭《チエンゴン》の顔を一瞥《いちべつ》した。

陳恭《チエンゴン》の顔にはまだ以前の面影が微かに残っていた。とはいえ、周りからヒソヒソ「主役のご登場だ、口をつつしめ」と聞こえてこなければ、沈嶠《シエンチアオ》はこの取り澄ました若き傲慢な高官が、荒れ果てた廟にいた少年だとは分からなかっただろう。

陳恭《チエンゴン》が名乗らなくとも、宿の主人は今しがた来たこの男が機嫌を損ねてはならない上客だと気づいた。前の客が使っていた卓を、給仕人と手際よく片付けると、満面の笑みで陳恭《チエンゴン》を席へと案内する。

陳恭《チエンゴン》たちが腰を落ち着けて間もなく、また誰かが宿屋に入ってくる。

ちらりとそれを見た沈嶠《シエンチアオ》は、内心眉を顰《ひそ》めた。そして、偶然が重なることもあるのだな、と思いながら帽をさらに深く被る。

宿に入ってきた郁藹《ユーアイ》と竇燕山《ドウイエンシャン》は同じ卓についた。郁藹《ユーアイ》は一人きりで、玄都山の弟子は随行していなかったが、竇燕山《ドウイエンシャン》は六合幇の者を数名従えている。その中には見覚えのある人物が二人、どうやら昔、出雲寺で会った胡言《フーイエン》、胡語《フーユー》兄弟のようだ。

しかし、顔まではっきりと見えず、ずっと見つめていては気づかれると思い、沈嶠《シエンチアオ》は下を向き、ゆっくりと酒を味わい始めた。郁藹《ユーアイ》たちが先に席を立つのを辛抱強く待つことにしたのだ。

長城の外にある宿には、中原ほどしきたりは多くない。王城で一番大きい宿でも個室はなく、客は皆、同じ広間で賑やかに食事をする。そのため、話し声が大きければ、自然とほかの人の耳にもその内容が届く。

陳恭《チエンゴン》は周りを従者で固めており、武芸の達者な江湖者ですら、あえて揉め事を起こすような真似は避けたいと思うほどだ。太阿剣の話は鳴りを潜め、話題はここ数日人々の口に上っていることに移っていく。

「なあ、晏無師《イエンウースー》って、本当に死んだと思うか？」

晏無師《イエンウースー》の名を口にした男は、あまり腕の立つ人物ではないらしい。無意識に声を潜めているところからして、門派や後ろ盾も大したことがないのだろう。先ほど陳恭《チェンゴン》が入ってきた時のように、話の途中で本人が現れるのを恐れているかのようだ。

晏無師《イエンウースー》という名は並々ならぬ迫力を持っているのか、話に出るや否や、その場は一瞬静寂に包まれた。少ししてから誰かが答える。

「多分な。聞くところによれば、郁《ユー》掌教と竇《ドウ》幇主はその場にいたらしいじゃないか。お二方とも今ここにいらっしゃるし、信じられないのなら聞いてみればいいさ」

今までは晏無師《イエンウースー》の名が出るたび、江湖者たちは恐怖にドキリと心を震わせていた。ところが、晏無師《イエンウースー》が当代の五大高手によって殺されたことが広まると、人々から少なからぬ異論が噴き出した。五大高手が手を組んで、たった一人を殺した。言い換えれば、一対一では晏無師《イエンウースー》に勝てる自信がなく、五人で結託しなければ殺せなかったということだ。武林では強者が最も尊敬される。晏無師《イエンウースー》の死の知らせにホッとした者も多かったが、密かに晏無師《イエンウースー》に敬服の念を抱いた者も少なからずいた。晏無師《イエンウースー》が生きていれば、おそらく祁鳳閣《チーフォンゴー》に続く天下一の高手であっただろう、と。

そう口にするのは勇気が要ることだった。それでも、黙っていられなかったのか、誰かが遠慮なく大きな声で言った。

「多勢に無勢など、江湖の道義に反する。晏無師《イエンウースー》のような宗師級の高手が、このような無念の死を遂げるとは、なんと残念なことか！」

郁藹《ユーアイ》は声に応じず、男を冷やかに一瞥する。一方、その隣で竇燕山《ドウイエンシャン》が小さく指を弾いた。男は「うぅっ！」と声を漏らすと、口を手で塞ぎ、苦しそうな表情を見せた。

「五郎《ウーラン》、大丈夫か！」

男の連れが驚きのあまり青ざめて、慌てて立ち上がり、竇燕山《ドウイエンシャン》に拱手をする。

「竇《ドウ》幇主は寛大な心をお持ちの方です。こいつは昔から口が軽くて。酒を二杯飲んだだけで、酔っぱらってでたらめを言ってるんです。どうか大目に見てやってください！」

竇燕山《ドウイエンシャン》は軽く笑った。

「飯は適当に食えばいいが、適当な話はしちゃいかん。私は教訓として、そいつの前歯を一本折っただけだ。十分、手加減をしたつもりだが」

五郎《ウーラン》と呼ばれた者は、ペッと血の交じった唾と折れた歯を一本吐き出す。まだ何か言いたげな表情だったが、慌てた連れにその口を手で塞がれた。

「五郎《ウーラン》、これ以上面倒事を起こすな！」

そう叱られて、五郎《ウーラン》はきまり悪そうに口をつぐむ。そのまま連れに引っ張られ、二人は慌ただしくその場を後にした。

一部始終を見ていた周りの者は、これで下手なことは言えなくなった。六合幇は天下の至るところで商いをしている。陳恭《チエンゴン》の機嫌を損なっても、せいぜい殴られて、斉国に入れなくなる程度で済むが、六合幇を怒らせてはおしまいである。六合幇の商いは多岐に亘《わた》っており、日々の営みに直結しているのだ。

とはいえ、沈黙も長続きはしない。食事を終えた客が宿を出ると、また新しい客が入り、静けさを破って賑やかな声が再び戻ってくる。長城の外でさえ、どこへ行っても晏無師《イエンウースー》の死で持ちきりなのだ。中原にこの話が伝われば、どれほどの波乱を巻き起こすか分からない。

「晏無師《イエンウースー》が死んだってことは、沈嶠《シェンチアオ》は今頃大変じゃないか？」

沈嶠《シェンチアオ》の前から小さな声が聞こえてくる。どうやら友人に話しかけているようだ。

「そりゃまたどうして？」

「ほら、沈嶠《シェンチアオ》って、武功を全て失った後晏無師《イエンウースー》のところに身を寄せ、男寵になったそうじゃないか。後ろ盾がなくなったんだ。一人じゃ何もできないのにどうすりゃいい？　まさか玄都山に戻って、もう一度受け入れてほしいと言うほど、面の皮が厚いわけではあるまい」

彼らが知っているのは、沈嶠《シェンチアオ》が晏 無師《イエンウースー》の名代として訪れた蘇《スー》家の宴会のところまでで、その後 沈嶠《シェンチアオ》が晏 無師《イエンウースー》と別れたことを知らないようだ。

「確かに。沈嶠《シェンチアオ》は帰る度胸がねぇんじゃねぇか。玄都山はもう、沈嶠《シェンチアオ》は掌教じゃねぇと公表してるしよ」

「だが、玄都山は沈嶠《シェンチアオ》を破門したとは宣言してないだろ。昔のよしみってやつか。それにしても、沈嶠《シェンチアオ》はなんで男寵に甘んじているんだろうな。魔君と一緒にいても、自分の門派には戻ろうとしないなんて」

「もしかしたら、ほかじゃ味わえねぇような、イイコトを晏無師《イエンウースー》にしてもらえるからじゃねぇか?」

そう言うと、二人の男は下品に笑った。その顔には下卑《げび》た表情が浮かんでいる。

二人は、まさか自分たちが話題にしている人物が後ろの卓にいて、会話を聞いているとは思っていない。沈嶠《シェンチアオ》は牛肉を二枚、箸で取って薄い餅で巻き、のんびりと食べている。

「浣月宗と合歓宗は元が同じだろ。合歓宗にできることは、きっと浣月宗にもできる。お前の言うこともあり得ないことじゃないぞ。魔君は強いんだから、寝台の上でもそりゃすごいはずだ。沈嶠《シェンチアオ》はその味の虜になって、魔君に自分から纏わりついてたりしてな!」

最後の言葉を言い終えた瞬間、話していた男は悲鳴を上げ、口を押さえた。椅子から転げ落ち、腰を曲げて床をのたうち回る。

突然の出来事に、周りにいた人々は皆たまげて、男のほうを見た。

男を傷つけたのは、彼の後ろに座っている人物ではない。

沈 嶠《シェンチアオ》は意外に思い、攻撃したであろう人物へ視線を向ける。

そして、厳かな雰囲気で端座する郁藹《ユーアイ》が、手に持った一本の木箸をゆっくりと下ろしたのを目にした。郁藹《ユーアイ》は冷え切った声で言い放つ。

「門外漢ふぜいが、我が玄都山の者を侮辱するなど、百年早い」

＊　＊　＊

その言葉に皆、郁藹《ユーアイ》の正体を察したであろう。

人々が沈嶠《シェンチアオ》について言いたい放題なのは、彼が玄都山に見捨てられたと思っているからだ。沈嶠《シェンチアオ》は武功をなくし、名声も栄誉も全て失った。そんな奴をどう言おうと脅威になることはないし、沈嶠《シェンチアオ》を見限った玄都山が彼を庇うことなど、もってのほかだ。

それにもかかわらず、郁藹《ユーアイ》は他人の話に口を挟み、沈嶠《シェンチアオ》の肩を持った。

沈嶠《シェンチアオ》ですら一瞬驚いて、餅を皿に戻す。しかし、沈嶠《シェンチアオ》には郁藹《ユーアイ》が自分を庇った理由が分かっていた。

いくら不甲斐なくとも、沈嶠《シェンチアオ》は玄都山の出身である。沈嶠《シェンチアオ》の悪口は、玄都山の顔に泥を塗ることに等しく、郁藹《ユーアイ》は見過ごせなかったのだ。

これほどまでに玄都山の評判を気にしているのならば、なぜよりによって突厥人と手を組んだのだろう。突厥人と協力し、彼らに冊封されることは、玄都山の名誉を傷つけることにはならないのだろうか？

沈嶠《シェンチアオ》はそっと首を横に振る。これ以上騒ぎを見物する気にはなれなかった。ひとまず、彼らが飲み食いを終えて帰るのを待ち、自分もここを離れようと思う。

しかし、郁藹《ユーアイ》に歯を折られた男は怒り心頭だった。モゴモゴと何かを言うと、傍に置いてあった長刀を手に、郁藹《ユーアイ》に飛び掛かる。

郁藹《ユーアイ》は剣を抜くこともなく、残っていたもう一本の箸で、あっさり男をねじ伏せた。

男の名前は季津《ジージン》といい、九尾《きゅうび》の神狐《しんこ》という異名を持っている。しかし、その減らず口のせいで、いつも人の恨みを買っているため、裏で口軽の季《ジー》と呼ばれていた。腕前は一流とは言えないが、それなりである。普段は多少とも自らの立場を弁えて、本人の前で悪口を言ったりはしない。ところが、今回は迂《う》闊《かつ》なことに、目の前に座っているのが玄都山の掌教だと気づかなかった。もはや面目は丸潰れ、一生言われ続けてもおかしくないほどのへまだ。

季津《ジージン》の連れに、郁藹《ユーアイ》に楯突く勇気などない。季津《ジージン》を助け起こし、へつらうような笑みを浮かべて謝罪した。

「郁《ユー》掌教、どうかお許しください。こいつ、どうも飲み過ぎたみたいで、つい馬鹿なことを言っちまっただけなんです！」

郁藹《ユーアイ》はその言葉に構わず、季津《ジージン》たちの後ろに視線を向けた。

「阿嶠《アーチアオ》、ずいぶん久しぶりだというのに、私に一声、挨拶すらしてくれないのか？」

沈嶠《シェンチアオ》は小さくため息を吐いた。沈嶠《シェンチアオ》と郁藹《ユーアイ》は幼い頃から一緒に育ってきた。互いのことを知り尽くしており、頭や顔を隠したところで、その背格好や立ち居振る舞いから分かってしまう。郁藹《ユーアイ》とて馬鹿ではない。しばらく見ていれば沈嶠《シェンチアオ》だと気づく。

沈嶠《シェンチアオ》は目深に被っていた外套の帽を取る。誰かが、「本当に沈嶠《シェンチアオ》だ」と声を漏らした。その声につられて、あちこちから驚きの声が上がる。

先ほどまで自分たちが容赦なく槍玉に挙げていた張本人が、実は傍でずっと聞いていたのだ。急に現れた沈嶠《シェンチアオ》に、人々は後ろめたい気持ちになった。

今日は一体どういう風の吹き回しなのだろう。陳《チェン》恭《ゴン》の話をすれば陳恭《チェンゴン》が現れ、沈嶠《シェンチアオ》の話をすれば沈《シェン》嶠《チアオ》がいるときた。まさか、晏無師《イエンウースー》までひょっこり出てくるのではないだろうか？

何人かは我慢できずに身震いをして、キョロキョロと辺りを見回した。

「久しぶりだね、郁《ユー》掌教。元気にしていたか？」

気づかれたのならと、沈嶠《シェンチアオ》は素直に返事をし、郁《ユー》藹《アイ》に会釈をした。穏やかなその口ぶりは、あまり親しくない知人への挨拶のようでよそよそしい。

宿の喧騒は潮が引くように消えていく。郁藹《ユーアイ》の耳に届くのは沈嶠《シェンチアオ》の声だけだった。

郁藹《ユーアイ》は沈嶠《シェンチアオ》を上から下まで、じっくりと観察する。まるできちんと暮らしているのか、確かめているようだ。しばらくしてから、やっと「痩せたな」と一言、口にした。

沈嶠《シエンチアオ》はそれには答えなかった。ここへ来たのは情報収集のためだ。正体を暴かれたからには、これ以上留まる必要はない。

「私はまだ用事があるから、先に失礼するよ。郁《ユー》掌教と竇《ドウ》幇主、どうぞごゆっくり」

しかし、郁藹《ユーアイ》は沈嶠《シエンチアオ》を行かせはしなかった。軽く足を動かすと、スッと移動して、沈嶠《シエンチアオ》の前に立ち塞がる。

「阿嶠《アーチアオ》、私と玄都山に帰ろう」

「郁《ユー》掌教、ご冗談を。私はもう玄都山の弟子ではない。どうして〝帰る〟などと言えるのかな?」

表情を変えずに答えた沈嶠《シエンチアオ》に、郁藹《ユーアイ》は苛立ちを見せた。

「私はあなたを破門するという命令を下してはいない。あなたは今も玄都山の弟子だ。まさか、師尊をも捨てるつもりか?」

沈嶠《シエンチアオ》は首を横に振る。

「どうやら勘違いをしているようだ。私が祁鳳閣《チーフォンゴー》の弟子であることは、何があっても変わらない。ただ、君は昆邪《クンイエ》と結託して毒を盛り、半歩峰で私が負けるように仕組んだ。そして私のいない隙に乗じて掌教の座を乗っ取り、その後突厥人と手を組んだ。そんなことがあった玄都山は、もう私の知っている玄都山ではない。君が命を下さずとも、私は二度と自分が玄都山の弟子であると名乗るつもりはないよ」

驚くべき事実を淡々と語る沈嶠《シエンチアオ》は異様に見えた。沈嶠《シエンチアオ》が崖から落ちたあの出来事の裏に、これほど複雑な事情が隠されていたと誰が想像できただろうか。沈嶠《シエンチアオ》の言葉に、その場にいた全員が呆気に取られた。そして、我に返るなり、あちこちでヒソヒソと話し始める。

郁藹《ユーアイ》はまさか沈嶠《シエンチアオ》が今、衆人の前で真相を話すとは思っていなかった。見る間に顔が赤くなる。戸惑いや恥ずかしさゆえではない。激しい怒りだ。

もちろん、沈嶠《シエンチアオ》の話に証拠はない。暴露されたところでなんら影響はなかった。それでも郁藹《ユーアイ》は身ぐるみ剝がされ、丸裸になったような気分になった。

「阿嶠《アーチアオ》、私と一緒に帰ろう」

郁藹《ユーアイ》は怒りを抑え、穏やかにもう一度言った。

しかし、沈嶠《シェンチアオ》は平然と答えた。

「郁藹《ユーアイ》、突厥人が凶暴で野心に溢れているということは誰しも知っている。なのに君は自分の利益や前途のためなら、失敗が目に見えていても飛び込み、玄都山まで巻き込んだ。今の私には君を止められない。けれど、玄都山に帰って突厥人との関係に協力するつもりもないよ」

「それは……」

「ここまで話したんだ。せっかく大勢の方がこの場にいるのだから、立ち会っていただこう。祁鳳閣《チーフォンゴー》の衣鉢《いはつ》を継ぐ者として、私はここに宣言する。今日から、君はもう祁鳳閣《チーフォンゴー》の弟子ではない。私たちは今後、別々の道を行く赤の他人だ！」

自分の言葉が波乱を巻き起こすとは全く思っていない様子で、佇んでいる沈嶠《シェンチアオ》は眉ひとつ動かさない。身に着けた道袍は、風に吹かれたように外套の下ではためいていた。怒っているようには見えないのに、沈嶠《シェンチアオ》の全身から威圧感が滲む。温和で柔和な美しい顔には、思わず目を逸らしたくなるような凄味があった。その様子はまるで鞘に収められた剣だ。抜かれる前から、冷たくて鋭い。

郁藹《ユーアイ》は驚きと怒りで声を荒らげた。

「よくもそんなことが言えたな！　師尊は既に亡くなっている。あなたの一言で、あの方に成り代われるはずがないだろう！」

「師尊の臨終に立ち会ったのは私一人。師尊の衣鉢を継いだのも私だから、私の意思が師尊の意思だ！　今まで堪えてきたのは、大局を慮《おもんぱか》ってのことだった。私が真相を話し、動くことで、玄都山が分裂して内輪揉めが起こることを避けたかった。けれど、君はどんどん事を進めていった。突厥人の冊封を甘んじて受けるなど、師尊の教えに反する。師尊に成り代わって君を破門するのは、当然のことだろう！」

慈悲深い仏にも、怒りに駆られる時はある。沈《シェン》嶠《チアオ》の顔から柔和な表情は消え、ついに激しい怒りの色が表れた。

「郁藹《ユーアイ》、よく聞いておきなさい。君に私を罰する資格はない。玄都山の歴代の祖師は、決して君を掌教とは認めないからだ。これからは自力で頑張るといい。だが、我意を通し、悔い改めないならば、いつの日か私は必ず玄都山に戻り、君を処罰する！」

物音一つしない広間の中、全員が沈嶠《シェンチアオ》を見ていた。郁藹《ユーアイ》に祁鳳閣《チーフォンゴー》門下からの破門を告げるこの人物が、噂に聞く堕落に甘んじ、魔君と関係を持つ人物とは思えなかった。

言い終わるなり、沈嶠《シェンチアオ》は郁藹《ユーアイ》には目もくれず、宿を出ようと歩いて行く。

郁藹《ユーアイ》から躊躇いが消えた。剣を摑み、沈嶠《シェンチアオ》を止めようとする。しかし、沈嶠《シェンチアオ》が一歩早かった。周りの人たちの目には、黒い影がサッと郁藹《ユーアイ》の剣を払いのけたように映ったが、よく見ると沈嶠《シェンチアオ》は剣を抜いていないようだ。

その時、竇燕山《ドゥイエンシャン》が横から手を出した。

師兄弟の仲違いに過ぎないので、竇燕山《ドゥイエンシャン》は初め、傍観するつもりだった。しかし、彼の目には郁藹《ユーアイ》の攻撃はどうも優柔不断に映った。このままでは、郁《ユー》藹《アイ》はおそらく自らの師兄を引き留められないだろう。それならもう介入するしかない。

「郁《ユー》掌教とは知り合ったばかりだが、旧交を大切にする方だと聞いている。沈《シェン》道長に手荒な真似はしたくないようだから、どうか沈《シェン》道長も怒りを収めていただきたい。皆で膝を交えて話をしようではないか」

沈嶠《シェンチアオ》は竇燕山《ドゥイエンシャン》と戦おうとはせず、足運びを変えた。天闊虹影を使って竇燕山《ドゥイエンシャン》をかわすと、門から出ようとする。

「阿嶠《アーチアオ》、これ以上は容赦しないぞ！」

郁藹《ユーアイ》が声を荒らげる。彼の剣は鞘から抜かれていた。

沈嶠《シェンチアオ》が答える前に、どこからか揶揄《やゆ》するような声が上がった。

「多勢に無勢、衆をもって寡を制すなど、お二人はまさか晏無師《イエンウースー》にした時と同じように、沈《シエン》道長を扱うつもりではないだろうな?」

陳《チェンゴン》 恭がふと立ち上がる。それまで様子を見守ってきたのに、どういうわけか自分に全く関係ないことに首を突っ込んできた。

竇燕《ドウイエンシャン》 山は笑う。

「彭城県公は太阿剣を手にしたのだろう。早く帰って、斉の君主に報告をすればよいものを、こんなところで余計な口を挟むなど、ずいぶんと暇を持て余しているようだな?」

竇燕《ドウイエンシャン》 山が言った「彭城県公」という呼称には何とも言えない嘲りが含まれていた。陳恭《チェンゴン》は斉国で成り上がった高官だが、江湖とは関わりがない。「彭城県公」が六合幇の眼中にないのも無理はなかった。

陳《チェンゴン》 恭は竇燕《ドウイエンシャン》 山の言葉を無視して、沈嶠《シエンチアオ》に目を向けると、穏やかに言った。

「沈《シエン》道長、城内で宿を一軒丸ごと借りたんだ。付き纏われるのが嫌なら、そちらへ案内しよう」

「陳《チェン》県公、ご厚意に感謝する。ただ、私は遠慮しておくよ」

沈《シエンチアオ》 嶠はそう言って拱手をし、立ち去ろうとする。

とはいえ、郁藹《ユーアイ》はまだ沈嶠《シエンチアオ》を行かせるつもりはなかった。「待て」と言いながら手を伸ばし、沈嶠《シエンチアオ》の肩を摑もうとする。

沈《シエンチアオ》 嶠は前を向いたまま、背中に目がついているかのように、ふわりと数歩、滑るように進んだ。そして振り向きざまに剣を横に突き出し、郁藹《ユーアイ》の手を遮った。剣の鞘には内力が込められており、郁藹《ユーアイ》は衝撃を感じて、思わず手を引っ込める。

しかし、郁藹《ユーアイ》はすぐさま次の動きに出た。鞘から抜いた剣は眩い光を放ち、沈嶠《シエンチアオ》の顔に向かって電光石火の速さで飛んでいく。竇燕《ドウイエンシャン》 山ですら、その剣光にぎょっとした。晏無師《イエンウースー》と戦った時、郁藹《ユーアイ》はどうやら全力を出してはいなかったらしい。晏無師《イエンウースー》に反撃され、深手を負ったからだと思っていたが、おそらく矢面に立ちたくなかったのだろう。

郁藹《ユーアイ》はなんとしてでも沈嶠《シエンチアオ》を引き留めようと心に決めていた。もう晏無師《イエンウースー》という邪魔者がいないので、沈嶠《シェンチアオ》を逃すことはあるまい。相見歓の毒性は極めて強いのだ。玄都山で見た沈嶠《シェンチアオ》の弱った姿から判断するに、あれから短期間で元通りに回復することはあり得ない。

だが、士《し》別れて三日なれば、刮目《かつもく》して相待すべし。先入観は捨てて臨んだほうがいい。七色に輝く剣光が沈嶠《シェンチアオ》の正面から襲い掛かった。しかし、剣光の幕に覆われるはずの沈嶠《シェンチアオ》は、次の瞬間、姿を消した。そうかと思えば、飄々《ひょうひょう》とした身のこなしで、郁藹《ユーアイ》の後ろに現れる。自らの剣を鞘に収めたまま、沈嶠《シェンチアオ》は右手の人差し指で、剣幕の一点を突いた。

真気が伝わり、剣幕が砕ける。そして粉々に四散してしまった！

郁藹《ユーアイ》の顔に信じられない、という表情が過った。とはいえ、即座に剣先を微かに動かす。剣から数十の光が放たれ、押し寄せる波のように次から次へと沈嶠《シェンチアオ》に向かっていく。

その光景は、一幅の絵のように豪華絢爛だった。郁藹《ユーアイ》の剣光は、翡翠《かわせみ》が空を飛び、日の光にその瑠璃の羽が照らされるが如き輝きを放つ。

これは滄浪剣訣の最後の数手であるが、郁藹《ユーアイ》はそれを改良し自分の物にしていた。沈嶠《シェンチアオ》だけでなく、祁鳳閣《チーフォンゴー》の弟子は皆、才能ある者ばかりなのだ。普段の郁藹《ユーアイ》は冷淡で、軽々しく話をしたり笑ったりすることはないが、華やかな剣技を好む。その剣光は激しい雷のような鋭い剣気を伴い、沈嶠《シェンチアオ》を襲った。人々は耳元で轟音が響いた気がした。功力の劣っている者は血と気が逆巻くのを感じ、たまらず数歩後ずさる。

しかし、沈嶠《シェンチアオ》はその場に立ったままだった。

一歩たりとも下がらなかったのだ！

これまで沈嶠《シェンチアオ》を晏無師《イエンウースー》の男寵であると軽視していた者だけでなく、その場にいた全員の予想を裏切った。

そしてついに、沈嶠《シェンチアオ》は鞘から剣を引き抜いた。

白絹のように光り輝く山河同悲剣は、天を衝《つ》かんばかりの剣気を放つ。剣気は沈嶠《シェンチアオ》の手から広がり、その穏やかで温かい雰囲気に、見る者を虜にして、溺れてしまいたい、と思わせる。人々が呆けている間に、沈嶠《シェンチアオ》は剣を前へと突き出した。

一瞬にしてその場の空気が変化する。沈嶠《シェンチアオ》と郁藹《ユーアイ》は飛び上がり、互いに剣先を向けた。郁藹《ユーアイ》は稲妻のように速かったが、沈嶠《シェンチアオ》の速度はそれを上回っていた。剣人合一、沈嶠《シェンチアオ》は郁藹《ユーアイ》の視界から忽然と姿を消した。

どんなに強い武功でも、速さには敵わない。

郁藹《ユーアイ》はにわかに警戒心を強めた。即座に振り向き、剣を横にして薙《な》ぎ払う。しかし、時既に遅し。沈嶠《シェンチアオ》の剣意は目と鼻の先まで迫っていた。郁藹《ユーアイ》はその白い光を見ただけで、心中暗澹たる思いになる。考えている暇はない。すぐさま、できる限りの速さで後ろに下がった。天闊虹影を極致まで発揮し、フッと消えるように離れる。人々が再び郁藹《ユーアイ》の姿を捉えたのは、既に沈嶠《シェンチアオ》から三尺以上離れてからだった。

沈　嶠《シェンチアオ》は郁藹《ユーアイ》を追い掛けはしなかった。白色の剣意はまさに神技で、あと少しで剣心の境地に辿り着ける。内力こそ半分程度だが、白い剣意を放っただけでも、十分相手を怖気づかせることができた。

沈　嶠《シェンチアオ》はあえて追撃をせず、郁藹《ユーアイ》もその場から動かなかった。二人は睨み合い、互いの心の中では様々な思いが交錯していた。どちらもはっきりと分かっていた。仲の良かったあの頃にはもう戻れないのだ、と。

沈　嶠《シェンチアオ》は剣先を下に向ける。一本松のように真っ直ぐ背筋を伸ばして郁藹《ユーアイ》を見つめ、低い声で言った。

「分かっていると思うけれど、私たちはおそらく互角にやり合える。私を好き勝手に扱おうなどとは思わないことだ。玄都山の掌教でなくなったとしても、私は沈嶠《シェンチアオ》であり、祁鳳閣《チーフォンゴー》の弟子に変わりない！」

沈　嶠《シェンチアオ》の言葉に、郁藹《ユーアイ》は感情の読み取れない表情をした。

「袁瑛《ユエンイン》、横波《ホンボー》たちもあなたに会いたがっている。帰ってきてほしいと……」

「郁藹《ユーアイ》、君が相見歓を使ったと分かった時から、君の言葉は信じないことにしているんだ」

郁藹《ユーアイ》の顔色が変わった。微かな驚きと狼狽がその目に浮かぶ。

「あれは私が間違っていた。今後は絶対に、あなたを傷つけたりはしない」

沈嶠《シェンチアオ》は首を振る。

「今さらそれを言って何になる？　覆水盆に返らず、割れた鏡は元に戻せないように、犯した罪も永遠に償うことはできないんだよ。償いなど、自分や他人を欺く方便に過ぎない。私が玄都山に戻らないのは、玄都山をバラバラにしたくないからだ。それに、歴代の祖師たちが積み上げてきたものを無駄にしたくない。玄都山の弟子を連れて一歩踏み出してしまったのだから、君はその結果に責任を負うべきだ。いつか君がその重荷に耐えられなくなった時、私は君に会いに行く」

郁藹《ユーアイ》は胸を激しく上下させていたが、しばらくして、静かに笑った。

「なるほど、そうか、そうか……」

冷やかに聞こえる言葉に惨めさが一瞬滲んだが、それも沈嶠《シェンチアオ》の錯覚だったかのように、すぐに消えた。

郁藹《ユーアイ》は何も言わず、剣を一振りすると、鞘に収めた。そして、踵を返し振り向くことなく歩き出した。

竇燕山《ドウイエンシャン》は軽く鼻を擦《こす》る。郁藹《ユーアイ》がいないのなら、もはや口を挟む理由はない。何より、竇燕山《ドウイエンシャン》は先ほど沈嶠《シェンチアオ》が見せた剣意に怖れを抱いていた。これ以上関わると、泥沼にはまることになりそうだ。

「沈《シェン》道長、功力を取り戻したんだな。喜ばしいことだ。良かった、良かった。郁《ユー》掌教とは付き合いがあって、さっきは彼の肩を持つしかなかったんだ。どうか悪く思わないでくれ」

天下で一番大きな幇会を統制している竇燕山《ドウイエンシャン》は、本心を偽ることに長けている。やると決めれば手を出し、まずいと思えばすぐに謝る。思い立ったら即座に動く姿は、まさに野心がある人物そのものだ。

態度を改めた相手を責めるのは憚《はばか》られる。加えて沈嶠《シェンチアオ》は気立てが良い。竇燕山《ドウイエンシャン》の言葉に沈嶠《シェンチアオ》はこくりと頷いてみせた。

「それぞれのお立場があることは分かります。竇《ドウ》幇主、お気遣いなく」

「この間、沈《シェン》道長は晏無師《イエンウースー》の遺体を持ち去ったが、きっともう葬ったのだろう？　魔門の一代の宗師ともあろう者が長城の外で命を落とすのは、惜しいことだ。死者を尊ぶという言葉もあるし、中原人は故郷の地に埋葬され、安らかに眠ることを重んじる。どうだろうか。よかったら、六合幇が晏《イエン》宗主の遺体を長安へ運び、浣月宗の門人に渡すのを手伝うが」

沈嶠《シェンチアオ》は素気無く答える。

「ご厚意、痛み入ります。しかし、遺体は既に埋葬したので、掘り起こすのはいささか不吉というもの。晏無師《イエンウースー》は江湖者ですし、それほどこだわりもないでしょう。あれほど多くの敵を作ったのですから、いずれこういう日が来ると分かっていたはずです。私が彼を埋葬したのは、昔のよしみに過ぎません」

竇燕山《ドウイエンシャン》の探りに、沈嶠《シェンチアオ》は一分の隙も見せず、晏無師《イエンウースー》に関することを漏らすことはなかった。

沈嶠《シェンチアオ》は衆人を見渡し、ゆっくりと言い放つ。

「私についてどう言おうと、皆さんの勝手です。この沈嶠《シェンチアオ》にご不満があれば、どうぞ私のところに来てください。いつでもお待ちしております。しかし、玄都山や先師を侮辱するのは、この剣が容赦しません。あしからず」

その言葉が終わるか終わらないかのうちに、人々の目の前で白光が一閃する。何事かと思った途端、宿の入口に置かれていた看板の旗を吊るしている竹竿が、六節に斬られて落ちた。あろうことか旗も切れ切れになっている。

人々はすっかり呆気に取られ、陰で沈嶠《シェンチアオ》を誹《そし》り、非難していた者たちはドキリとした。

今見た剣光は、普通の人間が一生をかけて修練したとしても、放てるようなものではない。

沈嶠《シェンチアオ》がこの一手を繰り出したのは、警告だった。その場にいた人々を怯《ひる》ませ、竇燕山《ドウイエンシャン》に見せつけるためである。

しかし、竇燕山《ドウイエンシャン》は少しも動じることなく、にこやかに喝采を送った。

「沈《シェン》道長の剣法はきっと入神の域に達しているのだろうな！」

「とんでもない、ただの小技です。いざという時は使えません。お恥ずかしいところをお見せしました」

以前の沈嶠《シェンチアオ》であれば、生来の性格からも、このように力を誇示することなど決してしなかっただろう。しかし、時を経て環境も変わり、世の中には理屈ではなく拳で語りたがる者がいることを知った。彼らにとっては、強者こそが尊いのであり、善良なことなど弱さを表す印でしかない。

江湖に足を踏み入れて一年。沈嶠《シェンチアオ》はようやく、相手次第で取るべき手段を変えることを身に付けた。

壊してしまった旗と竿、それに料理代をまとめて支払い、沈嶠《シェンチアオ》は宿を後にした。

沈嶠《シェンチアオ》を止める者はいなかった。

竇燕山《ドウイエンシャン》たちがまだ残っているとなると、沈嶠《シェンチアオ》も軽率に町を出られない。薬を買うなどもってのほかだ。きっと何かあると勘づかれるだろう。そう考えた沈嶠《シェンチアオ》は別の宿に入り、そこに落ち着くふりをした。王城は夜間の外出を禁じている。日が暮れるのを待ってから、沈嶠《シェンチアオ》は静かに宿を後にして、村に戻った。

昼間、人々の前で披露した技が虚勢であることは、沈嶠《シェンチアオ》自身が一番よく分かっている。今の沈嶠《シェンチアオ》の功力では、郁藹《ユーアイ》との戦いでさえ、かなり無理をしなければならなかった。ただ、郁藹《ユーアイ》は後ろめたさを感じていたうえに、沈嶠《シェンチアオ》の発言に動揺していたので、その実力を疑わなかった。しかし、竇燕山《ドウイエンシャン》は違う。一連の出来事を客観的に見ていたので、おそらく沈《シェン》嶠《チアオ》の腕前に疑いを抱いているだろう。今や沈嶠《シェンチアオ》は晏無師《イエンウースー》という〝足手纏い〟を抱えている。ほんの僅かでもぼろを出すわけにはいかない。

村に到着したのは、月が空高く上がる頃だった。月明かりが川面を優しく照らしている。沈嶠《シェンチアオ》は歩調を少し緩め、般娜《バンナー》の家に向かう。

夜の村は異様なほど静まり返っている。聞こえる音は、時折遠くから響く犬の鳴き声くらいだ。

沈嶠《シェンチアオ》は庭の扉をそっと叩いた。静かな夜なので、小さな音でも、中の人にはしっかり届く。

蠟燭が灯されており、家の人はまだ眠っていないようだ。

少しして、パタパタとせわしない足音が聞こえてきた。庭の扉が開き、般娜《バンナー》が狼狽えた顔で現れる。

外は暗く、沈嶠《シェンチアオ》にはよく見えなかったが、般娜《バンナー》の息遣いと足運びからその気持ちを察していた。沈《シェン》嶠《チアオ》はドキリとして、「何かあったのですか？」と尋ねる。

「沈《シェン》郎君、やっと帰ってきた！」

般娜《バンナー》は胸元を撫でながら言った。

「爺ちゃん、いなくて、すごく怖かった！　あ、あの人が、目を覚ましました！」

＊　＊　＊

沈嶠《シェンチアオ》が肩に手を置くと、般娜《バンナー》は僅かに落ち着きを取り戻した。

「目を覚ましたって、部屋の中に入って見たのですか？」

般娜《バンナー》はこくりと頷いた。

「昼間、部屋から物音したから、見に行ったんです。そしたら、あの人、目を開けてて……私、ちょっと喜んだ。何食べるって聞こうとしたら、いきなり首を絞められました。騒ぎになったら怖いから、助け、呼べなかったです。そしたら、あの人、手を離して倒れた……」

沈嶠《シェンチアオ》が離れに向かおうとするのを見て、般娜《バンナー》は慌てて引き留める。

「気をつけて。あの人、時々、相手が誰か分からなくなるみたい。さっき、私、殺されると思いました。見て、ここにあざ、あるでしょう！」

沈嶠《シェンチアオ》は体内に毒が残っている状態が長かったせいで、目はすっかり悪くなっており、今でも物が鮮明に見えない。言われなければ気づかなかったが、月明かりを頼りによく見てみると、般娜《バンナー》の首には五本の指の痕がくっきり残っていた。般娜《バンナー》が袖をまくり上げると、手首にも同じような痕があるではないか。

家に泊めてもらうこと自体、既にかなりの迷惑を掛けている。それなのに、怪我までさせてしまうとは。沈嶠《シェンチアオ》はひどく心が痛み、申し訳ない気持ちになった。

「本当にすみません。部屋にあざに効く塗り薬がありますから。取ってきますね」

般娜《バンナー》は元気よく答えた。

「平気です。これくらい、なんてことない。爺ちゃんと出かけた時、もっとひどい怪我したことあります」

般娜《バンナー》は晏無師《イエンウースー》がいる離れに外から鍵を掛けていた。彼女は鍵を取り出すと、沈嶠《シェンチアオ》に渡す。

「もし、またあの人、おかしくなったら、すぐ逃げてください。あの人、中に閉じ込めたらいいと思います！」

「大丈夫。分かっていますから」

沈嶠《シェンチアオ》は般娜《バンナー》を安心させるように軽く笑いかけながら、扉を開ける。

長城の外の民家は中原ほど趣向が凝らされておらず、屏風が真ん中に置かれて中が見えないようになっている、ということもない。離れに入るとすぐに、部屋全体が見渡せた。

扉を開け、中を覗いた途端、般娜《バンナー》は小さく声を上げた。

例の人物が、寝台の上に座り、こちらを見ていたからだ。

「晏《イエン》宗主？」

沈嶠《シェンチアオ》が声を掛けても相手は一言も発さず、瞬きすらしない。人形のようで不気味だ。

般娜《バンナー》は小声で、「昼間はこんなんじゃなかったんです……」と呟く。

沈嶠《シェンチアオ》は頷き、一歩ずつ寝台に近づく。般娜《バンナー》は恐ろしさ半分、好奇心半分でついて行き、時折沈嶠《シェンチアオ》の後ろから顔を出して晏無師《イエンウースー》を覗く。

「晏《イエン》宗主、私の声が聞こえますか？」

晏無師《イエンウースー》はただ、じっと沈嶠《シェンチアオ》の顔を見つめる。その瞳には、沈嶠《シェンチアオ》の姿が映っていた。

「脈をとりますね」

沈嶠《シェンチアオ》に手首を持ち上げられても、晏無師《イエンウースー》は少しも反応を示さず、されるがままになっている。ただ、視線は変わらず沈嶠《シェンチアオ》に向けられていて、沈嶠《シェンチアオ》が脈をとるために動いても、目を逸らさなかった。

晏無師《イエンウースー》の脈は、現れたかと思えば消え、ひどく弱っていた。五臓六腑の損傷はまだ回復しきっておらず、乱れた気が体内を無秩序に流れているようだ。芳しいとはとても言えない。

晏無師《イエンウースー》はかつて沈嶠《シェンチアオ》に、『鳳麟元典』には綻びが一つあり、極めれば極めるほど身体への影響は顕著になる、と言ったことがあった。最終的には功力が停滞するどころか、命に関わる、と。

広陵散《グアンリンサン》は晏無師《イエンウースー》と同じく魔門の人間で、一宗を司る。『鳳麟元典』の綻びに気づくのは当然のことだった。広陵散《グアンリンサン》は琴の音を使って晏無師《イエンウースー》の気を逸らし、ほかの者たちが晏無師《イエンウースー》に攻撃を仕掛けている隙に、綻びを広げ、晏無師《イエンウースー》を追い詰めた。

広陵散《グアンリンサン》が加勢していなければ、晏無師《イエンウースー》は四人に勝つことはできなくても、逃げることはできただろう。相手が魔門を知り尽くしていたからこそ、晏無師《イエンウースー》は惨敗を喫することになった。

晏無師《イエンウースー》は目を覚ましたが、綻びが塞がったわけではない。むしろ五臓六腑や根基、経脈にまでじわじわと広がってしまっており、まだ危険な状態にあった。目を覚まそうが覚ますまいが、大差ないのだ。

沈嶠《シェンチアオ》が眉を寄せて考え込んでいると、晏無師《イエンウースー》は突然、沈嶠《シェンチアオ》ににっこりと笑いかけた。

いつも浮かべていた曖昧な笑みでもなければ、皮肉や嘲りを含んだ高慢で尊大な笑いでもない。まるで目の前に一輪の花があり、その美しさを慈《いつく》しんでいるかのような、飾らない笑顔だった。

「……」

沈嶠《シェンチアオ》は言葉を失う。晏無師《イエンウースー》の笑顔を目の当たりにして、安心するどころか、説明しがたい恐ろしさと薄気味悪さを感じていた。

般娜《バンナー》もびっくりして、言葉を詰まらせる。

「こ、この人、どうしたの？　昼間、本当にこんなんじゃなかったんです！」

沈嶠《シェンチアオ》は振り返り、

「その時はどんな様子でしたか？　首を絞めたこと以外に、あなたに何かしましたか？　例えば、話をしたりとか？」

と尋ねる。

般娜《バンナー》は首を振った。

「いいえ、あの時、すごく凶暴だったけど、今は……今は……」

漢語を上手く話せず、般娜《バンナー》はしばらく考えた後、やっと言葉を絞り出す。

「今は、すごく、大人しい」

あの晏無師《イエンウースー》が大人しいとは……。江湖の人間が聞けば滑稽に思うだろう。沈嶠《シェンチアオ》は笑うに笑えず、なんとも言えない気持ちになった。

般娜《バンナー》の言葉通り、今の晏無師《イエンウースー》は確かに大人しい。沈嶠《シェンチアオ》に笑いかけるほかは、何もしない。

沈嶠《シェンチアオ》は塗り薬を取り出し、般娜《バンナー》に渡した。

「もう夜も遅いですし、休んでください。今日はご面倒をお掛けしました。この薬を塗れば、明日にはあざが消えるはずです」

「今日は、爺ちゃんの部屋、寝ますか？　この人、夜中また暴れ出したら、どうしますか？」

沈嶠《シェンチアオ》は首を振り「大丈夫ですよ」と答える。

それ以上話そうとしない沈嶠《シェンチアオ》に、般娜《バンナー》は名残惜しそうに離れを後にした。

般娜《バンナー》を帰らせると、沈嶠《シェンチアオ》はようやく部屋に明かりが灯っていないことに気づいた。今夜は月が明るく、窓から月明かりが差し込んでいたので、暗く感じなかったのだ。

明かりを点けようと沈嶠《シェンチアオ》が歩き出した途端、晏無《イエンウー》師《スー》が彼の腰に抱きついてきた。

驚いた沈嶠《シェンチアオ》が腰に回された腕を振り払おうとすると、背中からぼそぼそと声が聞こえてきた。

「い、く……な……」

口が上手く回らないのか、何とか吐き出されたその一言はひどく聞き取りづらかった。

痴れ者のふりをしているのか、本当に正気を失っているのか。沈嶠《シェンチアオ》は般娜《バンナー》の言葉に偽りはないと信じているが、それにしても今の晏無師《イエンウースー》は異様に見える。

だが、いずれにしろ、自分には関係のないことである。

沈嶠《シェンチアオ》は指で晏無師《イエンウースー》の手を弾いた。晏無師《イエンウースー》が思わず手を放した隙に、沈嶠《シェンチアオ》は寝台から離れ、窓辺に置かれた蠟燭に火を灯す。

「晏《イエン》そう……」

沈嶠《シェンチアオ》はそれ以上言葉を続けられなかった。晏無師《イエンウースー》が狼狽し、怯えているように見えたからだ。沈嶠《シェンチアオ》がこのまま立ち去ってしまうのを怖がっているかのように、必死になって起き上がり、沈嶠《シェンチアオ》に近づこうとする。しかし、手足に力が入らず寝台から転げ落ちた。

床に倒れ伏す晏無師《イエンウースー》を見て、沈嶠《シェンチアオ》は手を差し出そうとしたが、結局途中で動きを止めた。

「大丈夫ですか?」

「い……く、な……」

晏無師《イエンウースー》は同じ言葉を繰り返すばかりだ。

沈嶠《シェンチアオ》はその場に佇み、しばし晏無師《イエンウースー》の様子を見守った。そして、ため息を一つ吐くと、近づいていき、晏無師《イエンウースー》を助け起こした。

「ご自身の名前と身分は覚えていますよね?」

晏無師《イエンウースー》は茫然としたまま、質問には答えず、また優しい笑顔を沈嶠《シェンチアオ》に向ける。

沈嶠《シェンチアオ》は晏無師《イエンウースー》の頭頂を指で探った。裂傷の痕は残っており、きっと脳の傷は癒えていないだろう。頭を切り開いて調べることはできないので、傷がどれほど深いのかは分からない。本当に痴れ者になったのかどうかも分からなかった。

「私は沈嶠《シェンチアオ》と申します。聞き覚えがあるでしょう?」

「しぇん……ちあお……」

晏無師《イエンウースー》が繰り返す。

「あなたの名前は晏無師《イエンウースー》です」

なんとか沈嶠《シェンチアオ》の言葉を理解しようとしているのか、晏無師《イエンウースー》はすぐには答えなかった。しばらく経ってから、「うん」と小さく漏らす。

「沈《シェン》、嶠《チアオ》……」

沈嶠《シェンチアオ》は小さく笑う。

「先ほど転んだのが私だったら、あなたはきっと助け起こしたりせず、私がいつ起き上がれるのかその場で見ていた。そうでしょう?」

晏無師《イエンウースー》は困惑した顔になる。沈嶠《シェンチアオ》の言葉の意味が分からないようだ。

沈嶠《シェンチアオ》はそっとため息を漏らし、晏無師《イエンウースー》の頭に置いていた手を離した。

「ひどい怪我ですし、すぐに治せるようなものではありません。蟠龍会のほとぼりが冷めた頃、長安までお送りしますね。今日はもう寝てください。また明日の朝、話しましょう」

晏無師《イエンウースー》が答えるのを待たずに、沈嶠《シェンチアオ》は近くに敷いた敷物に足を組んで座った。目を閉じ、気息を整える。

打坐をしても、何か身の回りに異変があればいつでも反応できるよう、沈嶠《シェンチアオ》は少しだけ意識を残していたが、晏無師《イエンウースー》の様子が気がかりで、全てを忘れて没入することはできなかった。

夜はすぐに明け、遠い東の方角が明るくなり始める。

沈嶠《シェンチアオ》は全身の経脈に沿って、真気を数周巡らせた。真気はあるべき場所――丹田に溜まり、強まっていく。三花聚頂《さんかしゅうちょう》（精、気、神が一つとなり、頭頂に集まること）となり、体全体が活力に溢れ、新たな境地に入ったようになる。

沈嶠《シェンチアオ》は経脈の一本一本がゆっくりとほぐされ、広がっていくのが見えた気がした。気の滞りがなくなり、温かい真気が、残った全ての穢《けが》れを洗い流していく。修復された根基は以前よりも一層強固になっていた。郁藹《ユーアイ》と手を交え、過剰に力を使っても、血気がしばらく乱れるだけで、昔のようにすぐ吐血するようなことはなくなった。

目はもう元通りにはならないかもしれないが、失うものがあれば得るものもある。沈嶠《シェンチアオ》は後悔してはいなかった。過ぎてしまったことは、仕方がない。人は前を向いて歩いていくしかないのだ。相見歓の毒に侵されず、半歩峰から落ちていなければ、沈《シェン》嶠《チアオ》は永遠に『朱陽策』の奥深く精妙な部分を会得することはできなかった。武功も成長することなく、同じ場所に留まり続けるだけだっただろう。

沈嶠《シェンチアオ》は今、肉体という檻から抜け出したような感覚だった。果てしなく広がる混沌とした世界を、気の向くままに旅している。太陽や月、星々が空に浮かび、天下は碁盤、山や川、草や木は碁石の如く、あらゆるものを目に入れることができた。

古《いにしえ》の時から今に至るまで、この世には沈嶠《シェンチアオ》ただ一人しか存在していないかのようだ。

物有りて混成《こんせい》し、天地に先立ちて生ず。寂《せき》たり寥《りょう》たり、独立して改《かわ》らず、周行して殆《あやう》からず。天地が生まれる前、渾然《こんぜん》一体となったものがあった。音もなく形もなく、独立して、長い時を経ても変化せず、ただ巡り続け、留まることはない。

道は混沌にして、道は自然である。道は微細の間に蘊《たくわ》えられ、方寸の地からも起こる。万物は全て、道を有する。

これこそ、まさに道なのだ！

その瞬間、沈嶠《シェンチアオ》の目の前が明るく開けた。キラキラと光り輝き、透き通るほど自然体の道心が、行く手に流転しているのが見えたような気がした。沈《シェン》嶠《チアオ》は近づいて手を伸ばし、触れようとする。その時、どこからともなく自分のことを呼ぶ声が聞こえてきた。

「沈嶠《シェンチアオ》」

沈嶠《シェンチアオ》は微かに震える。すると、全ての輝きが突然砕けて四散し、たちまち暗闇に包まれた。

不意に一口、血を吐き出すと、沈嶠《シェンチアオ》はゆっくりと目を開けた。

寝台を見ると、晏無師《イエンウースー》は壁にもたれて座っている。髪はひどく乱れ、その目は変わらず沈嶠《シェンチアオ》を見ていたが、眼差しが少し変わっていた。

（やはりうっかりしていたようだ）

沈嶠《シェンチアオ》は苦笑しながら、口角についた血を拭う。物音に気づけるようにと多少は外に気を向けていたが、悟りがあったせいで、いつの間にか我を忘れるほど自らの意識に集中してしまっていたのだ。

「晏《イエン》宗主、具合はいかがです？」

「お前は……本当に、私の予想を超えていくな」

声に力がなく弱りきってはいるものの、晏無師《イエンウースー》の顔に茫然としている風はない。沈嶠《シェンチアオ》に優しく微笑みかけ、抱きしめて離そうとしなかった人物は、三千年に一度しか咲かないと言われる優曇華《うどんげ》の花の如く、夜明けと共に消えてしまった。

沈嶠《シェンチアオ》はホッと胸を撫で下ろした。誰もその眼中に入らない薄情で冷酷なこの晏無師《イエンウースー》こそ、自分が知っている晏無師《イエンウースー》だ。

意識が戻っても、晏無師《イエンウースー》は自分の状況を尋ねることなく、まずは沈嶠《シェンチアオ》の話から切り出した。一言一言、絞り出すように話す。

「桑景行《サンジンシン》と別れた後……お前は二度と立ち上がれまい、と思っていた……」

「すみません。あなたを失望させてしまいましたね。私はまだ元気ですから」

淡々と言う沈嶠《シェンチアオ》に、晏無師《イエンウースー》は軽く口角を上げる。

「いや……私は、失望など……しておらぬ……驚いているのだ。お前は、私が植えた……魔心を、壊した。そうだろう？」

沈嶠《シェンチアオ》は晏無師《イエンウースー》を見ながら答えた。

「ご存じかと思いますが、あの時の私は、桑景行《サンジンシン》に対抗などできる状態ではなかった。残された唯一の選択肢は、自ら根基を破壊し、武功を犠牲に奴と相討ちすることでした」

晏無師《イエンウースー》は頷く。

「そうだ。お前にできることは、それしかなかった」

「あなたは私を壊したいと思っていたのでしょう。この世に善意などなく、私のようなすぐに情に流される軟弱な人間は、はなから存在する価値がないと。私に人の心の残酷な一面を見せ、そして地獄に落ちてもがきながら、最後は地獄に沈んでその一部になってほしかったのではないですか」

晏無師《イエンウースー》は微かに笑みを浮かべる。ゆっくりと、途切れ途切れだが言葉を続けた。

「だが、私は……まさか……お前が、あれほどの窮地に立たされても……再び、立ち上がれるとは……

思わなかった……」

沈嶠《シェンチアオ》はしばし目を閉じる。瞼を開けると、その瞳に浮かんでいた感情の波は跡形もなく消え、穏やかな光だけが残っていた。

「『朱陽策』がなければ、私は死んでいたでしょうね。あなたの思っていた通り、確かに『朱陽策』には根基を新たに構築する効用があり、人を起死回生させることができます。さすが、天下一の奇書です。しかし、それはこれまで数十年間積み上げてきたものを全て壊してもいい、という前提の上に成り立っています。あなたは今、かなりの深手を負っていますが、魔心は破壊されていません。『朱陽策』を会得したいのなら、私のように魔心を完全に壊す必要があります」

晏無師《イエンウースー》は沈嶠《シェンチアオ》をじっと見つめる。そして『朱陽策』については触れずに、ただ「あの時、苦しかったか？」と尋ねた。

根基を壊した時の、皮を剝ぎ、筋骨を火で炙《あぶ》られるような苦痛。まさに、地獄を巡ったかのようだった。

沈嶠《シェンチアオ》はあの出来事をもう思い出したくはなかった。肉体的な苦痛よりも、心理的な苦痛が鮮明に蘇るからだ。白龍観で惨殺された観主と幼い初一《チューイー》。そして、独りよがりだったかつての自分。それらが次々と脳裏に浮かぶ。

冷酷無比な心を解かすことはできないのだとは知らず、一方的に相手を友だと思い込んでいた。けれども、友だと思っていた人物は、沈嶠《シェンチアオ》をただの道具としてしか見ていなかった。

沈嶠《シェンチアオ》は気持ちを落ち着け、穏やかに言う。

「昨日王城に行きましたが、竇燕山《ドウイエンシャン》たちがまだいました。あと数日待って、彼らが立ち去ってからあなたを長安までお送りします」

晏無師《イエンウースー》は首を振る。それだけの動きでもかなり労力がいるようだ。

「もう間に合わん……」

間に合わない？

沈嶠《シェンチアオ》が真意を問う前に、晏無師《イエンウースー》は目を閉じ、微動だにしなくなった。

ドキリとして、沈嶠《シェンチアオ》は晏 無師《イエンウースー》の鼻の下に指をあて息を確かめる。

まだ呼吸はある。昏睡しているようだ。

しかし、脈をとってみると、晏無師《イエンウースー》の真気は沈《シェン》嶠《チアオ》が帰ってきた時より乱れている。真気を人にたとえるなら、まるで数十人が晏無師《イエンウースー》の体内でぶつかり合っているかのようだった。

沈 嶠《シェンチアオ》は真気を少し注ぎ込み、抑えようとしたが、すぐに返ってきてしまった。注いだ真気は晏無師《イエンウースー》の体内の乱れた気を伴い、猛烈な勢いで沈嶠《シェンチアオ》を逆に襲おうとする。仕方なく沈嶠《シェンチアオ》は手を引いた。

晏 無師《イエンウースー》は、そのまま昼過ぎまで眠り続けた。

般娜《バンナー》の祖父はまだ戻ってこない。般娜《バンナー》によれば、旅商人から道案内を頼まれ、帰って来られるのは数日後だろうとのことだった。案内を頼まれるのは珍しいことではない。この村から西はほとんどが砂漠である。延々と続く砂漠の中の道は判別しづらく、砂漠の奥に迷い込んだきり戻って来ない人も多い。村の人たちは道に詳しく、どうやって砂漠を抜けるか知っているので、こうして案内を頼まれるのだった。

般娜《バンナー》の首と手首のあざはほとんど消えていた。沈《シェン》嶠《チアオ》と少し話をした後、彼女は羊に草を食べさせるために、群れを率いて出かけていった。一方の沈嶠《シェンチアオ》は、般娜《バンナー》が作ってくれた羊湯を持って離れに戻る。

沈 嶠《シェンチアオ》が部屋に入った時、晏無師《イエンウースー》は今にも目を覚ましそうな様子だった。まつ毛が微かに震えている。

沈 嶠《シェンチアオ》は羊湯を碗二つにそれぞれ盛った。晏無師《イエンウースー》がきちんと目を覚ましてから、昏睡に陥る前に言っていたことを聞こうと考える。

晏 無師《イエンウースー》はついに瞼を開けた。ぼんやりとした目つきで頭上にある紗の帳を見ている彼に気づいて、沈 嶠《シェンチアオ》が尋ねた。

「どこか具合の悪いところは？　先ほど脈をとったのですが、体内にいくつかの真気が……」

「綺麗な……お兄ちゃん……」

「……」

不気味な沈黙が部屋に広がる。羊湯からほんのり立ちのぼる肉の匂いが、言葉を失った沈嶠《シェンチアオ》を嘲笑っているかのようだった。

「すごく、いたい……」

沈嶠《シェンチアオ》の知る浣月宗の宗主とは似ても似つかないその口調は、誰かに体を乗っ取られているのではないかと思うほどだ。沈嶠《シェンチアオ》はじっと晏無師《イエンウースー》を見つめた。何かに取り憑かれたのではないかと疑いながら、気持ちを静めて、「どうしたのです？」と問う。

「いたいよ……」

沈嶠《シェンチアオ》を見つめる晏無師《イエンウースー》の瞳に切なさが滲む。その場に立ち尽くして、こちらに来ようとしない沈嶠《シェンチアオ》を責めているかのようだ。

沈嶠《シェンチアオ》はこれまで三十年以上生きてきて、様々な苦境を経験してきた。しかし、こんなことは初めてだった。どう反応すればいいのか、全く分からない。

（この人はわざと可哀想なふりをしているのか？）

いや、晏無師《イエンウースー》の性格からしてそれはあり得ない。昏睡してしまう前の状態こそが正常なのだ。昨晩、晏無師《イエンウースー》が自分に向けてきた優しく悪意のない微笑みを思い出す。それも今とはまた少し異なっていた。

「自分の名前は覚えていますか？」

晏無師《イエンウースー》はパチパチと瞬きをする。その仕種に、沈嶠《シェンチアオ》は思わず顔が引きつった。

「えっと……謝《シエ》、陵《リン》……」

謝陵《シエリン》……謝《シエ》？

沈嶠《シェンチアオ》はふと、昆邪《クンイエ》が晏無師《イエンウースー》はもともと謝《シエ》という姓だったと言っていたのを思い出す。生まれは前朝の世家で、蟠龍会に来るのも母親の遺品を取り戻すためなのだと。

だが沈嶠《シェンチアオ》はまだ理解できていなかった。眉を軽く寄せ深く考え込む。

羊湯は少し冷めてしまい、油が浮いていた。

すると、晏無師《イエンウースー》が沈嶠《シェンチアオ》と羊湯を交互に見ながら躊躇いがちに、「お腹空いた……」と呟いた。

晏無師《イエンウースー》が誰かの顔色を窺いながら「お腹空いた」などと言うなんて……。重傷を負って落ちぶれたとしても、以前の彼からは想像もつかない。

眠りから覚めた後、後悔の欠片も見せずに皮肉や当てこすりを言われても、沈嶠《シェンチアオ》はそれが当然だと思っていた。それが晏無師《イエンウースー》なのだから。

なのにどうして、こんなことになってしまったのだろうか？

沈《シェン》嶠《チアオ》は思わずこめかみを摩る。厄介なことになったようだ。

「謝陵《シエリン》という名前以外、覚えていることは？」

晏《イエン》無師《ウースー》は手に力が入らず、碗すらしっかり持てないようだ。仕方なく沈嶠《シェンチアオ》は羊湯をひと匙ずつ飲ませる。

「わからない……」

「晏無師《イエンウースー》という名前に聞き覚えは？」

晏《イエン》無師《ウースー》はふるふると首を横に振った。その困った顔はとても嘘をついているようには見えない。

沈《シェン》嶠《チアオ》は耐えかねてため息を吐く。

「全く記憶にないのですか？」

般娜《バンナー》の話と、何度か目を覚ました晏無師《イエンウースー》の様子を考え合わせると、沈嶠《シェンチアオ》はなんとなくだが、分かったような気がした。

乱れた真気と頭部の傷が、晏無師《イエンウースー》の人格を大きく変えてしまったのかもしれない。

晏《イエン》無師《ウースー》はほとんどの時間を眠りに費やしており、目を覚ます度に異なった振る舞いをする。まばらな記憶によって形作られた人格が出ることもあれば、昔と同じ人格でいることもある。般娜《バンナー》が言っていたように、自分を制御できないほど凶暴になることもあるのだろう。

大まかな状況は把握できても、沈嶠《シェンチアオ》は医者ではないので、晏無師《イエンウースー》を正常に戻す方法は全く分からなかった。

加えて、今現れている人格以外に新しい人格が出てくるかもしれない。

「覚えてるのは……」

羊湯を一碗分飲み干し、晏無師《イエンウースー》は唇を舐《な》めた。

「ん？」

立ち上がろうとしていた沈嶠《シェンチアオ》は、その言葉に振り返って晏無師《イエンウースー》を見る。

「寝てる、時に……お兄ちゃん、口づけ、してくれた……その時も、羊湯の味……した……」

「……」

普段、極めて気立ての良い沈嶠《シェンチアオ》も、この時は羊湯の入ったもう一つの碗を晏無師《イエンウースー》の顔に叩きつけたい衝動に駆られた。

晏無師《イエンウースー》は沈嶠《シェンチアオ》の気持ちを察したのか、僅かに後ずさって縮こまる。そして、また先ほどの切なげな瞳を向けてきた。

沈嶠《シェンチアオ》は額に手を当てる。一体どうすればいいのだろう。

第八章　西域へ

太陽が西に傾く頃、般娜《バンナー》が羊の群れを連れて帰ってきた。羊を小屋に入れてから、子羊を一匹腕に抱えて離れの扉を叩く。

沈嶠《シェンチアオ》はすぐに扉を開け、般娜《バンナー》だと分かると「おかえりなさい」と笑って中に招き入れようとした。けれども、般娜《バンナー》は部屋の中に入らず、顔だけ覗かせてきょろきょろと様子を窺う。晏無師《イエンウースー》がまた襲ってくるのを恐れているようだ。

当の本人はと言えば、寝台に座って静かに般娜《バンナー》を見つめるばかりで、表情からも凶暴さが消えている。

「あの人、もう完全に治った、ですか？」

沈嶠《シェンチアオ》は苦笑して首を振った。

「いいえ。おそらくさらに悪化しているかと」

般娜《バンナー》は「えっ」と声を漏らして、一層尻込みする。

晏無師《イエンウースー》の厄介な状態をどう伝えたらいいのか分からず、沈嶠《シェンチアオ》はかいつまんで説明した。

「傷を負ったせいで、頭がはっきりしている時と、そうでない時があるのです。まあ、どちらかというと、そうでない時のほうが多いのですが」

「なら、今ははっきりしてる？」

般娜《バンナー》は興味津々といった様子で晏無師《イエンウースー》を見やる。

晏無師《イエンウースー》も般娜《バンナー》を見つめ返すが、その黒い瞳には感情が一切なく、彼女は寒気を覚えた。

「……いいえ」

沈嶠《シェンチアオ》の返事に、般娜《バンナー》は昨日のことが頭を過り怖くなった。

「また、首、絞めますか？」

「それはもうないかと。たぶんですが、今、彼の心は幼い子どものようなもので、話すらきちんとできません。昨日は私が迂闊《うかつ》でした。今後二度と、あなたたちを傷つけるようなことはさせませんから」

聞いたこともないような状況に般娜《バンナー》は目をぱちくりさせながら、もう一度晏無師《イエンウースー》を見た。

あろうことか、晏無師《イエンウースー》もパチパチと瞬きを返してくる。

「……」

二人は言葉を失う。

沈嶠《シェンチアオ》は堪らずこめかみを揉んだ。

少し考えてから、般娜《バンナー》は抱えていた子羊を下ろした。子羊を晏無師《イエンウースー》のところに行かせると、笑って言う。

「それなら、子羊に遊んでもらう、いいですよ。村の子どもたち、みんな、子羊大好き」

真っ白な子羊は見ているだけで抱きしめたくなる。沈嶠《シェンチアオ》も可愛いと思ったが、晏無師《イエンウースー》は眉を寄せた。

子羊はおぼつかない足取りで、トテトテと晏無師《イエンウースー》の足元にやってきたかと思うと、頭を下げて裾の匂いを嗅ごうとする。ところがその途端、晏無師《イエンウースー》が手を出し、子羊を乱暴に押しのけたではないか。

子羊は「メエエ」と声を上げてふらついた後、床にかくんと倒れてしまった。

それを見た般娜《バンナー》は、晏無師《イエンウースー》への恐怖も忘れ、急いで部屋に入ると、子羊を抱き上げた。

沈嶠《シェンチアオ》は眉間に皺を作って晏無師《イエンウースー》を見るが、彼は全く悪びれる様子もない。

「般娜《バンナー》さん、まだやることが残っているでしょう。ここは私に任せてください」

般娜《バンナー》は明らかに怖気づいている。こくりと頷くと、何も言わずに子羊を抱えてそそくさと部屋を去った。

「どうしてあの子羊を追いやったんです？」

問いかけられても晏無師《イエンウースー》は答えず、黙って沈嶠《シェンチアオ》を見つめるだけである。

しかし、沈嶠《シェンチアオ》には一つ分かったことがあった。

人の心の奥底に刻まれた本質的なものは変わらない。晏無師《イエンウースー》は元より疑り深い人間である。記憶がほとんどなくなり性格が変わった今でも、その点は変わらないのだろう。

「手を出してください。脈をとりますから」

晏無師《イエンウースー》は言われた通りに手を差し出す。

沈嶠《シェンチアオ》に対する態度と般娜《バンナー》に対する反応は、まるで正反対だった。おそらく晏無師《イエンウースー》は驚くほど直感的に、沈嶠《シェンチアオ》が自分を傷つけることはないと分かっているのだ。

沈嶠《シェンチアオ》は指を三本合わせて晏無師《イエンウースー》の手首に当てる。

「手足は動かせますか？　寝台を下りて歩けそうですか？」

晏無師《イエンウースー》は頷く。

「動かせるけど、頭がくらくらする……」

「今朝、長安に戻っても、もう間に合わないと言っていましたね。覚えていますか？」

試しに聞いてみるものの、晏無師《イエンウースー》はぽかんとした顔だ。

沈嶠《シェンチアオ》はため息を吐いた。

「それなら、横になって休んでいてください」

一眠りして目を覚ませば、元通りになっているかもしれない。

何を聞いても分からない今の状態より、いっそ皮肉を言われたほうがマシである。

ところが、晏無師《イエンウースー》は「いやだ」と答えた。

寝たくない、ということだ。


普通の子どもなら、いくらでも宥めすかす方法があるだろうが、あいにく目の前にいるのは大の大人だ。晏無師《イエンウースー》の顔に向かって、子どもに語りかけるように優しく話せと言っても、無理な相談である。

二人が顔を見合わせていると、扉を叩く音が聞こえてきた。

沈嶠《シェンチアオ》は思わず胸を撫で下ろす。気づかれないくらいにそっと息を吐くと、扉を開けようと立ち上がった。

扉を開くと、そこには般娜《バンナー》が立っていた。

作った油餅と羊湯を届けに来たのだ。

沈嶠《シェンチアオ》は礼を言って二言三言交わすと、般娜《バンナー》は帰っていった。扉を閉めて部屋の中に戻り、羊湯と油餅を晏無師《イエンウースー》の前に置く。

「お腹が空いたでしょう。どうぞ」

晏無師《イエンウースー》はちらっと沈嶠《シェンチアオ》を見てから素早く下を向き、小声でポソッと言った。

「食べさせて」

「……」

沈嶠《シェンチアオ》は黙り込む。いくら待っても返事がないので、晏無師《イエンウースー》は顔を上げて躊躇いがちに続けた。

「この前、みたいに、口づ……」

(今この人を気絶させれば、目を覚ました時には元のまともな人格に戻っているのでは?)

沈嶠《シェンチアオ》は真剣にそう考え始める。

晏無師《イエンウースー》は危険を察知したのか、喉まで出かかった言葉の続きを呑み込んだ。そして寝台の端に縮こまる。

沈嶠《シェンチアオ》はもう一度ため息をこぼして、羊湯が入った碗を晏無師《イエンウースー》の前に押しやった。晏無師《イエンウースー》のことは気にせずに、油餅を小さくちぎってゆっくりと食べ始める。

しばらくして晏無師《イエンウースー》はようやく寝台の隅からもぞもぞと這い出すと、碗に手を伸ばした。

経脈と骨に傷を負っているため、その手は微かに震えている。それでも目を覚ました直後より、だいぶ良くなっているようだ。

下を向いて一口ずつゆっくりと羊湯を飲むその姿に、沈嶠《シェンチアオ》はふと思いついて尋ねた。

「先ほどは、汁に毒が入っているかもしれないと不安だったのですか? だから、私に飲ませてほしいと?」

そうすれば、羊湯に何か入っていたとしても沈嶠《シェンチアオ》を見れば分かる。

沈嶠《シェンチアオ》の質問に晏無師《イエンウースー》は答えなかった。しかし、その沈黙が全てを物語っていた。

毒見役に使われたので、本来は怒りを感じるべきところだろうが、沈嶠《シェンチアオ》は穏やかに言った。

「あなたの記憶がどのくらい残っているかは分かりませんし、私があなたを傷つけるつもりはないと言ったところで信じてはくれないでしょう。ですが、この家の方々はいい人たちです。しばらくはここに住まわせてもらうので、二人を悲しませないよう、大人しくしていてください。私はあなたが誰かを傷つけるのを許しはしませんからね」

晏無師《イエンウースー》が無言のままなので、沈嶠《シェンチアオ》はこれ以上何を言ったらよいか分からなくなった。仕方なく、沈《シェン》嶠《チアオ》も黙り込んだ。

氷のような心の人間でも、長い時間を掛け、真心を込めて接すれば、きっと最後には分かり合えると思っていた。今、沈嶠《シェンチアオ》は改めて自分はとんでもない勘違いをしていたことに気づく。

どんなに変わっても、晏無師《イエンウースー》が信じるのは晏無師《イエンウースー》自身だけなのだ。

晏無師《イエンウースー》は寝台から、卓で食事をする沈嶠《シェンチアオ》をじっと見ている。しかし、沈嶠《シェンチアオ》は下を向いていたので、二人の視線が交わることはなかった。

しばらく見つめた後、晏無師《イエンウースー》はようやく口を開いた。

「綺麗な、お兄ちゃん……」

沈嶠《シェンチアオ》は途端に悪寒が走るのを感じる。呼び方を変えてもらうべく口を開こうとした時、遠くから何やら物音が聞こえてきた。

沈嶠《シェンチアオ》はしばしその音に集中する。そして立ち上がり、「外には出ないように」と晏無師《イエンウースー》に言い置いて外に出た。


般娜《バンナー》も物音に気づいていた。祖父が帰ってきたのだと思い、歓声を上げて出迎えようとする。

ところが庭の扉を開けてみると、馬に乗った一隊がもうもうと砂塵を巻き上げながらこちらへ向かってきているではないか。

その中に祖父の姿は見当たらない。

般娜《バンナー》は、沈嶠《シェンチアオ》たちがここにいることを思い出した。すぐに扉を閉めて沈嶠《シェンチアオ》に知らせに行こうとする。

しかし馬に乗った男は、般娜《バンナー》よりも早く動いた。手綱を引いて馬から下り、一気に前に出ると、閉まりかけていた扉を蹴り上げる。般娜《バンナー》に反応する隙を少しも与えなかった。

般娜《バンナー》は「きゃっ！」と声を上げた。扉を蹴破られた衝撃で後ずさり、よろめいて尻餅をつきそうになる。

と、そこに誰かの手が横から差し出され、般娜《バンナー》の体を支えた。

沈嶠《シェンチアオ》は般娜《バンナー》が体勢を整えたのを確認してから手を離し、来訪者に顔を向ける。

「なんの御用ですか？」

後ろで一人の男が馬から下りて、前に進み出る。被っていた頭巾を取ると沈嶠《シエンチアオ》に拱手した。

「部下が失礼をして、こちらのお嬢さんを驚かせてしまって申し訳ない。沈《シエン》道長、あなたに用があってきたんだ。宿では人が多く、落ち着いて話をする暇もなかったからな。沈《シエン》道長、元気にしていたか？」

人は進歩し続けるので、昔と同じように見てはいけない。男の話しぶりは礼儀正しく、笑顔も自信に満ち溢れている。一目で、高い地位に就いていて、裕福な環境に長く身を置いていると分かる佇まいだ。勉学をろくにせず、無鉄砲で一見迂闊だが細かいところまで気がつくあの陳恭《チエンゴン》は、もういない。

陳恭《チエンゴン》が引き連れてきた者たちを見ると、見覚えのある顔がいくつかあった。斉国慕容《ムーロン》家の当主慕容《ムーロン》沁《チン》や慕容迅《ムーロンシュン》、そして拓跋良哲《トゥオバーリアンジャー》たちだ。かつて六合幇が運んでいた『朱陽策』を奪うべく、出雲寺に押しかけた高手の中にいた。時が経ち、斉国朝廷のために命を懸けていた慕容沁《ムーロンチン》は、なんと今では陳恭《チエンゴン》の手下である。運命とはいかに不思議なものか、実感せざるを得ない。

沈嶠《シエンチアオ》は視線を陳恭《チエンゴン》に戻して低い声で言った。

「陳《チエン》県公が、こんな辺鄙《へんぴ》な場所までわざわざ私を探しにこられるとは。どこで私の居場所を知った？」

陳恭《チエンゴン》は般娜《バンナー》を一瞥し、笑って答えた。

「ある老人に会ったんだ。こちらのお嬢さんの祖父ではないか？」

般娜《バンナー》は不安そうな表情を浮かべる。事態をあまり理解できていない様子だ。一方の沈嶠《シエンチアオ》は微かに顔色を変えた。

「用があるのなら、私に直接言えばいいだろう。無辜の民を巻き込むな！」

陳恭《チエンゴン》は宥めるような口調で返す。

「落ち着け。沈《シエン》道長の居場所を知りたかっただけだ。それが分かれば、もうあの老人には手を出さない。外は風が強くて話がしづらいんだが、沈《シエン》道長、中に招いてはくれないのか？」

祖父が捕まったと聞き、般娜《バンナー》は全身から力が抜けそうになった。沈嶠《シェンチアオ》は片手で般娜《バンナー》を支え、少し考えた後、「入りなさい」と頷く。

慕容沁《ムーロンチン》らも後に続いて中に入ろうとしたが、陳恭《チェンゴン》に止められた。

「沈《シェン》道長は君子だ。私には手を出さない。お前たちは外で待っていろ」

出雲寺の夜、あれほど不遜に振る舞っていた斉国一の高手は、陳恭《チェンゴン》の前で、猫の前の鼠のようにすっかり大人しくなっている――言われたこと以外は絶対にやろうとしないし、何も言おうとしないのだ。

慕容沁《ムーロンチン》は陳恭《チェンゴン》に拱手をすると、ほかの者たちを引き連れて家の周りの見張りに立った。

陳恭《チェンゴン》は沈嶠《シェンチアオ》に続いて部屋に入ると、「ん?」と首を傾げ、にこやかに問いかけた。

「晏《イエン》宗主の姿が見えないようだが?」

どうやら晏無師《イエンウースー》がいることも老人から聞き出しているようだ。沈嶠《シェンチアオ》は質問には答えず、それぞれが席に着くと、すぐ本題に入った。

「陳《チエン》県公、今日は何をしにこちらへ?」

陳恭《チェンゴン》は軽く笑う。

「これでも旧知の仲だし、沈《シェン》道長は私の恩人。恩を仇で返したりしようものなら、それこそ私は人の皮を被った獣だ。沈《シェン》道長も、そうかっかせずに」

沈嶠《シェンチアオ》は淡々と答えた。

「私は何もしていない。ほんのあれしきのこと、陳《チエン》県公はもうロバ肉の餅で返してくれているからね。これでご老人を解放してくださるのなら、感謝に堪えないが」

「老人は無事だ。いずれ解放するから焦る必要はない。王城の宿であの後沈《シェン》道長に用があったのだが、沈《シェン》道長は急いでどこかに帰ってしまわれただろう。瞬く間にいなくなったものだから、こうするしかなかったんだ」

沈嶠《シェンチアオ》は何も言わない。

陳恭《チェンゴン》は気に留めず、一息吐いてから続けた。

「沈《シェン》道長に協力してほしいことがあってここに来たんだ」

しかし陳恭《チェンゴン》はその内容を言わず、いきなり話題を変える。

「そういえば巷《ちまた》では晏《イエン》宗主が死んだと噂されているが、まさかまだ生きているとはな。しかも、沈《シエン》道長に助けられたそうじゃないか。私の知る限り、晏《イエン》宗主はあなたに優しくしていたというわけでもないのだろう？　なのにあなたときたら恨むどころか、徳で報いるとは。昔の恨みを水に流すなんて、ずいぶん広い心をお持ちだ。全く敬服するよ！」

沈嶠《シェンチアオ》は他人を皮肉るのはあまり好きではなかった。しかしこの時ばかりは、般娜《バンナー》の祖父を人質にしている陳恭《チエンゴン》に怒りを抑えられず、言い返す。

「恩を仇で返す者は数多いる。恨みに徳で報いることなど、珍しいことでもないだろう？」

含みのある言葉に、陳恭《チエンゴン》は僅かに表情を変えたが、すぐに平然と笑い出した。

「長く会わない間に、沈《シエン》道長もずいぶん言うようになった。晏無師《イエンウースー》を殺そうとした高手たちが、もし彼がまだ生きていると知ったらどうするだろうな？　沈《シェン》道長は確かに腕が立つが、郁藹《ユーアイ》一人をあしらえても、広陵散《グアンリンサン》や段文鴦《ドワンウェンヤン》を相手にはできまい。坊主の雪庭《シュエティン》は言うまでもないだろう」

「陳《チェン》県公のおっしゃる協力とは、こんな御託を並べることなのか？」

「もちろん違う。沈《シエン》道長、〝婼羌《じきょう》〟という言葉を聞いたことは？」

婼羌。

心の中で繰り返してみるも、思い当たらない。なんだか人名のようにも聞こえる。沈嶠《シェンチアオ》は首を振った。

「『漢書《かんじょ》・西域伝《さいいきでん》』には、『陽関《ようかん》を出て、近き者より始め、曰《いわ》く婼羌』、と書かれている。婼羌は鄯善《ぜんぜん》（タリム盆地の東南辺りにあったオアシス国家）に滅ぼされた小国だ」

以前は文字すらほとんど読めなかった陳恭《チエンゴン》が、笑いながら易々と『漢書』を暗唱している。斉国の君主は愚昧だが、君主の寵愛を受けるということは、他人に勝るところが少しでもあるからだ。こうして見ると、陳恭《チエンゴン》は確かに斉国の君主の寵愛に値すると言えそうだ。

沈嶠《シェンチアオ》は何も言わず、陳恭《チェンゴン》が話を続けるのを静かに待つ。

「包み隠さず言おう。婼羌は玉の産地で、国は滅ぼされたが、古城の遺跡はまだ残っている。かつてそこでは、ほかの場所では採れない玉髄《ぎょくずい》（石英の一種）を多く産出していた。私はそれを手に入れたい。沈《シェン》道長に協力を持ちかけたのは、あなたの腕前が私にとっては大いに助けになるからだ。だが、これはあなたにとっても悪い話ではない。玉髄のある場所には、玉蓯蓉《ぎょくじゅよう》という植物が生えている。玉蓯蓉には骨を繋いで肉を新たに作り、内傷を癒やす驚くべき効果がある。おそらく晏《イエン》宗主にとって必要なものだ」

そこまで言うと陳恭《チェンゴン》は口をつぐみ、静かに沈嶠《シェンチアオ》の返答を待った。

部屋の中は静まり返っている。目のふちを赤くした般娜《バンナー》のすすり泣く声が時折響いた。

沈嶠《シェンチアオ》はしばし沈黙した後、おもむろに口を開く。

「私を脅すために般娜《バンナー》の祖父を連れていったのか」

陳恭《チェンゴン》は落ち着いた様子で答える。

「そうだ。どういう目的で晏無師《イエンウースー》を助けたのかは知らないが、奴はかつて沈《シェン》道長をひどい目に遭わせていただろう。あなたが晏無師《イエンウースー》のために危険を冒すか、確信が持てなくてね。だが、あなたの人となりから、無辜の民が自分のせいで面倒なことに巻き込まれるのをきっと黙って見ていられないと思ったんだ」

「私のことをよくご存じで」

沈嶠《シェンチアオ》は淡々と言った。

「では、沈《シェン》道長は我々への協力を承諾したと理解していいんだな？」

「ほかに選択肢があるのか？」

陳恭《チェンゴン》は笑う。

「確かにないな。安心しろ、あの老人は無事だ。我々が戻り次第すぐに解放させる」

「まずはご老人を解放してからだ」

陳恭《チェンゴン》は笑みを湛えたまま首を振った。

「できない相談に、時間を費やす必要はないぞ。あの老人がいなければ、沈《シェン》道長は心から私に協力してはくれないだろうからな。あぁ、そうだ。晏《イエン》宗主の具合がよくないと思って、食べ物と薬もたっぷり用意させてあるんだ。沈《シエン》道長は安心して晏《イエン》宗主を同行させるといい」

　探りを入れているのだろう。

　五大高手が結託し、戦いを挑んだのだ。死は免れたとしても重傷を負い、かつての功力を取り戻すのは難しいはずだ、と陳恭《チエンゴン》は考えていた。

　沈嶠《シエンチアオ》は晏無師《イエンウースー》を連れて行くとも行かないとも言わなかった。それ以上口を開こうとはしない様子に、陳恭《チエンゴン》は続けるしかない。

「問題がなければ、明日の早朝にここを発とう。慕容沁《ムーロンチン》たちが泊まる場所を手配しただろうから私はもう休むよ。明日また会いに来る。沈《シエン》道長もゆっくり休むといい。婼羌まではかなりの距離があるんだ。しっかり休んで体力を温存しておかないと」

　そう言うなり、陳恭《チエンゴン》は般娜《バンナー》の家を出て行った。

「沈《シエン》郎君……」

　助けを求めるような般娜《バンナー》の視線に、沈嶠《シエンチアオ》はやっと苦笑を浮かべた。

「もうどう謝ればいいのか……私のせいです。あなたの祖父が早く無事に戻って来られるように、手を尽くしますから」

　あまり残ってはいなかったが、沈嶠《シエンチアオ》は持っていたお金を全て差し出した。

「受け取ってください。万が一、必要になった時に備えて」

　般娜《バンナー》は首を振る。

「いりません」

　沈嶠《シエンチアオ》は優しく言った。

「言うことを聞いて、家で大人しくしていてください。用がなければ遠くには行かずに。あなたの祖父は、私が必ず無事に連れ戻しますよ」

　沈嶠《シエンチアオ》の「言うことを聞いて」という言葉に抗える者はほとんどいない。般娜《バンナー》の心は悲しみと不安で一杯だったが、少しずつ落ち着きを取り戻した。彼女は面倒事を招いた沈嶠《シエンチアオ》を恨んではいなかった。沈《シエン》嶠《チアオ》はきっと自分の何百倍、何千倍も苦しんでいるのだと気づいているからだ。

般娜《バンナー》は頷いた。

「その……気をつけてくださいね」

沈嶠《シェンチアオ》は慰めるように笑って、「大丈夫ですから」とだけ言った。

どんな手を使ったのか、慕容沁《ムーロンチン》は村の中で比較的裕福な家を占領し、家主は仕方なく他人の家で一晩を過ごすことになった。村の人々は、突然現れた陳《チエン》恭《ゴン》一行を蛇蠍の如く嫌っていたが、陳恭《チエンゴン》のほうもこの村に長居するつもりはなかった。

翌日の早朝、慕容沁《ムーロンチン》は命令通り沈嶠《シェンチアオ》を迎えにきた。庭の扉を三度叩くと、沈嶠《シェンチアオ》が晏 無師《イエンウースー》を連れてゆっくりと出てきた。

内傷がひどく、長いこと寝台の上にいたからか、晏 無師《イエンウースー》の手足は強張っており、歩みは極めて遅かった。一歩進むごとに傷に響くようだ。

あの晩、出雲寺に突如現れた晏無師《イエンウースー》は『朱陽策』を粉々に破壊し、その毒舌で慕容沁《ムーロンチン》たちを散々侮辱した。それが今やすっかり力を失い、重病人さながらに真っ青な顔で歩いている。その様子に、慕容沁《ムーロンチン》は溜飲を下げ、冷やかに笑った。

「晏《イエン》宗主、出雲寺でお会いしましたね。今日は何やら調子が悪そうですが」

晏 無師《イエンウースー》は天下の共通の敵である。もし晏無師《イエンウースー》が生きていると各勢力が知ったら、彼を殺してすっきりしたいと群がってくるだろう。弱っているうえに、誰もが命を狙っている。慕容沁《ムーロンチン》はそんな晏無師《イエンウースー》など、眼中になかった。

片や、晏無師《イエンウースー》は全くの無表情だ。その目つきは井戸水のように冷え切っている。暗く冷たい瞳に見つめられ、どういうわけか慕容沁《ムーロンチン》はそれ以上言葉を続けられなくなった。

そこへ陳恭《チエンゴン》がゆっくりと歩いてきた。後ろに何人もの従者を従えている。

その威風堂々とした姿は、もはや継母に搾取され、憤慨して家を出た無力な少年ではない。環境や地位が人の纏う雰囲気を変えるというが、身分や立場が変われば気性もそれと共に変わる。

「沈《シェン》道長、もう出発できるか？」

沈嶠《シェンチアオ》は頷いた。

「砂漠に入るまでは馬に乗ろう。砂漠の入口に小さな町があるから、そこで駱駝《らくだ》に乗り換えればいい」

悠然と話す陳恭《チェンゴン》は、沈嶠《シェンチアオ》が手のひらを返すかもしれないということを露ほども心配していないようだ。

般娜《バンナー》の祖父が手中にあるうえ、たとえ沈嶠《シェンチアオ》が自分に歯向かったとしても多勢に無勢。村人を一人捕らえて人質にしてしまえば、沈嶠《シェンチアオ》は手も足も出なくなる。

沈嶠《シェンチアオ》もそのことをはっきりと分かっているので、軽率に動いたりはしなかった。

「玉髄を使って何をするつもりだ？」

沈嶠《シェンチアオ》に聞かれて、陳恭《チェンゴン》は笑った。

「昨日、話をした時に聞かれると思っていたが、今日になってようやくその問いが出てきたな。玉髄には極めて重要な使い道がある。だが、古城はもう長いこと荒れ果て、どんな危険が潜んでいるか分からない。味方は一人でも多くいたほうがいいだろう。とはいえ、初めは沈《シェン》道長に頼むつもりじゃなかったんだが、あの日王城であなたの腕前を見て、沈《シェン》道長がいれば虎に翼だと思ったんだ」

沈嶠《シェンチアオ》はそれ以上何も言わず、陳恭《チェンゴン》の従者が馬を二頭連れてきたのを見て話を変えた。

「私は晏《イエン》宗主と同じ馬でいい」

陳恭《チェンゴン》はちらりと晏無師《イエンウースー》を見る。

「晏《イエン》宗主はどんな怪我を？　どうも痴れ者になってしまったように見えるが、よもや誰が誰だか分からなくなっているのではないか？」

「痴れ者になっただと？　本座はお前とは無駄口を叩きたくないだけだ。高緯《ガオウェイ》に上手く取り入ったからといって、自分が人の上に立ったとでも思っているのか？　本座からしてみれば、お前は昔同様、ただの虫けらにすぎん」

晏無師《イエンウースー》の言葉に、陳恭《チェンゴン》はサッと顔色を変える。しかし怒りを抑え、後ろで剣を抜こうとしていた拓《トゥオ》跋良哲《バーリアンジャー》を制した。

「晏《イエン》宗主は真の英雄だ。苦境に陥ったとしても、大言壮語を改めない。突厥人や仏門にあなたが生きていると知られた後も、その大口を叩けるといいがな」

晏《イエンウースー》無師は嘲笑う。

「高緯《ガオウェイ》が寝台でお前に教えたのは口喧嘩だけか？不服ならかかってくればいい」

陳《チェンゴン》恭は眉を寄せ、心の中で疑念を抱く。

（まさか、手に入れた情報は間違っていたのか？晏《イエンウースー》無師は無傷で、五大高手は揃ってこいつに丸め込まれたとでも？）

その可能性は低いと頭の中では分かっていても、化け物じみた強さを持つ晏無師《イエンウースー》ならできそうだという気もしてくる。

陳《チェンゴン》恭だけではない。慕容沁《ムーロンチン》や拓跋良哲《トゥオバーリアンジャー》たちの心にも畏怖が生まれていた。浣月宗宗主はただそこに立っているだけだが、かつての名声は人々を疑心暗鬼にさせた。

昔の言葉通り、悪人を苦しめるのは悪人だけだ。いくら沈嶠《シェンチアオ》が武功を極めたところで、こればかりは到底真似できない。


陳《チェンゴン》恭はそれ以上時間を無駄にせず、手を振って合図をした。人々は馬に跨って出発の準備を整える。晏《イエンウースー》無師を先に馬に乗せた後、沈嶠《シェンチアオ》はその前に跨って手綱を引いた。

そうして、一行は出発した。十数頭の馬がゆっくりと駆け出す。風と砂ぼこりが互いの声を遮り、話すことは困難だった。

人々はひたすら頭を下げ、前に進み続ける。口を開けば砂が入るため、何か伝達する必要がある時は手で合図をした。

晏《イエンウースー》無師は沈嶠《シェンチアオ》の腰をぎゅっと抱きしめ、沈嶠《シェンチアオ》の背中に胸を密着させた。

沈《シェンチアオ》嶠の耳元に顔を寄せ、そっと囁く。

「阿嶠《アーチアオ》、さっき俺は上手くやっただろう？」

その優しい口調を聞くなり、沈嶠《シェンチアオ》は晏《イエンウースー》無師が今〝正常な状態〟にないと分かった。

「……」

ため息の数がずいぶんと増えたな、と思いながら沈《シェンチアオ》嶠は問いかける。

「謝陵《シエリン》ですか？」

晏《イエンウースー》無師は訝しげに聞き返す。

「なぜ俺の昔の名が謝陵《シエリン》だと知っているんだ？」

沈《シエンチアオ》嶠は言葉を失った。

＊＊＊

昔の晏無師《イエンウースー》の言動を憤死ものだと言うのであれば、今は憤死したあと、怒りのあまりまた蘇ってくるようなものだ。気を強く持たなければ、会話すらまともに続けられない。

沈《シエンチアオ》嶠は息を一つ吐き、いっそのこと口を閉ざしてしまおうと、黙り込んだ。

返事をしない沈嶠《シエンチアオ》に、当の本人は腰へ回した手に一層力を込める。そして、顎を沈嶠《シエンチアオ》の肩の上に乗せた。

「阿嶠《アーチアオ》、なぜ無視する？」

（あなたを気絶させてから出発したほうが良かったのではないかと、考えているんです）

内心そう思いながら、沈嶠《シエンチアオ》は声を潜めて問いかける。

「自分が何者かを覚えているのなら、なぜ陳恭《チエンゴン》が姑羌の古城で玉髄を探そうとしているのか、分かりますか？」

「理由は知らない。ただ、玉葰蓉のことは聞いたことがある。荒野と砂漠の奥深く、岩の合間に育つ。見つけることはかなり難しいらしい。確かに貴重なものだが、奴が手に入れたいのは玉髄だけだ。玉葰蓉はあくまでこちらを釣るための餌に過ぎない」

沈《シエンチアオ》嶠はこれまで晏無師《イエンウースー》がこのような穏やかな口調で話をするのを聞いたことがなかった。

「そうですね、私もそう思います。ですが、玉葰蓉がなかったとしても、般娜《バンナー》の祖父が囚われている以上、私は陳恭《チエンゴン》と一緒に行かなくてはなりません。とはいえ、これでもし玉葰蓉を見つけられれば、あなたの傷も治せます」

「この傷は魔心の綻びを広げられたせいだ。玉葰蓉は外傷しか治せないから、それほど助けにはならない」

「しかし、頭に裂傷もあるのですよ。玉蓯蓉は肉を新たに作り、骨を繋ぐそうです。ちょうどいいではありませんか。まずは外傷を治さなければ」

おかしそうに言う沈嶠《シェンチアオ》に、晏無師《イエンウースー》は浮かない顔で答える。

「実は、あまり治ってほしくないんだ」

沈嶠《シェンチアオ》は眉を寄せ、「どうしてですか？」と尋ねる。

今の晏無師《イエンウースー》はこれまでのどの人格とも違う、と沈嶠《シェンチアオ》は感じていた。しいて言えば、目を覚まして優しく笑いかけてきたあの人格に雰囲気が近い。

「完全に治ってしまえば、お前と話をしなくなるかもしれないからな。もしかしてお前は、自分の真心を無視して桑景行《サンジンシン》に差し出した、あの晏無師《イエンウースー》のほうが好きなのか？」

「それもあなたでしょう」

「違う」

沈嶠《シェンチアオ》は呆れる。

「なら、あなたは誰ですか？」

晏無師《イエンウースー》は一呼吸置いてから、「阿晏《アーイエン》と呼んでくれ」と言った。

「……」

呆気に取られて言葉を失う沈嶠《シェンチアオ》に、晏無師《イエンウースー》は続ける。

「一度呼んでみてくれないか？　お前が俺の名を呼ぶところを聞いたことがないんだ」

「その顔に向かって、呼べませんよ」

沈嶠《シェンチアオ》が茫然としたまま答えると、晏無師《イエンウースー》は不満そうに言った。

「顔などただの皮に過ぎない。こだわる必要なんてないだろう？　あいつがお前に何をしたのか、俺は全部知っている。晏無師《イエンウースー》は移り気で薄情者だが、俺はお前に一途だぞ。阿嶠《アーチアオ》、お前ほど善良な人間はこの世に二人といない。あいつがお前を大事にしなかったのなら、俺が大事にする。どうだ？」

沈嶠《シェンチアオ》が返事をせず、こちらに構おうとすらしなくなったのを見て、晏無師《イエンウースー》はさらに何か言おうとする。するとその時、陳恭《チェンゴン》の馬が速度を落とした。二人がヒソヒソと話しているのに気づき、陳恭《チエンゴン》はからかう。

「どうやら、私の聞いていた話は間違っているようだな。沈《シエン》道長と晏《イエン》宗主はずいぶんと仲が良さそうじゃないか。これなら私も安心だ。お二人の助けがあれば、きっと玉髄を見つけられるだろう！」

陳恭《チエンゴン》の言葉を聞き流し、沈嶠《シエンチアオ》は空を仰いだ。村に数日滞在し、この地の空模様が多少は分かるようになっていた。

「もうすぐ砂嵐が来るのでは？」

陳恭《チエンゴン》に天気のことは分からなかったが、彼が連れてきた者の中には空気の変化に敏感な者がいた。慕容沁《ムーロンチン》が横から口を挟んだ。

「確かに。ちょうどこの先に小さな町があります。殿、そこで一晩休まれてはいかがでしょうか。ついでに駱駝に乗り換え、明日また道を急ぐというのは？」

以前の慕容沁《ムーロンチン》は不遜極まりない人間だったが、今では進んで陳恭《チエンゴン》を「殿」と呼んでいる。その様子に、沈嶠《シエンチアオ》は思わず慕容沁《ムーロンチン》の顔を見る。

慕容沁《ムーロンチン》は平然としていて、自分が陳恭《チエンゴン》の従者になったことをなんとも思っていないようだ。

斉帝高緯《ガオウェイ》を主とすべきなのにもかかわらず、陳恭《チエンゴン》を敬うとは……。

沈嶠《シエンチアオ》の考えていることを察したのか、晏無師《イエンウースー》は体を寄せて沈嶠《シエンチアオ》の耳元で囁いた。

「慕容《ムーロン》家はひそかに陳恭《チエンゴン》に忠誠を尽くすと決めたんだ」

晏無師《イエンウースー》の熱い吐息が耳にかかり、沈嶠《シエンチアオ》はたまりかねて体を前に逃がした。

しばらく進むと、小さな町に辿り着いた。陳恭《チエンゴン》一行は鼻息荒く、町に着くなり一番上等な宿を探した。とはいえ町に宿は一軒しかなく、王城の宿とは比べ物にならないどころか、般娜《バンナー》の家よりもみすぼらしい。ただ、いかんせんここは辺鄙な土地。足を休める場所があるだけマシである。一行は食事を終えると、文句ひとつ言わずに休むことにした。

宿の部屋には限りがある。沈嶠《シエンチアオ》は成り行き上、晏《イエン》無師《ウースー》と同じ部屋をあてがわれた。

沈　嶠《シェンチアオ》は他人の詮索をするような人間ではない。けれども、どこにでもいるような少年だった陳恭《チェンゴン》が、再会した今、多くの謎に包まれているように見える。そしてその謎は今回の旅の目的と大いに関係があるように思えるのだ。今後の安全のためにも、沈嶠《シェンチアオ》は彼のことを気に掛けないわけにはいかなかった。

「陳恭《チェンゴン》の権勢は全て斉帝の後ろ盾によるものです。つまり、斉帝がいなければ陳恭《チェンゴン》は赤貧に等しい。一方、慕容沁《ムーロンチン》はもともと、斉国一の高手でした。なのに今や陳恭《チェンゴン》の臣下という立場に甘んじ、彼を『殿』と呼んでいます。かなり奇妙に思えます」

今の人格になってから、晏無師《イエンウースー》はひたすら沈嶠《シェンチアオ》のことを目で追っていた。沈嶠《シェンチアオ》が立つ時も座る時も、その視線はぴたりと沈嶠《シェンチアオ》に張りついている。沈嶠《シェンチアオ》も鈍感ではない。どうしようもなく居心地悪く感じ、眉根を寄せて言った。

「なぜずっと私を見ているのです？」

「お前が綺麗だからだ」

晏　無師《イエンウースー》は沈嶠《シェンチアオ》に微笑みかける。その笑顔は十里に亘って咲く春の桃花か、光輝く宝に彩られた樹木、透き通るように煌めく月光のようだった。

「真面目になってください」

沈　嶠《シェンチアオ》はため息を吐く。どうやらこの晏無師《イエンウースー》も、あまり正常とは言えないようだ。その前の晏無師《イエンウースー》よりいくらかマシではあるが。

「陳恭《チェンゴン》は以前から、武芸に優れていたのか？」

不意に晏無師《イエンウースー》が尋ねた。

その言葉に、沈嶠《シェンチアオ》は自分の違和感がどこから来ているのか分かったような気がした。

以前の陳恭《チェンゴン》は武芸どころか、文字もほとんど読めなかった。身を守るためのちょっとした技を、沈《シェン》嶠《チアオ》からいくつか学んだだけで、悪党を一人か二人相手にできる程度だ。けれども、今の陳恭《チェンゴン》は足取りも軽やか、その腕前はひけらかさずともある程度にまで達しているように見える。一流とは言えないが、練達、あるいは江湖の上位に身を置けるくらいの強さはあるだろう。

たったこれだけの期間で、どうやって飛躍的に上達したのか。普通は幼い頃から武芸の稽古をつけてもらわなければ、ここまでにはならない。しかし、陳 恭《チェンゴン》の実力は平地に唐突に出現した高楼のようで、懸念は深まるばかりだ。

「それから、以前私が長安に戻ると言った時、もう間に合わない、と言っていたでしょう。それは、長安で何か起きるかもしれないからですか？　周帝に何か悪いことが起きるのでしょうか？」

　晏 無師《イエンウースー》は首を振る。一日中、馬に乗っていたため、顔には疲労が滲んでいた。座っているだけで手綱を引く必要はなかったものの、もとより重傷を負っている。悪路が傷に響いていた。

「頭が、少し痛むんだ……」

　晏 無師《イエンウースー》は顔をしかめ、頭の傷に触れようとする。

　沈 嶠《シエンチアオ》はそれに気づいて、晏無師《イエンウースー》の手を押さえた。

「動かないで」

　そして沈嶠《シエンチアオ》は掌を晏無師《イエンウースー》の背中に押し当て、真気を少し注ぎ込む。

　沈 嶠《シエンチアオ》が今修練している内功は『朱陽策』に由来している。中庸で平和な真気だが、あろうことか晏《イエン》無師《ウースー》の体に入った途端、痛みが増したようだ。晏無《イエンウー》師《スー》の顔が苦痛に歪む。

　仕方なく、沈嶠《シエンチアオ》は真気を注ぐのをやめた。

　晏 無師《イエンウースー》の体は燃えるように熱かった。

「晏《イエン》宗主？」

　今までになかった熱さに、沈嶠《シエンチアオ》が小声で呼びかけると、晏無師《イエンウースー》は沈嶠《シエンチアオ》の手を摑んだ。そして、朦朧《もうろう》とした意識の中、「阿晏《アーイエン》と、呼んでくれ……」と言った。

「……」

　思わず言葉に詰まった沈嶠《シエンチアオ》に、晏無師《イエンウースー》は構わず続ける。

「今、頭がぼんやりしていて、お前の言ったことに、答えられない。多分晏無師《イエンウースー》は知っているだろうが、俺には分からないんだ……」

　人格ごとに持っている記憶が異なる、ということなのだろうか？

沈嶠《シェンチアオ》は眉を顰めて考える。

「少し休ませてくれ。その後、改めて……」

晏無師《イエンウースー》の声は徐々に小さくなる。言い終える頃には既に目を閉じていた。

雪庭《シュエティン》禅師たちが晏無師《イエンウースー》を狙うのは、ただ単に晏《イエン》無師《ウースー》を消し去りたいだけではないだろう。彼らの目的は、浣月宗が周国で勢力を広げ、周帝の天下統一の手助けをするのを止めることである。最終的な目標は宇文邕《ユーウェンヨン》のはずだ。今、江湖では、晏無師《イエンウースー》は死んだと思われている。宗主がいなくなった浣月宗は烏合の衆で、辺沿梅《ビエンイエンメイ》は一派をまとめることで手一杯だ。宇文邕《ユーウェンヨン》の警備は自ずと手薄になり、ともすれば敵の付け入る隙ができてしまう。

だから晏無師《イエンウースー》の言う「間に合わない」は、おそらく宇文邕《ユーウェンヨン》に何かが起きることを指していたのだろう。

とはいえ、沈嶠《シェンチアオ》と晏無師《イエンウースー》は長安から遠く離れた吐谷渾にいる。しかも、これから荒れ果てた広い砂漠に足を踏み入れるのだ。晏無師《イエンウースー》のことはもとより、般娜《バンナー》の祖父が陳恭《チェンゴン》の手中にある限り、沈嶠《シェンチアオ》はついていくしかない。今できるのは、このまま進み続けることだけだ。陳恭《チェンゴン》が玉髄を手に入れるのを見届け、後のことはそれから考えればいい。

翌日の早朝、陳恭《チェンゴン》が人を遣って起こしに来ても、晏無師《イエンウースー》は相変わらず昏々と眠っていた。いくら呼びかけても目を覚まさない。

ほかに為す術もなく、沈嶠《シェンチアオ》は晏無師《イエンウースー》を自ら乗る馬の前に座らせ、自分は晏無師《イエンウースー》の後ろに座る。途中で落ちてしまわないように後ろから手を回し、晏無《イエンウー》師《スー》の腰のあたりで手綱を握った。

その様子に陳恭《チェンゴン》は薬を一瓶差し出してきた。

「中に丸薬が入っている。眠気を覚まし、気を補う効果があるんだ。晏《イエン》宗主に飲ませれば、多少はよくなるかもしれない」

「かたじけない。ただ、晏《イエン》宗主の状態がよく分からない以上、やみくもに薬を飲ませるのはやめておく」

陳恭《チェンゴン》は笑った。

「安心してくれ。枸杞《くこ》や丹参《たんじん》といった、効き目が穏やかな生薬でできた丸薬だ。効果が出なくとも命に関わることはない。私の想像が正しければ、晏無師《イエンウースー》が眠り続けているのは竇燕山《ドウイエンシャン》たちと手を交えた時に重傷を負ったからだろう。普段なら高みの見物をしているが、今や私と沈《シェン》道長は同じ船に乗っているようなもの。晏無師《イエンウースー》に何かあれば、あなたはそちらに気を取られる。手をこまねいているのは得策じゃないからな」

陳恭《チェンゴン》の言うことにも一理ある。晏無師《イエンウースー》の体内では真気が入り乱れており、外部からの真気を受け付けない。楽観視できない状態で、沈嶠《シェンチアオ》にはもう手も足も出なかった。

沈嶠《シェンチアオ》は瓶を受け取ると、丸薬を二粒出して晏無師《イエンウースー》に飲ませた。

いくらも経たないうちに、晏無師《イエンウースー》はいきなり、「ゲホッ」と一口大きく血を吐き出した。そして驚いたことに、ゆっくりと目を開けた。

沈嶠《シェンチアオ》はドキリとする。穏やかな薬効であれば、このような劇的な効果は現れないはずだ。

「丸薬にはほかにどんな生薬が使われている？」

沈嶠《シェンチアオ》が問うと、陳恭《チェンゴン》は素直に答えた。

「人参《にんじん》と雪蓮花《せつれんか》だ。薬の効き目が強すぎるのを気にして使わないいんじゃないかと思って、言わなかった」

沈嶠《シェンチアオ》は晏無師《イエンウースー》に、「具合はどうですか？」と尋ねる。

晏無師《イエンウースー》は答えず、瞼を少しだけ持ち上げ、沈嶠《シェンチアオ》たちをちらっと見ただけで、すぐに目を閉じた。馬の上でどうにか姿勢を保っているようだが、顔は真っ青で、額には汗が浮かんでいた。

「出発しても問題ないようだな。なら、行こう」

はっきりとは言わないが、どうやら陳恭《チェンゴン》は急いでいるようだ。

探してみたが、町には駱駝がいなかったので、一行は引き続き馬に乗って先を進む。幸いなことに、目的地までずっと砂砂漠《すなさばく》の中を行くというわけではないらしい。ところどころに岩が現れ、まだ砂漠の手前の岩石砂漠にいることを示していた。

道中、晏無師《イエンウースー》は静かに沈嶠《シェンチアオ》の背にもたれかかり、うとうととしている。

晏無師《イエンウースー》が生きていることは、本来ならばかなり注目を集める事実である。しかし、慕容沁《ムーロンチン》たちを含め、陳恭《チェンゴン》一行は晏無師《イエンウースー》に対してことさらに注意を払うことはなかった。彼らにはもっと大きな目標があるらしく、それは晏無師《イエンウースー》よりも重要なようだった。

とうとう道は砂砂漠に入り、砂嵐も強くなってきたので、馬では一歩も前に進めなくなった。一行は馬を降り手綱を引いて進む。江湖者の歩みは速く、黄昏には昨晩泊まった町からずいぶん離れた場所まで来ていた。目の前に黄砂の舞う砂漠が広がる。いくら武芸に優れていても、こればかりはどうにもならない。一行は外套と頭巾で顔を覆い、口の中が砂だらけになることだけは免れた。

先頭にいるのはみすぼらしい身なりをした中年の男だ。陳恭《チェンゴン》は男を沈嶠《シェンチアオ》に紹介しようとしなかったが、武芸はできないようで、慕容沁《ムーロンチン》の仲間ではなさそうだ。道案内のために同行させているらしい。

男は馬に乗り、羅盤《らばん》（風水に用いる方位盤）を手に方向を判断している。手綱は別の者が引いていた。

唐突に、男が手を上げた。

すぐさま、慕容沁《ムーロンチン》が声高らかに「止まれ！」と指示を下す。

全員が足を止めると、男の背中に視線が集まった。

男はしばらくの間、羅盤を見つめていたが、馬を降りると小走りで陳恭《チェンゴン》の前に向かった。頭巾で顔の汗を拭い、報告をする。

「殿、なんだか、少しおかしいんです。この場所に着いた途端、羅盤が方角を判別できなくなりました！」

陳恭《チェンゴン》は眉を寄せる。

「この方向に進むと言ったのはお前だろう？」

陳恭《チェンゴン》の鋭い視線に、男は言葉を詰まらせる。

「そ、そうです！　ですが、……これを見てください！」

男は羅盤を差し出す。針がグルグルと勢いよく回り、全く止まる気配がない。

だがそれが何を意味するのか陳恭《チェンゴン》には分からず、男に尋ねた。

「これはどういうことだ？」

男はへつらうように笑う。

「手前が間違っていなければ、この下にあるのが、目的地の婼羌の古城です。きっとそこにある何かが、羅盤を混乱させたのでしょう。もしかしたら、殿がお探しの玉髄かもしれません。ただ、そのせいで古城の入口がどこなのか、見当がつかないのです！」

人々は辺りを見回す。しかし、舞い上がる黄砂が地表を覆い、天と地の境界すら分からない。砂嵐の間からたまに見えるのは、近くにある剝き出しになった岩くらいだ。古城や遺跡らしいものは全く見えなかった。

陳恭《チェンゴン》は慕容沁《ムーロンチン》に意見を求めた。

「どう思う？」

慕容沁《ムーロンチン》は少し考え、

「殿、砂嵐が収まってから、手立てを考えるというのは？」

と答えると、陳恭《チェンゴン》は眉を寄せた。

「だが、ここには風除けになりそうなものがない」

陳恭《チェンゴン》は案内役の男に目を向ける。

「このまま進み続けるか、この場に留まるか、はっきりしてくれ」

そっけない口調だったが、男はおろおろする。自分の一言で一行が間違った道に進むだけでなく、判断を間違えれば、咎められ首を刎《は》ねられる可能性がある。誤魔化すこともできず、男は口ごもりながら返事を躊躇った。

「えーっと、それは……」

「よく考えてから、答えることだ」

陳恭《チェンゴン》の冷やかな声に男はブルッと体を震わせ、思わず「進みましょう！」と言った。

「確かだな？」

「はい、もちろんです！　手前が前を歩きましょう。羅盤の様子から判断するに、古城はこの近くで間違いないでしょうから、もう少し歩けばきっと見つかるかと！」

「なら行こう」

陳恭《チェンゴン》の言葉に、一行は再び進むことになった。

沈嶠《シェンチアオ》は後ろからついていく。彼は馬の背に突っ伏している晏無師《イエンウースー》をちらりと見て、少し迷ってから声を掛けた。

「あなたは今、晏無師《イエンウースー》ですか？　それとも、別の方ですか？」

晏無師《イエンウースー》は袍の下からこっそり手を伸ばして、手綱を引く沈嶠《シェンチアオ》の手首をぎゅっと握った。

「俺だ、阿晏《アーイエン》だよ」

「……」

一瞬言葉を失ったが、沈嶠《シェンチアオ》は内心ホッとした。助けたとはいえ、心の奥ではあまり晏無師《イエンウースー》と深く関わりたくはないと思っているのだ。

いずれにしても、晏無師《イエンウースー》の人格が大きく変わってから生まれた〝阿晏《アーイエン》〟と〝謝陵《シエリン》〟は、もともとの晏《イエン》無師《ウースー》より話がしやすい。彼らを前にした時、沈嶠《シェンチアオ》は相手を晏無師《イエンウースー》としてではなく、全く別の人間と見なすことができた。

突然、前方で誰かが驚いた声を上げた。

「殿、あいつが、あの男がいなくなりました！」


〈二巻終わり〉

番外編

晏無師《イエンウースー》の人生に、「後悔」という二文字はない。

謝《シエ》家を離れた時しかり、自らの名を「無師《ウースー》」へと変えた時しかり。そして、崔由妄《ツイヨウワン》と一戦を交えた時も。一度たりとも後悔をしたことはなかった。

この世は広いが、晏無師《イエンウースー》に父親も師父も、仕える君主もいない。

彼の心に痕跡を残した者もいない。

沈嶠《シェンチアオ》も例外なく、晏無師《イエンウースー》の前を通り過ぎるはずだった。

崖から落ちた沈嶠《シェンチアオ》を目にした時、彼は晏無師《イエンウースー》にとって〝祁鳳閣《チーフォンゴー》の愛弟子〟でしかなかった。

昔、祁鳳閣《チーフォンゴー》と手を交えた時の心残りを沈嶠《シェンチアオ》で晴らせるかもしれない。

しかしすぐに、晏無師《イエンウースー》は自分の思い違いに気づく。

沈嶠《シェンチアオ》は目が見えなくなっており、武功もほとんど失っていた。威厳のある玄都山掌教はもはや見る影もなく、通りに放り出されれば銅銭一枚めぐんでくれる者すらいないだろう。

晏無師《イエンウースー》は心の底で冷やかに笑い、悪意が浮かぶ。

祁鳳閣《チーフォンゴー》は一世を風靡《ふうび》した英雄だが、どうやら弟子を選ぶ目はなかったようだ。

敵手として役に立たないのなら、玩具として弄ぶしかない。

この真面目くさった掌教は、己の手を無辜の者たちの血で染めても、その高潔さを保っていられるのだろうか？

できるわけがない。

これは結末の見えている暇つぶしに過ぎないのだ。

そう考えると、晏無師《イエンウースー》は途端に興ざめした。

ところが、その時の晏無師《イエンウースー》はまだ知らなかった。

自分にも予想を外す時があることを。

目の見えない男は、あろうことか度重なる苦難に持ちこたえたのだ。

師兄弟の裏切りに直面した時、晏無師《イエンウースー》は沈嶠《シェンチアオ》が泣き出すのではないかと思った。

けれども沈嶠《シェンチアオ》はそうはせず、事実を直視してそれを受け止めた。

「天下の人々は皆、お前が間違っていたと言う。最も親しかった者たちでさえ、お前を裏切ったのだ。それでも絶望を感じぬのか？」

表ではしとしとと小雨が降っており、散らずに残った花が雨の中、美しく咲いている。

沈嶠《シェンチアオ》は晏無師《イエンウースー》の問いには答えず、頭を窓の外へ向けた。しかし、その目には何も映ってはいないことを晏無師《イエンウースー》は知っている。

「進むこともできず、引くこともできない。四面楚歌とはこのことだ。死んだほうがマシではないか」

晏無師《イエンウースー》は飄々と問う。

「お前もそう思うだろう？」

「いいえ」

沈嶠《シェンチアオ》はそっとため息を吐く。その言葉には、意外にも晏無師《イエンウースー》への憐れみが見え隠れしていた。

「間違っていたのなら正せばいい。しかし、私は死を選びません。とはいえ、これでは晏《イエン》宗主を失望させてしまいますね」

果たしてそうだろうか？　晏無師《イエンウースー》は声を立てずに鼻で嗤《わら》う。

それは、お前がまだ本当の窮地に追いやられていないからだ。

崔由妄《ツイヨウワン》との一戦で晏無師《イエンウースー》は太華剣を奪われ、崔由《ツイヨウ》妄《ワン》の死とともに剣は弟子の桑景行《サンジンシン》の手に渡った。

その後、晏無師《イエンウースー》は新しい武功の道を切り開き、今や太華剣はあってもなくてもいいものとなった。

だが、桑景行《サンジンシン》はそれを知らない。剣を失ったことが、晏無師《イエンウースー》にとってこの上ない屈辱であると考えているようだ。

それを察した晏無師《イエンウースー》は面白い考えを思いついた。

かつて天下一の道門の掌教であった沈嶠《シェンチアオ》を剣と引き換えに差し出すことだ。

立派な玄都山の掌教だった沈嶠《シェンチアオ》は今や、あってもなくてもいいような太華剣と同等と見なされたのだ。

沈嶠《シェンチアオ》にとってこの取引は危険極まりないだけでなく、屈辱的なことでもあった。

晏無師《イエンウースー》は沈嶠《シェンチアオ》の顔の輪郭をなぞるように、額から顎までそっと指を這わせる。

肌は病的なほど青白く、細長く美しい首はちょっと捻れば折れてしまいそうだ。けれども、その弱々しい見た目の下には、何物にも屈しない気骨が隠されている。

晏無師《イエンウースー》は桑景行《サンジンシン》をよく知っている。美しく、そして弱った者にどんなことをするかも分かっていた。

沈嶠《シェンチアオ》よ、お前はどうする？

晏無師《イエンウースー》にとって、桑景行《サンジンシン》との取引は面白い賭けだった。

敵に屈服するのか？　それとも、自らの命をなげうってでも戦おうとするのか？

白龍観の扉を叩いた時から、晏無師《イエンウースー》は賭けの行方について考えていた。

そして、月夜の晩。

沈嶠《シェンチアオ》は冷え切ったまなざしで晏無師《イエンウースー》とその先に立つ桑景行《サンジンシン》を見ていた。

銀色の月明りが沈嶠《シェンチアオ》の顔を照らし、その顔に冷たさを与えていただけかもしれない。

落ち着き払った沈嶠《シェンチアオ》を見て、晏無師《イエンウースー》は少しだけ残念に思ったが、だからといって考えは変わらない。

「本座に友など必要ない。本座と対等に付き合う資格があるのは、本座と互角に渡り合える者だけだ。だが、お前にもうその資格はない」

沈嶠《シェンチアオ》の髪をそっと耳の後ろにかけてやる。その手は春風に揺れる柳のように温かく優しかった。

「お前は弱すぎるのだ。弱者は永遠に大器《たいき》になれぬ」

沈嶠《シェンチアオ》はひたすら晏無師《イエンウースー》を見つめるだけで一言も発しない。

「生き残れるといいが」

晏無師《イエンウースー》は小さく笑った。

「だが、かろうじて生き残っても、他人の機嫌を取らねば生きていけぬような者になり下がっては意味がない。それでは他人におもねることのない、お前のたった一つの特別な点も消え失せてしまうからな」

晏無師《イエンウースー》は山河同悲剣を沈嶠《シェンチアオ》の腕の中に放り投げ、その肩を軽く叩いた。

「阿嶠《アーチアオ》、せいぜい頑張るのだな」

そう言って、晏無師《イエンウースー》は踵を返した。

晏無師《イエンウースー》の軽功をもってすれば、一瞬でその場を離れることができる。しかし、晏無師《イエンウースー》は一歩ずつ歩いて立ち去った。

後ろから桑景行《サンジンシン》が沈嶠《シェンチアオ》に笑いかける声が聞こえてくる。そこには、皮肉と軽蔑が色濃く滲んでいた。

晏無師《イエンウースー》は一度も振り向かなかった。

この作品はフィクションです。実在の人物や団体などとは一切関係ありません。

千秋《せんしゅう》　2

2024年3月19日　第一刷発行
2024年10月3日　第二刷発行

著者　梦溪石《もんしーしー》
訳者　呉《ご》 聖華《せいか》

装画・挿画　高階《たかしな》 佑《ゆう》
装丁　モンマ蚕（ムシカゴグラフィクス）
編集協力　株式会社imago
制作協力　北京書錦縁諮詢有限公司

発行者　佐藤弘志
発行所　日販アイ・ピー・エス株式会社（NIPPAN IPS Co., Ltd.）
〒113-0034　東京都文京区湯島1-3-4
（出版事業課）TEL：03-5802-1859　FAX：03-5802-1891
https://www.nippan-ips.co.jp/
印刷・製本　シナノ印刷株式会社

Published originally under the title of《千秋》(Qian Qiu)
Author©梦溪石 (Meng Xi Shi)
Japanese edition rights under license granted by北京晋江原创网络科技有限公司
(Beijing Jinjiang Original Network Technology Co., Ltd.)

ISBN978-4-86505-542-9（通常版）
ISBN978-4-86505-543-6（特装版）

Printed in Japan